LOCUS

LOCUS

LOCUS

LOCUS

to
fiction

to 40
幽冥的火
Pale Fire

作者：弗拉基米爾·納博科夫（Vladimir Nabokov）

譯者：廖月娟

責任編輯：李芸玫

法律顧問：全理法律事務所董安丹律師

出版者：大塊文化出版股份有限公司

台北市105南京東路四段25號11樓

www.locuspublishing.com

讀者服務專線：**0800-006689**

TEL：(02) 87123898　FAX：(02) 87123897

郵撥帳號：18955675　戶名：大塊文化出版股份有限公司

版權所有·翻印必究

Pale Fire by Vladimir Nabokov

Copyright©1962 by Vera Nabokov and Dmitri Nabokov

Chinese translation copyright©2006 by Locus Publishing Company

ALL RIGHTS RESERVED

總經銷：大和書報圖書股份有限公司

地址：台北縣五股工業區五工五路2號

TEL：(02) 89902588　　FAX：(02) 22901628

排版：天翼電腦排版印刷有限公司　製版：源耕印刷事業有限公司

初版一刷：2006 年 10 月

定價：新台幣380 元

Printed in Taiwan

Pale Fire
幽冥的火

Vladimir Nabokov　著

廖月娟　譯

莊裕安　導讀

國家圖書館出版品預行編目資料

幽冥的火 / 弗拉基米爾.納博科夫(Vladimir
Nabokov)著 ; 廖月娟譯. -- 初版. -- 臺北
市 : 大塊文化, 2006[民95]
面 ; 公分. -- (to ; 40)
含索引
譯自 : Pale fire
ISBN 978-986-7059-46-8(平裝)

880.57   95018267

目次

詩與評論生出的混血兒小說　　◉莊裕安導讀

　　二十一世紀的小說讀者，即使經過米洛拉德・帕維奇《哈札爾辭典》，以字典辭條註釋形式寫成的小說；馬丁・艾米斯《時間之箭》，以錄影帶倒帶逆轉形式從棺木寫到子宮的小說；馬克・薩波塔《第一號創作》，一百五十張撲克牌構成隨機取樣不裝訂的小說；以塔羅・卡爾維諾《如果多夜，一個旅人》，印製廠裝訂錯誤造成許多不相干短篇組成的長篇小說；亞瑟・伯格《一個後現代主義者的謀殺》，借用謀殺探案外殼其實四處夾帶文藝理論的小說；唐納德・巴塞爾姆《白雪公主》，安插是非題、選擇題、簡答題考試卷的反童話小說……，依然對弗拉基米爾・納博科夫《幽冥的火》充滿新鮮好奇。

　　《幽冥的火》是詩人謝德寫的九百九十九行「英雄偶句體」，它不被歸納為長詩，在於這首長詩還有學者金波特寫的序文、評注與索引。納博科夫在撰寫此作品時，曾花十年時間翻譯普希金《奧涅金》，結果譯出正文兩百頁，全書兩千頁，譯者註解占十分之九的奇書。光是「決鬥」一辭，就註解出決鬥的由來與各種演變，以及每個階段所透露的背景意涵。《幽冥的火》的九百九十九行長詩剛好也占全書的十分之一，不能忽視兩者的關連。

　　除了形式的難解，《幽冥的火》打從書名就是謎團。它出自莎劇《雅典的泰門》第四幕第三景，恨世者泰門發現金礦時的台辭，太陽的光偷自海洋，海洋的光偷自月亮，月亮的光偷自太陽。原創詩人謝德可說是「太陽型」的人物，註解者金波特則是「月亮型」寄生者。不過，《幽》書向來很難單一解釋，通書籠罩著多義與曖昧。不如說，《幽冥的火》是一本燭照亮度不夠的書，你永遠只能在月光下閱讀它。你總是無法一眼就看清楚它，因此，每一次重讀，就像第一次初讀。

《幽冥的火》不像《羅莉塔》那麼容易入手，這兩本小說分居「藍燈二十世紀英文百大」的第五十三與第四名，讀者起碼得經過一些關卡，比如仿亞歷山大·柏蒲的「英雄偶句體」——詩人謝德生前在學院任教的研究專題。那九百九十九行長詩，評者譽為有羅伯·佛洛斯特的風格，倘若以納博科夫自己的品味評等，也許他更喜歡步愛倫·坡的後塵。

　　為什麼以長詩與註解形式發表的作品是「小說」？讓我們來推敲它的情節。虛構的美國大學城阿帕拉契亞的紐懷，一位叫謝德的文學院教授，在臨死前以「預知死亡記事」心境寫下四個章節的長詩。他的鄰居，同樣也是文學院教授金波特，徵求遺孀同意，替謝德長詩寫序言、評注與索引以便問世出版。易言之，這是一本描述詩人死後出版遺作的小說，以「四個篇章的長詩加註解」詩集形式問世的小說。

　　粗淺看來，謝德的詩有感於女兒自殺夭亡，引發他對童年、病痛、寂寞、死亡、審美等種種人生意義的探索。金波特為何那麼熱心促成謝德詩作的出版發行？因為他殷切期待，謝德會把他寫進詩裡。金波特曾經仔細透露他傳奇的身世給詩人鄰居。早在二十年前，金波特就曾把謝德的詩翻譯成冷珀文，他很看重這位惺惺相惜的知交。

　　沒想到金波特看到的詩集，完全不是預設的樣子，他根本不是謝德所要書寫的主體。於是，金波特以九倍於謝德的篇幅，除了詮釋謝德創作心境，更大量導入自己的身世，成為詩集青出於藍的主角。小說卷首放了一段隱晦的引言，來自包斯威爾撰寫的《約翰生傳》。包斯威爾向約翰生介紹蘇格蘭的山光水色時，便偷偷把自己變成傳記的另一個主角。

　　金波特的野心不只像包斯威爾，恐怕更接近委託莫札特創作的薩里耶利。彼得·謝佛的《阿瑪迪斯》，薩里耶利扮做黑衣人向莫札特索討為亡妻而做的《安魂曲》，沒想到莫札特寫的是自己的

輓歌。在那齣戲裡，莫札特的個性與生平，都藉由薩里耶利口述，我們看到的莫札特，全都經由薩里耶利篩選與裁決。他想讓我們看到怎樣的莫札特，我們就看到怎樣的莫札特，除了他不能更動莫札特的五線譜。

金波特也是個嫉妒者，他不及謝德會寫詩。他也想讓讀者從自己的眼中，看見經他篩選與裁決過的謝德。不，他的野心遠勝過薩里耶利，金波特說謝德的詩難懂，因此讀者應該先從他的評注讀起，這樣才能通透詩意。當讀者以評注為本時，金波特便主宰了全書敘述的龍頭。薩里耶利只是迷惑，那樣個性的莫札特，怎能寫出那樣的天籟？他還沒想到要取代莫札特的地位，金波特則想霸占謝德詩集的詮釋權。

謹慎的批評家跳出來了，你可不要單看表面上的結構，這書還有另外一種讀法。你果真相信謝德能預知死亡，而且就在第九百九十九行完成後，滿足地離去？他畢竟是遭人槍殺，而不是自殺。有沒有一種可能？謝德在詩作完成後，虛構自己的死亡，還虛構一個瘋子般的金波特。這在文學理論上叫「異化」，作者蓄意與自己的作品拉開距離。雖說這是上個世紀六○年代美國文壇常見的手法，但謝德師承的柏蒲，早在十八世紀初的《愚人之王》諷刺詩，就用過類似手法。《愚》詩也是用英雄偶句寫成的四卷體，同樣設有一位虛構的批評家，為詩句寫意見紛歧的註解與滑稽的索引。

從金波特眼中，我們看到謝德的才氣與遭遇，至於金波特是怎樣的一個人？扼要說來，他是素食者、男同性戀，因焦慮失眠看精神科醫師，顯然創作年代的「政治正確」不同當前。最重要的身份，莫過於他是冷珀被罷黜的最後一任國王，逃到美國東部一所大學任教。至於殺謝德的凶手，作者也留下兩個線索。金波特認為刺客是要來殺他這個流亡餘孽的，另一個說法是謝德的冤死不是因為冷珀，只因為他長得太像金波特的法官房東，那個判

人重刑而遭尋仇報復的法官。

　　納博科夫常被歸類為黑色幽默小說家，他調侃金波特藉助名家著作加註或寫評成名，毫不避諱自己與普希金的關係。甚至有評家認為他對美國當代學術界與文壇的辛辣諷刺，頗有史威夫特《木桶的故事》真傳。納博科夫的父親是法學家、國會議員，他在一場暗殺中遭到誤傷身亡，右翼保皇派原本要殺的是另一名政敵。納博科夫一生流亡數十年，冷珀當然無法離開帝俄這個指涉。

　　納博科夫灌注在這部作品的指紋真跡，還有他特殊的兩種寫癖：關於草木鳥獸蟲名的寫癖，以及關於填字猜謎的寫癖。納博科夫畢生不倦於研究蝴蝶與填字遊戲，他曾長期主持報紙填字遊戲的專欄，也曾當過哈佛大學比較動物館研究員，有新品種蝴蝶依他的姓氏命名。他那追根究底洋洋灑灑的性格，明顯表現在金波特無法控制的出軌離題評註。有時你真想追問，瘋子金波特那些詭異的評註意義在哪裡？但納博科夫煉金術的文字火候，又會讓你迷惑，探問蝴蝶身上的美麗斑紋，意義又在哪裡？

　　評家公認《幽冥的火》是自喬伊斯《芬尼根守夜》以來，形式最創新的小說。納博科夫巧妙設計金波特這個角色，讓後現代一些特色——支離破碎、自言自語、誤讀、後設、拼貼、反體裁、顧左右而言他——成為自然甚至是必然。更加難以想像的是，有人竟然能夠讓「詩」跟「評論」談戀愛，生出「小說」這種史無前例的混血兒。

　　我們習慣把現在的文學分「小說」、「散文」、「詩」三大類，納博科夫似乎有意要打破這個框架。納博科夫有如迷宮中孤獨的帝王，統御他無疆界的文類版圖。我彷彿遠遠看到，謝德與金波特像兩面相對而立的鏡子，中間一支薄弱搖曳的蠟燭，幽冥的火在水銀與水銀中間，相互投射無窮盡的九百九十九次。閱讀這本小說，曾讓我由愛生恨，恨生難捨，難捨生滿足，滿足又生愛。

就像九百九十九塊大拼圖，每次在你完成四五百塊碎片拼貼之後，頭痛，難以終止，心痛，無以為繼。納博科夫考驗你，凌虐你，嘲笑你，讓你因痛而快，原來這是他取悅你的方式。

這叫我想起他跟蘭登先生*說的一件可笑的事。他說,有一個家世不錯的年輕人竟然丟人現眼。「我最後一次聽到這個年輕人的消息,是聽說他在城裡拿著槍,看到貓就扣板機。」接著,他陷入沉思。他想到自己的愛貓**,因此唸唸有詞:「哈奇千萬不能被殺,不行,不可以殺我的哈奇。」

——包斯威爾 (James Boswell)《約翰生傳》(*Life of Samuel Johnson*)

*蘭登 (Bennet Langton, 1737-1801):蘭登郡喬治‧蘭登之子,年輕時主動結識約翰生。一七五九年約翰生曾去拜訪他,一七六四年成爲「文學俱樂部」原始會員之一,他與約翰生一生友情甚篤,繼約翰生之後成爲皇家學院的古典文學教授 (1788)。

**愛貓哈奇:《約翰生傳》:「每次他從外頭回來,總要買點生牡蠣餵那隻貓,唯恐僕人因爲怕麻煩而虧待了牠。」

序

《幽冥的火》是約翰‧法蘭西斯‧謝德（John Francis Shade，生於一八九八年七月五日，卒於一九五九年七月二十一日）在他生命的最後二十天，以英雄偶句體寫成的一首長詩，共有九百九十九行，分成四章，寫於美國阿帕拉契亞（Appalachia）的紐懷（New Wye）①。現在你手中的文本，就是根據這份手稿忠實付梓。謝德的手稿是用八十張中型資料卡片寫的。每一張上方印有粉紅色線條處都空了下來，以做標題（注明章節和創作日期）。卡片上以淺藍色線條分隔出來的十四行，則是謝德寫詩的地方。謝德用極細的筆尖書寫，字跡工整、清晰，每寫一行就空一行，也就是隔行繕寫，且在開始寫新的一章的時候，總是用全新的卡片。

　　最短的一章（共 166 行），也就是第一章，描述了許多有趣的鳥類和幻日，共用了十三張卡片。第二章，也是你最喜愛的一章，和令人震懾的第三章長度相同（都是 344 行），各用了二十七張卡片。第四章則回復到第一章的長度，一樣用掉十三張卡片。最後的四張是他在死亡那天寫的，是「修訂稿」，而非「清稿」。

　　謝德是個重視方法的人，做事有條不紊，總是在午夜用卡片上謄寫當天按照預定進度完成的詩行，即使日後再抄一次（我猜想他有時會這麼做），也不是標注最後修正的日期，只是標明「修訂稿」或「第一次清稿」。我的意思是，他總是保留每一次實際創作的日期，而非第二遍或第三遍思考的日期。我現在住處的正前方有個遊樂場，很吵。

　　因此，就謝德這篇詩作，有一份完整的工作日程表可考。第一章是在七月二日的子夜動筆，完成時間是七月四日。下一章則

---

①紐懷：Wye，音如字母「Y」，New Wye 影射紐約（New York）。「懷河」
　（The Wye）是英國一條河流，因華滋華斯（William Wordsworth, 1770
　-1850）的詩《聽潭寺》(Lines: Composed a Few Miles Above Tintern
　Abbey, on Revisiting the Banks of the Wye During a Tour, July 13,
　1798) 而聲名大噪。華滋華斯這首詩和謝德的長詩可做有趣的對照。

是在他生日那天開始寫的，七月十一日寫完。接下來的一個禮拜寫第三章，第四章則是始於七月十九日，正如前述，這一章的後三分之一（即 949 行至 999 行）是「修訂稿」。這部分凌亂不堪，難以卒讀，塗改得面目全非，不是毀滅性的刪除，就是天翻地覆般的插入，不像「清稿」那樣規規矩矩地照著卡片上的直線書寫。然而，你一旦縱身潛入，強迫自己張大眼睛，仔細閱讀，你的視線就可穿透混濁的表面，直入文本深處，發現一個清澈明淨、精確美麗的世界——沒有一行脫節，沒有一句曖昧不明。這個事實足以證明有一位自稱謝德研究專家的人信口雌黃。他根本沒看過這首長詩的手稿就在接受某報記者訪問時（一九五九年七月二十四日）斷言：「此詩只是些斷簡殘篇，不算定稿。」這樣批評實在惡毒，簡直是胡說八道。這位偉大的詩人在創作中遭到死神阻撓，何其悲壯？他們却不為此惋惜，只是中傷為這首詩編輯、評注的人，讓人懷疑他的能力，甚至認為他的誠信有問題。

　　無獨有偶，何利教授和他那一派的人也公然抨擊這首詩的結構。在此引用同一篇訪問中的話：「沒有人說得準謝德這首詩打算寫多長。這個作品是他透過玻璃窗，矇矇矓矓看到的，且留下的只是整個作品的一小部分②。」又是胡說八道！在第四章中就有明確的證據，像號角聲一樣響亮，還有喜碧‧謝德的證言（見一九五九年七月二十五日的一份文件），她聲明她的丈夫「從來就沒打算寫四章以上」。對謝德來說，第三章就是倒數第二章。我曾親耳聽他說起這回事。還記得我們在那個黃昏漫步，謝德像是出聲思考似的，以可以寬恕的自我嘉許的手勢，評論自己一天的工作。那頭髮蓬亂的老詩人拖著顛顛簸簸的步伐向前行，他那小心

---

② 透過玻璃窗看到的：參看《新約聖經》哥林多前書第十三章十二節：「我們如今彷彿透過玻璃觀看，模糊不清；到那時就要面對面了。我如今所知道的是局部的，到那時就全知道，如同主知道我一樣。」

翼翼的同伴，雖然已經努力調整自己長腿擺動的幅度，步調還是無法配合。非但如此，我還可以斷言(我們的影子仍自顧自地走)，詩人還沒寫完的只剩一行(也就是第 1000 行)，這一行和第一行完全相同，整個作品的結構因此是對稱的，中間的兩個部分，篇幅相等，豐富、充實，兩邊加上較短的兩側，形成一對各五百行的翅翼，那音樂，真是吵死人了③。我了解謝德有組合的天才，他更會掌握微妙的和諧與平衡，因此我無法想像他會刻意破壞那完美的晶體面，阻擾那可預期的成長。夠了，實在是夠了！如果還不夠的話，且聽我說——就在七月二十一日夜裡，那令人屏氣凝神的一刻，我聽到我這位可憐的朋友親口宣布這首詩的完成，或者大功告成之期不遠 (見 991 行評注)。

那八十張卡片原來是用橡皮筋綑起來。我最後一次細看寶貴的內容之後，就用橡皮筋虔敬地綑好。還有一小疊用紙夾夾起來的卡片和那一大疊八十張卡片一同放在牛皮紙信封中。那薄薄的一疊只有十二張，上面寫著些額外的對偶詩行。這些詩行在混亂的初稿中夭折。謝德習慣把不再需要的草稿立刻銷毀：我記得很清楚，一個陽光燦爛的早晨，我從我家門廊看到他把一疊東西扔進焚化爐幽冥的火中焚燒，像在那後院執行焚燒異教徒的儀式。他站在爐前，頭低低的，有如送葬的人，看紙張在風中化為翩翩飛舞的黑蝶。那十二張卡片之所以逃過一劫，是因為有尚未利用的巧思在廢稿的煤渣中熠熠生輝。這些詩句雖然遭到淘汰，也有可取之處，也許詩人隱隱約約希望可以取代清稿中的某些段落，或者更有可能的是，他對這個或那個精巧的段落有著不可言喻的偏愛，然而由於結構上的考量，或者怕 S 夫人不悅，因此先暫時擺在一旁。在那如大理石般完美的打字稿出現之後，也許才能證明這些令人愛不釋手的段落累贅而不純粹。在此，請讓我略為補

③音樂：指遊樂場傳來的音樂聲。

充說明——也許，他為我朗誦此詩之後，想徵求我的意見——我知道他打算這麼做。

讀者可在我的評注中發現這些被刪除的詩行。我們可從定稿前後找到蛛絲馬跡，推算這些詩行本來的位置。從某個角度來看，很多詩行不但比定稿中最好的段落更美，而且更有歷史價值。現在，我必須解釋為什麼《幽冥的火》會落到我手上，由我編輯。

我的摯友亡故後，我立刻提醒那哀痛逾恆的未亡人，商業熱情和學術陰謀將對她亡夫的手稿虎視眈眈，我們必須先下手為強，出奇致勝。（我要她在謝德入土之前，趕緊把手稿交給我，讓我藏在一個安全的地方。）她聽了我的勸告，和我簽了合約，合約載明：謝德將手稿交託給我，我加上評注後應立即挑選一家出版公司印行，不得延遲；所有的利益扣除出版社應得的利潤後歸她所有，且自出版之日起，手稿即送交國會圖書館永久收藏。我敢說，再怎麼嚴苛的人也無法挑出這份合約的毛病。然而，還是有人（謝德生前的律師）說這合約是「邪惡的大雜燴」，還有另一個人（謝德生前的出版經紀人）則冷嘲熱諷，說謝德夫人的簽名歪歪扭扭的，該不會是用「一種特別的紅墨水」④簽的吧。你看看，就憑這種心腸、這種腦袋，怎能了解一個人對一部曠世傑作的執著與熱愛——翻開背面來看，更讓那觀看的人（也就是那唯一生父）⑤更是看得目眩神迷，那觀者的過去和作者的命運交纏，作者卻一無所知。

---

④用一種特別的紅墨水簽名：也就是在脅迫下簽名。

⑤唯一的生父：the only begetter，出自莎士比亞於一六〇九年出版的《十四行詩》（Sonnets）的獻詞：「謹獻給後面這些十四行詩的唯一生父 W. H. 先生……」。有人推測「W. H. 先生」即莎士比亞的密友何柏特（William Herbert, 1580-1630）。金波特不只用這個典故暗指自己是謝德的密友，且以為謝德的詩是以他過去的經歷為藍本，因此他就是謝德那詩的「唯一生父」。

我想，我在這首長詩最後一個評注提到，謝德的死就像一枚深水炸彈，爆出不少祕密，魚屍紛紛浮上水面。我最後一次跟身繫囹圄的兇手面談之後，不得不盡快離開紐懷，評注的工作只得暫時中斷，等我找到一個比較寧靜的地方，隱姓埋名，才得以繼續。但此時此刻，有關謝德這詩有些要緊的事必須立刻處理。於是我搭機前往紐約，將手稿影印起來，和謝德過去往來的一家出版社洽談。（我們坐在一間胡桃木和玻璃裝潢的小辦公室，在巨大的落日裡，從這五十層樓高的地方觀看在下面爬行的金龜子行列）就在談定的前一刻，代表出版社跟我談的那個人漫不經心地拋出一句：「金波特博士，你應該很高興某某教授（謝德委員會的一個成員）已經同意做我們的編輯顧問。」

　　這裡的「高興」是極其主觀的東西。我們冷珀⑥有一句更好笑的諺語：「掉了的那只手套高興得很。」我馬上把公事包的鎖扣上，衝到另一家出版社。想像有個溫柔、笨手笨腳的巨人；想像一個歷史人物，這人的金錢概念只限於抽象的幾十億國債；想像一個流亡在外的王子，不知果爾康達鑽石礦就在自己的袖釦上！也就是說——噢，說得誇張一點——我是世上最不食人間煙

---

⑥冷珀：Zembla，本書作序者及評注者金波特的祖國，一個虛構之地。然此地並非無中生有，我們可從幾個地方追查「Zembla」的出處和意涵。在俄國北邊，巴倫支海（Barents Sea）和喀拉海（Kara Sea）之間有群島名為「Novaya Zemlya」，俄文是「新土地」的意思。英國詩人柏蒲（Alexander Pope，1688-1744，在長詩〈論人〉（Essay on Man）中提到：「在格陵蘭．冷珀，或者天曉得在何方」（At Greenland, Zembla, or the Lord knows where），以「冷珀（Zembla）」來比喻遙遠、冰冷的北國。納博科夫在這本小說中創造的冷珀文，多是以幾個北國的語言，如瑞典文、俄文、芬蘭文、丹麥文、挪威文為字源（如第 615 行評注所述）。史威夫特（Jonathan Swift, 1667-1745）的〈書的戰爭〉（Battle of the Books）也曾出現「冷珀」：「有一個惡毒的神，叫做批評……高踞白雪皚皚的新冷珀山巔」（a malignant deity, call'd Criticism...dwelt on the Top of a snowy Mountain in Nova Zembla）。

火的傢伙。這麼一個人跟出版界的老狐狸打交道，一開始可熱絡了，兩人稱兄道弟，談笑風生，天南地北聊得不亦樂乎。我和這個老好人法蘭克——我目前的出版商——當下義結金蘭，實在想破腦袋也想不到有什麼事會使這麼良好的關係生變。

法蘭克說，他已經收到了我寄回的校樣，並要求我在序中說明，評注中如有任何錯誤，該是做評注的我一人之責。沒問題。然後，他又提到一位專業人士。他請一個專業的校對仔細核對過打字校樣和影印的手稿，發現我遺漏了幾個誤植之處，都是小地方啦，然而為了更進一步的查證，我們必須請求外界協助。不用說，我非常希望喜碧・謝德能提供大量傳記資料給我。遺憾的是，她甚至比我早一步離開紐懷，目前寄住在魁北克的親戚家。如果我們能夠通信，應該會有豐碩的收穫，但那些研究謝德的學者真是陰魂不散。我一和她斷了線，和她那顆反覆無常的心失聯，那群謝德專家就成群結隊撲向那個可憐的女人。我從西當鎮的蟄居之處寄了封信給她，列出幾個問題，像是「吉姆・寇慈⑦的真實姓名為何」等，我急著知道答案，希望她能為我解惑。結果苦等了一個月，沒有下文。後來，突然接到她發來的電報，要我同意讓H教授（！）和C教授（！！）共同編輯她丈夫的詩作。這個要求對我來說有如萬箭穿心，晴天霹靂。友人的遺孀既然被人誤導，我們就沒辦法繼續合作了。

他真是我的摯友！雖然日曆說明了我與他結識不過幾個月，我們的友誼卻發展出一種內在的持續性，有著永恆的透明時間，與那不斷反覆、惡意的音樂有別。我永遠也忘不了，在我得知可在一九五九年二月五日住進那棟郊區的房子（也就是高茲華斯的房子，他赴英休假一年，所以把房子租給我），與那鼎鼎大名的詩人為鄰，簡直樂得飄飄然。話說，二十年前，我還曾把他的詩作

---

⑦吉姆・寇慈：Jim Coates，見第 767 行。

翻譯成冷珀文呢。搬進這房子的事,我會在後面的評注詳述。然而,我不久就發現高茲華斯別墅除了沾了鄰居的光,其餘實在乏善可陳。暖氣系統活像鬧劇——地下室的火爐悸動、呻吟吐出微溫的氣息,從地板的送氣口送到各個房間,那氣息就像垂死的人最後一口氣那樣微弱。我把通往樓上的送氣口堵住,希望起居室的暖氣能強勁些,然而溫度還是怎麼樣都回升不了。室內和北極地區只隔了一道前門,門上還有一條條的縫隙⑧,連像個前廳的地方都沒有。這房子可能是一個在盛夏時移居到這兒的人蓋的,對紐懷的冬日完全沒有概念。要不然就是為了顧及老式禮節,讓偶然來訪的客人可從門檻看穿裡面的一切,不必擔心客廳有見不得人的事。冷珀的二、三月(即我們說的那四個「白鼻之月」的最後兩個月)也都冷得很,然而即使農家的房舍也是個實實在在、溫暖的地方,而不是一個教人難以消受的氣流網。有人告訴我,我來的不是時候,這幾年來就屬這個冬天最冷——其實,初次到一個地方的人常有這樣的遭遇。這裡的緯度和帕勒摩相當⑨,我剛搬到這裡的頭幾天,某天早晨我正要開我那部馬力強勁、新買的紅色車子去學校,剛好看到謝德家的車子在滑溜的車道上拋錨。我和這對夫婦尚未正式謀面(後來我才知道,他們以為我喜歡清靜,不喜與人來往)。那部派克老爺車的引擎發出一陣陣痛苦的哀嚎,後輪還是陷入冰的煉獄,動彈不得。謝德連忙提了一桶砂子來,像農夫播種般,笨手笨腳地把棕色的砂子灑在藍釉般的冰上。他穿著雪靴,駱馬毛領子翻起,一頭華髮在陽光下彷彿鑲了光圈。我知道幾個月前他曾生一場病,心想或許我該用我這部馬力十足的機器送這位鄰居一程。我向他們飛奔過去。我那租來

⑧有一條條縫隙的前門:a sleezy front door,見納博科夫在一九六四年三月三日給米諾迪(Riccardo Minaudi)信中的解釋。
⑨帕勒摩:Palermo,義大利西西里島西北,在北緯三十八度。其實,帕勒摩冬天並不寒冷。金波特用帕勒摩來比喻是錯誤的。

的城堡，地勢稍稍凸出，周圍有條小巷，與鄰居的車道相隔。我正要穿越那條巷子，却失足跌跤，屁股落在硬得出奇的雪地上。我這一跤却摔出化學反應，謝德家的車居然能動了。他們的車駛進巷子時，差點把我輾過。我看到握著方向盤的謝德在做鬼臉，他老婆在跟他大小聲。兩人大概都沒看到我。

　　過了幾天，也就是在二月十六日禮拜一這天，我在教職員會館吃午飯，有人正式把我介紹給那位老詩人。我在我的記事本上略帶嘲諷地寫道：「國書終於遞上⑩！」有人請我到詩人用餐的老位置，與他們共進午餐，在座的還有四、五位很有名的教授。那張桌子上方牆上掛了幅放大的老照片，一九〇三年拍攝的華滋史密斯學院，看來寒傖得可怕，照片中的那個夏日給人陰森森的感覺。老詩人對我說：「嘗嘗這豬肉。」哈，這可有趣，因為我吃素，葷腥一概不沾，因此寧可自己下廚。我向同桌的這些臉色紅潤的食客解釋，要我吃別人處理的東西，對我來說，跟吃任何動物一樣噁心──我壓低嗓音──當然也包括那個頭髮綁成馬尾的女學生。那個豐腴的小妞一邊為我們這桌服務，一邊還舔著鉛筆呢。而且，我剛吃完我公事包裡的水果，因此只要來瓶爽口的啤酒，我就心滿意足啦。我的隨和、坦率讓每個人都覺得輕鬆自在。有人開始把問題丟過來，常見的問題像是：我這種人能喝蛋酒、吃奶昔嗎？謝德說，他剛好相反：每次吃蔬菜，他都覺得千辛萬苦，就拿吃沙拉來說，就像要他在天寒地凍的日子走入海水之中，又如在對蘋果下手之前，他總是必須鼓起很大的勇氣。我知道美國學術界近親繁殖出來的知識分子，愛開無聊的玩笑，而且喜歡嘲笑別人。我還不習慣那種譏刺訕笑，因此不敢在這些笑

⑩國書：任使館館長的大使或公使前往已對人選表示同意的接受國赴任時攜帶的文書。這是派遣國元首致接受國元首的信件。金波特以如此冠冕堂皇的文書暗示自己貴為一國之君。

24

裡藏刀的老頭子面前告訴謝德，我多麼崇拜他的作品，免得一場嚴肅的文學討論會變成低級笑話。我只是提到，我最近教的一個學生也修了他的課，多愁善感但很優秀的一個男生，我問他有沒有印象。謝德用力搖頭，前額頭髮被甩到一邊。他說，他早就不去記學生的臉和名字了，要說有印象的話，只有一個人，也就是拄著枴杖來課堂聽他講詩的一位校外女士。何利教授說：「得了吧！老謝，你當真對那個穿黑色緊色褲、在『文學二○二』課堂上出沒的那個金髮美女一點印象都沒有？即使你的腦子沒印象，下腹也該有點印象吧！」謝德每一道皺紋都閃爍著笑意，仁慈地輕拍何利的手腕，要他別再講下去。還有一個人拷問我：聽說我在地下室擺了兩張乒乓球桌，是不是真的？我問，這犯法嗎？他說，沒犯法，只是為什麼要擺兩張？我反擊：「擺兩張就犯法嗎？」大家哈哈大笑。

儘管謝德的心臟還不穩定（見 735 行），腳有點跛，以一種奇特的扭曲行進，却很喜歡走長長的路。不過，下雪就討厭啦，冬天下課後只得等太太開車來接他回家。幾天後，我正要走出長春藤樓──或者說我們學院大樓（唉，現在已改名為謝德樓了），我看到他站在外頭等他太太來接他。我在他旁邊的柱廊台階上站了一會兒，一根手指接著一根手指把手套戴好，一面眺望遠方，像是準備閱兵似的。詩人論道：「戴得可真仔細。」他看了一下手腕上的錶。一片雪花飄落在石英玻璃錶面上。「晶體回歸晶體。」他說。我問，要不要搭便車，坐我那部馬力強大的克蘭姆勒回家？「謝德先生，老婆都很健忘。」他歪了一下蓬亂的頭，瞄了一下圖書館的鐘。兩個穿著鮮豔多裝光采煥發的男孩嬉笑著溜過那一大片淒清、空曠的雪地。謝德又瞄一眼他的錶，聳聳肩，然後跟我上車。我跟他說，我想繞一下路，在社區中心停一下，買些巧克力餅乾和一點魚子醬，沒關係吧？他說，沒問題。我在超級市場內，透過一大片玻璃窗，看到一個老頭兒一溜煙鑽進一家酒鋪。

等我買完東西回來，他已經好端端地坐在車上，在看一份低俗的小報。我本來以為詩人對這種報紙不屑一顧。他打了個舒服的嗝，由此可見他那裏著大衣、溫熱的身上藏著一瓶白蘭地。我們彎進他家車道，看見喜碧正好在門口停車。我趕緊下車跟她打招呼。她說：「既然我老公認為幫人家介紹是件無聊的事，我們就自己來吧。你是金波特博士吧？我是喜碧‧謝德。」接著，她轉頭對她老公說，怎麼不在辦公室多等個一分鐘呢？她說，她按了喇叭，打了電話，還走上樓去找他等等。我不想被這對夫妻的唇槍舌劍掃到，轉身要走，但她把我叫住：「跟我們喝一杯吧。或者，陪我喝一杯，我老公不准碰酒。」我說，對不起，我無法久留，因為待會兒家裡有一場小小的研討會，之後還要打乒乓球。客人是一對英俊的孿生兄弟，還有一個小夥子，一個小夥子。

　　從此，我愈來愈常見到我那出名的鄰居。我住處的一個窗口為我帶來一流的娛樂，特別是客人遲遲未到的時候。從我這邊的二樓望過去，只要中間的落葉木還是光禿禿的，就可以看到謝德家起居室的窗口。因此，我幾乎每晚都可以看到詩人穿著拖鞋的腳在那兒輕輕地搖晃。可以想見，那時他坐在低低的椅子上看書，但從那窗口能看到的頂多是那腳和腳的影子，在檯燈投射的光圈中，隨著詩人心領神會的神祕節奏，上上下下地擺動著。那只咖啡色的羊皮拖鞋總是在同一個時刻從穿著毛襪的腳掉下來，然而那腳還在繼續擺動，不過速度稍稍變慢。就寢時刻近了，所有的恐怖也將來襲，不久腳趾就會若有所失地戳啊戳著，擔心拖鞋的下落，不一會兒那有黑色樹枝橫切、金光燦爛的畫面即從我眼前消失。有時，喜碧會冒出來，手臂瘋狂揮舞，好像在盛怒之中，不一會兒又回來了，腳步緩慢得多，彷彿已經原諒丈夫和一個怪鄰居交往。有一天晚上，我終於解開了這個謎：我撥了他們家的電話，仔細觀察窗口有無動靜。在我施展魔法後，她果然氣急敗壞地跑出來，就像我先前看到的一樣。

可惜，這種平靜很快就被粉碎了。這裡的學術生活圈一發現謝德與我交情匪淺，其他的人望塵莫及，立刻把濃稠的嫉妒毒液噴到我身上。親愛的Ｃ夫人，那晚妳家那場沉悶的派對終於結束後，我幫疲倦的老詩人找他的高統膠鞋，妳的竊笑可沒逃過我們的法眼。有一天，我剛好去英文系辦公室找一本登了昂哈瓦⑪皇宮照片的雜誌，想給我朋友看看，却偷聽到一個穿著綠絨外套的年輕講師──姑且在此放他一馬，叫他傑若・艾默羅德⑫。祕書不知問他什麼，他隨口答道：「我想，謝德先生已經跟那隻大海狸走了。」當然，我個子不小，棕色鬍鬚顏色深且濃密，什麼「大海狸」，顯然指的是我。算了，不理會這種小事了。我從堆滿小冊子的桌子，若無其事地拿走那本雜誌。從那小子身邊經過時，我的手指飛快動了一下，就神不知鬼不覺地把他的領結弄鬆了。還有一天早上，我在我們系主任納托許達格博士的辦公室。他以嚴肅的語調要我坐下，然後把門關上。他頭低低的，皺著眉頭跟我說：「請小心一點。」「小心一點，什麼意思？」有一個學生跟他的指導教授抱怨。老天，抱怨什麼？說我批評他上的一門文學課（「一個可笑的庸才教的一門課，以一種可笑的方式討論可笑的作品」）。我哈哈大笑，如釋重負，並給納托許達格這個好人一個擁抱，我說我保證以後不會再調皮了。我要藉這個機會向他致敬。他對我總是極度客氣，這種客氣讓我不禁懷疑：他是不是猜到了謝德猜到的事。那件事肯定只有三個人知道（校長和學校的兩位董事）。

噢，類似的事件還多著呢。有一群戲劇系的學生表演了一齣短劇，我被演成一個帶著德國腔、狂妄自大、痛恨女人的人，愛

---

⑪昂哈瓦：Onhava，冷珀首都。

⑫傑若・艾默羅德：Gerald Emerald，Emerald 是「翡翠」之意。第 741 行評注，有一個穿著綠絨夾克，姓伊茲烏姆魯多夫（Izumrudov）的高級特務，Izumrudov 在俄文中正是「翡翠」。

嚼生胡蘿蔔，不時把郝思曼⑬的詩掛在嘴上。在謝德去世的前一個禮拜，我在一家雜貨店碰到一個母夜叉，她對我破口大罵：「你這個討人厭的傢伙。奇怪，謝德和喜碧怎麼受得了你這種人？」我報以禮貌的微笑，她又更氣了：「而且，你還有神經病。」我跟這個女人曾有什麼過節？她參加的一個社團請我去講「哈利‧法利」，結果我沒接受他們的邀請。（「哈利‧法利」（Hally Vally）是她說的，她把北歐戰神歐定⑭的神殿瓦哈拉和一首芬蘭史詩《卡列瓦拉》混淆了。）

　　那些沒有意義的批評，我就不再一一重複了。不管別人怎麼想，怎麼說，與謝德為友給我完全的回饋。這份友誼特別珍貴的地方在於溫柔被刻意隱藏起來，特別是還有別人在場的時候，為了維護所謂內心的尊嚴，不得不板起臉孔。他整個人就是一張面具。他的外表和潛藏在他裡面的和諧極不相稱。那樣的外表，要不是粗糙的偽裝就是故作瀟灑──像浪漫時期的詩人那麼瀟灑，露出優美的脖子，修整儀容，對影自憐，橢圓形的眸子映出一個山中湖。而今天的詩人，多半一副老態龍鍾的樣子，不是像猩猩，就是像禿鷹。我那超凡脫俗的鄰居，那張臉如果像獅子，或是像伊洛魁印第安人⑮的話，或許還有可觀之處，不幸的是，那兩者

---

⑬郝思曼：A. E. Housman，1859-1936，英國詩人。

⑭歐定（Odin）是北歐神話中的戰神，戰士陣亡，靈魂升上歐定的神殿「瓦哈拉」（Valhalla），在此大啖酒肉。那芬蘭史詩是指《卡列瓦拉》（Kalevala），意思是《卡列瓦之國》，又名《英雄國》，是芬蘭文學中，意義最重大的著作。由芬蘭醫生語文研究學者隆洛特（Elias Lénnrot, 1802-1884）蒐集大量民歌編成的一部史詩，初版於一八三五年印行，一八四九年出版最後定本，包括五十首歌曲，二萬多句詩句。

⑮伊洛魁印第安人：Iroquois，原來在美國東北一帶的印第安部族，據說這個部族強大凶悍，嗜人成性。

的特徵在詩人臉上融合，只讓人想到英國畫家霍嘉思⑯筆下那腦滿腸肥、看起來不男不女的酒鬼。他那畸形的軀體，像拖把一樣的亂髮，胖手指上的黃指甲，無神兩眼下方掛著眼袋——這些都是他從內在排出的廢物。他在追求完美的動力下，精煉、雕琢他的詩句，在精煉的過程中，不免會產生廢物。他的軀體就是他靈魂不要的廢物。

　　我手上有一張他的相片，那是我最喜歡的一張。那張彩色相片是我曾經來往的一個朋友拍的，背景是亮麗的春日，謝德挂著他姑姑莫德（見 86 行）留下的一根看起來挺堅固耐用的枴杖，我則穿著附近體育用品店買來的白色防風外套，加上一條法國坎城製造的紫色長褲。我的左手有點抬起來——像是要拍拍謝德肩膀的樣子，其實不是，我只是要摘下太陽眼鏡，但我的手比快門慢了一步，所以就一直停在那兒。我右臂下夾著的那本書，是從圖書館借來的，介紹冷珀柔軟體操的專書。我是為我那年輕室友借的，也就是幫忙拍照的那個人。沒想到一個禮拜之後，他趁我去華盛頓不在家，背叛了我。我回來之後發現他在家裡跟一個來自艾克斯登的紅髮婊子鬼混。三間浴室都有她掉落的頭髮和她的臭味。當然，我們當下一刀兩斷。我從窗簾的縫隙看到那個理平頭的壞小子鮑柏，提著一只破舊的手提箱和我送他的雪屐，一個人孤零零地站在路邊，像隻喪家之犬，等同學開車來載他，永遠給我滾得遠遠的。我沒有什麼不能原諒的，只有背叛不行。

　　我們，我是說我和謝德，從來沒談過我個人的不幸。我們的友誼是在比較高、純粹屬於心靈的層次，藉以擺脫情緒的騷擾，而不是要分擔這些煩惱。我對他的崇敬，就像高山仰止。每次，

⑯霍嘉思：William Hogarth，1697-1764，英國風俗畫家與藝術理論家，反對新古典主義，肯定現實生活是美和藝術的源泉。霍嘉思描繪的酒鬼，可參看〈啤酒街〉（Beer Street, 1751）和〈琴酒巷〉（Gin Lane, 1751）這兩幅收藏於大英博物館的版畫。

定定地看著他，我的心就會生起一種巨大的驚奇。特別是有別人在場的時候，遠遠不如他的人。我發覺別人感覺不到我的感覺，看不到我看到的，那驚奇的感覺又更強烈了。別人只是把謝德視作理所當然，只有我可以感受到他舉手投足、一顰一笑都有著奇異的氛圍——我的每一根神經都浸漬在裡面。這就是他，我對自己說：這是他的頭，一顆與眾不同的頭顱，他周遭的人，腦袋裝的只是一堆人工化學物質合成的果醬。他在陽台上（在Ｃ教授家的那個三月夜晚），眺望遠方的湖，我則目不轉睛地看著他。我看到一種絕無僅有的生理現象：謝德一邊感受世界，一邊在轉化它，他把這世界納入體內，將之拆解，再重新組合、儲存，以便在某個時刻，創造出一個有生命力的奇蹟，融合影像和音樂，生成一行詩。我幼年時也曾體驗過同樣的興奮：記得那天在舅父的城堡，桌子另一頭坐著一個魔術師，那出神入化的演出剛結束，此刻他正靜靜地品嘗他的香草冰。我看著他擦了粉的臉頰，盯著他袖扣上的魔幻花朵——剛才那裡跑出了一朵又一朵五顏六色的花，現在則是一朵固定不變的白色康乃馨。他那靈巧如水的手指更令人不可思議，可以隨心所欲，把湯匙化成一道陽光，或者把他的盤子往空中一扔，變成一隻鴿子。

沒錯，謝德的詩，就像那突然在眼前綻放的魔術：我的華髮摯友，親愛的老魔術師，把一疊卡片放進帽子——忽地，抖出一首詩。

現在，我們必須回到這首詩。我相信，我這序寫得不會太馬虎。至於注解的部分，我那一連串的評注，即使是胃口最大的讀者也能得到飽足。此書評注雖然依照慣例，放在詩的後面，不過我建議讀者可以先看這一部分，再利用這些注解來研究前面的詩，一邊研究一邊重讀，或許讀完全詩之後，可以再看一次，以掌握全貌。為了避免翻來翻去的麻煩，有一個聰明的辦法，也就是把每一頁都切割下來，把每一個評注和對應的詩行放在一起。

更簡單的法子是乾脆買兩本，放在一張舒適的桌子上，兩本都攤開來，擺在一起，對照著看——那桌子當然不能像我現在用的這張搖搖晃晃的小桌子，讓我那可憐打字機岌岌可危。此時此刻，我人在離紐懷有幾哩路、一家破破爛爛的汽車旅館裡，旋轉木馬轉啊轉，在外頭的遊樂場，也在我的腦海裡。請讓我聲明一點，沒有我的注解，謝德的詩根本就跟人生的現實脫節，不少鞭辟入裡的詩行也都被他粗心大意刪去了。像謝德寫的這麼一首詩（以一部自傳性的作品而言，實在過於怯懦，很多都沒說），如果我們要了解詩中的現實，就必須了解作者、他周遭的一切、他的依戀等等，別無他法。這樣的現實，只有我的注解可以提供。我這番聲明，親愛的詩人未必同意，不管怎麼說，還是做評注的人最後說了算。

查爾士・金波特

一九五九年十月十九日，於猶他拿州西當鎮

詩

I.

I was the shadow of the waxwing slain
By the false azure in the windowpane;
I was the smudge of ashen fluff—and I
Lived on , flew on, in the reflected sky.
And from the inside, too, I'd duplicate
Myself, my lamp, an apple on a plate
Uncurtaining the night, I'd let dark glass
Hang all the furniture above the grass,
And how delightful when a fall of snow
Covered my glimpse of lawn and reached up so
As to make chair and bed exactly stand
Upon that snow, out in that crystal land!

Retake the falling snow: each drifting flake
Shapeless and slow, unsteady and opaque,
A dull dark white against the day's pale white
And abstract larches in the neutral light.
And then the gradual and dual blue
As night unites the reviewer and the view,
And in the morning, diamonds of frost
Express amazement: Whose spurred feet have crossed
From left to right the blank page of the road
Reading from left to right in winter's code:
A dot, an arrow pointing back; repeat:

我是連雀飄殞的魅影，
映在窗上虛幻的蔚藍天景；
我是灰色毛羽殘留的暗影──而我
仍在玻璃天空中，活著，飛著。
由裡往外看，一樣，我複製我
自己，我的燈火，以及盤裡的蘋果。
夜幕低垂，窗上的黑暗升起，
將所有家具擺上草皮，
大雪紛飛，最教人雀躍，
覆蓋視線中的綠地，積起遍地白雪   *10
椅子和床挺直站立
在雪地上，在那水晶大地。

回頭說說那雪：每一片飄落的雪
形影飄移、緩緩、擺擺、曖曖，
陰沉的雪白逆著蒼白的晝間，
恍惚的落葉松化入濛濛的光線
繼而出現兩種漸漸合一的藍，
夜色化融了觀者和景觀，
清晨，鑽石般的冰霜
訝然：誰的靴刺在這頁空白路上   *20
從左到右，如是寫下
一行冬日密碼？
由左至右：．←，重複呵重複：

Dot, arrow, pointing back...A pheasant's feet!
Torquated beauty, sublimated grouse,
Finding your China right behind my house.
Was he in Sherlock Holmes, the fellow whose
Tracks pointed back when he reversed his shoes?

All colors make me happy: even gray.
My eyes were such that literally they
Took photographs. Whenever I'd permit,
Or, with a silent shiver, order it,
Whatever in my field of vision dwelt—
An indoor scene, hickory leaves, the svelte
Stilettos of a frozen stillicide—
Was printed on my eyelids' nether side
Where it would tarry for an hour or two,
And while this lasted all I had to do
Was close my eyes to reproduce the leaves,
Or indoor scene, or trophies of the eaves.

I cannot understand why from the lake
I could make out our front porch when I'd take
Lake Road to school whilst now, although no tree
Has intervened, I look but fail to see
Even the roof. Maybe some quirk in space
Has caused a fold or furrow to displace
The fragile vista, the frame house between
Goldsworth and Wordsmith on its square of green.

·←·←……一種野雉的腳步！
俊俏的頸環，華貴的松雞喔，
你可在我家後院覓得你的中國。
《福爾摩斯》可曾出現過，
這個鞋履倒穿、足跡逆行的傢伙？

五顏六色教我歡欣：灰色亦然。
鏡頭般的雙眸，我的雙眼　　　　　　　　　　　　　*30
可以攝影。隨性，
或以無聲的顫動，命令，
收錄停駐在我視野中的一切——
室內景物、山胡桃葉、細削
冰劍垂懸在屋簷——
一切都已映入眼簾
在那兒逗留一兩個小時，
而此刻，我要做的只是——
閉上雙眼，複製樹葉的身影，
或室內景物，或屋簷的戰利品。　　　　　　　　　　*40

不解，何以從湖畔瞭望，
可見我家門廊，
此時從湖濱小徑走向校園，雖無林木阻擾，
視線裡，家園竟輪廓全無，屋頂也渺。
或許是突如其來的空間扭轉，
造成折疊或凹陷，
脆弱的景致不堪折騰，木屋也跟著位移
消失在高法官家與大學校園間的那方綠地。

I had a favorite young shagbark there
With ample dark jade leaves and a black, spare,
Vermiculated trunk. The setting sun
Bronzed the black bark, around which, like undone
Garlands, the shadows of the foliage fell.
It is now stout and rough; it has done well.
White butterflies turn lavender as they
Pass through its shade where gently seem to sway
The phantom of my little daughter's swing.

The house itself is much the same. One wing
We've had revamped. There's a solarium. There's
A picture window flanked with fancy chairs.
TV's huge paperclip now shines instead
Of the stiff vane so often visited
By the naive, the gauzy mockingbird
Retelling all the programs she had heard;
Switching from chippo-chippo to a clear
To-wee, to-wee; then rasping out: come here,
Come here, come herrr'; flirting her tail aloft,
Or gracefully indulging in a soft
Upward hop-flop, and instantly (to-wee!)
Returning to her perch—the new TV.

I was an infant when my parents died.
They both were ornithologists. I've tried

我鍾愛的一棵小山胡桃在這裡
翡翠般的綠葉蓊鬱和那黝黑、瘦細   *50
蟲蝕斑斑的樹軀。夕陽
曬黑深色樹皮,葉影落在樹的衣裳
如枯萎鬆脫的花環。
此刻,這樹矮胖、粗礪、可觀。
白蝶在樹影間飛舞,染上
薰衣草的顏色,輕輕地盪啊盪,
小女鞦韆的幽魂似乎隨之躚躚裔裔。

屋子,一如往昔,
只是一側改了裝。這裡是日光浴室。
觀景窗下的座椅很是別致。   *60
電視機上方的天線像晶亮的大型迴紋針,
這是學舌鳥的新歡,天真、輕靈的她一再光臨。
硬梆梆的風向標不再是她流連的棲樹。
她重述聽到的節目:
從「去吧,去吧」轉成
清晰的「突圍,突圍」,接著粗聲:
來,來,來喔──,她尾巴翹得高高,
或跳來跳去,優雅輕巧。
一聲「突圍」,頃刻間
回到棲身地──嶄新的電視天線。   *70

父母亡故之時,我尚在襁褓,
兩人都是鳥類學家。我日日召喚、祈禱,

So often to evoke them that today
I have a thousand parents. Sadly they
Dissolve in their own virtues and recede,
But certain words, chance words I hear or read,
Such as "bad heart" always to him refer,
And "cancer of the pancreas" to her.

A preterist: one who collects cold nests.
Here was my bedroom, now reserved for guests.
Here, tucked away by the Canadian maid,
I listened to the buzz downstairs and prayed
For everybody to be always well,
Uncles and aunts, the maid, her niece Adele
Who'd seen the Pope, people in books, and God.

I was brought up by dear bizzare Aunt Maud,
A poet and a painter with a taste
For realistic objects interlaced
With grotesque growths and images of doom.
She lived to hear the next babe cry. Her room
We've kept intact. It's trivia create
A still life in her style: the paperweight
Of convex glass enclosing a lagoon,
The verse book open at the Index (Moon,
Moonrise, Moor, Moral), the forlorn guitar,
The human skull; and from the local Star
A curio: Red Sox Beat Yanks 5-4

魂兮歸來，他倆的身影

至今已然成千。何其不幸，

他們在自身美德中消逝，漸漸遠去。

可我偶然聽聞的字句：

「心臟不好」，總讓我想起他，

而「胰臟癌」——那是她。

沉溺在過去的人，摭拾冰冷的巢。

我原先的臥房，如今給客人落腳。 *80

加拿大女僕幫我蓋好被褥，

我豎耳傾聽樓下的窸窸窣窣，

然後祈求家人安泰

伯伯、姑姑、女僕，還有她的姪女阿黛——

她見過教宗、上帝和書中人。

親愛又古怪的姑姑莫德把我撫養成人，

她，既是詩人，也是畫家，

喜以實物錯雜

詭異的生物與森然的景象。

生前，聽見又一個嬰兒哭啼。她的臥房 *90

一如當年，裡頭的私人物品構成

有風格的一幅靜物：一個紙鎮——

玻璃礁石圈著潟湖，晶晶亮亮，

一本翻至索引的詩集（月娘、

月升、淵谷、原罪）；孤零零的吉他一支；

骷髏頭；泛黃的地方報紙，

一則陳年新聞：紅襪擊敗洋基，五比四

On Chapman's Homer, thumbtacked to the door.

My God died young. Theolatry I found
Degrading, and its premises, unsound.
No free man needs a God; but was I free?
How fully I felt nature glued to me
And how my childish palate loved the taste
Half-fish, half-honey, of that golden paste!

My picture book was at an early age
The painted parchment papering out cage:
Mauve rings around the moon; blood-orange sun;
Twinned Iris; and that rare phenomenon
The iridule—when, beautiful and strange,
In a bright sky above the mountain range
One opal cloudlet in an oval form
Reflects the rainbow of a thunderstorm
Which in a distant valley has been staged—
For we are most artistically caged.

And there's the wall of sound: The nightly wall
Raised by a trillion crickets in the fall.
Impenetrable! Halfway up the hill
I'd pause in thrall of their delirious trill.
That's Dr. Sutton's light. That's the Great Bear.
A thousand years ago five minutes were
Equal to forty ounces of fine sand.

門上釘著〈論查普曼的荷馬〉一詩。

我的上帝早已死去。崇拜神明
何堪。祂的允諾，無憑。　　　　　　　　　　　*100
自由人毋需上帝，而我，我可自由？
天地將我包裹得如此疊疊稠稠，
我童稚的味蕾如此耽溺
那金色的甜醬似魚似蜜！

圖畫書啟我童蒙，
仿羊皮紙圍起來的彩色牢籠：
月亮旁有圈圈紫環；橘紅的太陽；
兩支鳶尾花，一模一樣；
一朵袖珍的七彩雲，美麗、綺異，
飄浮在山脈上方、亮晃晃的天空裡。　　　　　*110
一朵小小的、橢圓的雲，乳白，
映射出雷雨的虹彩
舞台在遠方山谷——
我們的囚牢，如此繁縟。

音牆：秋夜，萬兆蟋蟀鳴叫
唧唧嘖嘖升起一道牆，半山高，
透不著、穿不過！這譫妄的嘶鳴
將我禁錮。我駐足，不再前行。
那是蘇敦醫生家的燈火，那是星空中的大熊。
一千年前，五分鐘　　　　　　　　　　　　*120
等於細沙四十盎司。

Outstare the stars. Infinite foretime and
Infinite aftertime: above your head
They close like giant wings, and you are dead.

The regular vulgarian, I daresay,
Is happier: he sees the Milky Way
Only when making water. Then as now
I walked at my own risk: whipped by the bough,
Tripped by the stump. Asthmatic, lame and fat,
I never bounced a ball or swung a bat.

I was the shadow of the waxwing slain
By feigned remoteness in the windowpane.
I had a brain, five senses (one unique),
But otherwise I was a cloutish freak.
In sleeping dreams I played with other chaps
But really envied nothing—save perhaps
The miracle of a lemniscate left
Upon wet sand by nonchalantly deft
Bicycle tires.

A thread of subtle pain,
Tugged at by playful death, released again,
But always present, ran through me. One day,
When I'd just turned eleven, as I lay
Prone on the floor and watched a clockwork toy—
A tin wheelbarrow pushed by a tin boy—

時間比星辰刺目，無法逼視：
過去無限，未來無窮：舉頭，
巨大的羽翼合攏，你已成骷髏。

俗人想必無憂無慮：
只有在小解時，偷覷
銀河。此刻，我履險涉危：
被樹枝鞭笞，
被殘幹絆倒。氣喘吁吁、跛腳、肥胖，
不曾拍球、揮棒。　　　　　　　　　　　　　　*130

我是連雀飄殞的魅影，
映在窗上虛幻的遠景；
若非有個大腦，五官俱全（其一獨特），
實是不折不扣的怪人一個。
睡夢中，我與其他孩子嬉戲、玩樂
沒什麼可讓我羨慕——除了
一個雙曲線奇蹟：
腳踏車輪在潮溼的沙地
無心留下的軌跡。

死神惡作劇，再度拉出　　　　　　　　　　　*140
一縷隱隱的痛楚。
這痛，貫穿我全身，久久不離。
剛滿十一歲那日，我匍匐在地，
打量一個上了發條的玩具——
錫做的小男孩推著手推車，走來走去，

Bypass chair legs and stray beneath the bed,
There was a sudden sunburst in my head.

And then black night. That blackness was sublime.
I felt distributed through space and time:
One foot upon a mountaintop, one hand
Under the pebbles of a panting strand,
One ear in Italy, one eye in Spain,
In caves, my blood, and in the stars, my brain.
There were dull throbs in my Triassic; green
Optical spots in Upper Pleistocene,
An icy shiver down my Age of Stone,
And all tomorrows in my funnybone.

During one winter every afternoon
I'd sink into that momentary swoon.
And then it ceased. Its memory grew dim.
My health improved. I even learned to swim.
But like some little lad forced by a wench
With his pure tongue her abject thirst to quench,
I was corrupted, terrified, allured,
And though old doctor Colt pronounced me cured
Of what, he said, were mainly growing pains,
The wonder lingers and the shame remains.

繞經椅腳，在床底下胡亂行進，
倏地，我一陣目眩頭暈。

黑夜降臨，黑得肅然。
我的時空錯亂：
一腳跨上山巔，   *150
一手在喘息的海岸邊，
伸入卵石下，一耳在義大利，一眼
在西班牙，血在洞穴橫溢，腦在繁星間
三疊紀有我悶悶的悸動，
點點綠光，在上更新世中，
我的石器時代冷得哆嗦，
明日，俱在我手肘鷹嘴突。

一個冬季，午后我總會昏死
片刻。後來，不復如此，
這記憶已然朦朧。
我的身體日益強健，甚至學會游泳。   *160
我墮落、恐懼，禁不起誘惑，
像個少年，因姑娘驅迫
以純真的舌解除她的饑渴。
雖然老醫生柯特宣布，坎坷、
苦痛的成長之路我已走完，
驚奇的餘音仍在，羞恥依舊盤桓。

II.

There was a time in my demented youth
When somehow I suspected that the truth
About survival after death was known
To every human being: I alone
Knew nothing, and a great conspiracy
Of books and people hid the truth from me.

There was a day when I began to doubt
Man's sanity: How could he live without
Knowing for sure what dawn, what death, what doom
Awaited consciousness beyond the tomb?

And finally there was the sleepless night
When I decided to explore and fight
The foul, the inadmissible abyss,
Devoting all my twisted life to this
One task. Today I'm sixty-one. Waxwings
Are berry-pecking. A cicada sings.

The little scissors I am holding are
A dazzling synthesis of sun and star.
I stand before the window and I pare
My fingernails and vaguely am aware
Of certain flinching likeness: the thumb,

在我瘋狂迷亂的少年時，
人人相信死後有來世。
我却有所疑惑。
獨我不知：書與人聯手　　　　　　　　　　　*170
陰謀詭計
將真理蒙蔽。

一日，我心生疑惑，
懷疑人類愚癡：若不知入土之後
會有什麼樣的黎明、死亡、劫數，
今生何以度過每個朝朝暮暮？

最後，在一個無眠的夜，
我決定一探究竟，和奸邪
一決雌雄，絕不墜入萬劫不復的深淵。
儘管我人生多舛，仍願　　　　　　　　　　*180
全力一搏。今日，我六十有一。
連雀啄食莓實，一隻蟬兒聲唧唧。

我手中這炫目的鉸剪
以太陽與星子做組件。
我立於窗前修指甲，隱約
察覺某種神似：拇指有若
雜貨店主人之子；

Our grocer's son; the index, lean and glum
College astronomer Starover Blue;
The middle fellow, a tall priest I knew;
The feminine fourth finger, an old flirt;
And little pinky clinging to her skirt.
And I make mouths as I snip off the thin
Strips of what Aunt Maud used to call "scarf-skin."

Maud Shade was eighty when a sudden hush
Fell on her life. We saw the angry flush
And torsion of paralysis assail
Her noble cheek. We moved her to Pinedale,
Famed for its sanitarium. There she'd sit
In the glassed sun and watch the fly that lit
Upon her dress and then upon her wrist.
Her mind kept fading in the growing mist.
She still could speak. She paused and groped, and found
What seemed at first a serviceable sound,
But from adjacent cells impostors took
The place of words she needed, and her look
Spelt imploration as she sought in vain
To reason with the monsters in her brain.

What moment in the gradual decay
Does resurrection choose? What year? What day?
Who has the stopwatch? Who rewinds the tape?
Are some less lucky, or do all escape?

食指削瘦、陰沉好似
學院裡那名叫蒼昊星的天文學者；
我認識的高個兒神父是當中的那個；   *190
陰柔的第四指，半老徐娘搔首弄姿；
纖纖小指拉著她的裙子。
我做了個鬼臉，剪去細細薄薄
莫德姑姑說的指甲邊「圍巾皮」。

莫德八十那年生命倏地無聲。
我們眼見憤怒的紅暈、
癱瘓的扭曲襲擊姑姑
那高貴的臉頰。我們送她去松谷
那裡的療養院據說不錯。
玻璃篩過光線，她在裡面枯坐，   *200
凝視停在袖口的蒼蠅。
霧愈來愈濃，她的心智也恍惚朦朧。
她還能言語，停頓、搜尋，
發現最先那一聲似乎堪用的語音，
位子被旁邊的惡徒強佔。
她臉上寫著懇求，徒然
與腦子裡的惡魔磨蹭，
據理力爭。

漸漸凋零之時，
復活選了哪個時刻？哪年？什麼日子？   *210
誰有馬錶？誰來把時光回倒？
有人比較不幸？還是人人皆能遁逃？

A syllogism: other men die; but I
Am not another; therefore I'll not die.
Space is a swarming in the eyes; and time,
A singing in the ears. In this hive I'm
Locked up. Yet, if prior to life we had
Been able to imagine life, what mad,
Impossible, unutterably weird,
Wonderful nonsense it might have appeared!

So why join in the vulgar laughter? Why
Scorn a hereafter none can verify:
The Turk's delight, the future lyres, the talks
With Socrates and Proust in cypress walks,
The seraph with his six flamingo wings,
And Flemish hells with porcupines and things?
It isn't that we dream too wild a dream:
The trouble is we do not make it seem
Sufficiently unlikely, for the most
We can think up is a domestic ghost.

How ludicrous these efforts to translate
Into one's private tongue a public fate!
Instead of poetry divinely terse,
Disjointed notes, Insomnmia's mean verse!

Life is a message scribbled in the dark.
Anonymous.

三段論：他人皆難逃死劫；
我非他人；因此，得以永生不滅。
空間是眼中的一群飛蟲；
時間是耳中的歌鳴。這蜂巢之中
關的是我。然而，要是能在生前
想像人生，我們會發現
人生何等瘋狂、怪誕可笑，
荒謬得莫名其妙。　　　　　　　　　　　　　　　*220

為何和大夥兒一起吃吃地笑？
何以對那無人能證的來世加以譏誚：
土耳其的絕世美味，仙樂風飄處處聞，
與蘇格拉底、普魯斯特在柏樹道上高談闊論，
六翼天使翼似紅鶴之羽，
冒出帶刺豪豬的法蘭德斯地獄？
不是我們的夢過於荒誕，
問題在於這夢如真似幻，
我們還能想出什麼？莫非
家裡有鬼。　　　　　　　　　　　　　　　　*230

可笑呵！妄想以個人話語
翻譯人類共同的命運！
寫不出凝練的詩，
只有失眠生出的險句，脫節的注釋。

生命是在黑暗中留下的一則潦草的留言。
佚名者題。

Espied on a pine's bark,
As we were walking home the day she died,
An empty emerald case, squat and frog-eyed,
Hugging the trunk; and its companion piece,
A gum-logged ant.

              That Englishman in Nice,
A proud and happy linguist: *je nourris*
Les pauvres cigales—meaning that he
Fed the poor sea gulls!

                  Lafontaine was wrong:
Dead is the mandible, alive the song.

And so I pare my nails, and muse, and hear
Your steps upstairs, and all is right, my dear.

Sybil, throughout our high-school days I knew
Your loveliness, but fell in love with you
During an outing of the senior class
To New Wye Falls. We luncheoned on damp grass.
Our teacher of geology discussed
The cataract. Its roar and rainbow dust
Made the tame park romantic. I reclined
In April's haze immediately behind
Your slender back and watched your neat small head
Bend to one side. One palm with fingers spread,
Between a star of trillium and a stone,
Pressed on the turf. A little phalange bone

　　　　　　她死亡那天，

回家路上，我們瞥見

一只碧綠空殼，圓圓滾滾如蛙眼

緊抱松樹樹身；一隻螞蟻被樹膠黏死。

殊途同歸。

　　　　　　那英國人在尼斯，　　　　　　　　　　　　　　*240

一個自大、快樂的語言學家：*je nourris*

Les pauvres cigales——意思是

他餵那些可憐的海鷗！

　　　　　　　　拉封丹錯矣：

那蟻已死，而蟬的歌鳴仍不絕於耳。

於是我修剪指甲，沉思默想，傾聽

親愛的你從樓上傳來的腳步聲：一切謐靜。

喜碧，打從上了中學，我就欣賞

你的嬌媚，但愛苗滋長

卻要等到畢業班去紐懷瀑布踏青。

濕潤的芳草做我們的桌巾。　　　　　　　　　　　　　　*250

說起那飛泉，地理老師口若懸河。

水聲隆隆，濺珠化虹，結果

人造公園因此浪漫迷人。濛濛四月天

我緊挨著你躺下，從你身后觀看

你那纖細的背影。小巧的腦袋

歪向一邊。一隻手張開

五指伸直壓著草皮，一邊是石頭，

一邊是星狀延齡草，小小指骨抖啊抖。

Kept twitching. Then you turned and offered me
A thimbleful of bright metallic tea.

Your profile has not changed. The glistening teeth
Biting the careful lip; the shade beneath
The eye from the long lashes; the peach down
Rimming the cheekbone; the dark silky brown
Of hair brushed up from temple and from nape;
The very naked neck; the Persian shape
Of nose and eyebrow, you have kept it all——
And on still nights we hear the waterfall.

Come and be worshiped, come and be caressed,
My dark Vanessa, crimson-barred, my blest
My Admirable butterfly! Explain
How could you, in the gloam of Lilac Lane,
Have let uncouth, hysterical John Shade
Blubber your face, and ear, and shoulder blade?

We have been married forty years. At least
Four thousand times your pillow has been creased
By our two heads. Four hundred thousand times
The tall clock with the hoarse Westminster chimes
Has marked our common hour. How many more
Free calendars shall grace the kitchen door?

I love you when you're standing on the lawn

你轉身，給我一小杯
金屬般亮晃晃的茶水。　　　　　　　　　　　　　　　*260

你的側影一如當年。貝齒晶亮
輕咬謹慎的朱唇；睫毛長長
在眼眸下方投下影子；桃紅
為顴骨飾邊；秀髮從鬢角和頸背梳攏
絲綢般深褐；裸露的粉頸如凝脂，
還有那波斯鼻與蛾眉，
好個紅顏永駐──
夜靜，我們傾聽瀑布。

來吧，受我膜拜，讓我愛撫，
紅紋黑霓裳的凡妮莎！我的至福，　　　　　　　　　*270
超凡入聖的蝶！告訴我，
那粗鄙、瘋狂的謝德怎可
在丁香巷的暮色裡侵犯
你的臉龐、耳朵、香肩？

我倆結縭四十年。
你我同枕共眠，
你的枕至少皺亂了四千次。西敏寺大鐘
發出四十萬次嘶啞的響聲，
晨昏相伴四十萬個小時。怎知
廚房門上還能再掛幾個免費贈送的年曆？　　　　　*280

我愛你佇立草坪，目光停駐枝枒：

Peering at something in a tree: "It's gone.
It was so small. It might come back" (all this
Voiced in a whisper softer than a kiss).
I love you when you call me to admire
A jet's pink trail above the sunset fire.
I love you when you're humming as you pack
A suitcase or the farcical car sack
With round-trip zipper. And I love you most
When with a pensive nod you greet her ghost
And hold her first toy in your palm, or look
At a postcard from her, found in a book.

She might have been you, me, or some quaint blend:
Nature chose me so as to wrench and rend
Your heart and mine. At first we'd smile and say:
"All little girls are plump" or "Jim McVey
(The family oculist) will cure that slight
Squint in no time." And later: "She'll be quite
Pretty, you know"; and, trying to assuage
The swelling torment: "That's the awkward age."
"She should be taking riding lessons," you would say
(Your eyes and mine not meeting). "She should play
Tennis, or badminton. Less starch, more fruit!
She may not be a beauty, but she's cute."

It was no use, no use. The prizes won
In French and history, no doubt, were fun;

「飛走了，那小不點兒，也許還會回來吧。」

（比吻更溫柔的喁喁細語）

我愛你喚我看日暮

機尾在火紅落日上方拉出

一道粉紅色的煙霧。

我愛你一邊哼唱一邊整理皮箱

或打點那個拉鏈環繞一圈、怪里怪樣

教人忍俊不住的旅行袋。然而，我最愛的你，

還是神色哀淒地向她的亡靈點頭致意，   *290

拿著我們最初買給她的玩具，或視線

停在書中一張她以前寄回來的明信片。

她可能是你、是我，

也可能是某種奇異的組合。上蒼選擇了我，

只為扭擰、撕裂你我的心。起先，我倆

還笑著說：「小女生不都圓圓胖胖？」

還說：「只是輕微的斜視，她那眼睛

眼科的麥醫生不久便可幫她矯正。」

後來說：「總有一天，她會玉立亭亭。」

我們安慰她說：「終究是尷尬年齡。」   *300

為她緩解發育的痛苦。「她該學騎馬，」

（我倆目光錯開）。「她該打網球，或者

羽毛球。少吃澱粉，多吃水果！

也許不成美女，肯定是可人兒一個。」

枉然，枉然啊。她的歷史和法文得獎，

固然可喜；耶誕派對玩得瘋狂

At Christmas parties games were rough, no doubt,
And one shy little guest might be left out;
But let's be fair: while children of her age
Were cast as elves and fairies on the stage
That she'd helped paint for the school pantomime,
My gentle girl appeared as Mother Time,
A bent charwoman with slop pail and broom,
And like a fool I sobbed in the men's room.

Another winter was scrape-scooped away.
The Toothwort White haunted our woods in May.
Summer was power-mowed, and autumn, burned.
Alas, the dingy cygnet never turned
Into a wood duck. And again your voice:
"But this is prejudice! You should rejoice
That she is innocent. Why overstress
The physical? She wants to look a mess.
Virgins have written some resplendent books.
Lovemaking is not everything. Good looks
Are not that indispensable!" And still
Old Pan would call from every painted hill,
And still the demons of our pity spoke:
No lips would share the lipstick of her smoke;
The telephone that rang before a ball
Every two minutes in Sorosa Hall
For her would never ring; and, with a great
Screeching of tires on gravel, to the gate

總是讓人不堪，害羞的小客人
可得坐冷板凳；但平心而論：
學校表演默劇她幫忙油漆，同齡小孩
舞台上的精靈與仙子，唉，   *310
我那柔順的小姑娘，却拎著水桶箕帚
扮時光姥姥，
彎腰駝背。我躲進洗手間裡
像個傻子，嚶嚶啜泣。

又一個冬季隨著雪被鏟去。五月，
齒鱗白蝶在林中出沒。
割草機將夏季刈畢，
秋季焚盡。醜小鴨一如昨日，
沒長成豔麗的鴛鴦。又是你的聲音：
「什麼話！她天真爛漫，你該開心，   *320
何以鬼迷心竅，過份執著於外貌？
她就喜歡邋遢、亂七八糟。
處女也能寫出令人目眩神迷之作。
人生不只是巫山雲雨之樂，
姿色不是絕對必要！」且看
老牧神在每一座彩色山丘呼喚，
我們那憐憫的魔鬼也開口說：她那菸
沾了口紅，無人與共；舞會前，
女生宿舍電話頻頻響起，
可沒一通找她。輪胎在礫石地   *330
吱地一聲在門口剎停，漆黑夜色裡
白圍巾的白馬王子

Out of the lacquered night, a white-scarfed beau
Would never come for her; she'd never go
A dream of gauze and jasmine, to that dance.
We sent her, though, to a chateau in France.

And she returned in tears, with new defeats,
New miseries. On days when all the streets
Of College Town led to the game, she'd sit
On the library steps, and read or knit;
Mostly alone she'd be, or with that nice
Frail roommate, now a nun; and, once or twice,
With a Korean boy who took my course.
She had strange fears, strange fantasies, strange force
Of character—as when she spent three nights
Investigating certain sounds and lights
In an old barn. She twisted words: pot, top,
Spider, redips. And "powder" was "red wop."
She called you a didactic katydid.
She hardly ever smiled, and when she did,
It was a sign of pain. She'd criticize
Ferociously our projects, and with eyes
Expressionless sit on her tumbled bed
Spreading her swollen feet, scratching her head
With psoriatic fingernails, and moan,
Murmuring dreadful words in monotone.

She was my darling: difficult, morose—

踽踽前行，但不是朝著她的方向；
舞會似夢，薄紗飛舞，茉莉飄香，
一個與她絕緣的夢。我們只好
送她去法國莊園散心。

她歸來時淚眼婆娑，又添增
新的挫敗與悲傷。大學城
球賽季節，人人趕赴盛事。
她坐在圖書館前的台階上看書、編織；   *340
多半形單影隻，不然
就和羸弱善良、如今當修女的室友作伴；
有一兩次，和我教過的一個韓國男孩同行。
她有怪異的恐懼、幻想和剛強的個性——
有三個夜晚調查老穀倉裡頭的亮光和響聲。
她愛顛倒字母：pot（鍋）反了成 top（頂峰）。
Spider（蜘蛛）倒過來變成 redips（再次浸泡）
Powder（粉末）則成 red wop（紅髮義大利佬）。
她說你是愛說教的螽斯。她難得一笑，
縱使是笑，也是痛苦的記號。   *350
她猛烈批評我們做的事，兩眼無神
坐在凌亂的床上，呻吟
伸直浮腫的腿，
用長了乾癬的指甲搔頭，嘆喟
單調的聲音噥噥喃喃
駭人的字眼。

她，我的寶貝：儘管陰鬱、孤僻，

But still my darling. You remember those
Almost unruffled evenings when we played
Mah-jongg, or she tried on your furs, which made
Her almost fetching; and the mirrors smiled,
The lights were merciful, the shadows mild.
Sometimes I'd help her with a Latin text,
Or she'd be reading in her bedroom, next
To my flourescent lair, and you would be
In your own study, twice removed from me,
And I would hear both voices now and then:
"Mother, what's *grimpen*" "What is what?"
                              "Grim Pen."
Pause, and your guarded scholium. Then again:
"Mother, what's *chtonic*?" That, too, you'd explain,
Appending: "Would you like a tangerine?"
"No. Yes. And what does *sempiternal* mean?"
You'd hesitate. And lustily I'd roar
The answer from my desk through the closed door.

It does not matter what it was she read
(some phone modern poem that was said
In English Lit to be a document
"Engazhay and compelling"—what this meant
Nobody cared); the point is that the three
Chambers, *then* bound by you and her and me,
Now form a tryptich or a three-act play
In which portrayed events forever stay.

仍是我的寶貝。你的回憶

可還有那近乎平靜的夜晚？

我們打麻將，你的皮大衣給她試穿，   *360

那身影幾乎嬌媚動人；鏡子笑呵呵，

燈光慈悲，陰影溫和。

有時她拉丁文不會，我幫她破譯，

有時她在你臥房看書，我的窩就在隔壁

燈火通明，而你在你自己書房，

與我中隔兩道牆。

你們母女的聲音不時傳到我耳邊。

「媽，什麼是 *grimpen*？」「什麼？」

　　　　　　　　「Grim Pen。」

你稍稍停頓，給她謹慎的注解。又問：

「媽，『*chtonic*』是什麼？」你解釋一頓，   *370

「要不要吃橘子？」最後問她。

「不要。好吧。『*sempiternal*』是什麼意思啊？」

你遲遲不語。於是我拉開喉嚨大聲叫嚷，

答案從桌子前方衝出緊閉的書房。

她讀什麼，無關緊要。

　（某首做作的現代詩，有人稱道

英國文學史上「緊扣時代、驚心動魂」之作。

什麼意思？無人在乎）；

重要的是當時那三個房間，

將你我她相連，今天   *380

已成一幅三聯畫，或是一齣三幕劇，

訴說的事件永不逝去。

I think she always nursed a small mad hope.

I'd finished recently my book on Pope.
Jane Dean, my typist, offered her one day
To meet Pete Dean, a cousin. Jane's fiance'
Would then take all of them in his new car
A score of miles to a Hawaiian bar.
The boy was picked up at a quarter past
Eight in New Wye. Sleet glazed the roads. At last
They found the place—when suddenly Pete Dean
Clutching his brow exclaimed that he had clean
Forgotten an appointment with a chum
Who'd land in jail if he, Pete, did not come,
Et cetera. She said she understood.
After he'd gone the three young people stood
Before the azure entrance for awhile.
Puddles were neon-barred; and with a smile
She said she'd be *de trop*, she'd much prefer
Just going home. Her friends escorted her
To the bus stop and left; but she, instead
Of riding home, got off at Lochanhead.
You scrutinized your wrist: "It's eight fifteen.
[And here time forked.] I'll turn it on." The screen
Its blank broth evolved a lifelike blur,
And music welled.

He took one look at her.

我想，她總懷抱著一個小小的、瘋狂的希望。

近日，我那柏蒲的書完稿。要不這樣，
打字小姐丁珍說，我來為她牽線，
讓她和堂弟丁畢見個面，
丁珍未婚夫打算開新車
送他們到二十哩外的一間夏威夷酒吧。
八點一刻到紐懷載那個少年郎。
雨雪霏霏，街道上了釉般晶亮。　　　　　　　　　　*390
終於到了——
丁畢突然蹙眉，
說他把跟哥兒們的約忘得一乾二淨，
要不去，恐怕朋友得去坐牢等等。
她說，她了解。
他離去，剩下的三個年輕人站在大街
在藍天色的大門前佇立片刻。條條
霓虹燈火映在地上水窪；她苦笑
說自己是電燈泡，不如回去。
朋友特地載她到巴上乘車處。　　　　　　　　　　　*400
她却沒回家。
逕自在洛湖那站下車。
「八點十五分（時間就此分叉），」
你端詳自己的手腕：「我來開電視吧。」
螢幕，肉湯似地花白渾濁，漸漸浮現
一團像有生命的東西。音樂流瀉。
　　　　　　　　　他看她一眼。

And shot a death ray at well-meaning Jane.

A male hand traced from Florida to Maine
The curving arrows of Aeolian wars.
Yous said that later a quartet of bores,
Two writers and two critics, would debate
The Cause of Poetry on Channel 8.
A nymph came pirouetting, under white
Rotating petals, in a vernal rite
To kneel before an altar in a wood
Where various articles of toilet stood.
I went upstairs and read a galley proof,
And heard the wind roll marbles on the roof.
"See the blind beggar dance, the cripple sing"
Has unmistakably the vulgar ring
Of its preposterous age. Then came your call,
My tender mockingbird, up from the hall.
I was in time to overhear brief fame
And have a cup of tea with you: my name
Was mentioned twice, as usual just behind
(one oozy footstep) Frost.
                            "Sure you don't mind?
I'll catch the Exton plane, because you know
If I don't come by midnight with the dough—

And then there was a kind of travelog:
A host narrator took us through the fog

目光如致命的箭，射向好意的珍。

一隻男人的手，從佛羅里達移到緬因，
追尋風神之戰的彎箭。
你說，待會兒有兩個作家和兩個批評家　　　　　　　　*410
組成一個無聊四重奏
將在第八頻道辯論詩的理由。
白色花瓣轉啊轉，
林中仙女單足旋舞，春之祭典，
在林中祭壇前跪下祈福，
鉛黛脂粉琳瑯滿目。
我上樓看毛條稿樣，
狂風把屋頂磚瓦吹得價響。
「且看盲丐起舞，跛子高唱」
庸俗在荒謬年代裡吵吵嚷嚷。　　　　　　　　　　　*420
你來了，溫柔的學舌鳥，
在門廊呼叫。
與你喝茶當兒，剛好聽到幾句褒獎：
我的名字被提到兩次，如同以往
名列佛洛斯特之後，那一腳陷入泥濘的詩人
就在我前頭。
　　　　　　　　　　「真不打緊？
我得搭飛艾克斯登那班飛機，你知道吧，
如果我在午夜前不帶一筆錢趕到的話──」

接下來的節目，旅遊紀行：
我們隨著主持人的音聲　　　　　　　　　　　　　*430

Of a March night, where headlights from afar
Approached and grew like a dilating star,
To the green, indigo and tawny sea
Which we had visited in thirty-three,
Nine months before her birth. Now it was all
Pepper-and-salt, and hardly could recall
That first long ramble, the relentless light,
The flock of sails (one blue among the white
Clashed queerly with the sea, and two were red),
The man in the old blazer, crumbling bread,
The crowding gulls insufferably loud,
And one dark pidgeon waddling in the crowd.

"Was that the phone?" You listened at the door.
Nothing. Picked up the program from the floor.
More headlights in the fog. There was no sense
In window-rubbing: only some white fence
And the reflector poles passed by unmasked.

"Are we quite sure she's acting right?" you asked.
"It's technically a blind date, of course.
Well, shall we try the preview of Remorse?"
And we allowed, in all tranquility,
The famous film to spread its charmed marquee;
The famous face flowed in, fair and inane:
The parted lips, the swimming eyes, the grain
Of beauty on the cheek, odd gallicism,

穿過三月夜裡的濃霧，遠方車燈漸近，
漸大，彷彿膨脹的星辰，
最後來到碧綠靛藍黃褐的海洋──
一九三三年，我們曾在這兒徜徉，
她出生九個月前的事。那舊地
如今只是一片花白，難以追憶
初次漫步，陽光燦爛
刺眼，風帆成群（白中有一點藍
與海不搭調的藍，還有兩個紅點）
一身舊衫的男子剝撕麵包，　　　　　　　　　　　　*440
喧噪無比的鷗擁聚而來，
一隻黑鴿搖搖擺擺。

你傾聽門口有無聲響。「電話嗎？」你問道。
沒有。從地上拾起節目表。
霧中出現更多車燈：用不著費勁
把玻璃窗擦乾淨，反正只看得到一根根
赤裸裸的白色柵欄和反光柱飛馳而過。

你問：｜她該沒什麼不妥？」。
「放心，不過是跟一個陌生小子約會。
嗯，要不要看預告片，電影『怨悔』？」　　　　　　*450
我們靜靜地看那部名片，
魔幻華蓋令人目眩；
一張家喻戶曉的臉孔顯現，空有姝麗：
雙唇微啟，眼波流轉，頰上一粒美人痣，
這痣法語叫「美的顆粒」，真是怪異。

And the soft form dissolving in the prism
Of corporate desire.

                    "I think," she said,
"I'll get off here." "It's only Lochanhead."
"Yes, that's okay." Gripping the stang, she peered
At ghostly trees. Bus stopped. Bus disappeared.

Thunder above the Jungle. "No, not that!"
Pat Pink, our guest (antiatomic chat).
Eleven struck. You sighed. "Well, I'm afraid
There's nothing else of interest." You played
Network roulette: the dial turned and trk'ed.
Commercials were beheaded. Faces flicked.
An open mouth in midsong was struck out.
An imbecile with sideburns was about
To use his gun, but you were much too quick.
A jovial Negro raised his trumpet. Trk.
Your ruby ring made life and laid the law.
Oh, switch it off! And as life snapped we saw
A pinhead light dwindle and die in black
Infinity.

                    Out of his lakeside shack
A watchman, Father Time, all gray and bent,
Emerged with his uneasy dog and went
Along the reedy bank. He came too late.

溫香軟玉，在集體欲望的稜鏡裡
消融。

　　　「我想，」她說，「在這裡下車。」
「這站才洛湖呢。」
「沒關係。」她緊抓扶把，窺視
鬼影重重的樹。停車，車子消逝。　　　　　　　　　　　*460

叢林上方雷聲隆隆。「不看這台！」
來賓品克（反原子評論）。十一點鐘響。唉，
你嘆氣：「沒啥好看了。」你不停轉台，
像玩輪盤，轉了一台又一台，
頻道轉盤給你轉得咔嗒響：廣告少了頭；
臉孔只出現一瞬；張口
唱到一半，出局；一個留著腮鬍的白痴
拔槍，怎料已遲，
比不上你的霹靂手；
一個快活的黑人拿起小喇叭正要吹奏。　　　　　　　　*470
咔嗒。你的紅寶石戒指創造生命，定下
法規。唉，關了吧！在生命斷裂的剎那
我們看見一個小如針尖的光點，消逝
在漆黑的永恆裡。

　　　湖畔棚屋走出一個守衛，
白髮、佝僂的時光老爹，牽著
一條焦躁不安的狗沿著
蘆葦叢生的湖邊行走。來得太遲。

You gently yawned and stacked away your plate.
We heard the wind. We heard it rush and throw
Twigs at the windowpane. Phone ringing? No.
I helped you with the dishes. The tall clock
Kept on demolishing young root, old rock.

"Midnight," you said. What's midnight to the young?
And suddenly a festive blaze was flung
Across five cedar trunks, snowpatches showed,
And a patrol car on our bumpy road
Came to a crunching stop. Retake, retake!

People have thought she tried to cross the lake
At Lochan Neck where zesty skaters crossed
From Exe to Wye on days of special frost.
Others supposed she might have lost her way
By turning left from Bridgeroad; and some say
She took her poor young life. I know. You know.

It was a night of thaw, a night of blow,
With great excitement in the air. Black spring
Stood just around the corner, shivering
In the wet starlight and on the wet ground.
The lake lay in the mist, its ice half drowned.
A blurry shape stepped off the reedy bank
Into the crackling, gulping swamp, and sank.

你微微打了個呵欠，將碗盤收拾。
風聲颯颯，捲起樹枝
敲打窗玻璃。電話嗎？不是。　　　　　　　　　　　*480
我幫你收拾。高高的老爺鐘滴滴答答地
不斷摧殘幼嫩的根、老邁的岩石。

「半夜，」你說，半夜了，不知年輕人怎麼想？
倏地，節日火光照亮
五棵雪杉樹幹，地上殘雪現形，
警車嘎然剎停
在門口那崎嶇的路上。再拍，再拍！

她想穿越湖頸，有人這麼猜，
愛溜冰的人會在冷得出奇的霜降之日，
從這頭的艾克斯溜至　　　　　　　　　　　　　　*490
懷鎮那頭。有人說，她在橋道左轉後迷路，
還有人說，她結束
自己那年輕、可憐的生命。我知。你知。

是夜冰融，是夜風狂，空氣
騷動攪擾。黑色的春季
在轉角守候，在濕冷的星光裡、
在濡濕的土地上戰慄。那湖
躺在霧中，冰半沉半浮。
蘆葦叢生的岸邊，一個模糊的人影
往下，啪啦一聲被沼澤吞了下去，滅頂。　　　　　*500

III.

L'if, lifeless tree! Your great Maybe, Rabelais:
The grand potato.

                        I.P.H., a lay
Institute (I) of Preparation (P)
For the Hereafter (H), or If, as we
Called it—big if.—engaged me for one term
To speak on death ("to lecture on the Worm,"
Wrote President McAber).

                           You and I,
And she, then a mere tot, moved from New Wye
To Yewshade, in another, higher state.
I love great mountains. From the iron gate
Of the ramshackle house we rented there
One saw a snowy form, so far, so fair,
That one could only fetch a sigh, as if
It might assist assimilation.

                       Iph
Was a larvorium and a violet:
A grave in Reason's early spring. And yet
It missed the gist of the whole thing; it missed
What mostly interests the preterist;
For we die every day; oblivion thrives
Not on dry thighbones but on blood-ripe lives,

If，那紫杉已死！你那偉大的「*peut-être*」，拉伯雷：
就是一顆巨大的馬鈴薯（potato）。
　　　　　　一家簡稱「I. P. H.」的學院，是謂
凡夫俗子的來世預備學院，音如「If」，
或稱「big if」。這學院請我去教書，
擔任一個學期的死亡講座。
（骷髏院長信上說，
「以蛆蟲為題」。）
　　　　　你與我，還有
學步的她，從紐懷遷居至更高的一州，
在紫杉蔭的一間租來的破屋落腳。
我愛大山。從鐵門遠眺，　　　　　　　　　　　　*510
看得見雪的姿態，
如此遙遠、無瑕，
美得讓人嘆息，似乎如此可便
將美景吸入胸中丘壑。

　　　　那學院
乃養蛆之地，也是紫羅蘭：
理性初春的墳塚。然
學院錯失其旨，不知懷舊者
最有興致者為何；
吾等無日不死；遺忘在有血有肉的生命繁榮，
不在枯槁的腿骨滋生。　　　　　　　　　　　　*520

And our best yesterdays are now foul piles
Of crumpled names, phone numbers and foxed files.
I'm ready to become a floweret
Or a fat fly, but never, to forget.
And I'll turn down eternity unless
The melancholy and the tenderness
Of mortal life; the passion and the pain;
The claret taillight of that dwindling plane
Off Hesperus; your gesture of dismay
On running out of cigarettes; the way
You smile at dogs; the trail of silver slime
Snails leave on flagstones; this good ink, this rhyme,
This index card, this slender rubber band
Which always forms, when dropped, an ampersand,
Are found in Heaven by the newlydead
Stored in its strongholds through the years.

                                        Instead
The Institute assumed it might be wise
Not to expect too much of paradise:
What if there's nobody to say hullo
To the newcomer, no reception, no
Indoctrination? What if you are tossed
Into a boundless void, your bearings lost,
Your spirit stripped and utterly alone,
Your task unfinished, your despair unknown,
Your body just beginning to putresce,
A non-undressable in morning dress,

最美好的昨日如今不過是堆垃圾——一團團
揉得皺巴巴的名字、電話號碼、泛黃的檔案。
我願變成一朵小花，一隻肥蠅，
但永不遺忘。我拒絕永恆，
除非不忘今生的孤寂與甜蜜、
激情與痛苦；渺小的飛機，
紫紅色的尾燈在金星旁邊；
菸快抽光了，你心煩意亂；
你對著狗兒微笑；一條銀色黏液
蝸牛在石板上留下的痕跡；   *530
這瓶上好的墨水，這韻腳，
這卡片，這細細的橡皮筋往下掉
總是擺成「&」——凡此種種
經年累月都在大堂，
好好留存，
讓不久前往生的人去尋。

      然而，

這學院却認為我們不該
對天堂有太大的期待：
若是初抵該地無人問好，
無人接待，亦無人指導，
又該如何？萬一你被拋進   *540
無盡的虛空，迷失方向，你失了魂，
陷入孤寂，無依無靠，
你任務未了，你的絕望無人知曉，
你的肉體漸漸腐爛，一身禮服
從此不再更換，你的遺孀匍伏

Your widow lying prone in a dim bed,
Herself a blur in your dissolving head!

While snubbing gods, including the big G,
Iph borrowed some peripheral debris
From mystic visions; and it offered tips
(The amber spectacles for life's eclipse)
How not to panic when you're made a ghost:
Sidle and slide, choose a smooth surd, and coast,
Meet solid bodies and glissade right through,
Or let a person circulate through you.
How to locate in blackness, with a gasp,
Terra the Fair, an orbicle of jasp.
How to keep sane in spiral types of space.
Precautions to be taken in the case
Of freak reincarnation: what to do
On suddenly discovering that you
Are now a young and vulnerable toad
Plump in the middle of a busy road,
Or a bear cub beneath a burning pine,
Or a book mite in a revived divine.
Time means succession, and succession, change:
Hence timelessness is bound to disarrange
Schedules of sentiment. We give advice.
To widower: He has been married twice:
He meets both wives; both loved, both loving, both
Jealous of one another. Times means growth,

在昏暗的床上，在你那慢慢消融的頭顱，
她只是一團模糊！

那學院藐視眾神，包括那偉大的 G，
從神秘的靈視邊緣借取   *550
碎片殘屑，傳授機宜（用琥珀鏡片窺視
生命的日蝕）。
初作新鬼，如何不驚不亂，
側身滑行，選個氣音，順勢向前，
碰上實體，則以優雅的滑步穿透，也可
讓人在你的身上通行。如何
在漆黑之中，找到那美麗大地，
一個美得令人屏息、碧綠的小星體；
如何在螺旋空間保有冷靜的頭腦。
當心怪異的轉世：難保   *560
不會突然發現自己成了一隻
幼小柔弱的小蟾蜍，流落至
車水馬龍的道路中央，
或變成一隻小熊，頭上
松樹烈火熊熊；或成了一隻蠹蟲，
在新版神學書籍的書頁中。
時間更迭不絕，有更迭就有變遷：
永恆必然會擾亂
情感的時刻表。有一鰥夫前來諮詢。
他結過兩次婚：他與兩女   *570
相遇、相戀，兩女皆妒嫉對方。
時間意味成長，

And growth means nothing in Elysian life.
Fondling a changeless child, the flax-haired wife
Grieves on the brink of a remembered pond
Full of a dreamy sky. And, also blond,
But with a touch of tawny in the shade,
Feet up, knees clasped, on a stone balustrade
The other sits and raises a moist gaze
Toward the blue impenetrable haze.
How to begin? Which first to kiss? What toy
To give the babe? Does that small solemn boy
Know of the head-on crash which on a wild
March night killed both the mother and the child?
And she, the second love, with instep bare
In ballerina black, why does she wear
The earring from the other's jewel case?
And why does she avert her fierce young face?

For we know from our dreams it is so hard
To speak of our dear dead! They disregard
Our apprehension, queaziness and shame—
The aweful sense that they're not quite the same.
And our school chum killed in a distant war
Is not suprised to see us at his door,
And in a blend of jauntiness and gloom
Points at the puddles in his basement room.

But who can teach the thoughts we should roll-call

然成長在天堂毫無意義。
金髮的妻逗著永遠不會長大的孩子玩，想起
一個滿溢夢幻天色的池塘，
在那塘邊悲嘆。
另一個金髮的妻，髮絲略帶茶色，
抱著膝蓋坐在石欄上，凝視
雙眸濕潤，視線
穿不透青煙。   *580
怎麼開始？先親吻哪一個才好？
該給寶貝什麼玩具？那個一臉嚴肅的小寶寶
可知在一個風狂雨急的三月夜，和母親上路
不料發生死亡車禍，母與子雙雙亡故。
而她，他的第二個愛，足背裸露，
穿著黑色芭蕾舞鞋，行步。
為何佩戴另一個女人珠寶盒中的耳環？
為何不敢和那女人年輕、憤怒的臉對看？

死者已矣，然我們從夢中得知，
這些人還是讓我們難以啓齒。   *590
他們無視生者的憂慮、不安、羞怯——
也沒有回首百年身的感覺。
同窗老友在遠方的戰場陣亡，
開門看到我們，毫不詫異，一如以往
憂喜參半地指著他家
地下室的水窪。

清晨，政治瘋子——那穿制服的狒狒

When morning finds us marching to the wall
Under the stage direction of some goon
Political, some uniformed baboon?
We'll think of matters only known to us—
Empires of rhyme, Indies of calculus;
Listen to distant cocks crown, and discern
Upon the rough gray wall a rare wall fern;
And while our royal hands are being tied,
Taunt our inferiors, cheerfully deride
The dedicated imbeciles, and spit
Into their eyes just for the fun of it.

Nor can one help the exile, the old man
Dying in a motel, with the loud fan
Revolving in the torrid prairie night
And from the outside, bits of colored light
Reaching his bed like dark hands from the past
Offering gems; and death is coming fast.
He suffocates and conjures in two tongues
The Nebulae dilating in his lungs.

A wrench, a rift—that's all one can foresee.
Maybe one finds le grand néant; maybe
Again one spirals from the tuber's eye.

As you remarked the last time we went by
The Institute: "I really could not tell

把我們押赴到牆邊。有誰
能教我們一一點閱念頭？
我們會想到的只有   *600
自己熟知的事物——例如
韻腳的帝國，微積分島嶼；
傾聽遠方雞鳴，在那殘破灰牆發覺
一株希罕的牆蕨；
高貴的雙手束手就擒，
我們嘲笑那些下賤的人，
痛罵那些忠心的白痴，為了好玩，
吐口水到他們的眼。

沒有人能幫助那流亡者，那老人
在汽車旅館奄奄一息，酷熱難忍   *610
這草原的夜，風扇吱嘎吱嘎，點點彩色亮光
從外面投射到他的床上，
像往日伸出黑黑的手
獻上寶石；死神就快來囉。
他覺得透不過氣，用兩種語言召喚
使星雲在肺部瀰漫。

猛扭、撕裂——能預見的僅止於此。
或許可發現偉大的虛空；或是
再一次從馬鈴薯芽眼往上盤旋。

最後一次我們經過那學院，   *620
你說：「我還真看不出這地方

The difference between this place and Hell."

We heard cremationists guffaw and snort
At grabermann's denouncing the Retort
As detrimental to the birth of wraiths.
We all avoided criticizing faiths.
The great Starover Blue reviewed the role
Planets had played as landfalls of the soul.
The fate of beasts was pondered. A Chinese
Discanted on the etiquette at teas
With ancestors, and how far up to go.
I tore apart the fantasies of Poe,
And dealt with childhood memories of strange
Nacreous gleams beyond the adults' range.
Among our auditors were a young priest
And an old Communist. Iph could at least
Compete with churches and the party line.

In later years it started to decline:
Buddhism took root. A medium smuggled in
Pale jellies and a floating mandolin.
Fra Karamazov, mumbling his inept
All is allowed, into some classes crept;
And to fulfill the fish wish of the womb,
A school of Freudians headed for the tomb.

That tasteless venture helped me in a way

和地獄有什麼不一樣。」

土葬論者說那爐子有礙靈魂重生。
我們聽見火葬論者發出哼的一聲，
捧腹大笑。我們儘量
不去批評信仰。
偉大的蒼昊星為我們評論
行星做為靈魂登陸地如何云云。
有人思索禽獸的命運。
一個中國人吟詠與祖先茶敘　　　　　　　　　　*630
該注意的禮節以及其他事項。
我解析愛倫坡的幻想，
討論有珍珠光芒的童年回憶——
成人世界就沒有這種光色。
旁聽者當中，有一個是年輕神職人員
有一個是老共產黨員。至少，那學院
仍可和教會、黨派相抗衡。

後來這學院漸漸式微，佛教生根。
靈媒偷偷帶進
青白色果醬與漂浮曼陀林。　　　　　　　　　　*640
卡拉馬助夫兄弟咕噥什麼都好的蠢話，拖著
身軀去上課。
因著子宮盼魚的緣故，
佛洛依德派走向墳墓。

那乏味的冒險

I learnt what to ignore in my survey
Of death's abyss.
And when we lost our child
I knew there would be nothing: no self-styled
Spirit would touch a keyboard of dry wood
To rap out her pet name; no phantom would
Rise gracefully to welcome you and me
In the dark garden, near the shagbark tree.

"What is that funny creaking—do you hear?"
"It is the shutters on the stairs, my dear."

"If you're not sleeping, let's turn on the light.
I hate the wind! Let's play some chess." "All right."

"I'm sure it's not the shutter. There—again."
"It is a tendril fingering the pane."

"What glided down the roof and made that thud?"
"It is old winter tumbling in the mud."

"And now what shall I do? My knight is pinned."

Who rides so late in the night and the wind?
It is the writer's grief. It is the wild
March wind. It is the father with his child.
Later came minutes, hours, whole days at last,

也有好處。我才知審視死亡深淵
該無視什麼。
失去愛女後，
我已知什麼都是一場空：
沒有自稱精靈者在乾木鍵盤　　　　　　　　　　　*650
敲出她的小名；陰暗的花園，
山胡桃旁不會有鬼魂優雅現身
向我們候問。

「什麼奇怪的吱嘎聲——聽到了嗎？」
「親愛的，樓梯間的百葉窗吧。」

「要是睡不著，就把燈打開。
這風真討厭！來下棋吧。」「好啊，來！」

「肯定不是百葉窗。聽——又是那聲響。」
「是蔓藤在撫摸玻璃窗。」

「什麼東西從屋頂溜下來，砰地一聲？」
「冬天那老頭在泥巴地滾滾鏘鏘。」　　　　　　　*660

「這可怎麼辦？我的騎士無法脫身。」

這麼晚了，是誰在風中策馬狂奔？
是作者的悲傷，是三月狂風吹。
一個父親帶著他的孩兒。
不想她的時候，分分秒秒、時時刻刻

When she'd be absent from our thoughts, so fast
Did life, the woolly caterpiller run.
We went to Italy. Sprawled in the sun
On a white beach with other pink or brown
Americans. Flew back to our small town.
Found that my bunch of essays The Untamed
Seahorse was "universally acclaimed"
(It sold three hundred copies in one year).

Again school started, and on hillsides, where
Wound distant roads, one saw the steady stream
Of carlights all returning to the dream
Of college education. You went on
Translating into French Marvell and Donne.

It was a year of Tempests: Hurricane
Lolita swept from Florida to Maine.
Mars glowed. Shahs married. Gloomy Russians spied.
Lang made your portrait. And one night I died.

The Crashaw Club had paid me to discuss
Why Poetry Is Meaningful to Us.
I gave my sermon, a dull thing but short.
As I was leaving in some haste, to thwart
The so-called "question period" at the end,
One of those peevish people who attend
Such talks only to say they disagree

漸漸消逝，終於日子一天天過去了。
生命，那毛茸茸的毛毛蟲在疾行。
我們去義大利，在陽光下的白色沙灘上躺平。
身邊粉紅色或棕色的美國人
也都伸展四肢。返抵家門，　　　　　　　　　　　　　*670
我們住的那小城，
發現我那散文集《未馴的海馬》「廣受好評」。
（一年銷售三百本。）

開學了，遠方山路蜿蜒，車燈粼粼，
有如一條明亮的河流，淙淙
流向大學教育之夢。
你繼續把馬爾佛、唐恩
譯為法文。

狂風暴雨的一年：羅莉塔颶風
從佛羅里達橫掃緬因。火星　　　　　　　　　　　　*680
發光。諸王大婚。陰沉的俄國人鬼祟偷覷。
蘭為你畫一幅肖像。一夜，我死去。

克拉蕭俱樂部請我演講，講題：
〈為什麼詩對我們有意義〉。
我只是說教，乏味、簡短。
為了躲避最後的「發問時間」，
我匆匆告退。一個傢伙
起立，怒氣沖沖地用煙斗指著我。
這種人來聽演講，

Stood up and pointed with his pipe at me.

And then it happened—the attack, the trance,
Or one of my old fits. There sat by chance
A doctor in the front row. At his feet
Patly I fell. My heart had stopped to beat,
It seems, and several moments passed before
It heaved and went trudging to a more
conclusive destination. Give me now
Your full attention.
I can't tell you how
I knew—but I did know that I had crossed
The border. Everything I loved was lost
But no aorta could report regret.
A sun of rubber was convulsed and set;
And blood-black nothingness began to spin
A system of cells interlinked within
Cells interlinked with cells interlinked
Within one stem. And dreadfully distinct
Against the dark, a tall white fountain played.

I realized, of course, that it was made
Not of our atoms; that the sense behind
The scene was not our sense. In life, the mind
Of any man is quick to recognize
Natural shams, and then before his eyes
The reed becomes the bird, the knobby twig

只是為了鬧場。   *690

然後——我遭到襲擊，神思
恍惚，或許是我的老毛病來犯。其時
前排坐著一個醫生。我不偏不倚
栽在他的跟前。心臟停止
跳動，過了半晌
才又起伏搏動，跟跟蹌蹌
步向最後的目的地。現在請大家聽好，
專心聽我說。
我怎麼知道——
我說不出，但我的的確確
知道我已越界。我失去所愛的一切，   *700
主動脈中却沒表示任何遺憾。一輪
橡膠太陽痙攣、下沉；
黑色虛無像血液，在主幹中編織
細胞組織，
細胞連著細胞連著細胞。
漆黑中，赫然顯現一道
高升的白色噴泉。

我明瞭，這種東西當然
不是由世間原子組成；這景象
背後的意義也非如我們所想。   *710
在生命中，人人都有智慧
可以識破大自然的詐偽：
他張目注視，蘆葦變成鳥，

An inchworm, and the cobra head, a big
Wickedly folded moth. But in the case
Of my white fountain what it did replace
Perceptually was something that, I felt,
Could be grasped by whoever dwelt
In the strange world where I was a mere stray.

And presently I saw it melt away:
Though still unconscious I was back on earth.
The tale I told provoked my doctor's mirth.
He doubted very much that in the state
He found me in "one could hallucinate
Or dream in any sense. Later, perhaps,
But not during the actual collapse".
No, Mr. Shade
        But, Doctor, I was dead!
He smiled. "Not quite: just half a shade," he said.

However, I demurred. In mind I kept
Replaying the whole thing. Again I stepped
Down from the platform, and felt strange and hot,
And saw that chap stand up, and toppled, not
Because a heckler pointed with his pipe,
But probably because the time was ripe
For just that bumb and wobble on the part
Of a limp blimp, an old unstable heart.

尺蠖是那有瘤節的枝條，
眼鏡蛇的頭，一隻大蛾耍奸
闔上雙翅。那白色噴泉
什麼幻化的？恐怕無人能解，
除非靈境裡的人，而在那個奇幻世界，
我只是個迷了路的人。

頃刻，噴泉在我眼前消融：我的魂　　　　　　　　　　*720
在我返回塵世之時，晚了一步。
我的說法讓醫生忍俊不住。
以我當時的情況而言，
「也許，事後可能會出現
幻覺或做夢。但在發病當時，
那是不可能的事，
謝德先生。」
　　　　可是，醫生，我不是死了！「不全對，」
他笑著說：「不過只成了半個鬼。」

然而，我不同意。整個事件
在我心中反覆播放。我再次從台前　　　　　　　　　　*730
走下，覺得不適，渾身發熱，
我看到那傢伙站起來，接著
我頹然倒下，不是因為有人用煙斗指著我，
或許只是時機成熟：一艘飛船漏氣、虛弱，
一顆老舊、不穩的心臟，
顫動、搖晃。

My vision reeked of truth. It had the tone,
The quiddity and quaintness of its own
Reality. It was. As time went on,
Its constant verticle in triumph shone.
Often when troubled by the outer glare
Of street and strife, inward I'd turn, and there,
There in the background of my soul it stood,
Old Faithful! And its presence always would
Console me wonderfully. Then, one day,
I came across what seemed a twin display.

It was a story in a magazine
About a Mrs. Z. whose heart had been
Rubbed back to life by a prompt surgeon's hand.
She told her interviewer of "The Land
Beyond the Veil" and the account contained
A hint of angels, and a glint of stained
Windows, and some soft music, and a choice
of hymnal items, and her mother's voice;
But at the end she mentioned a remote
Landscape, a hazy orchard—and I quote:
"Beyond that orchard through a kind of smoke
I glimpsed a tall white fountain—and awoke.

If on some nameless island Captain Schmidt
Sees a new animal and captures it,
And, if, a little later, Captain Smith

我看到的在在都是真實，
那色調、那怪異的樣子與本質
皆真實的顯現。確是如此。
歲月如梭，而它依然垂直，   *740
發出勝利的光芒。外頭市囂刺眼的光線
時常騷擾我，我於是轉身向內，看見
它就在我靈魂背景中矗立，這老實泉！
我安慰的泉源。
無獨有偶，一天，
我碰巧見到似乎雷同的事件。

那是雜誌上的一篇文章，
說有位 Z 太太的心臟
多虧外科醫師的妙手及時按摩，
因而重新跳動。她對記者說   *750
在那「隔著一層紗的地方」，
隱約好像有天使、彩繪玻璃的光，
柔美的音樂，幾首詩歌，母親的語聲；
最後，她提到遙遠的風景，
霧濛濛的果園──
且讓我引述：「我的視線
穿過一陣煙霧，發現果園外
有道高聳的白色噴泉──然後醒來。」

假設有個史密特船長在一個無名島
看到一種新的動物，且把牠抓到，   *760
而不久，史密斯船長帶回來一張毛皮，

Brings back a skin, that island is no myth.
Our fountain was a signpost and a mark
Objectively enduring in the dark,
Strong as a bone, substantial as a tooth
And almost vulgar in its robust truth!

The article was by Jim Coates. To Jim
Forthwith I wrote. Got her address from him.
Drove west three hundred miles to talk to her.
Arrived. Was met by an impassioned purr.
Saw that blue hair, those freckled hands, that rapt
Orchideous air—and knew that I was trapped.

"Who'd miss the opportunity to meet
A poet so distinguished?" It was sweet
Of me to come! I desperately tried
To ask my questions. They were brushed aside:
"Perhaps some other time." The journalist
Still had her scribblings. I should not insist.
She plied me with fruit cake, turning it all
Into an idiotic social call.
"I can't believe," she said, "that it is you!"
I loved your poem in the Blue Review.
That one about Mon Blon. I have a niece
Who's climbed the Matterhorn. The other piece
I could not understand. I mean the sense.
Because, of course, the sound—But I'm so dense!"

那小島就不是神話。那噴泉是界碑
也是路標，客觀地
屹立在黑暗裡，
實在如牙，堅硬若骨，
真實的近乎粗俗！

文章是吉姆‧寇慈寫的。於是，
我寫信向此君詢問，問到了她的地址。
我西行三百哩去找她。到達。她喵嗚地
熱情招呼我。那藍藍的髮絲，   *770
黑斑點點的手，蘭花般迷人的氣質，我想
——我這是自投羅網。

「什麼風把你這大詩人吹來？」
我的來訪讓她喜笑顏開。
我急著問她。她却四兩撥千斤：
「或許下回再問。」
反正記者還有
她的草稿。我不該強求。
她為我端上水果蛋糕，唉，我
已成串門子的三姑六婆。   *780
「不敢相信，」她說，「真是你！
我愛死了你在《藍色評論》發表的那首詩哩。
還有『白山』那首。我有個姪女曾攀登
馬特洪峰呢。另一首我不懂。
不知道那詩在寫什麼。我也不懂音韻——
當然，我太愚蠢！」

She was. I might have persevered. I might
Have made her tell me more about the white
Fountain we both had seen "beyond the veil"
But if (I thought) I mentioned that detail
She'd pounce upon it as upon a fond
Affinity, a sacramental bond,
Uniting mystically her and me,
And in a jiffy our two souls would be
Brother and sister trembling on the brink
Of tender incest. "Well," I said, "I think
It's getting late...."
   I also called on Coates.
He was afraid he had mislaid her notes.
He took his article from a steel file:
"It's accurate. I have not changed her style.
There's one misprint—not that it matters much:
Mountain, not *fountain*. The majestic touch."

Life Everlasting—based on a misprint!
I mused as I drove homeward: take the hint,
And stop investigating my abyss?
But all at once it dawned on me that this
Was the real point, the contrapuntal theme;
Just this: not text, but texture; not the dream
But topsy-turvical coincidence,
Not flimsy nonsense, but a web of sense.

的確，蠢得可以。原本我該堅持，原本
可以要她多談談我們
看過的那「隔著一層紗」的白色噴泉，
不過（我忖度）如果我提到這點，   *790
她可能會逮住這個機會，
說我們有某種親密的關係，神聖的繫帶，
神秘地將我倆緊緊綁在一起，
兩條靈魂在剎那間成為姐弟，
在溫柔的亂倫邊緣
顫慄。我說：「嗯，時間
不早了……」

　　　　　我也去找過寇慈。他恐怕不知
把她那草稿擺在哪兒。他從檔案鐵櫃裡
找出那篇文章：「沒錯，就是這樣。
我沒改她的文體。有一處誤植，其實無妨，   *800
巍峨的 *mountain*（山巒）
變成高聳的 *fountain*（噴泉）。」

永生——竟然源於一處誤植！
我開車回家，自忖：是否該接受這個暗示，
別再繼續探索我的深淵？
我突然頓悟，這正是關鍵，
這對位的主題告訴我：
文字本身不重要，重要的是脈絡；
夢境不重要，重要的是顛倒錯亂的巧合，
這不是胡扯瞎話，而是意義的網絡。   *810

Yes! It sufficed that I in life could find
Some kind of link-and-bobolink, some kind
Of correlated pattern in the game,
Plexed artistry, and something of the same
Pleasure in it as they who played it found.

It did not matter who they were. No sound,
No furtive light came from their involute
Abode, but there they were, aloof and mute,
Playing a game of worlds, promoting pawns
To ivory unicorns and ebon fauns;
Kindling a long life here, extinguishing
A short one there; killing a Balkan king;
Causing a chunk of ice forming on a high-
Flying airplane to plummet from the sky
And strike a farmer dead; hiding my keys,
Glasses or pipe. Coordination these
Events and objects with remote events
And vanished objects. Making ornaments
Of accidents and possibilities.

Stormcoated, I strode in: Sybil, it is
My firm conviction—"Darling, shut the door.
Had a nice trip?" Splendid—but what is more
I have returned convinced that I can grope
My way to some—to some—"Yes, dear?" Faint hope.

正是！但願我能在此生發現
食米鳥及其歌聲的關連，
洞視遊戲的相關模式，看穿
複雜的機關，也就是你自己去玩
才能體會的種種妙趣。

他們是誰並不重要。那螺旋幽居
無聲，沒有一絲光線逃逸出去。
他們在那裡，冷漠、無語，
玩弄世界於指掌之間，使兵卒升格，
變成象牙獨角獸、烏木牧神；頃刻 　　　　　　　*820
點燃長生的火燭，剎那
熄滅那短命的火；刺殺
一個巴爾幹國王；使高空的飛機
凝結出一大塊冰，下墜
砸死 一個農夫；藏起我的鑰匙、
眼鏡或煙斗。使現在發生的事
和遙遠的事件、消失的東西連結起來，
以意外和各種可能
來做裝飾。

我穿著雨衣進門：喜碧，這就是—— 　　　　　　　*830
我堅定的信念。「親愛的，把門關上。
此行可好？很好——更不虛此行的是，我想
我將——我將——
「什麼？」——摸索出一點希望。

IV.

Now I shall spy on beauty as none has
Spied on it yet. Now I shall cry out as
None has cried out. Now I shall try what none
Has tried. Now I shall do what none has done.
And speaking of this wonderful machine:
I'm puzzled by the difference between
Two methods of composing: A, the kind
Which goes on solely in the poet's mind,
A testing of performing words, while he
Is soaping a third time one leg, and B,
The other kind, much more decorous, when
He's in his study writing with a pen.
In method B the hand supports the thought,
The abstract battle is concretely fought.
The pen stops in mid-air, then swoops to bar
A canceled sunset or restore a star,
And thus it physically guides the phrase
Toward faint daylight through the inky maze.

But method A is agony! The brain
Is soon enclosed in a steel cap of pain.
A muse in overalls directs the drill
Which grinds and which no effort of the will
Can interrupt, while the automaton

此刻，我將對美進行窺視，
以迄今無人窺視的方式。
我將吶喊迄今無人吶喊過的，嘗試
迄今無人嘗試過的。做出前所未有的事。
說到這巧妙的機器：
有兩種創作方式，其中差異　　　　　　　　　　　*840
使我困惑：一種只在詩人的腦部
運作，他檢驗文字的演出，
同時，第三次在一隻腿上
抹肥皂；另一種，比較有正經的模樣，
他在書房提筆，
以手支撐思想，結結實實
打了一場抽象的戰爭。
他的筆，停駐在半空中，
然後俯衝，塗掉一輪
作廢的落日或讓一顆星子重新　　　　　　　　　　*850
發亮。在墨黑的迷宮牽著詞語，朝向
朦朦朧朧的曙光。

但是前者苦不堪言！大腦
旋即被疼痛的鋼帽
緊箍，電鑽轟鳴，穿工作褲的繆思
指揮手下鑽啊鑽，意志
怎麼也阻止不了，他不由自主

Is taking off what he has just put on
Or walking briskly to the corner store
To buy the paper he has read before.

Why is it so? Is it, perhaps, because
In penless work there is no pen-poised pause
And one must use three hands at the same time,
Having to choose the necessary rhyme,
Hold the completed line before one's eyes,
And keep in mind all the preceding tries?
Or is the process deeper with no desk
To prop the false and hoist the poetesque?
For there are those mysterious moments when
Too weary to delete, I drop my pen;
I ambulate—and by some mute command
The right word flutes and perches on my hand.

My best time is the morning; my preferred
Season, midsummer. I once overheard
Myself awakening while half of me
Still slept in bed. I tore my spirit free,
And caught up with myself—upon the lawn
Where clover leaves cupped the topaz of dawn,
And where Shade stood in nightshirt and one shoe.
And then I realized that this half too
Was fast asleep; both laughed and I awoke
Safe in my bed as day its eggshell broke,

把剛穿上的衣服
脫掉，或快步走到街角的商店，
買份已經看過的報紙來看。   *860

何以如此？也許因為沒有筆，
反而沒有停筆這回事？
必須三手並用，挑選需要的韻腳，
把完成的詩行擺在眼前，還要記好
先前所有的嘗試。或者
少了張書桌撐托虛假，
吊起詩意，過程更為沉潛？
在某些神秘的瞬間，
我精疲力竭，不能再刪，於是
擲筆、踱步——精準的文字   *870
却在一種無聲的命令下吹奏長笛，
在我手上棲息。

我最愛的時候是清晨；仲夏則是
最喜歡的季節。有一次，
我偷聽自己醒來，半個我還在沉睡，
我連忙解開靈魂的束縛，追隨
謝德來到草坪，苜蓿葉盛著黎明的黃寶石，
他穿著睡衣和一只鞋子站在那裡。
我才知，這半個還在睡覺，
兩個一半都莞爾一笑；   *880
這一天正破殼而出，我安然醒來
知更鳥走著走著，停駐在

And robins walked and stopped, and on the damp
Gemmed turf a brown shoe lay! My secret stamp,
The Shade impress, the mystery inborn.
Mirages, miracles, midsummer morn.

Since my biographer may be too staid
Or know too little to affirm that Shade
Shaved in his bath, here goes:
      "He'd fixed a sort
Of hinge-and-screw affair, a steel support
Running across the tub to hold in place
The shaving mirror right before his face
And with his toe renewing tap-warmth, he'd
Sit like a king there, and like Marat bleed."

The more I weigh, the less secure my skin;
In places it's ridiculously thin;
Thus near the mouth: the space between its wick
And my grimace, invites the wicked nick.
Or this dewlap: some day I must set free
The Newport Frill inveterate in me.
My Adam's apple is a prickly pear:
Now I shall speak of evil and despair
As none has spoken. Five, six, seven, eight,
Nine strokes are not enough. Ten. I palpate
Through strawberry-and-cream the gory mess
And find unchanged that patch of prickliness.

一只褐鞋在滿綴珠寶的濕草地
留下的腳印！我的秘密戳記，
謝德的印痕，天生的奧秘，
一個仲夏清晨的幻影、奇蹟。

為我作傳者可能過於拘謹
或所知有限，不敢說謝德這個人
在浴缸中刮鬍子，只是說：
　　　　　　「他裝了個
有著鉸鏈螺絲的玩意兒，　　　　　　　　　　　　*890
鋼條橫跨在浴缸上，支撐
眼前的修面鏡，以腳趾轉動
水龍頭，調回水溫，像國王
端坐，如馬拉血染浴缸。」

我的體重愈增，皮膚愈鬆弛；
有些地方薄得荒謬；我的嘴
附近，在燈蕊般的舌與我的鬼臉之間
出現邪惡的裂口，或下巴下緣
贅肉：我老是刮出一片新港酒般的紫紅
這老毛病不根除不成。　　　　　　　　　　　　*900
我的喉結是帶刺的梨：
現在，我將以迄今無人說過的說詞
來說邪惡與絕望。五、六、七、八，
九下還不夠。十。我觸摸下巴，
草莓奶油般的皮膚依然凹凸不平，
我發現那兒一樣荊棘叢生。

I have my doubts about the one-armed bloke
Who in commercials with one gliding stroke
Clears a smooth path of flesh from ear to chin,
Then wipes his face and fondly tries his skin.
I'm in the class of fussy bimanists.
As a discreet ephebe in tights assists
A female in an acrobatic dance,
My left hand helps, and holds, and shifts its stance.

Now I shall speak.... Better than any soap
Is the sensation for which poets hope
When inspiration and its icy blaze,
The sudden image, the immediate phrase
Over the skin a triple ripple send
Making the little hairs all stand on end
As in the enlarged animated scheme
Of whiskers mowed when held up by Our Cream.

Now I shall speak of evil as none has
Spoken before. I loathe such things as jazz;
The white-hosed moron torturing a black
Bull, rayed with red; abstractist bric-a-brac;
Primitivist folk-masks; progressive schools;
Music in supermarkets; swimming pools;
Brutes, bores, class-conscious Philistines, Freud, Marx,
Fake thinkers, puffed-up poets, frauds and sharks.

我不相信廣告中那個獨臂小子。
你看那刀從耳朵流轉到下巴，隨即
開闢出一條光溜溜的坦途，
擦擦臉，喜孜孜地摩挲肌膚。　　　　　　　　　　*910
我是那種兩隻手不知在瞎忙什麼的人，
像一個穿緊身褲青年，小心謹慎
協助做特技舞蹈表演的女子，
伸出左手，托住，變換姿勢。

現在，我要說……詩人最渴望
靈光乍現──沒有任何肥皂比得上
這種感覺。靈感冰冷的強光人放光彩，
意象突然顯現，詞語手到擒來，
皮膚激起三圈漣漪，汗毛　　　　　　　　　　　*920
豎立，就像那生動的廣告
放大的影像：本牌刮鬍膏撐起的髭鬚，
一律刈去。

此時，我將以無人說過的方式
來說邪惡。我討厭這些東西，像爵士、
穿白襪子的笨蛋折磨鮮血直流的黑牛、
抽象派的裝飾品，還有
原始的民俗面具、教改學校，另外
再加上超市音樂、泳池、趨炎附勢的市儈、
人面禽獸、討厭鬼、佛洛依德、馬克思、
冒牌哲學家、當紅詩人、無賴、騙子。　　　　　*930

And while the safety blade with scrape and screak
Travels across the country of my cheek,
Cars on the highway pass, and up the steep
Incline big trucks around my jawbone creep,
And now a silent liner docks, and now
Sunglassers tour Beirut, and now I plough
Old Zembla's fields where my gray stubble grows,
And slaves make hay between my mouth and nose.

Man's life as commentary to abstruse
Unfinished poem. Note for further use.

Dressing in all the rooms, I rhyme and roam
Throughout the house with, in my fist, a comb
Or a shoehorn, which turns into the spoon
I eat my egg with. In the afternoon
You drive me to the library. We dine
At half past six. And that odd muse of mine,
My versipel, is with me everywhere,
In carrel and in car, and in my chair.

And all the time, and all the time, my love,
You too are there, beneath the word, above
The syllable, to underscore and stress
The vital rhythm. One heard a woman's dress
Rustle in days of yore. I've often caught

刮鬍刀片吱嘎吱嘎地
在我臉頰的國度遊歷，
車子在公路飛馳，大卡車慢慢
爬上我顎骨的陡坡，一艘輪船
悄悄入港，戴墨鏡的人在貝魯特觀光，
那古老冷珀的田地，灰白鬚茬長得猖狂，
我犁地，在我口鼻之間
有奴工在曬乾草。

生命是那晦澀、未竟之詩的評注。
日後還有更多的用處。　　　　　　　　　　　　*940

我在每一間房裡穿衣，寫詩、
在屋裡走來走去，握著一把梳子
或一個鞋拔，手中之物
又變成我吃蛋的湯匙。下午
你開車載我去圖書館。六點半，那時
我們用餐。而我那古怪的繆思，
我的變身妖魔，無時不刻在我身旁，
在圖書館的個人座位、車子裡、椅子上。

我的摯愛，你也分分秒秒在我身邊，
在字詞底下，在音節之上，為我劃線　　　　　　*950
強調重要節奏。往昔，
我聽見一個女人的衣裙窸窸
窣窣。我常常捕捉

The sound and sense of your approaching thought.
And all in you is youth, and you make new,
By quoting them, old things I made for you.

Dim Gulf was my first book (free verse); *Night Rote*
Came next; then *Hebe's Cup*, my final float
In that damp carnival, for now I term
Everything "Poems," and no longer squirm.
(But this transparent thingum does require
Some moondrop title. Help me, Will! *Pale Fire*.

Gently the day has passed in a sustained
Low hum of harmony. The brain is drained
And a brown ament, and the noun I meant
To use but did not, dry on the cement.
Maybe my sensual love for the consonne
D'appui, Echo's fey child, is based upon
A feeling of fantastically planned,
Richly rhymed life.

                    I feel I understand
Existence, or at least a minute part
Of my existence, only through my art,
In terms of combinational delight;
And if my private universe scans right,
So does the verse of galaxies divine
Which I suspect is an iambic line.
I'm reasonably sure that we survive

你下一個念頭的聲音和感覺。
你青春長駐，過去我為你寫的詩文
經你引述，歷久彌新。

我的處女作是（自由體寫的）《暗灣》；
第二本《午夜濤聲》；然後是《熙碧之盞》，
在那濕漉漉的嘉年華會最後一次漂浮，而今
什麼都可以叫做「詩」，不必扭捏拘謹　　　　　　　*960
　（但這透明、無以名之的東西，無論如何
得向月亮借題。幫幫我，莎翁！《幽冥的火》。）

歲月在和諧、不斷的嗡嗡聲中輕輕流逝。
腦已枯竭，褐色花穗，以及
我想用却沒有用上的那個名詞
在水泥上乾癟枯萎。我可是
過於耽溺於「輔助子音」，
回音女神的精靈孩子，只因
我特別喜愛設計得玲瓏剔透、
音韻豐富的生命。
　　　　　　　我感覺到，唯有　　　　　　　*970
透過我的藝術，即排列組合的樂趣，
我才能對我的存在有所領悟，
至少理解存在的一小部分；
也許我個人的宇宙神籟自韻，
天上銀河的詩歌一樣韻律合拍，
或許還是抑揚格呢，我猜。
我很肯定，我們活得好端端，

And that my darling somewhere is alive
As I am reasonably sure that I
Shall wake at six tomorrow, on July
The twenty-second, nineteen fifty-nine,
And that the day will probably be fine;'
So this alarm clock let me set myself,
Yawn, and put back Shade's "Poems" on their shelf.

But it's not bedtime yet. The sun attains
Old Dr. Sutton's last two windowpanes.
The man must be—what? Eighty? Eighty-two?
Was twice my age the year I married you.
Where are you? In the garden. I can see
Part of your shadow near the shagbark tree.
Somewhere horseshoes are being tossed. Click. Clunk.
(Leaning against its lamppost like a drunk.)
A dark Vanessa with a crimson band
Wheels in the low sun, settles on the sand
And shows its ink-blue wingtips flecked with white.
And through the flowing shade and ebbing light
A man, unheedful of the butterfly—
Some neighbor's gardener, I guess—goes by
Trundling an empty barrow up the lane.

而我的寶貝也在某個地方活著一般，
正如我肯定，明天清晨六點，
七月二十二日，一九五九年的一天，   *980
我將醒來。這天或許也是
天氣晴朗的日子。因此，
我打了個呵欠，調好鬧鐘，
把謝德的詩作放回書架中。

就寢時間還早。夕陽
映在蘇敦老醫生家的最後兩扇窗。
他——年紀多大了？八十？八十二？
我和你結婚那年不過四十出頭。你在哪兒？
花園裡。我看見你的影子一半
與山胡桃樹為伴。   *990
附近有人擲馬蹄鐵。鏗鏗。鏘鏘。
（像醉漢倚著燈柱那樣。）
凡妮莎，身穿紅條紋黑霓裳，
在低垂陽光中迴旋飛翔，
然後在沙地降落，翅端亮出墨藍斑白
光線消退，黑影湧來，
有人沒看到那蝶——
我想，也許是某個鄰居的園丁——
推著空空的推車在那條小徑前行。

評注

1-4 行：我是連雀飄殞的魅影……

　　開頭顯現的這個意象，顯然是一隻鳥飛得太快，猛然撞上了一間屋子的窗玻璃，就這麼一頭撞死了。映照在玻璃上的天空微暗，雲影緩慢飄移，因而出現內外相連的幻影。可以想見，兒時的約翰・謝德（一個外表不怎麼吸引人，但發育還算不錯的少年）第一次目睹末世的震撼。草皮上有個結實、圓滾滾的身軀──灰棕羽翼上有鮮明的紅條紋，優雅的尾巴羽毛尖上有一點明豔的黃，剛上漆似的亮麗。死了嗎？謝德伸出狐疑的手，拾起這隻鳥。在謝德生命的最後一年，我有幸與他毗鄰而居，在如詩如畫的紐懷（見序言）度日。我常常看見他家院子一旁的杜松出現這些特別的鳥兒，雀躍地啄食粉藍的莓果（見 181-182 行）。

　　我對園中飛禽所知有限，只認識北歐的幾種。不過，紐懷有個年輕的園丁（我對這年輕人很感興趣，見 998 行）教我辨別幾種形似熱帶小鳥的小怪客，還有牠們那滑稽的叫聲。自然而然，我案頭上的鳥類研究專書和窗外的樹梢，好像有虛線相連似的。為這研究，我常在草皮上狂奔，急著找出一隻鳥的學名。常在這附近出沒的一種狡詐、粗野的鳥，怎麼會是「知更」？想必是冒牌貨。牠的羽毛是一種骯髒、晦暗的紅，正啄著一條聽天由命的可憐蟲！一副貪婪得令人作嘔的德行。

　　偶然間，我注意到一種叫做「絲尾」的鳥。這鳥有羽冠，外觀和色澤都像連雀，讓我大感好奇。這種鳥的名字在冷珀文做「sampel」。冷珀國王的紋章上共有三個圖案，其中之一就是絲尾（另外兩個分別是天然色澤的馴鹿和金髮藍身雄人魚）。國王就是「人民愛戴的查爾士」（生於一九一五年），我不時和我的朋友談起此君的大不幸。

　　謝德動筆寫這詩是在一年的正中，也就是七月一日子夜。當時，我正和一個年輕的伊朗朋友在下棋。他是這裡暑期班的學生。

詩人或許可以理解，為他作評注者何以忍不住提起一個劫數，即有弒君意圖的葛雷德斯離開冷珀國的日期──詩人幾乎是在同時開始創作的。事實上，葛雷德斯正是在七月五日，搭上一架哥本哈根飛機離開昂哈瓦⑰的。

12行：水晶大地

或許這意指冷珀，我親愛的祖國。就在這一行後面，我發現謝德的草稿卡片上有兩行字被塗掉了一半。文稿支離破碎，下兩句若隱若現，然不知這樣解讀正確與否：

Ah, I must not forget to say something
That my friend told me of a certain king.

啊，我千萬別忘了提起
朋友說的，某位國王的事跡。

要不是詩人家裡有個「反皇黨人」從中作梗，控制了他向她吐露的每一行詩，他應該可以透露更多。不知有多少次，我跟他打趣說：「老兄，你得答應我，可別浪費了這妙不可言的材料。你這邪惡的老詩人⑱！」語畢，我倆呵呵大笑，孩子似的。但在這逸興遄飛的黃昏漫步之後，我們就得分道揚鑣。在他那堅不可

---

⑰冷珀國首都。

⑱邪惡的老詩人：bad gray poet，人稱著有草葉集（Leaves of Grass）的詩人惠特曼（Walt Whitman, 1819-1892）為「善良的老詩人（good gray poet）。」參見 Brian Boyd 編，《納博科夫小說集 1955-1962》（*Vladimir Nabokov Novels* 1955-1962: Lolita, Pnin, Pale Fire, Lolita: a Screenplay）最新修訂版中的編注，*New York: the Library of America*, 1996（此版本以下簡稱 VNN），p. 893。

摧的堡壘和我的陋室間有座可開合的吊橋。陰森的黑夜降臨，橋就升起了。

　　提到那國王在位期間（1936-1958），至少有幾個明察秋毫的史家還記得，那是個太平而優雅的時期：在外交上，因為運籌帷幄得宜，和平的紀錄未曾遭到戰神破壞。在腐敗、反叛和極端主義滲透到國內以前，人民的國會和皇家的議院兩者合作無間。和諧，正是這個時期的通關密語。此時，高雅的藝術與純粹的科學展現絕代風華；工藝、應用物理學、工業化學等也欣欣向榮。在昂哈瓦，逐漸升起了一座小小的、有著深藍玻璃帷幕的摩天樓。氣候似乎日漸宜人，賦稅甚至成一椿美事。窮人變得富有一點，而富人變得窮了一點（正符合日後出現的「金波特原則」。）只要身在冷珀，都能享受醫療照護的福利。秋天，花椒珊瑚紅的果實串串低垂，俄羅斯玻璃⑲在水窪中閃閃發亮，就是國王到各地巡行的時節，但他愈來愈少這麼做了。這位既和善又有辯才的國王被一群學童圍繞的時候，常哮喘發作，咳得面紅耳赤。在此地，跳傘是相當流行的運動。總之，此地人人豐衣足食，即使是被敵國——對冷珀虎視眈眈的強鄰索西德⑳——收買的政客，這些跳樑小丑也對自己的脫線演出相當滿意。但我們就此打住，不要繼續這個無聊的主題了。

　　再說到國王，比方說個人的文化修養好了。做國王的會做什麼特別的研究嗎？有這種研究興趣的國王不到五個（伸出殘缺不全的手來數，剛好。）其中有一個就是貝類專家㉑。這冷珀國的

---

⑲即雲母，在古俄羅斯常用雲母來做窗玻璃。

⑳Sosed，俄文，「鄰居」之意，暗指 Sovetsky Soyuz（蘇聯）。參見 VNN，
　　p. 488。

㉑查爾士二世的父親就是研究貝類的行家（參見金波特的索引）。這位貝類
　　研究專家讓人想起日本裕仁天皇的海洋生物學實驗室和熱愛海洋研究的
　　摩納哥王子亞柏特一世（Albert I）。摩納哥海洋博物館（Oceanographic

末代之君，由於舅父孔瑪爾的影響，儘管不時遭遇偏頭痛的襲擊，一頭鑽進文學研究就沉迷到不可自拔的地步。孔瑪爾可是迻譯莎士比亞的大譯家（見 39-40 行及 962 行評注）。國王四十歲那年，王位岌岌可危，學問却登峰造極。這位德高望重的舅父，臨死之前以沙啞的聲音懇求他：「甥兒，不如教書吧。」國王最後接受了這個建議。試想，一國之君身穿為人師表的長袍站在大學講臺上對著莘莘學子授課的模樣成何體統！他解釋何以《為芬尼根守靈》（*Finnigan's Wake*）像是個衍生出來的大怪物：文本不知所云，比麥克第亞米德㉒更加嚴重，比索禧的「*Dear Stumparumper*」㉓更精於「擲地有聲的胡說八道」。或者，在課堂上討論

Museum of Monaco）就是這位王子創立的。至於查爾士二世的舅父孔瑪爾則暗指沙皇亞歷山大三世之子，康斯坦諾維奇大公（Grand-Duke Konstantin Konstantinovich, 1896-1968），二流詩人和劇作家，他也曾把莎士比亞的作品翻譯成俄文。見 Brian Boyd 著《納博科夫的幽冥的火》（*Nabokov's Pale Fire*，以下簡稱 NPF），*New Jersy: Princeton University Press*, 1999, p. 81。

㉒納博科夫曾在讀書箚記中提及：「史威夫特致紅粉知己史黛拉（Stella，原名 Esther Johnson）書札的『絮語』（*little language*）只有當事人能解；安格斯·麥克第亞密德（Angus MacDiarmid）1841 年寫的〈記愛丁南坡與拉肯黑德之美景〉（*A Description of the Beauties of Edinample and Lochearnhead*）簡直不知所云，喬伊斯最糟的文字也有這些雜音……」納博科夫對喬伊斯的《尤里西斯》（*Ulysses*）推崇備至，對《為芬尼根守靈》則評價甚低，認為這書盡是敗筆。納博科夫曾在《強烈意見》（*Strong Opinions*）中論道：「《為芬尼根守靈》是由偽民間傳說變出來的一團亂七八糟的東西，令人讀來味如嚼蠟，就像不斷從隔壁傳來的鼾聲，折磨失眠者的神經。」*New York: Vintage Books*, 1973, p. 71，此書以下簡稱 SO。

㉓英國詩人索禧（Robert Southey, 1774-1843）在一八二一年九月十四日寫給友人貝福德（Grosvenor C. Bedford）的信中，用了許多難以解讀的文字：「Dear Stumparumper...she...calls me detesty, a maffrum, a goffrum, a chatterpye, a sillycum, and a great mawkinfort...」索禧後來又在一八二二年十二月二十四日的信中說：「這種特別的語言……姑且稱之為『擲地有聲的胡說八道（Lingo-Grande）』。這種語言其實是柯立芝

十二世紀經典《皇家之鏡》(*Kongsskugg-sio*) ㉔的幾個冷珀文版本
——這是霍汀斯基 (Hodinski) 在一七九八年編選而成的本子，
作者佚名。因此，國王只好隱姓埋名，戴假髮、貼鬍子，以學者
的面貌示人。所有臉頰紅潤、眼珠子湛藍且有著棕色鬍子的冷珀
人看起來都一個樣兒。像我，如果鬍子一年沒刮，與那喬裝之後
的國王也有點神似（參見 894 行評注）。

　　在執教鞭的歲月裡，化名為查爾士・札維爾 (Charles
Xavier) 的國王就像柯利奧蘭納斯㉕巷的學者，習慣在這短期落
腳之處 (pied-à-terre) 睡覺。房子不大，只有一房一廳，但很溫
馨，有中央空調，附有小小的浴室和廚房。淺灰的地氈、珠灰的
牆壁（有一道牆孤零零地掛著畢卡索的畫〈吊燈、壺、塘瓷鍋〉㉖，
一書架小牛皮裝幀的詩集、一張鋪著仿貓熊毛皮、狀似小鍵琴㉗
的沙發床——這樣簡單澄淨的生活勾起了幾許思鄉之情。此時此
刻，祖國冷珀、紛擾的宮殿、問題叢生的議會、還有那些有如驚
弓之鳥的議員，似乎已在九霄雲外。

17 行：繼而出現兩種漸漸 (gradual) 合一的藍；
29 行：灰色 (gray)

　　(Samuel Taylor Coleridge, 1772-1834) 夫人莎拉（索禧的兄嫂）發明的
　　文字遊戲。參看 VNN, p. 893。

㉔納博科夫研究《奧涅金》(*Eugene Onegin*) 之時，在《箚記與問題》(*Notes
　　and Queries, 51*) 一書發現《皇家之鏡》這本書。有的參考書籍將此書拼
　　成「Konungs-Skugsja」，並認為這是十三世紀的作品。見 VNN, p. 894。

㉕Coriolanus：柯利奧蘭納是莎士比亞同名悲劇中的主人翁。這個驕傲的古
　　羅馬將軍，代表貴族階級，是人民最大的公敵，階級偏見與唯我獨尊的狂
　　妄在他身上表現得淋漓盡致。

㉖Chandelier, pot et casserole emaillee。

㉗小鍵琴：virginal，鍵琴家族中最古老的樂器，十六和十七世紀流行於英
　　國。此外，在英國，有時候也用這個名稱泛指任何種類的撥弦鍵琴。

在此，由於 gradual、gray 這兩個字，詩人似乎洩露了一個人的名字（即 Gradus，葛雷德斯）。無巧不成書（或許這種對位法是謝德詩作特色）。命運注定，三個禮拜後的某一刻，他們會碰面，但在這天（七月二日），詩人還不曉得天底下有這號人物。傑克柏·葛雷德斯（Jakob Gradus）別名不少，有時自稱傑克·狄葛雷（Jack Degree），或傑克·德·葛雷（Jacques de Grey），或詹姆斯·德·葛雷（James de Grey）。警方檔案中的他，還有拉弗斯（Ravus）、拉文斯東（Ravenstone）和德阿加斯（d'Argus）等不一。他對蘇維埃統治之下的赤俄有著病態的喜愛，宣稱自己的名字正源於俄文的「葡萄」，也就是「vinograd」，再加個拉丁字尾而成「葡萄小子（Vinogradus）」。他的父親名叫馬丁·葛雷德斯（Martin Gradus），是里加的新教牧師。整個家族，除了他父親和舅父羅曼·澤洛伐尼可夫（Roman Tselovalnikov，員警，也是半吊子的社會革命黨員）似乎都是賣酒的。馬丁·葛雷德斯在一九二○年去世後，遺孀遷居至法國東北的史特拉斯堡，不久，也死了。還有一個葛雷德斯，他是亞爾薩斯的一個生意人，本來跟我們的殺手一點關係都沒有，但和他親戚合夥做生意多年。這個葛雷德斯收養了傑克柏·葛雷德斯，把他和自己的孩子一起扶養成人。年輕的葛雷德斯似乎曾在蘇黎世讀過藥理學，也曾走訪各地的葡萄園，在霧裡品酒。接下來，則是從事小小的顛覆活動——印刷反政府小冊、為不知名的工團報信、策劃玻璃工廠工人罷工等等。在四○年代，他曾以白蘭地酒商的身分來到冷珀國，在此娶了個酒館老闆的女兒為妻。他和極端黨人很早就有了交情，可以追溯到這個黨篳路藍縷的草創時期。後來，革命爆發，雖然他的組織才幹差強人意，很多單位都認為他這個人還不賴。他動身前往西歐的時候，懷有某種不可告人的目的，口袋裡有把上了膛的手槍。出發那天，正巧，我們那毫不知情的詩人，正在一塊單純的土地上寫《幽冥的火》第二章開頭。我們將尾隨葛雷

德斯，從遙遠、迷濛的冷珀國，前往碧綠的阿帕拉契亞，歷經一整首詩，一路在格律的路上亦步亦趨，在詩句跨行處 (run-on) 滑行，在句點呼吸；我們從頁首下行至頁尾，一行一行往下爬，又像在樹枝間擺盪。我們在兩個字裡躲藏起來 (見 596 行評注)，又在一個新的章節的地平線現身，踏著抑揚格的詩步不斷前行，穿過大街小巷，和他的手提行李箱一同在五音步詩行步步高升。走出來，搭上一列新的思緒火車，走進一家飯店的大廳，關上床頭燈然後沉沉睡去。這時，謝德塗改了一個字，把筆放下，準備就寢。

27 行：福爾摩斯

　　鷹鉤鼻、削瘦頎長、頗討人喜歡的私家偵探，柯南·道爾 (Conan Doyle, 1859-1930)　《福爾摩斯探案》中的主人翁。這裡指的是哪一個案子呢？㉘我不想查個水落石出。我懷疑這個足跡逆行的奇案完全是詩人杜撰出來的。

35 行：冰劍垂懸在屋簷

　　詩人動筆寫這首長詩，是在一個沁人心脾的夏夜，却一再喚起冬季的種種景象！這樣的聯想從何而來？我們不難洞視：玻璃→水晶→冰。然而，詩人到底是由於什麼動力的驅使寫出來的？他未曾言明。我們至少可以這麼推測：也許由於詩人和未來為他的詩作注的人初次相遇，就是在一個冬日——這個時間點不知怎地化夏為冬。在這一行剔透的詩句中，讀者請注意「冰劍」(stillicide) 這個字詞。我手邊的字典是這麼解釋的：「從屋簷連續垂

㉘見《福爾摩斯探案之歸來記》（*The Return of Sherlock Holmes*, 1905）中〈空屋〉（*The Empty House*）一篇，福爾摩斯解釋說，他的勁敵莫里亞帝教授也學會了他過去在類似情況下使出來的一招，也就是把鞋倒穿。參看 VNN, p. 891。

落下來的連續水滴；簷水；洞穴水滴。」我記得第一次邂逅這個字詞是在哈代的一首詩裡㉙。水冷霜白，屋簷水滴跟著永垂不朽、晶瑩明亮。還有，請注意「冰劍」凶光外露，暗藏殺機（字尾-cide），此處埋有陰謀弒君（regicide）的伏筆。

39-40 行：閉上雙眼……

在草稿上，這兩行原是：

……and home would haste my thieves,

The Sun with stolen ice, the moon with leaves

……我那些賊兒，倉皇歸來　　*39

太陽偷了冰，月亮攜著樹葉回家　　*40

這不由得讓人聯想到《雅典的泰門》（*Timon of Athens*）第四幕第三景中，看盡世態炎涼、憤世嫉俗的貴族泰門對三個匪徒高談闊論的一段。我目前棲身的木屋，家徒四壁，就像千金散盡的泰門委身的洞穴。由於沒什麼藏書，又馬上要援引，只好根據這齣劇的冷珀文詩體譯本，把這一段譯成英文散文。我希望自己譯得夠貼近原文，至少忠於原文精神：

The sun is a thief: she lures the sea

And robs it. The moon is a thief:

㉙見哈代（Thomas Hardy, 1840-1928）詩作 Friends Beyond（收錄於 *Wessex Poems and Other Verses*）中的一段：

They've a way of whispering to me—fellow-wight who yet abide—

In the muted measured note

Of a ripple under archways, or a lone cave's stillicide:

He steals his silvery light from the sun.

The sea is a thief: it dissolves the moon.㉚

> 太陽是個竊賊：大海被她引誘，
>
> 遭到竊奪。月亮是個小偷，
>
> 從太陽那兒偷來銀白的光。
>
> 大海是個盜匪，把月亮溶化。

至於孔瑪爾譯的莎士比亞如何？第 962 行評注對他的譯作有嚴謹的批評。

42 行：可見⋯⋯

五月底，我依稀可見，這詩人用他的才情為我描繪的輪廓，會是什麼樣子。六月中旬，我終於確信，他寫得出來，會以詩作重現我腦海中那個燦爛眩目的冷珀國。我讓他對邦個國家著迷，使他沉浸在我述說的影像中。我要他寫出來。我就像個慷慨得幾近瘋狂的醉漢，說自己沒有詩才，只好把這些材料全部送給他，讓他去寫。說真的，我倆真是絕配，在詩歌史上，該是空前絕後

㉚原文是：

The sun's a thief, and with his great attraction

Robs the vast sea: the moon's an arrant thief,

And her pale fire she snatches from the sun:

The sea's a thief, whose liquid surge resolves

The moon into salt tears

太陽是個賊，用它巨大的吸引力

來搶劫大海。月亮是個不要臉的小偷，

她慘白的銀光是從太陽偷來的。

海洋是個賊，他洶湧的潮浪把月亮

溶化成苦淚⋯⋯

中譯：此段中譯出自方平譯《雅典人泰門》，臺北：木馬文化，2003。

的一對：兩人出身、教養、思想、精神和心靈迥異，一個是四海為家的學者，另一個則是爐邊詩人③，竟締結這樣的密約。最後，我覺得時機成熟，他對我口中的冷珀已瞭如指掌，合適的韻腳在他心中蓄勢待發，似乎可在一眨眼的工夫下筆成詩。於是，我一有機會，就對他耳提面命，要他克服疏散的習慣，趕緊動筆。我隨身攜帶的小記事本匆匆記下這樣的備忘錄：「建議他用英雄偶句體」；「再次敘述那次逃亡」；「家裡騰出一間清靜的房間給他寫作」；「跟他商量要不要把我的話錄音下來」；終於，在七月三日的記事，我寫下這件大事：「動筆了！」

唉，我心中清澈雪亮，儘管那洋溢著淡淡輝光的詩作，不是我怎麼說，他就怎麼寫的（評注偶有我當初敘述的吉光片羽，大抵是在第一章），無庸置疑的是，我的故事餘暉像催化劑，真起了作用，讓詩人靈感泉湧，因而在短短三個禮拜寫就千行長詩。甚且，他的詩和我的故事還是屬於同一色調。我沾沾自喜地重讀自己對他的詩行做的評注，發現自己不知幾回，從詩人熾熱的眼眸借來一種乳白色的清光，不知不覺模仿了他評論文章的文體。不過，他的遺孀和同事大可放心。不管他們曾經建議這個溫柔敦厚的詩人怎麼做，現在都可以充分欣賞這個成果。喔，對了，這首詩最後的文本，完全是詩人自己定案的。

即使我們扣除詩人不經意提到皇室那三處（605行、822行和894行），以及937行那個柏蒲的冷珀國②，我們還是可以斷定，《幽冥的火》的定稿把我提供的材料極力剔除。但是，我們也發現，雖然詩人家中的審查官（天曉得還有哪些人）對他嚴加控制，

---

③爐邊詩人：fireside poet，如郎費羅（Henry Wadsworth Longfellow, 1807-1882）、惠蒂爾（John Greenleaf Whittier, 1807-1892）等人，詩作啟迪人心、婦孺皆解，常以愛與自然為主題，也論及家國、家園。家人團聚在爐邊時，常朗讀他們的詩作，故這些詩人又叫「爐邊詩人」。
②參看序中有關冷珀的譯注。

他仍然庇護了那位從皇室出走的人，讓他躲藏在詩的拱頂。他的草稿多達十三種版本，我的故事主題（冷珀和那位不幸之君）猶如一顆星子的幽魂㉝，在如歌的詩行閃爍（見 70、79 和 130 行的評注，皆在第一章中。顯然，創作前期比起後期，要來得無拘無束些）。

47-48 行：木屋也跟著位移消失在高法官家與大學校園間的那方綠地。

高法官，指的是我房東——即大名鼎鼎的法官休・華倫・高茲華斯（Hugh Warren Goldsworth），羅馬法權威。我租了他在達爾威奇路上的房子。我和這個房東一面之雅也無，但可以認出他的筆跡，就像我一看就知道是謝德寫的字一樣。大學，當然指的是華滋史密斯大學（Wordsmith University）。看來，詩人的意圖與其說是描述木屋所在位置，不如說是利用巧妙的音節轉換，以偷天換日的手法，召喚出兩位英雄偶句詩體大師㉞，讓自己的繆斯㉟藏身於詩行之中。所以，他並不怎麼在意空間精確與否。其實，那木屋是在大學校園西邊八公里處，距離我家東面的

㉝星子的幽魂：star ghost，與明亮的星球相伴的影像，模模糊糊的，通常是望遠鏡片的反射。參看 VNN，p. 894。

㉞指高德史密斯（Oliver Goldsmith, 1730-1774）和華滋華斯（William Wordsworth, 1770-1850），高德史密斯是英國十八世紀中葉傑出的散文家、詩人和劇作家，多才多藝，精於各種文體，但在社交活動中他卻出了名的古怪、虛榮和笨拙，華滋華斯則是英國浪漫時期重要詩人，擅長將情思融入田園或山水的景色中。高德史密斯自然會寫英雄偶句體，華滋華斯則對這種詩棄若敝屣。在英國文學史上真正的英雄偶句體大師則是柏蒲（Alexander Pope, 1688-1744）和德萊敦（John Dryden, 1631-1700）。華滋史密斯大學有納博科夫在五〇年代任教的康乃爾大學的影子。當時，納博科夫的辦公室就在高德溫史密斯樓（Goldwin Smith Hall），距離以華滋華斯藏書著名的圖書館不遠。參看 NPF, p. 79。

㉟古希臘神話中職司藝術與科學的九位女神。

窗戶只有四十五公尺左右。

在本書的序言，我已經大概介紹過我的居住環境。這房子是一位糊塗得可愛的女士幫我找來的（見 691 行評注）。雖然她事先沒看過房子，無疑是一片好心才幫我這個忙，況且附近鄰居讚不絕口，說這房子「古色古香、寬敞優雅」——這種房子現在很少見了。其實，這棟黑白相間的房子一半是木頭建造的，不但老舊而且陰森森的。這種房子在我們冷珀國，叫做「*wodnaggen*」，也就是「廢木」做的。房子有雕刻著圖案的三角牆㊱，陣陣穿堂風常從凸肚窗吹進來，門廊設計得有一點宏偉的感覺，但上面的陽台可是醜陋得令人不敢恭維。就在進門之後的通道，高法官這一家人的生活照就跟我打照面。非但如此，每一個房間也都有他們的肖像，緊迫盯人似的。儘管我相信，高法官這四個寶貝女兒——艾菲娜（Alphina，九歲）、貝蒂（Betty，十歲），甘蒂妲（Candida，十二歲）和蒂（Dee，十四歲）㊲——不久就會從可愛的小鬼長成聰明伶俐的小妞，再變成能幹的主婦。但是，說真的，那些唐突的人頭很惹人厭，最後我不得不一張張從牆上取下，一股腦兒塞進衣櫃下面。（衣櫃裡吊著的多衣一件件罩著透明玻璃紙，就像絞架。）書房本來有一大幀高法官夫婦的合照，看來兩人性別顛倒似的——高夫人那張臉活像前蘇聯總理馬林科夫（Malenkov），高法官則似蛇髮女魔美杜莎。原來掛照片的地方，我則用畢卡索的一幅複製畫取而代之。這幅畫叫做〈泥巴黃男孩牽著匹雨雲灰馬〉㊳，是畢卡索早期的作品，我很喜歡。至於高法官家的藏書，我就不去管了。他們家，到處都是書，連樓梯旁邊的架子也擺滿了書。光是兒童百科全書，就有不同的四套，

㊱兩邊被斜面屋頂圍成三角形的牆。

㊲他這四千金也是照字母排列的，Alphina、Betty、Candida 和 Dee，是從老么排到老大，可見法官不是有先見之明，就是家庭計劃落實得很好。

㊳畢卡索一九〇六年的畫作，畫題原為 Boy Leading a Horse。

還有一套正經八百的成人用百科全書。這些百科全書於是步步高升，一卷附錄被擠到閣樓去。從高夫人閨房收藏的小說來看，她的智識發展可謂完全，從 A 開頭的「amber（琥珀）到 Z 字頭的「zen（禪）」㊴，她都有興趣。在這個什麼都按字母排列的家，一家之主的書房也不例外，就連流水帳也用題目的字母標示。法官的藏書都是法律專書。有什麼能引起門外漢興趣的嗎？在隨手翻翻之後，不但覺得學到東西，而且看得津津有味的嗎？書房裡有一本摩洛哥山羊皮手工裝訂的相簿，裡面放的都是法官珍藏的照片——一個個被他送進監獄或判處死刑的囚犯。法官還不忘加上生平資料：白痴惡棍一張叫人難忘的臉；抽最後一支菸的模樣；最後一次獰笑；一雙普普通通的手(真看不出這雙手曾勒死人)；一個謀殺親夫因而成了寡婦的女人；一對靠得很近、冷酷無情的眼睛（一個殺人狂的眼睛，我承認，這個人長得有點像已故的傑克・達阿加斯)；才七歲就殺死父母的小鬼靈精（「好，小弟弟，請你告訴我們……」)，還有一個腦滿腸肥、年紀一大把的雞姦者，一槍把向他勒索的人斃了。讓我意外的是，在這個家操持家務的，竟然是我那位飽學的房東，而不是他的「太座」。他給我一張巨細靡遺的清單，告訴我他家有哪些東西。這一大堆的家具、物品，

㊴表示從 A（Amber，琥珀）排到 Z（Zen，禪）的主題。Amber 指溫索爾（Kathleen Winsor, 1919-2003）的《永遠的琥珀》(*Forever Amber*)，一本以英王查爾士二世的宮闈奇情爲背景的「白痴」暢銷歷史小說。參看納博科夫在一九六四年一月十四日給法文譯者 Maurice-Edgar Coindreau 書信中的解釋。見 Vladimir Nabokov Archive（簡稱 VNA）, Henry W. and Albert A. Berg Collection, New York Public Library。禪宗意指薩林傑（J. D. Salinger, 1919- ）流露禪味的《九個故事》(*Nine Stories*)。參看 NPF, p. 271。又有人認爲 Z 是指霍普（Anthony Hope, 1863-1933）在一八九三年出版的通俗小說《禪達的囚犯》(*The Prisoner of Zenda*)一書，小說中亦有一個英國人陰謀詭計想做掉禪達國國王查爾士（King Charles of Zenda）的情節。這 King Charles of Zenda 與 King Charles of Zembla 出奇地神似。

就像剽悍的原住民，將我團團圍住。法官還煞費苦心，用紙條寫下各式各樣的說明：有的是建議，有的是解釋，有的則是禁令，還有附加清單等。在我住進去的第一天，舉手投足免不了會碰觸到高家的生活標本。比方說，我在第二間浴室，一打開櫃子的門，隨即飛出一張紙條，告訴我：刮鬍刀片用過之後，別再塞進去了，裡面已經滿了，裝不下了。我一打開冰箱，又跑出一紙指示，狗吠一樣對我警告：請勿放置異味難消的各國土產。還有，書房書桌中央那個抽屜，一拉開就有一份分類目錄，條列乏善可陳的內容物，包括各式各樣的菸灰缸、一把大馬士革鋼製的裁紙刀（注明是「高法官的岳父在東方買的古代匕首」），還有一本陳年的袖珍記事本，每一頁都是空白，樂觀地靜待時機成熟，等待月日和星期重新對上。食品儲藏室有一塊特別的佈告板，上面張貼各種詳細說明，如水管管道解說、電氣系統論文、仙人掌釋疑等，當中還有一份黑貓餵食說明。既然我租了房子，房東養的貓也得概括承受。該怎麼餵這貓呢？

星期一、三、五：肝
星期二、四、六：魚
星期日：絞肉

（但我只餵牠牛奶和沙丁魚。這貓是隻可愛的小東西，可是沒多久，牠一舉一動都讓我神經緊張。由於不勝其擾，我只好把牠交託給來這兒打掃的范莉太太，寄養在她家。）不過，最好笑的，或許是窗簾操作指示：不同的時辰，就得用不同的方式拉上，以免陽光曝曬到椅套或傢飾。這房子有好幾扇窗，房東還描述了太陽每一天、每一季的位置變化。如果我遵照指示，鐵定兩手會像划船比賽的選手，忙得不可開交。幸好，房東寬宏大量，給我加個注腳：如果不想動窗簾，搬動幾件比較寶貴的傢具，避開陽光

照射就好了（兩張有繡花布面的扶手椅和一個「貴重的櫃子」）。
然而，在搬動的時候，我得小心一點，不要刮到牆壁的裝飾線板。
可惜，我現在沒辦法把那張仔細到家的傢具位置變換時刻表重述
一次。不過，我似乎還記得應該在就寢以前，把這些傢具做「長
易位」，清晨起來，頭一件事就是做「短易位」⑩。我帶領摯友謝
德在此巡遊一番，讓他體會發現復活節彩蛋⑪的樂趣。他不禁哈
哈大笑。謝天謝地，他豪邁的笑聲帶來歡樂，沖淡了步步驚魂的
氣氛。他呢，還給我講了些高法官的軼事，提到他那冷面笑匠式
的幽默和他審理案子的儀態。

我聽得津津有味。他說的這些無不是當地居民口耳相傳、添
油加醋而成，還有一些分明是子虛烏有，不過無傷大雅。然而，
我這宅心仁厚的老友沒提到，高法官法袍的陰影如何籠罩著黑社
會，他從來就沒提過這種荒謬的故事，什麼某個躺在牢裡的畜生，
心中燃燒著「raghdirst」（冷珀文，復仇的火焰）──無非是老掉
牙故事，是狗嘴吐不出象牙、沒有心肝的人流傳下來的。對這種
人來說，什麼浪漫啦，遙遠啦，圍上一道灰白如海豹皮的猩紅色
天空啦，奇妙王國中漸趨黑暗的沙丘啦，凡此種種，根本就不存
在。夠了，夠了，還是回到詩人家的窗口吧。我可不想把好端端
的評論搞成一種恐怖得像小說的東西。

今天，我不可能從建築等角度來描述謝德住的地方，因為我
的觀察不外乎窺視、驚鴻一瞥，或者從窗口的那個框框觀看。正

---

⑩在此以西洋棋中的「王車易位」做比喻來解釋傢具的移動，castle the long
　way 即指「長易位」，也就是跟后那面的車易位；castle the short way，
　指「短易位」，也就是跟王那面的車易位。

⑪兔子也是復活節（在三月二十一日或該日後月圓以後第一個星期日）的象
　徵。因為兔子繁殖力很強，所以被視為新生命的表現者。大人常繪聲繪影
　地告訴孩子，復活節彩蛋是兔子下的，並把彩蛋放在花園裡，讓孩子們玩
　找蛋遊戲。

如前述（參看序言），夏季到來，我因而遭遇到一個光學的問題：得寸進尺的樹葉並不總是與我沆瀣一氣，錯把不透明的眼罩當成綠色鏡片，誤把阻礙當做保護。當時（根據我的記事本，是七月三日那天），我聽說我的朋友正在寫一首長詩——不是詩人告訴我的，我是從喜碧口中得知。有一次，兩、三天沒見到他。於是，我走到路旁信箱拿信。高法官家的信箱我本來是不管的（裡面總塞滿了印刷品小冊、當地的廣告傳單和和商品目錄等垃圾郵件），不過詩人的家的信箱剛好就在旁邊，我就順便幫他把裡頭那些第三類郵件拿出來，打算給他送去。這時，恰巧碰到喜碧。先前，因為灌木叢遮住了她的身軀，我的鷹眼才沒發現她的身影。她頭戴草帽，手戴園藝手套，蹲在花床前，好像在修剪或綁緊什麼。她穿的那種咖啡色緊身褲，過去我老婆也常穿，我常戲稱這種褲子叫「曼陀林」。她見我手上拿著那些郵件，就叫我別拿那些垃圾去打擾他了，還透露說，他已經開始在寫「一首真正偉大的詩」。我頓時覺得熱血衝上雙頰，囁囁嚅嚅地說什麼詩人還沒給我看呢。她站起身來，撥開雜有白髮的瀏海，杏眼圓瞪對我說：「什麼？給你看？他從來不給人看半成品的。不會，他絕不會這麼做，甚至不跟人討論的，除非真的寫好了。」我才不信。不久，我發現我這朋友緘默得出奇，肯定是「妻管嚴」的結果。我好心想為他突破重圍，於是說了幾句打趣的話，像是「住在玻璃房子裡的人，不該寫詩。」他竟打了個呵欠，搖搖頭，回敬我一句：「外國佬最好不要賣弄老格言。」然而，我按捺不住自己，很想知道我傾囊相授的那些材料——那鮮活、迷人、悸動、晶盈耀眼的素材——究竟怎麼處理了？我眼狂心熱，很想看他寫詩的樣子（就算是無法品嘗最後的成果，也無妨）。我被這股強烈的欲望折磨得痛苦萬分，不能自己，也就顧不了什麼自尊，耽溺於瘋狂的窺視。

　　大家都知道，窗口向來是第一人稱文學裡的慰藉。可我這個

觀察者運氣欠佳，不像喜歡竊聽的《當代英雄》⑫那麼幸運，也不如《逝水年華》無所不在的那位⑬。儘管如此，我還是不時有點觀獵的收獲。由於窗外的榆樹枝繁葉茂，我那扇平開窗也就失去了窺探的功能。然而，我還是在陽台盡頭找到了一個爬滿常春藤的角落，從這兒望去，詩人房子前方便一覽無遺。如果我想看看這房子的南面，只要到我那車庫後面，躲在一棵鵝掌楸下，隔著彎彎曲曲的下坡路，就可憐愛地將詩人家那幾扇明亮的窗戶攬入眼底。詩人從不放下窗簾（他老婆就不是這樣了）。要是我渴望看看背對的那一面，就必須往上爬，走到高家花園的最高處。那兒有幾株黑杜松為我把風，為我留意星光、風吹草動和孤零零的路燈下那蒼白、迷濛的一圈。在那個季節開始時，我已經克服了一種很特別且不足與外人道也的恐懼（見 62 行評注，我已在別處討論過），可以自得其樂，在黑暗中居高臨下，在雜草叢生、亂石林立的高處，以東邊的刺槐為界，觀看詩人房子的北面。

　　三十年前，在我脆弱的慘綠少年時，曾經目睹一個人與上帝溝通。當時，我在家鄉昂哈瓦練唱聖歌，利用休息片刻，悄悄溜進公爵教堂後面一個叫玫瑰院的地方。我在那兒遊蕩，舉起光溜溜的小腿，貼在冰涼涼的圓柱上。此時，遠方傳來一個溫柔甜美的聲音，夾雜著男孩壓抑的歡鬧聲。我呢，由於偶發的不滿，加上嫉妒他們當中的一人，就不想跟他們混在一起。這時，突然傳來一陣急促的腳步聲。本來，我那陰鬱的雙眼正呆呆注視著地上

<hr>

⑫《當代英雄》：*Hero of our Time*，俄國作家萊蒙托夫（Mikhail Lemontov, 1814-1841）的小說。納博科夫曾與兒子合作將此書譯為英文。小說描寫一個出身貴族的青年軍官皮丘林（Grigory Pechorin），此人非常自我中心，不願和上流社會同流合汙，又不能同人民站在一起，最後成為一個精神空虛、憤世嫉俗、玩世不恭的邊緣人。

⑬逝水年華：*Lost Time* 指普魯斯特（Marcel Proust, 1871-1922）的《追憶似水年華》（À la Recherche du temps perdu）英譯 In Search of Lost Time。那位無所不在者指書中的敘事者。

小塊磁磚排成的圖案——玫瑰花瓣栩栩如生，綠色大理石鑲嵌出來的刺可以看得一清二楚，就在這些玫瑰和梗刺之上，出現一個黑影：原來是個黑髮年輕神父，個頭高高的、膚色蒼白、鼻子長長的。這人我以前見過一兩次。他從法衣聖器儲存室大步走了出來，沒看見我，然後在庭院當中駐足、祈禱。他對自己的罪惡深惡痛覺，薄薄的嘴唇因而扭曲。他戴著眼鏡，雙拳緊握，好像抓著無形的牢柵。上帝賜給凡人的恩慈真是無窮無盡，年輕神父的表情剎時轉為狂喜和虔敬。以前，我從未在另一張臉上看到這樣的光輝，怎料如今在另一個國家的土地上，在老詩人謝德那張飽經風霜、平庸的臉上，看到類似的光彩，類似的精神力量和靈視。我真高興。幸好，一整個春天，我日日夜夜守株待兔，有了這番準備的工夫，終於得以觀察他在這個仲夏夜做的大事。我的時間、地點都抓得剛剛好，亦步亦趨地尾隨他的靈感。我在望遠鏡找到他的身影，之後焦點一直鎖定他，他在哪兒工作就跟到哪兒：夜間，他樓上的書房浸在藍紫色的燈光中，有一面鏡子做我的內應，映照出他那聳起的肩膀和用來掏耳朵的鉛筆（他不時會查看筆尖，甚至放進嘴巴嘗嘗）。上午，接近中午時分，他潛伏在樓下書房細碎的陰影裡。只見一個亮晶晶的高腳杯悄悄遊移，從文件櫃跑到立架上，再從立架到書架，必要的時候會躲在但丁的半身塑像後面。一個大熱天，藤蔓爬滿棚架猶如綠色柱廊，我的視線透過那兒的花環，瞥見他倚在防水桌布上的胳膊，肥嘟嘟的像小天使的拳頭撐著皺皺的太陽穴。由於透視和光線的問題，加上樹葉結構的干擾，我經常無法看清他的臉。這或許是上天的安排，不讓潛伏的掠奪者洞視創造的奧祕。但是，有時詩人會在他們家的草皮上踱來踱去，或是在一端的長凳上暫歇，在他最喜愛的那棵山胡桃樹下小憩。這時，我從他臉上讀到熱情、狂喜和虔敬，意象在他的腦海中轉化為文字。不管我這位不信神的朋友如何否認，我知道，此時此刻，上帝的確與他同在。

某些夜晚，房子裡的人上床時間明明還沒到，那房子有三面我能眺望的地方却已一片漆黑。但那樣的黑暗不斷提醒我，他們在家，因為他們的車就停放在車庫旁邊。他們應該不會用走的出門——真是這樣，門廊的燈就該是亮著的。後來，經過種種思索和推理，我查了查，我拚命想見到朝思暮想的人，因而決定一探究竟的那個晚上，正是七月十一日，也就是謝德完成長詩第二章那天。是夜，燠熱、漆黑，而且狂風大作。我躡手躡腳地穿過灌木叢，走到他家後方。起先，我以為房子的第四面也是一片漆黑，也就沒什麼好查的了。我心生一種奇異的解脫感。就在這時，驀然發現一扇窗流瀉出朦朧的光。原來是房子後方的一個小客廳。那裡我從來沒去過呢。窗戶是開著的。一盞立燈照亮室內下半，燈罩質感似羊皮紙。喜碧和謝德就在那兒。喜碧背對著我，以在側騎馬鞍的姿勢坐在長條沙發上，謝德則坐在沙發旁邊的一只腳凳上，好像剛玩完一局單人紙牌，慢慢把散亂在沙發上的紙牌收攏起來。喜碧蜷曲著身子，一會兒晃來晃去，一會兒擤擤鼻子，詩人則是淚漣漣。說實在的，當時我還不清楚我這個朋友是用什麼樣的紙張寫稿呢。我大惑不解，不過是打打紙牌，何以淚流滿面？我本來跪在頗有彈性的樹籬中，由於急於看清，於是站起身來，一不小心碰到垃圾桶，蓋子掉在地上，發出一聲巨響。當然，有人會誤以為這是風刮的。喜碧一向討厭風，於是從棲身的沙發下來，砰地把窗戶關上，唰一聲把百葉窗放下。

　　我帶著沉重的心和困惑的腦袋，躡手躡腳地返回我那死氣沉沉的住處。幾天過後，大概是聖斯韋辛節⑭那天，心情依然十分沉重，不過疑惑倒是解開了——我發現我那小記事本七月十五日那欄本來寫著「promnad verspert mid J. S.」（冷珀文，意為傍

---

⑭St. Swithin Day，七月十五日，傳說如果聖斯韋辛節這天下雨，就會連下四十天；如果這天晴天，就會四十天晴天。

晚和 J. S.散步）這樣的期望，但這幾個字却被狠狠塗掉了，力道狂猛，好像會折斷筆心似的。那天，我等我朋友出來一塊兒在巷子裡散步，左等右等却等不到人。等到落日的紅轉為薄暮的灰，我只好往他家前門走去，我遲疑了一會兒，估量此處的昏暗和靜寂，轉身走向屋後。這次，後面那個小客廳裡一絲亮光也無，就著廚房單調、刺眼的燈光中，我看到一張刷白的桌子，喜碧就坐在一頭，十分入神，像是剛想出一道新食譜似的。後門微開，我輕叩一聲，將門輕輕推開，興高采烈地跟他們打聲招呼。進門之後，我才發現謝德正坐在桌子另一頭，為喜碧朗讀——我猜想是他那首詩的一部分。他倆見我入內，大吃一驚。詩人咒罵一句（內容在此不宜印出），把手裡那疊索引卡片扔在桌上。後來，他把這雷霆之怒歸咎於老花眼鏡，才會錯把一位迎之唯恐不及的朋友當成上門推銷的不速之客。不過，我必須言明，當時他怒氣沖沖的樣子讓我好生錯愕，使我不由得把接下來發生的事都解讀成惡意。「好吧，那就請坐，」喜碧說，「喝杯咖啡吧。」（得勝者往往慷慨大方）。我接受了，因為我倒想看看，有我在場，詩人是否會繼續朗誦。沒有。我只好對我的朋友說：「我本來以為，你會出來跟我散步。」他一邊推說身子不舒服，一邊清理菸斗斗缽。他挖得凶狠，我的心也像要被掏空似的。

當時，我已了解謝德經常會為喜碧朗讀累積起來的詩篇，此時此刻，我更恍然大悟，有關宏偉的冷珀國這個題材，我雖不斷提供給詩人，她却經常叫他把這部分減少或剔除。我對詩作的進展所知甚少，還天真以為有關冷珀的一切會成為貫穿全詩的豐富主線呢。

蘇敦醫生那貼著護牆板的老房子，就矗立在那樹木林立的山丘高處。我相信，這房子現在還在。山丘頂上則是 C 教授那棟不朽的超現代別墅。從那別墅的露台南望，可以瞥見三個相連的湖泊中較大而沉鬱的一個。那三個湖泊叫做歐米茄、歐澤羅與澤羅

㊺（印第安名，早期墾拓者以訛傳訛而成，充滿似是而非的引申和陳腐的典故）。山丘北面就是達爾威奇路，連接通往華滋史密斯大學的公路。關於那所大學，在此我就不多加描述，其中一個原因是你只要寫信到該校公關辦公室，就可收到各式各樣解說詳盡的介紹手冊，在此毋庸贅言。我之所以草草帶過這個學校，不若描述高法官和謝德兩家住處那樣大費周章，另一個原因就是想傳達大學校園與之相距較遠的事實。這或許第一次有人利用文體效果來反映距離的隱痛吧。同時，地形學的概念也在一連串按透視原理縮短的句子裡得到體現。

那公路朝東蜿蜒約六公里半，一路盡是住宅區，兩側皆有傾斜的草坪，在自動灑水系統的滋潤下，碧綠如茵。再往前，路就又開了：一條朝左，通往紐懷和期待中的機場，另一條直通校園。這裡有愚蠢林立的大樓、設計得相當完備的宿舍（有如瘋人院一般，傳出震耳欲聾叢林音樂）、如宮殿般巍然的行政辦公大樓、磚牆啦、拱廊啦、如綠絲絨又似綠玉髓的方庭啦、史賓賽樓和旁邊那個蓮花池啦、小教堂啦、新演講廳啦、圖書館啦、我們教室和辦公室那棟像是監獄般的大樓啦（今後改稱為謝德樓），以及那著名的林蔭大道——兩旁栽種的全都是莎士比亞提到過的樹木。遠處傳來嗡嗡聲，薄霧迷濛，天文館如綠寶石的圓頂，風輕雲淡。似羅馬競技場的足球場四周遍植白楊樹。夏日，這裡空蕩蕩的，只有一兩個男孩帶著做夢的眼神遙控一架有馬達動力、在半空中嗡嗡盤旋的模型飛機。

噢，主耶穌，求求祢了。

49 行：山胡桃

㊺原文 Omega, Ozero, Zero 都有個狀似湖泊的 O，Omega（Ω）是希臘文字母的最後一個，Ozero 是俄文中的「湖」，而 zero 是英文中的零。

一種山胡桃樹。我們的詩人跟英國文學大師一樣，有移花接木的雅好，把樹木連同樹液和樹蔭移植到詩裡。多年前，我們那對藍花楹和銀杏情有獨鍾的王后狄莎，曾在剪貼簿裡收錄謝德的一首四行詩。這詩出自那本短詩集《熙碧之盞》㊽，我忍不住摘引如下（從一九五九年四月六日寄自法國南部的一封信）：

The Sacred Tree

The ginkgo leaf, in golden hue, when shed,
A muscat grape
Is an old-fashioned butterfly, ill-spread,
In shape.

聖樹

銀杏飄落，金黃
如麝香葡萄
似舊日蝴蝶㊼，霓裳
逆折之貌。

紐懷鎮上新的聖公會教堂（參看 549 行評注）興建時，推土機手下留情，放過那一圈聖樹。那些樹就在校園裡那條莎士比亞林蔭大道盡頭，是一位天才景觀設計師（瑞普柏格）種的。詩中第二行有個貓抓老鼠㊽的遊戲，而樹的冷珀文是「grados」㊾——不知這兩點是否與主旨相關。

㊽熙碧：Hebe，宙斯和希拉之女，青春女神，在奧林帕斯山為眾神斟酒。
㊼見納博科夫對法文版譯者的解說：「兩百年前，製作蝴蝶標本的人在處理蝴蝶羽翼的時候，把前翅摺到後翅之後，使之形似銀杏葉。」VNN, p. 894。
㊽指麝香葡萄的英文 muscat，mus-是老鼠「mouse」的拉丁文字根。
㊾與殺手 Gradus（葛雷德斯）的名字相近（參看第 17 行評注）。

57 行：小女鞦韆的幽魂似乎隨之躞躞奓奓

在這一行下面，謝德在草稿上把下面幾行輕輕劃掉了：

The light is good; the reading lamps, long necked;
All doors have keys. Your modern architect
Is in collusion with psychoanalysts:
When planning parents' bedrooms, he insists
On lockless doors so that, when looking back,
The future patient of the future quack
May find, all set for him, the Primal Scene.

燈，亮晃晃，長頸檯燈，
有門就有鎖。然現代建築師串通
心理分析師，在設計父母房時
堅持房門無鎖，不用鑰匙。
孩子成人之後，回想伊始，
告訴為他治療的那個騙子
特別為他設計的那個「原始場景」⑤。

61 行：電視機上方的天線像晶亮的大型迴紋針

我在 71-72 行評注中提到的那篇訃聞，要不是摘引了謝德從未發表過的一首詩的手稿，就顯得空洞、虛偽了。那首詩是喜碧提供的，文中說：「顯然，這是詩人在六月底創作的。不到一個

⑤指佛洛伊德在〈兩性生理差異的心理結果〉一文中提出「原始場景」(primal scene) 的觀念，指幼兒時期聆聽或眼見父母交媾而有最早的性興奮經驗。這個經驗也和孩童整體性慾發展相關。

月，詩人即溘然謝世。因此，可以說這是詩人寫的最後一首短詩。」
此詩如下：

> The Swing
> The setting sun that lights the tips
> Of TV's giant paperclips
> Upon the roof;
>
> The shadow of the doorknob that
> At sundown is baseball bat
> Upon the door;
>
> The cardinal like to sit
> And make chip-wit, chip-wit, chip-wit
> Upon the tree;
>
> The empty little swing that swings
> Under the tree: these are the things
>
> That break my heart.

> 鞦韆
> 落日西沉
> 點亮屋頂那巨大迴紋針：
> 電視天線；
>
> 黃昏，把門把的影子
> 拉長，像支

球棒；

紅衣主教在樹梢棲身
發出一聲聲
去喂，去喂，去喂；

樹下，空蕩蕩的小鞦韆
搖呀搖：往事如煙

令人肝腸寸斷。

　　我請讀者自行判斷一下：詩人有沒有可能先寫了這首詩，沒
幾天，又把當中的小主題在長詩中的這個段落重複？我猜這是詩
人早先的作品（上面雖沒標明創作年代，想必是在他女兒死後不
久），後來在創作〈幽冥的火〉一詩的時候，又從舊稿中挖掘出來
用（寫訃聞那個人其實對《幽冥的火》這詩一無所知）。

62 行：一再

　　我一再憂心自己性命不保，一九五九年的整個春季，幾乎每
一個夜晚，我都提心吊膽。孤獨是撒旦的遊樂場。我的寂寞和傷
痛之深，筆墨難以形容。當然，我與我那大名鼎鼎的鄰居只隔一
個巷子，我還收留過一個放蕩的年輕人，讓他在這兒吃住（這人
通常三更半夜才會回家）。在此，我要強調的是，冰冷、赤裸裸的
寂寞對流浪的靈魂無益。眾所周知的是，在冷珀，弒君之事頻傳：
在短短一個世紀當中（1700-1800）就有兩個王后、三個國王和十
四個覬覦王位者死於非命，或被勒死，或被刺殺，還有被毒死或
溺死的。黃昏猶如轉捩點，夜幕低垂，心也跟著下沉，高法官那
個城堡格外寂寥。鬼鬼祟祟的窸窸窣窣、去年落葉的腳步聲、若

有似無的微風、行經垃圾桶的狗——傳到我耳裡，都像是嗜血、伺機行凶的歹徒。我不斷地從一扇窗跑到另一扇，絲質睡帽汗溼了，裸露的胸膛成了正在解凍的池塘。有時，我手持法官的霰彈槍，潑出膽子，去陽台探看。我想，就在那時，在開著化裝舞會的春夜裡，林木間的新生命劈哩啪啦響，殘酷地模仿我那腦袋瓜子不知第幾次爆裂開來的聲音，我開始向鄰居的窗口尋求一絲安慰（見 47-48 行評注）。只要詩人心臟病再次發作（見 691 行詩及其評注），做什麼我都願意。這樣，我就能在他們的請求下光明正大地上門。每個窗口都亮晃晃的。這裡有同情的暖意，來杯咖啡，打幾通電話，試試我們冷珀的草藥（還真有效！），死而復生的謝德在我臂彎裡啜泣（「好了，沒事啦。」）。但是，三月的那些夜裡，他們的房子漆黑得像棺材一樣。我已精疲力竭，加上夜色森冷，不得不上樓去，回到我那孤單的雙人床。我輾轉反側，難以成眠，喘不過氣來——覺得自己好像身在祖國，在那凶險的夜裡，神經兮兮的革命黨人隨時都可能衝進來，將我逼至月光下的牆角。此時，汽車飛馳而過或卡車呻吟的聲音使我又愛又懼，一則像是伸出援手般使我如釋重負，一則投下死亡的陰影：這陰影會在我門前駐足？那些幽靈刺客可是衝著我來的？會使我一槍斃命？或者以氯仿使我這個學者不省人事，再將我偷偷運回冷珀。回到我的祖國冷珀之後，我將面對一個晶亮得令人眩目的水瓶和一排坐在審判席上欣喜若狂的法官。

有時，我想只有自我毀滅，才能騙過那些緊追不捨的殺手吧。那些殺手真是陰魂不散，不是在一般公路上瘋狂追殺我，而是在我鼓膜、在我脈搏、在我的頭顱中，也在我的心頭上盤旋。有時，我好不容易即將沉沉睡去，那無可救藥又令人難忘的鮑柏喝得爛醉如泥回來，要去甘蒂姐或蒂本來睡的床鋪躺下，又把我的好夢驚醒。我在序言中大概提到，我終於把他攆走了。之後，接連幾個夜晚，不管是酒、音樂或禱告，都不能驅除我的恐懼。幸好，

日麗風和的春日令人尚可忍受，學生都喜歡上我的課，所有的社交活動，能去我一定去。然而，歡樂之夜曲終人散後，陰險的腳步又逐漸逼近，或以小碎步斜行，或躡手躡腳，止步，又是陣陣爆裂聲。

高法官的城堡有多扇大門可通往外頭，不管我在上床以前檢查得多仔細，樓下的百葉窗無一遺漏，但第二天一早，總會發現哪裡沒關，哪裡沒閂，哪裡有點鬆開，哪裡微微敞開，哪裡看來詭異，哪裡可疑。一晚，我看到那隻黑貓一扭一扭地跑到地下室。那兒有我為牠準備的一個雅緻的如廁之處，怎料一轉眼又在音樂室門檻現身，出現在我的失眠與一張華格納唱片之間，弓起背脊，玩弄牠的白色絲質領結——牠絕不可能自己繫上這領結的。我拿起電話，撥了11111。幾分鐘後，警員一邊和我討論嫌犯可能是誰，一邊對我的櫻桃甜酒讚不絕口。然而，不管闖入者是何人，都未曾留下蛛絲馬跡。殘酷的人輕而易舉就能讓受害者誤以為自己真的得了被害妄想症，殺手真會尾隨而來，或是飽受幻覺之苦。幻覺！我靈光一現，有幾個向我獻殷勤又碰了釘子的年輕老師當中，至少有一個很陰險，會惡作劇。我會曉得這件事是這樣的。有一次師生聚會，我也去了，大夥兒都玩得很盡興（我還興高采烈地把外套脫下，向幾個興致勃勃的學生示範幾招好玩的擒拿術。那是我們冷珀人摔角的招式）。回家後，發現外套口袋有張匿名紙條。真是來者不善。上面寫著：「老兄，你的『hal……s』很嚴重喔。」顯然，他是指「hallucinations（幻覺）」。雖然壞心眼的人可能會批評說，拼字的空格不夠，顯然匿名先生這個矮多瓜雖然教的是大一英文，拼字能力實在差強人意[51]。

---

[51]納博科夫專家 Brian Boyd 認為，此處留下的字母空格是五個，應該是指「halitosis（口臭）」一字。這裡暗指金波特有被害妄想症，而且口臭嚴重，令人不敢接近。見 *Brian Boyd, Vladimir Nabokov: the American Years, New Jersey: Princeton University Press*, 1991, p. 432。

慶幸的是，復活節過後不久，我的恐懼就消失得無影無蹤，不再來犯。另一位叫做巴沙薩⑫的房客搬進來了。他不是用艾菲娜的房間，就是用貝蒂的。我給他取了綽號，叫「壞土王子」。此君生活起居像大自然一樣規律，總是每晚九點入睡，黎明六點就在園圃種天芥菜（學名為 Heliotropium turgenev〔屠格涅夫天芥〕⑬）。這種植物的花香濃郁，久久不散，讓人想起黃昏、花園長凳，以及遙遠北國的一棟彩繪木屋。

70行：嶄新的電視

就在這一行後面，草稿中出現幾句沒有標號的詩行（標注是七月三日寫的）。或許詩人本來打算在後面的篇幅用。這幾行沒有真的被刪掉，邊緣還有個問號。這一段用歪歪扭扭的筆觸圈起來，還危及當中的幾個字母：

> There are events, strange happenings, that strike
> The mind as emblematic. They are like
> Lost similes adrift without a string,
> Attached to nothing. Thus that northern king,
> Whose desperate escape from prison was
> Brought off successfully only because
> Some forty of his followers that night

---

⑫巴沙薩：Balthasar，為耶穌獻上三件禮物東方三賢士中的一個。說這個故事的人曾指出，他們的名字是 Melchior、Gasper 和 Balthasar，但這些名字不見於聖經，首次出現於義大利一座六世紀的教堂內的鑲嵌畫。《新約聖經》馬太福音第二章第一節稱這三賢士為「星象家」。balthasar 一字又有「大酒瓶」之意。

⑬屠格涅夫天芥乃評注者的發明，因屠格涅夫（Ivan Sergeyevich Turgenev, 1818-1883）作品中常彌漫著天芥的香味，小說中的場景不乏黃昏和花園長凳。如小說《煙》（Smoke）中的第六章。參看 VNN, p. 895 的解說。

Impersonated him and aped his flight——

> 有些事，奇事，讓人想起
> 象徵的意義。
> 如斷了線的明喻，
> 無所繫絆。像那北國之君，
> 拼死逃獄，
> 成功的關鍵在於：
> 是夜，四十個追隨他的人，
> 裝扮成他的分身，跟他一起逃遁——

　　要不是那些暗中支持國王的人——那些浪漫、視死如歸的英雄——喬裝成國王，變成他的分身，亂人耳目，國王根本就到不了西海岸。這些支持者和國王一樣，身穿紅毛衣，頭戴紅帽，出沒不定，把革命黨警察弄得暈頭轉向。這些把警察騙得團團轉的人當中有幾個比國王年輕得多，但這無妨，因為這裡的山居人家和村裡短視近利的小店（販賣蚯蚓、薑餅和包裝紙似背心的刮鬍刀片⑭）懸掛的國王玉照，自他加冕登基以來，都是那個樣子，沒有變老。在此出現大家津津樂道的一幕，像卡通般有趣，又像令人忍俊不住的默劇：一個紅衣人從科隆布利克旅館陽臺坐上前往科隆冰河的纜椅。他騰空飛去，如一隻紅色飛蛾。一個沒戴帽子的倒楣警察就坐在他後面，隔著兩排座椅，像在夢中追逐一樣緩慢。好玩的是，就在抵達站台之前，這個假國王竟然從支撐纜索的塔架爬下去，逃之夭夭（參看 149 行及 171 行評注）。

---

⑭原文 zhiletka blades 中的 zhiletka 是俄文「背心」之意。美國吉列刮鬍刀（Gillette）最早生產的刀片也有像背心一樣的包裝紙片。

71行：父母

何利教授以迅雷不及掩耳的行動，在詩人去世後一個月內，就發表了一篇詩人謝德問世作品賞析。這篇文章發表在一本發行量很小的文學評論期刊。這期刊叫什麼，我一時想不起來。我看到這篇文章是從紐懷開車前往秋山陰冷的西當途中，在芝加哥停留一兩天的時候，有人拿給我看的。

評注是平和的學術研究，用不著動肝火對那小小的訃聞大肆抨擊，批評其中的矛盾。在此提及，是因為我從這篇文章發現有關詩人雙親事跡的飛鴻雪泥。詩人的父親山繆・謝德（Samuel Shade）卒於一九〇二年，得年五十，年輕時學醫，曾在賓州艾克斯登一家手術器械公司任職副總裁。那個很會耍嘴皮的訃聞撰寫者提到，詩人之父最熱中的莫過於「羽族研究」，還說「有一種鳥因他得名，即學名 Bombycilla Shadei 的謝德連雀（當然，學名中的 shadei 第一個字母應該小寫才對。）」詩人母親閨名凱若琳・路金（Caroline Lukin），本來是他父親的助理，為他父親的著作《墨西哥鳥類》（Birds of Mexico）繪製了精美的插圖（我記得曾在朋友家看過這本書）。訃聞作者不知的是，路金和路卡克、路克森和路卡謝維契一樣，都是源於聖經中的路加⑤。這代表基督教名字有如平凡無奇的石頭，四周長出許多難以名狀、活生生的花花草草——這都是個人從父系那兒繼承的名字，不時教人驚豔。路金是英國艾瑟克斯一個古老的家族。其他還有一些是源自先祖職業的姓氏，如寫詩的萊默、抄寫員史魁芬納、在羊皮紙上作畫的賴納，以及專門做波特金靴（bottekin 一種華麗的靴子）的波特金等好幾千個姓氏⑤。以我的家庭教師為例，他是個蘇格

---

⑤路加：Luke，耶穌門徒，《新約聖經》中路加福加的作者。

⑤萊默（Rymer），源於 rhymer 或 rimer，rime 是押韻；史魁芬納（Scrivener）的字源是 scribe，也就是拉丁文中的「書寫」；賴納（Limner），源於拉丁文中的 illuminare，意為增色。

蘭人，總是把風雨飄搖、東倒西歪的老舊房舍稱做「何利屋」⑤。但我們在此點到為止，不多說了。

何利教授的訃聞也提到謝德的大學生活和他那平淡無奇的中年歲月。要不是他特別提到一件事，產生畫龍點睛之效，整篇文章就味如嚼蠟。訃聞裡有一處提到詩人的傑作（在我提筆的此時，這疊工工整整的卡片就躺在陽光照射的書桌上，恰似一錠錠貴重的金屬）。且讓我以病態的喜悅轉述那一句：「詩人不幸英年早逝前，似乎正在寫一首有著自傳色彩的詩。」詩人死亡的情景完全被教授扭曲了。這位教授是報社記者忠實的追隨者，也許是政治因素使然，未經審理就隨便判定罪犯的動機和企圖。可惜，這個人世見不到這場審判了（見最後一個評注）。當然，這篇小小的訃聞最突出的一點就是，沒有隻字片語提到詩人生命最後幾個月那段光芒四射的友誼。

我這朋友想不起自己父親的模樣。國王也是，不到三歲，他的父王艾菲王就已駕崩，因此他也無法憶起父親的容顏。奇怪的是，有一架巧克力做的單翼飛機模型，他倒記得一清二楚。那是艾菲王最後一張照片（攝於一九一八年耶誕），他身穿馬褲，一臉陰鬱。當時，查爾士王還是個胖嘟嘟的小寶寶，手裡拿著一架巧克力做的飛機，心不甘情不願地在艾菲王的大腿上扭來扭去。

「糊塗王艾菲」（生於 1873 年，卒於 1918 年，在位期間是 1900-1918。然多數傳記辭典作 1900-1919，此乃從舊曆改為新曆之誤）這個綽號是一個名叫安菲希埃崔克斯⑤的作家幫他取的。

---

⑤何利屋：hurly-house，hurley 是蘇格蘭語，意為「混亂」，在此影射唯恐天下不亂的何利教授。

⑤安菲希埃崔克斯：Amphitheatricus，英文中 amphitheatric（露天圓形劇場）的拉丁字源，此名近似一個真實人物：Vladimir Aleksandrovich Amfiteatrov（1862-1938）。納博科夫在二十世紀二〇和三〇年代投稿的流亡文學刊物，常見此人的新聞評論。

這個流亡詩人並非不友善，常在自由派的報章上發表作品（把我的首都叫做「烏拉諾格勒」（意為「天空之城」）⑤也是他！）艾菲王的心不在焉簡直要可救藥。他是個蹩腳的語言學家，只學了幾個法文和和丹麥文片語，每次向子民演說都會搬出來賣弄一番。所謂的演說是指他在偏僻的山區緊急迫降，面對一群目瞪口呆的鄉巴佬高談闊論。這時，他腦袋某個失控的開關啓動了，就搬出那幾個外來語，為了引人入勝，還不忘加上一點拉丁文。說起他失神發作種種天真的行徑，不但愚蠢之至，而且粗鄙不雅，在此不宜引述。其中有一則，我並不覺得特別好笑，可是謝德聽了卻捧腹大笑（這是經過猥褻的加油添醋之後，輾轉從交誼廳傳回我耳裡的）。我不得不在此提出一個例子（兼做更正）：第一次世界大戰爆發前的一個夏天，某個強國的皇帝來訪（我知道這是別無選擇的事，因為所謂的強國實在屈指可數）。這位皇帝大駕光臨，來到我們這個蕞爾小國，真要教吾等君民受寵若驚。父王開著一輛新買的訂製轎車，載著他和一個年輕的冷珀口譯員（此人性別暫且不表）到鄉間出遊。艾菲王出門一向不帶侍衛隨從，這次也一樣。但他開起車那生龍活虎之姿，著實讓我們的貴賓心裡七上八下。回程，在離昂哈瓦約三十公里之處，艾菲王決定停車修理一下。他在修理發動機的時候，貴賓就和口譯員到公路旁的松樹樹蔭下等候。結果呢，艾菲王回到昂哈瓦之後，由於有人一再焦急探問，他才如大夢初醒般逐漸想起，他居然把人丟在馬路上，揚長而去。（「什麼皇帝？」於是成為他唯一的傳世名言。）就我貢獻給詩人的題材而言（或者是我自以為有貢獻的東西），我總是再三要求詩人務必用文字記錄下來，不要在跟人閒聊的時候傳了出去。然而，即使是詩人也是凡人。

---

⑤烏拉諾格勒：Unranograd，源於希臘文文中的 urano-（天空）。grad（格勒）則是俄語，意為城市。

艾菲王的心不在焉和他對機械——特別是飛行器——的熱愛，成了一個奇異的組合。一九一二年，他試圖駕駛狀似雨傘的法布爾「水上飛機」⑥凌空而起，結果差點溺死在尼特拉和因陀羅間的海域。他還撞毀過兩架法曼⑥、三部冷珀自製的飛行器和一架心愛的杜蒙「蜻蜓」⑥。一九一六年，他的常任飛行副官古瑟夫上校（跳傘先驅，在七十歲高齡還名列史上最偉大的跳傘好手）為他打造了一架十分特別的單翼飛機——布蘭達四號——這就是載著他飛向冥界的鳥。在一個平靜且不怎麼冷的十二月早晨，天使決定網羅他那溫和、純潔的靈魂。艾菲王獨自駕駛那架飛機，做垂直畫弧的高難度動作。這一招，一次大戰英雄、俄國飛行特技飛行員卡楚林親王曾在嘉特契那⑥一地示範給他看。不料，飛到一半出了差錯，只見小小的布蘭達失控俯衝。這時，古瑟夫上校（當時已是拉爾公爵）和王后就乘坐一架科德隆雙翼飛機⑥緊跟在他後頭，他們拍了幾張快照，乍看之下像是高貴、優美的旋轉，誰知結果慘不忍睹。在這千鈞一髮之際，艾菲王終於把飛機拉平，成功凌駕在地心引力之上，但一轉眼就撞進一棟正在興建的大旅館鷹架之中。這旅館就矗立在一處海濱荒地上，彷彿刻意擋住國王的去路。布蘭達王后於是下令把這座未完工且遭重創的

---

⑥法布爾水上飛機：法國飛行先驅法布爾（Henri Fabre, 1882-1984）發明的水上飛機。

⑥法曼：法國法曼兄弟 Henri Farman（1874-1958）與 Maurice Farman（1878-1958）兄弟製造的飛機。第一部可長途飛行的飛機就是他們製造的。

⑥杜蒙「蜻蜓」：飛行先驅杜蒙（Alberto Santos-Dumont, 1873-1932）所造、名為「蜻蜓」（La Demoiselle）的飛機。巴西航空發展的先驅者、飛行家，研發出有動力裝置的氣球和重於空氣的航空器，在歐洲一度被譽為航空之父。

⑥嘉特契那：Gatchina，離聖彼得堡二十四公里的一個城市。

⑥科德隆：Caudron，法國科德隆兄弟（Gaston Caudron, 1882-1915 和 René Caudron, 1884-1959）在二十世紀初製造的飛機。

建築夷為平地，並以一座難看的花崗石紀念碑取而代之，上頭有架形狀匪夷所思的青銅飛機。某天，八歲大的查爾士‧札維爾在一個書櫥抽屜中發現了那幾張空難的放大光面照片。在這些可怕的照片當中，有幾張看得出是那位飛行員的肩膀和皮盔。他看來平靜得出奇。這一系列照片中的倒數第二張，正攝於人機撞得粉身碎骨之前，他高舉一隻臂膀表示勝利與自信的身影清晰可見。不久，就撞成白茫茫的一團。從此，這孩子惡夢連連，但他母親渾然不知這孩子已經看過那些駭人的記錄。

她，他多多少少還記得她的模樣：精於騎術，而且高頭大馬、結結實實，臉色紅潤。有個皇室表親向她保證說，如果她兒子能師事德高望重的侃博先生，在他的教導之下，必然不會走上險路，而能成為快快樂樂的好孩子。這個老師曾教過幾個認真的小公主製作蝴蝶標本，也帶領她們欣賞《羅納德爵爺的輓歌》⑥。我們可以這麼說，他那不可勝數的嗜好如活動祭壇，他為此奉獻出自己的生命。他研究書蠹，熟諳獵熊之道，也能在踏青之時，將《馬克白》從頭到尾背誦一遍。但他從來就不在意門生的德行，對女生的偏疼勝過男生，也未曾沾染冷珀寵狎孌童的習氣。在冷珀客居了十年之後，也就是在一九三二年，他決定離去，在異國朝廷謀事。當時，王子年已十七，一邊在大學就讀，一邊開始掌管朝政。他始終拿不定主意，不知道自己究竟比較喜歡什麼：是詩的研究（特別是英詩）？參加遊行？還是在化裝舞會中與男扮女裝的少年或女扮男裝的少女共舞？就在一九三六年七月二十一日，他的母親罹患了一種罕見的血液疾病因而猝死──他的外祖母和外曾祖母也都死於此症。他的母親在死亡的前一天，病情好轉──因

---

⑥《羅納德爵士的輓歌》：*Lord Ronald's Coronach*，英國詩人、歷史小說作家史卡特（Sir Walter Scott, 1771-1832）詩集《蘇格蘭邊塞吟遊詩歌》（*Minstrelsy of the Scottish Border*）中的一首。

此查爾士·札維爾去了葛林德伍德的公爵宮通宵達旦跳舞作樂：
這是個跟異性正式交往的社交場合。對先前耽於雲雨之樂的人來
說，不失新鮮。凌晨四點左右，曙光點燃樹梢，也把佛克山頂的
圓錐染紅了，國王把他那馬力強勁的車子停放在皇宮的一個大門
外。空氣清新怡人，光線富含詩意，國王和同行的三個友人決定
步行穿越菩提樹叢，來到賓客下榻的孔雀賓館。國王和歐塔爾
——一位心靈之交——身穿燕尾服，但頭上的高頂禮帽方才在公
路上被風刮走了。這一帶盡是陡坡與塹壕，還有陰影和保護色的
遮蔽。這一行四人站在小小的菩提樹下，突然注意到一種怪異的
氣氛。大鼻子、頭髮稀疏的歐塔爾身旁跟著兩個情人。他神情愉
悅、舉止高雅，那兩個少女都是王后最寵愛的侍女德福萊爾伯爵
夫人的女兒，一個是十八歲的菲法達（後來成為他的妻子），另一
個是芳齡十七的芙蕾（我們還會在其他兩處評注中遇見她）。在悠
悠的時間之流，一個人若是站在最有利的一點，發現暮然回首已
成百年身，總會不由自主地流連在那個景象。歐塔爾以困惑的表
情眺望王后寢宮的窗口，他身旁那兩個少女肩並肩站著，兩腿纖
細，華裳閃閃發光，有著粉色、小巧的貓鼻子，碧綠的眼眸滿是
睡意，太陽的火光在她們的耳環上，忽明忽滅。在這通往東方公
路的大門，不管什麼時候，總有幾個人。一個農婦帶了一小塊自
己烘烤的糕餅前來，坐在路邊的石頭上。想必是下一個哨兵的母
親。他還沒到，前一個鬍髭亂竄、黝黑年輕的 *nattdett*（冷珀文，
黑夜之子）只好繼續待在煩悶的崗哨中。那農婦以女性特有的好
奇，看著燭火如螢火蟲般，從一扇窗飄移到另一扇窗；有兩個騎
著腳踏車的工人也停下來車來，駐足望著那奇異的光點；還有一
個留著海象鬚的酒鬼醉得東倒西歪，扶著菩提樹幹前進。在這生
命步調變慢的時刻裡，我們往往會拾得一些瑣碎的細節。國王注
意到，那兩部腳踏車車身沾了些有點紅紅的泥巴，前輪不約而同
向著同一個方向，互相平行。這時，伯爵夫人突然急急忙忙地從

紫丁香花叢當中的斜坡衝下來——這正是從王后寢宮出來的捷徑。她被繡花長袍的裙擺絆住,跌跌撞撞的。同時,在皇宮的另一頭,七個大臣全部到齊,一身華麗的大禮服,捧著像各式各樣像葡萄乾蛋糕的王室寶器,以急促而莊嚴的步子走下石階。伯爵夫人搶先一步,先吐露這個天大的消息。那酒鬼唱起一首粗鄙的民謠,什麼「小卡爾、小妞兒」㊻的,接下來一頭栽進半月形的壕溝。那如銅牆鐵壁的城堡入口不少,很難在一首詩的短短評注交代得一清二楚。由於我有先見之明,於是早在六月中,就為謝德描述我在一些評注(如 130 行評注)中三言兩語帶過的事件。我還幫他畫了張相當漂亮的平面圖,標示出昂哈瓦皇宮的各個廳室、平臺、堡壘和庭園。我最後一次看到這幅彩色墨水繪製在硬紙板上的詳細圖示(長七十六公分、寬五十公分)是在七月中旬。通往所謂水果室的小走廊有個壁龕,在一部老舊的軋布機對面有只黑色大皮箱,擺在上頭的那張就是了。萬一不在,可能已經被毀或被偷走了。不過呢,也可到他樓上的書房找找。我曾寫信向謝德夫人詢問此圖下落,但她沒有回覆。要是這張圖還在,我就得低聲下氣、卑恭屈膝地懇求她寄還給我,就像國王最卑微的臣民為自己的權益請求,希望這權益即刻能失而復得(那張圖真是我的,在「金波特」署名之後還有印著一個像黑色棋子的王冠圖案)。我希望她能包裝妥當,在上面註明「請勿折疊」,並用掛號寄給我的出版社,本書日後再版就可附上此圖。儘管我曾精力充沛,近來體力孱弱,不時頭痛欲裂、記憶衰退,加上老眼昏花,要重新繪製這麼一張圖,談何容易。黑皮箱的下面還有個更大的棕色或淺棕色的皮箱。記得在那黑暗的角落還有隻填充的動物標本,可能是狐狸或土狼。

㊻卡爾:Karl,查爾士‧札維爾的小名。

79行：沉溺在過去的人

在這行草稿邊緣寫著兩行詩句，不過只有第一行尚可辨識出是下面字跡：

The evening is the time to praise the day

黑夜是歌頌白晝的時候

冷珀有一首迷人的四行詩，猶如北歐古老的口傳歌謠《古愛達經》67。我曾在比較輕鬆自在的時候，引述給謝德和他的夫人聽。我很肯定，我這個朋友想把這詩加進他的作品中。下面不知是何人英譯的（可是柯畢譯的68？）

The wise at nightfall praise the day,

---

67 《古愛達經》：*Elder Edda*，手稿是公元一千二百年左右寫成的口傳歌謠，書中有古歌謠二十九篇加上其他地方發現的同類歌謠，合成三十四篇。這些歌謠沒有書名，作者與編輯者的姓名也不詳。《新愛達經》（*Younger Edda*）則是散文體，是十二世紀末的史諾里·史特盧森（Snorri Sturluson）寫的，主要是一篇教人作詩的論文，加上一些《古愛達經》沒有的上古神話資料。華格納（Richard Wagner, 1813-1883）的歌劇《尼布龍根指環》（*Der Ring des Niebelungen*）四部曲等，多取材於此。托爾金（J.R.R. Tolkien, 1892-1973）的《魔戒》（*The Lord of the Rings*）三部曲也借用了「愛達經」的材料。

68 柯畢：William Forsell Kirby，1844-1912，芬蘭口傳文學《卡列瓦拉》（*Kalevala*）的英譯者（「卡列瓦拉」意爲「英雄的領地」，這部作品包括神話史詩、英雄詩篇、傳說、抒情詩、頌歌與童謠等）。十九世紀到二十世紀之間，許多芬蘭藝術家都從這部史詩獲得靈感，托爾金作《魔戒》也深受影響。《卡列瓦拉》和《古愛達經》雖然都包含北歐古代歌謠，但有關《古愛達經》的英譯本，流傳最廣的乃是 Lee. M. Hollander 的譯本。柯畢並沒有翻譯《古愛達經》。

The wife when she has passed away,
The ice when it is crossed, the bride
When tumbled, and the horse when tried.

　　智者在黑夜讚美白晝，
　　妻亡故才知其賢秀，
　　踏冰後才知厚薄，新婦絆跌方思
　　婚姻路難，馬不試則良駑疑。

80行：我原先的臥房

　　我們的王子很喜歡芙蕾，待她就像親妹妹，然而沒有發展出近乎亂倫的關係，也沒有次級同性戀⑥的糾葛。芙蕾臉蛋小小的，膚色蒼白，顴骨突出，眸子生輝，一頭深色鬈髮。聽說，在上流社會既雕刻又寫詩的亞諾，手持一個磁器茶杯和《仙履奇緣》中灰姑娘留下的那隻玻璃鞋尋尋覓覓，數月之後，終於在她身上找到他想要的——他以她的胸部和雙腳為範本，完成《莉麗絲喚回亞當》⑦那件作品。但我對這種風花雪月沒有研究。芙蕾的情人歐塔爾曾說，如你走在她後頭，她好像腦袋瓜後面長眼睛似的，走起路來扭腰擺臀，極其婀娜多姿，就像在巴黎賣身的阿拉伯女郎（調教他們的老鴇後來慘遭勒斃）。亞諾說，她蓮步輕移，那緊緊靠攏、纖細的腳踝，就是他〈夢幻女郎〉（*miragarl*，冷珀文）一詩中的「珍寶」。詩中說，為了得到這個女郎，「在時光廢墟沙地中的夢之王，願以三百隻駱駝和三座噴泉」來換。標示重音的原文如下：

---

⑥暗指王子是個扮演女性角色的同性戀者。

⑦莉麗絲：Lilith，和亞當同為神所造的一對。莉麗絲因不滿兩人在「性事」上的不平等，憤而離去。神苦勸不回後，另造夏娃，莉麗絲於是成為魔女、撒旦的情婦。

On sägaren werém tremkín tri stána
Verbálala wod gév ut trí phantána

　　這種俗不可耐的閒話（也許是她母親傳播的），王子從來就沒放在心上。我得再次重複，王子只是把她當作妹妹看待。她香氣逼人，衣著時髦，嘟著塗著口紅的小嘴，以傲慢濃濁的高盧腔表達自己的意思。看她以老成的姿態頂撞那個神經兮兮又多嘴的伯爵夫人，他覺得很有意思。他喜歡和她跳舞，也只和她一人跳舞。他們徹夜共舞，不管她輕輕撫摸他的手，或悄悄地把微敵的唇貼上他的臉頰──那被憔悴的黎明汙染的雙頰──他都不會侷促不安。她不在乎他去找男人的樂子而冷落了她。他們在黑暗的車廂或在幽暗的小酒館相會時，她會親吻他，嘴角浮現一絲克制而曖昧的微笑。

　　從布蘭達王后過世到他加冕登基中間這四十天，可能是他這一生最難熬的一段時間。他向來不愛他的母親，此時的悔恨無以復加，讓他一個人招架不住，這種感覺更惡化為對母親鬼魂的病態恐懼。伯爵夫人老是在他身邊打轉，陰魂不散似的窸窸窣窣，還拉他去參加一個美國人主持的王后亡魂降靈會。那靈媒經驗老道的樣子，會使桌子自動旋轉。他利用王后生前和十七世紀冰島學者托斐爾斯⑦、十九世紀的自然學者華萊士⑫交談用的靈乩板⑬，上面的筆以英文飛快寫下：「Charles take take cherish love flower flower flower.」（查爾士要要珍愛花兒花兒花兒

---

⑦托斐爾斯：Thormous Torfaeus，1640-1719，冰島學者，曾任丹麥史官，著有《葡萄國史》（*Historia Vinlandiae antiquae*）（1705），此葡萄國是指北歐航海家在公元十一世紀左右發現的美洲東北一帶，因生長葡萄而得名。
⑫華萊士：A. R. Wallace，1823-1913，十九世紀自然學家、演化論者。
⑬靈乩板：planchette，一種三角形或心形的板子，上置鉛筆，能在神靈的指引下，自動寫出神靈的指示。

⑦。)一個年事已高的精神科醫師,徹底被伯爵夫人收買了,身軀臃腫得看來就像是顆腐爛的梨子。他斬釘截鐵地說王子生性邪惡,潛意識中就有弑母的意圖,如果不禁男色,還會「在自己裡面不斷殺死她」。宮闈陰謀是隻駭人的蜘蛛,你愈死命掙扎,牠愈把你勒得更緊。王子少不更事,加上飽受失眠的折磨,於是變得心神恍惚。他落入伯爵夫人的圈套中,幾乎無力抵抗。伯爵夫人花費重金,買通了他的 *kamergrum*(貼身侍從)、侍衛和大多數的朝中大臣。伯爵夫人搬進他單身寢宮的前房。他的單身寢宮是圓形的,十分寬敞、華麗,就在高聳、巨大的西南塔樓頂端。這裡本來是他父王避靜之處,有面牆和一個好玩的滑道相通,滑下去就是下面大廳的圓形泳池。因此,年輕的王子一早醒來,就可像父親過去那樣,拉開折疊床旁邊的一塊板子,就從滑道颼颼一聲溜進亮晶晶的水中。查爾士・札維爾還在鋪著波斯地毯的地板中央弄了張有如荷葉、巨大、橢圓的天鵝羽絨墊,尺寸相當於三人床,邊緣還有華麗的荷葉邊做裝飾,然而這羽絨墊不是做為自己睡眠之用,還有其他用途。芙蕾現在就在這個舒服的窩裡睡覺。她蜷曲身子躺在中央凹下去的地方,身上蓋著真正的熊貓皮毛,那是一群亞洲使節最近快馬加鞭從西藏送來的,做為他登基的賀禮。伯爵夫人棲身的前房,有內部樓梯和浴室,也有一道滑門與西廂相通。不知芙蕾的母親是否曾教她或指示她怎麼做,反正這小妞就是不知如何施展魅功。她靜靜地、發狂似的不斷修理一把壞了的抒情中提琴⑦,要不神情憂傷地坐著比較兩支音調悲悽、聲音微弱的古笛。這時,一身土耳其裝的他則懶洋洋地窩在他父親那把大椅子中,兩腿跨在扶手,翻閱《冷珀史》(*Hitoria Zemb-*

---

⑦花兒:芙蕾的法文名字 Fleur,就是「花兒」的意思。

⑦抒情中提琴:viola d'amore,這種中提琴琴身較現代中提琴略大,琴頭較長,有十四個弦軸,七條弦從指板上通過,另外七條共鳴弦從指板下和弦馬下的小孔通過,琴聲柔美迷人,有如愛情,因以為名。

lica），時而抄錄片段，偶爾從座椅被遺忘的凹處挖出一副老式騎車護目鏡、一只黑色貓眼石戒指、一團銀色巧克力包裝紙或一枚星型外國勳章。

　　房間因夕陽照射，暖洋洋。就在兩人莫名其妙同居的第二天，她身上除了一件無釦、無袖的半身睡衣，其他什麼也沒穿。她那裸露的四肢和三個老鼠洞（冷珀人的身體結構）讓他看了就火大。他在房裡走來走去，苦思加冕典禮的演講稿，把她的短褲和絨袍扔過去，看都不看她一眼。有時，他回到那張舒服的大椅子，發現座位被她佔了，她以憂傷的眼神盯著他那本《冷珀史》中 *bogtur*（古戰士）的圖片。他一把將她拖下來，兩眼仍在記事本上打轉。她於是伸個懶腰，轉移到窗下的椅子，置身於塵埃飛舞的陽光中。不一會兒，她又黏過來，那有著深色鬈曲秀髮的頭鑽到他身上。他一手忙著寫字，另一隻手把她的頭推開，或從袖子或腰帶把她那粉紅色的小爪子一根根扳開。

　　夜裡有她相伴，雖然未能殲滅失眠，但至少王后布蘭達的鬼魂不會來犯。他在精疲力竭、昏昏沉沉之時，曾有些小小的惡作劇的念頭，如起身去拿水瓶倒點冷水在芙蕾光溜溜的香肩上，把上面那微弱的月光澆熄。伯爵夫人在她的巢穴中鼾聲大作。此時，他終於沉沉睡去。前廳之外，在那黑暗、森冷的走廊中，一大票新來的僮僕東倒西歪地倒在有著圖案的大理石地板上，三、四排人靠著上了鎖的門呼呼大睡。這些男孩多得像人山，都是特洛斯、托斯卡尼和亞爾班諾蘭德三地送來的獻禮。

　　他醒來時，發現她手裡拿著梳子，站在他的穿衣鏡前（或者該說這面鏡子是他祖父的）。這鏡子有三面相連，透露著無法見底的光。這鏡子十分奇妙，打造此鏡子的工匠以鑽石署名：「博凱的蘇達格」（Sundarg of Bokay）⑦⑥。她在鏡前轉身，因其中的祕

---

⑦⑥Sundarg of Bokay：此名鏡像為 Yakob fo Gradnus，近似殺手的名字

密反射裝置，可見深處有無數裸女，少女花團錦簇般成群結隊，那隊伍既高雅又哀傷，消失在清晰的遠方。極目可見在農家少女淺水中梳理秀髮。芙蕾喃喃自語，她的祖先青春之時必然就像那幾個落單的澤畔仙女，再望過去就是古老傳說中那個若有所思的美人魚，再往後就什麼也看不到了。

第三夜，內部樓梯傳來沉重的腳步聲和喀嚓喀嚓的槍械聲，總理大臣、三個人民代表和新成立的侍衛隊隊長衝了進來。最不願意看到小提琴手孫女成為一國之后的竟然是人民代表，真是有趣。查爾士・札維爾和芙蕾這個不討人厭的美人兒（就像貓騷味，狗兒不會掩鼻蹙頻，是因生性順服，聽從命令好生忍受之故），兩人這段純潔的羅曼史就此譜下終曲。伯爵夫人和芙蕾這對母女只好提著白皮箱和過時的樂器，徘徊一陣子之後進去冷宮。大夥兒如釋重負，前廳的門在歡樂聲中敞開了，成群像是裸身小天使的僮僕⑦爭先恐後地湧入。

查爾士受了十三年的折磨、經歷千辛萬苦之後才在一九四九年和珮恩女公爵狄莎成婚。這婚姻見 275 行和 433-434 行評注中的描述，研究謝德詩作的學生遲早會看到，現在請稍安勿躁。接連幾個夏天都很涼爽。可憐的芙蕾還在這兒，只不過她的存在若有似無。一九五○年，宮殿前廳舉辦「玻璃動物博覽會」，老伯爵夫人在此被活活擠死，之後狄莎一直待芙蕾不錯。當時，展覽會場失火，部分幾乎毀於祝融，葛雷德斯曾協助消防隊在廣場中清出一塊，在此對沒加入工會的縱火犯進行私刑，其中至少有兩個人被誤殺了（兩個沒頭沒腦的丹麥觀光客。）年輕的王后對這個蒼白的侍女或許有點同情。國王有時會瞥見她就著尖尖的拱窗斜

Jakob Gradus。

⑦裸身小天使：單數 putto，複數 putti，在古典藝術和文藝復興藝術中出現的常帶有雙翼的裸體男童。

斜映入的光線，在看音樂會節目單，有時聽見她在 B 閨房中奏出微弱的樂音。至於國王單身時期住的那間豪華的寢宮，在 130 行評注會再度提及。在沒完沒了、窮兵黷武的冷珀革命之初，此處就是國王幽禁之地。

85 行：見過教宗

即天主教教宗庇護十世，若瑟・薩爾托（Giuseppe Melchiorre Sarto），生於一八三五年，卒於一九一四年，在一九〇三年和一九一四年間擔任教宗。

86-90 行：姑姑莫德

莫德・謝德，生於一八六九年，卒於一九五〇年，山繆・謝德之妹。她去世時，謝德之女海若應該並非九十行中暗示的「嬰兒」（那時，生於一九三四年的海若已亭亭玉立）。我覺得她的畫作雖然讓人看起來不舒服，但很有趣。莫德姑姑不像一般老處女槁木死灰，她機靈得很，挖苦人的本事也是一流的，常常讓紐懷名門淑女聞之花容失色。

90-93 行：她的臥房……

草稿中，原是下面幾行，和定稿有所出入：

>‥‥‥‥‥‥‥‥‥‥‥her room
>We've kept intact. Her trivia for us
>Retrace her style: the leaf sarcophagus
>　(A Luna's dead and shriveled-up cocoon)

>‥‥‥‥‥‥她的臥房
>一如當年。裡頭的私人物件

遺留她的風格：葉棺

（月蛾的蛹已死，繭乾癟皺縮）

　　這裡提到的蛾，根據我字典中的定義是「一種有尾巴的大蛾，呈淡綠色，其毛毛蟲以山胡桃為食⑦。」謝德之所以把這段改掉，我猜是因為這蛾之名與下一行的「月」衝突。

91 行：私人物品

　　當中有一本剪貼簿，貼滿了莫德姑姑長年（1937-1949）蒐集的剪報，有的不禁教人捧腹，有的則相當詭異。有一天，謝德同意讓我記下這堆剪報中的首尾兩張。這兩張竟是前後呼應，真是妙，都是出於《生活》⑦——一本素來以拘謹的態度面對男性奧祕、老少咸宜的知名雜誌。因此，我們可以想像，這樣的內容在當年如何驚世駭俗或聳動。第一張出自一九三七年五月十日號第六十七頁，是「鷹爪牌褲襠拉鏈」⑧的廣告（附帶一提，這樣的廠牌名不禁讓人聯想到被緊抓的痛楚）：有位看來雄糾糾的年輕男子，身旁有好幾位興高采烈的女性友人。廣告語是：「有此褲襠，讓你銳不可擋。」最後一張出自一九四九年三月二十八日號第一百二十六頁，是「漢斯牌無花果葉內褲」的廣告：有一個現代夏娃，藏身於知識之樹後，以崇拜的眼神偷窺一個年輕亞當。那亞當上半身穿著一件普普通通但很潔淨的內衣，下面的緊身內褲明顯突起一塊，廣告辭是：「無花果葉，舉世無敵。」

---

⑦月蛾：俗名 luna moth 或 moon moth，學名 Actias luna，常見於北美洲，只會在夜間飛翔。

⑦ *Life*，美國報人魯斯（Henry R. Luce, 1898-1969）於一九三六年創刊的雜誌。

⑧Talon Trouser Fastener，下面的廣告產品是 Hanes Fig Leaf Brief。兩者都是在《生活》上出現的真實廣告。

我想，這世間必然有一群專司顛覆的假丘比特⑧——這些肥胖、頂上無毛的小壞蛋是撒旦派來惡作劇的，專門在神聖之地胡搞。

92 行：紙鎮
　　那些古老、恐怖的影像不斷糾纏我們的詩人。他的一首舊詩最近在報上再次刊登。詩中旅人讚嘆的風景也留存禮品店中：

Mountain View
Between the mountain and the eye
The spirit of the distance draws
A veil of blue amorous gauze,
The very texture of the sky.
A breeze reaches the pines, and I
Join in the general applause.

But we all know it cannot last,
The mountain is too weak to wait——
Even if reproduced and glassed
In me as in a paperweight.

　　　　　山景
　　　在山巒與眼眸之中，

---

⑧丘比特：Cupid，戰神亞瑞斯和愛神阿琺羅黛特所生之子，又名 Eros。他不會長大，總是像個小孩子，背上長有翅膀，到處飛翔，和他母親愛神一起主管神與人的愛情和婚姻。厄洛斯有一張金弓、一枝金箭和一枝銀箭，被他的金箭射中，便會產生愛情，即使是冤家也會成佳偶，而且愛情一定甜蜜、快樂；反之，被他的銀箭射中，就是佳偶也會變成冤家。

空無的精靈放下

空濛含情的碧紗

質地正如天空

微風撫過蒼松

而我，一同讚嘆此景如畫。

人人皆知美景不常，

山也有窮處──

即使複製成玻璃紙鎮，壓藏

在我心深處。

98 行：論查普曼的荷馬

在此指的是濟慈那首傳唱千古的十四行詩⑧ （在美國，經常有人引用）。這是印刷工人粗心大意，竟然把這詩從另一篇文章誤植至這則體育新聞中。其他精采的誤植參看 802 行評注。

101 行：自由人毋需上帝

人類創造史上，不知有多少思想家、詩人因為信仰，心靈獲得更大的自由，而非受阻。思及這點，我們不得不對這個馬虎的格言存疑 （參看 549 行評注）。

---

⑧濟慈 (John Keats, 1795-1821) 〈初讀查普曼的荷馬〉 (*On First Looking into Chapman's Homer*)，作於一八一六年。查普曼的荷馬指的是喬治・查普曼 (George Chapman, 1559-1634) 翻譯的荷馬史詩。查普曼是牛津大學出身的知名學者。他在學術上的主要貢獻是第一次把荷馬史詩《伊里亞德》 (*Iliad*) 與《奧德賽》 (*Odyssey*) 翻譯成英文，還發表了許多詩歌和戲劇作品。另一個查普曼 (Ben Chapman) 則是在一九三七年至三八年效忠紅襪隊的外野手，他從一九三○年到一九四六年，共擊出九十支全壘打。全壘打又叫「homer」和「荷馬 (Homer)」剛好是雙關語。

109 行：一朵袖珍的七彩雲

一朵小小的、像彩虹一樣呈現七彩的雲，冷珀文為 *muderper-lwelk* ⑧。虹雲（原文為 iridule）一詞我認為是謝德自創。此詞出現在清稿卡片（七月四日謄寫的第九張），上面用鉛筆寫著「孔雀翎」。某種俗稱「蜻蜓」的浮標就是以孔雀翎為本體做的。這間汽車旅館老闆熱愛釣魚，正是他告訴我的。（參看 634 行中的奇異珠光）。

119 行：蘇敦醫生

此名乃從兩個姓名各取一字組合而成，一個取「蘇」字，一個取其中之「敦」字。兩位都是名醫，很久以前就退休了，也住在我們這個山坡上。他們都是謝德一家的世交。其中一位的千金在喜碧參加的俱樂部擔任會長。我在 181 行和 1000 行評注中刻畫的蘇敦醫生正是這位。另外，在 986 行也提到了他。

120-121 行：五分鐘等於細沙四十盎司……

在這張卡片的左邊，有一行與之平行的字：「在中世紀，一小時等於四百八十盎司細沙或二萬二千五百六十粒沙。」

這敘述是真是偽，我無法查證，也不能核對詩人的算法。五分鐘就是三百秒，那麼四百八十如何能被三百除盡，反之亦然。或許，我只是累了，因此算不清。在謝德寫下這行詩句那天（七月四日），殺手葛雷德斯正準備離開冷珀，從一個半球跨越到另一個，以堅定的步履展開他的凸槌行動。

---

⑧此字可拆解成 mutter（德文的「母親」＋「perl」（英文中「珍珠」pearl 的變體）和 welkin」（中古英文中的「雲」。根據納博科夫的一篇訪談，此字確實是他自創，意為 mother-of-pearl cloudlet，意為一朵小小的「珠母雲」，見 SO, p. 179。

130 行：不曾拍球、揮棒

老實說，我的足球一向踢得不好，板球也打得挺差。騎術尚可，滑起雪來生龍活虎但有失正統。溜冰呢，還不錯，摔角的花招我很行，對攀岩樂此不疲。

草稿中 130 行後面有四行詩謝德捨棄不用，在清稿中另以四行（131 行等）取代。被捨棄的詩句如下：

As children playing in a castle find

In some cold closet full of toys, behind

The animals and masks, a sliding door

[four words heavily crossed out]　a secret corridor

就像在城堡內玩耍的孩童，發現

玩具堆積如山的舊櫥櫃間

動物和面具之後有滑門，隱藏了一條

（有四字被狠狠劃去）祕密通道──

這四行的比較就此打住。我猜，詩人本來想在這段之後加上自己童年昏厥發作之時，誤打誤撞發現了什麼真理。他捨棄這幾行，真教我有說不出的遺憾。我遺憾的不只是為了這幾行內在的絕美打抱不平，也為了其中的意象叫屈──其中還有謝德從我這兒得到的啓發。我已在前面的評注中提及冷珀末代國王查爾士·札維爾歷經的千驚萬險，我那友人對我述說的有關那個國王的許多故事，也都聽得津津有味。留存這段草稿的索引卡片，日期標示是七月四日。這段正是我們那黃昏漫步直接的回響。我們在花香四溢的紐懷巷道和達爾威奇路散步。他拿著菸斗在山毛櫸樹幹上敲，以清空斗缽，對我說：「再多說些。」華燈初上，彩雲仍

在空中徘徊，遠處山坡上謝德家的燈火已亮，他老婆靜靜地觀賞一支劇情片。對這朋友的請求，我欣然同意。

簡而言之，我描述了叛變之初那幾個月國王的處境。那可真是奇特。他覺得有意思的是，自己宛如一個棋題中唯一的黑棋，或是所謂的待宰的「孤王」或是「王在死角」⑱。保皇黨人或許可以力挽狂瀾，免於讓國家變成一個平庸的現代專制政體，至少溫民黨人（溫和民主黨人）人該出來用力一搏。然而，只有數浬之遙那個警察強國，利用地利之便，不斷供輸汙穢的金援和機器人部隊給冷珀的革命黨人，讓人窮於應付，國家因而失守。儘管大勢已去，國王仍不肯退位。這個高傲、鬱鬱寡歡的國王在囚禁他的玫瑰石宮殿中，從其中的一個角樓，拿起望遠鏡來看，看見身手靈活的年輕人一個個躍入有如童話的俱樂部泳池，也瞥見身穿老式法蘭絨毛料的英國大使和巴斯克教練在一個遙遠得像是樂園的紅土球場打網球。山巒恬靜，穹蒼西邊色澤柔美瑰麗！

在煙塵漫漫的城市裡，暴力、逮捕、處決等令人作嘔的事件天天都有，然而這座大城市依然運轉自如，咖啡館高朋滿座，皇家劇院好戲連連。只有皇宮一片愁雲慘霧。表情像石頭、肩膀方正的 *komizar*（冷珀文，政委）嚴密控制宮內和宮外的軍隊。紀律嚴明。酒窖因清教的自律一一封閉，南廂的奴婢都解散了。王后在國王的要求下，流亡至法國蔚藍海岸的別墅。在此之前，侍女早已作鳥獸散。謝天謝地，她已經逃出烏煙瘴氣的皇宮，不必活在恐怖之下！

皇宮的每一個房間都有人看守，宴會廳就有三名守衛，看管圖書館的更多達四人。圖書館那陰暗的角落似乎就是叛逆陰影的

---

⑱棋題：chess problem，就是殺王的遊戲，給你一個局面，你必須在限定著數之內以白棋先手把黑棋殺掉，不管黑棋怎麼走。「孤王」（solus rex），指獨剩一王，而「王在死角」（king-in-the-corner）是謂王在棋盤角落、難以動彈的不利局面。

所在。留在寢宮的宮中侍從只剩小貓兩三隻，各有一隻武裝寄生蟲監視著。這些寄生蟲，有的和年事已高的門房偷喝蘭姆酒，有的對年輕僮僕毛手毛腳。莊嚴的禮部大殿上，也總有幾個下流東西，往中空的鐵甲武士身體硬擠。原先飄散康乃馨和紫丁香花香的大廳，如今皮革氣味和羊騷味撲鼻！

　　這一大票人馬，可分為兩群：來自極北之地土勒、橫眉豎目的莽夫和一批沉默寡言、彬彬有禮的極端黨人。前者沒什麼壞心眼，後者是打那人盡皆知的玻璃工廠來的，也就是革命火花最先爆出的地方。有件事我們現在可以透露了（因為關係人物現在人在巴黎、沒有安全顧慮了）──這一大票人當中，至少有一個英勇的保皇黨人隱匿埋伏。他偽裝得出神入化，使得同伴不但不曾起疑，甚至相形見絀，反而成了拙劣的冒牌貨。這人就是歐登，冷珀最好的演員。晚上，如果輪休，他會在皇家劇院演出，贏得滿堂彩。他也是國王對外聯繫的橋樑。有了他，國王就可以和無數的支持分子、年輕貴族、藝術家、大學運動明星、賭徒、黑玫瑰聖騎士[85]、西洋劍社成員，以及其他崇尚時髦、愛好冒險的人士搭上線。這時，謠言四起，有人說那囚犯不久將交由一個特別的法庭來審判，也有人說當局會假裝要把他移送到別處監禁，然後在中途把他槍斃。每天，大家都在說他會逃亡，然而謀劃者的計策總是中看不中用。越過城市和大海相隔的山脈，就是冷珀西岸，一艘馬力強大的汽艇已在藍灣附近的一個濱海岩洞待命。想像，清澈海水投射在岩壁和船身上的波光粼粼，多美啊！至於國王如何才能穿過重重險阻，從城堡平安脫身，大家則一籌莫展。

　　一個八月天，國王被軟禁在西南塔樓華麗寢宮的第三個月之初，有人說他利用一面花花公子用的手鏡，在陽光的相助下，從

<hr>

[85]聖騎士：Paladin，原為羅馬帝國查理大帝（Charlemagne, 742-814）的十二騎士之一，現在通稱行俠仗義的武士。

高高的窗口傳送閃光暗號，因此欲加其罪。不准他從窗口俯視下方，一來因為此舉可能通敵，二來會讓他生出居高臨下的優越感，鄙視下方的獄卒。於是，當天晚上，國王那張小小的折疊床和夜壺就被搬到皇宮這棟建築底層一間陰森森的儲藏室。多年前，這裡曾是他祖父瑟格斯三世（Thurgus the Third）的更衣室。瑟格斯崩殂後（一九○○年），他那奢華的寢宮就改成一個像是禮拜堂的地方，隔壁這間更衣室有一個人那麼高的多面穿衣鏡和綠絲面沙發也就不見了。除了角落一只上了鎖的皮箱和另一頭那部廢棄的縫衣機，在這半個世紀之中，這個塵封已久的房間一直空空洞洞的。更衣室外邊是大理石走廊。沿著更衣室北側前進，過了西側之後，立刻急轉，這裡就是皇宮西南的前廳。這裡只有一扇窗，這窗在南側，可以看見下面的中庭。這扇窗彷彿是夢境的入口，原來有綺麗的彩繪玻璃，上面有隻火鳥還有一個看得目眩神迷的獵人，但是不久前這片美麗的森林被飛來的足球粉碎了，後來換成普普通通的透明玻璃，還加上窗欄。西邊的牆立著一個刷白的壁櫥，壁櫥門上方掛著黑絲絨鑲框的巨幅照片。這照片在太陽——國王從塔樓上方傳送暗號的共犯——千萬次既輕微又飛快的撫觸下，漸漸褪色。照片上是一個女人浪漫的側影，裸露的香肩很寬。她是老早被人遺忘的女演員愛蕊思・亞赫特[86]。聽說，她在一八八八年突然香消玉殞之前，一直是瑟格斯三世的情婦，兩人相戀多年。對面的東牆有扇看來相當輕薄的門，這門跟另一扇門（通往走廊）一樣是松綠色，然而被鎖得牢牢的。這扇門原來是通往那老風流的寢宮，上面的水晶門把已經不見了，門的兩邊各棄置了一幅版畫，那是在這裡變得蕭索的時候草草掛上去的。這類畫作不值得細看，多半做為走廊或等候區補壁之用。其中的

---

[86] 亞赫特：Iris Acht，Acht 這個姓氏即德文中的「八」，她剛好卒於一八八八年。

一幅是仿小滕尼爾斯的〈村民之宴〉⑧，看來寒傖窮酸。另一幅本來是掛在育嬰室，畫作前方是一大群憂鬱的綿羊，一隻隻模模糊糊的，裡頭那些昏昏欲睡的小蘿蔔頭總是把這些綿羊看成波浪。

　　國王嘆了口氣，寬衣解帶。他的折疊床和床頭小几被搬到東北角向著窗戶的地方。東邊是松綠色的門，北邊是通往走廊的門，西邊是壁櫥的門，南邊則是窗。他的黑上衣和白長褲被昔日侍從的侍從取走了。國王穿好睡衣之後坐在床邊。那人拎著一雙摩洛哥羊皮室內拖鞋回來，套在主子那無精打采的雙腳上，再把不穿的那隻高跟尖頭包鞋拿走。國王左顧右盼，目光最後停留在半敞的窗上。中庭幽暗，他可以看到一角。圍著護欄的白楊樹下，有兩個士兵坐在石凳上打牌，他們打的是「傭兵牌」⑧。是夜，天上無星，悄悄冥冥，閃電無聲地在遠方抽搐。一隻狀似蝙蝠的飛蛾繞著石凳上的油燈盲目打轉，後來被下注的那個用帽子打扁了。國王打了個呵欠。在他淚水的稜鏡中，那兩個打牌的傢伙身影晃來晃去，最後漸漸溶化了。他那百無聊賴的眼光，從一面牆轉移到另一面。通往走廊的門開了一條縫隙，可以聽見守衛走來走去。壁櫥上方的愛蕊思‧亞赫特挺起肩膀，別過頭去。蟋蟀嘶鳴。床頭燈微弱的光線只能讓插在壁櫥門鎖上那把鍍金鑰匙發亮。鑰匙上的一點火花，立刻在囚犯的腦海中燃起熊熊的火。

　　此時，且讓我們從一九五八年八月中回到三十年前的五月的一個午后。當時的他還是個黝黑健壯的十三歲少年，他那古銅色食指上戴了一只銀戒子。他的母后布蘭達剛離開國門去維也納和羅馬了。他有幾個親如手足的玩伴，但這幾個人都不能和拉爾公爵歐雷格相提並論。當時，正值青春年少的貴族子弟，常在節慶

---

⑧小滕尼爾斯：David Teniers the Younger，1610-1680，十七世紀法蘭德斯宮廷畫師，畫作〈村民之宴〉原名 Fête Flamande。

⑧傭兵牌：lansquenet，出自德文的傭兵 landsknecht，一種撲克牌遊戲。

的時候——在我們那漫長的北國之春，可是三不五時都在過節——穿無袖厚絨線衫、及膝的長統襪、有釦環的黑皮鞋，和一種叫做「哈挺根」的極緊身超迷你短褲⑧。我真希望為讀者提供硬紙板做的人形和服裝配件，就像給手拿剪刀的兒童玩的紙娃娃。果真如此，那搗毀我腦袋的黑夜就可出現一絲光明。小王子和歐雷格都是英俊的長腿少男，瓦倫吉安少年的模範⑨。十二歲的歐雷格是公爵學校的最佳中鋒。在水氣濛濛的澡堂脫得精光的時候，他的男性特徵惹人注目，那宛如少女般的優雅氣質也格外突出。這小子真是個小牧神⑨。在那個特別的下午，豐沛的雨為御花園的春葉上了亮光漆。噢，花枝招展的波斯丁香在綠油油又染有點點紫的窗外搔首弄姿。必須到屋裡玩了。歐雷格遲遲不見人影。他來是不來？

小王子突然想到一件事。他想去把一套珍貴的玩具找出來（一位外國君主相贈之禮，此君最近被刺殺身亡）。上次過復活節，他和歐雷格還一起玩過，玩得很開心，後來就不知道丟到哪裡去了——就像所有奇特、精巧的玩具，濃郁的氣味隨著歡樂的氣泡揮發光了之後，就被人遺忘，彷彿遁入博物館中。此時此刻，他特別想再找回來的，是一個巧奪天工的玩具馬戲團，就放在一個和槌球盒差不多大小的盒子裡。他好想找回來：他的眼，他的腦，以及他腦部與大拇指根部拇指丘對應的那個區域，都念念不忘那屁股貼著亮片做特技表演的那個棕色男孩、那頸上有皺邊圓領、

---

⑧哈挺根：hotinguen，冷珀文短褲名詞，由英文 hot（熱）與 inguen（腹股溝）組合而成，亦即「火熱、撩人的下體」。

⑨瓦倫吉安人：Varangian，西元九世紀初進入俄羅斯平原的西北部的外來民族，又稱「羅斯人」（Rus），不久即和斯拉夫人融為一體，於是斯拉夫人也逐漸接受「羅斯」的稱號，並由「羅斯」改稱為「俄羅斯人」（Russian），同時他們所居住的地方也被稱作「俄羅斯」（Russia）。

⑨小牧神：faunlet，牧神（faun）的變體，羅馬神話中長著人臉、人身，但有羊角、羊腿的農牧之神，憨直、好色、多情。

優雅憂鬱的小丑，還有那三隻和小狗一樣大小漆得亮亮的木頭大象——牠們的關節靈活多變，你可讓這些滑溜溜的巨獸用一隻前腳倒立，或用後腿站在一個有紅色條紋的白色小桶子上。上次，歐雷格來，距離今天還不到兩個禮拜，兩人第一次獲准同床共眠。此時，小王子體內，上次逾矩殘存的臉紅心跳加上如斯春夜，不禁心蕩神馳，交織著羞怯之情，讓他想起以前兩人玩的比較天真無邪的遊戲。

王子問了他的英語家庭教師，他也不知道那馬戲團到哪兒去了，不過還是建議他去西走廊盡頭那間儲藏室找找。這個老師從人魔森林野餐回來之後，就因腳踝扭傷臥床休息。王子馬上去那兒尋找。那只塵封已久的黑色皮箱嗎？那麼恐怖的東西，不可能吧。由於旁邊有個不停咶噪的簣溝，雨聲更加瀝瀝。壁櫥呢？那鍍金鑰匙轉動起來很勉為其難。壁櫥裡的三個架子和下面的空間都塞滿了雜物：殘留許多夕陽渣滓的調色盤、裝滿籌碼的杯子、象牙搔背爬，還有一本三十二開本、他舅父孔瑪爾——也就是他母后的兄長——譯的《雅典的泰門》冷珀文譯本、一個在海灘用的 *situla*（玩具水桶）、一顆六十四克拉的藍鑽——那是他小時候不小心讓這寶石從他亡父的小擺飾盒掉到裝了小石子和貝殼的桶子裡，此外還有一根像是指頭的粉筆以及一個上面有圖案交錯的方塊板，早忘了這是玩什麼遊戲用的。他正打算在壁櫥四處再仔細找找。他發現在層板的後面有什麼東西把一塊黑絲絨勾住了。他用力拉扯，發現層板鬆動了，原來是活動式的。他發現就在更遠的一頭，也就是壁櫥背板上，也有一個鑰匙孔，原來那本鍍金鑰匙剛好插得進去。他連忙把另外兩個層板上的東西清理乾淨（大都是舊衣、舊鞋），像中間那個層板一樣空出來，然後拉開壁櫥後面那道滑門。他站在一條祕密通道的入口，把大象忘得一乾二淨。那通道黑洞洞，像是深深喉嚨，從那傳來的聲響聽來，好像裡頭有什麼寶貝似的。於是，他轉身回房裡拿兩支手電筒和一個計步

器。回到房裡的時候，他發現歐雷格來了，手裡拿著一朵鬱金香。歐雷格上次離開皇宮之後，把柔軟的金色髮綹剪短了。小王子心想，是嘛，我就知道他變了。歐雷格金色雙眉深鎖，俯身貼近王子，聽他訴說那個新發現。如此耳鬢廝磨，王子覺得歐雷格那赤紅的耳朵熱烘烘的，歐雷格還一面連連點頭，表示同意一探究竟。王子從這反應知道，他的同床伴侶依然未變。

　　教法文的博尚先生在教英文的侃博先生[92]的病榻前坐著，兩位夫子準備來盤棋局。博尚先生伸出兩個拳頭給侃博先生選擇。這時，小王子帶歐雷格去那個神奇的壁櫥那兒瞧瞧。祕密樓梯（*escalier dérobé*）的台階上鋪著綠色地毯，兩人躡手躡腳、拾級而下，步步為營似地，通往一條石頭鋪的地下通道。嚴格說來，這通道只有一小段在「地底下」，從儲藏室旁邊的西南前廳下方穿過，接著從幾個平台下方鑽過，穿越御花園的一排排的樺樹下，再與三條街道交錯──即學院大道、柯利奧蘭納斯巷、泰門巷──然後才抵達終點。除了筆直前進，這通道也會為了順應建築物，變得曲裡拐彎、奧祕，時而緊貼防禦土牆而行，就像袖珍記事本筆套中的鉛筆，時而穿過大樓地窖──由於這裡黑暗的地道不少，悄然入侵也就神不知鬼不覺。或許，經年累月下來，或許由於周遭層層施工間或出現的後遺症，或許因為時光的盲目刺戳，廢棄的通道和外面的世界之間因而形成某種神祕的連結。這裡奇妙的縫隙、孔洞無處不有，既狹窄又深不可測，教人捉狂。我們或許可從一灘臭得甜膩的溝水推測有條護城河，從泥土和草地那陰沉沉的氣味注意到頭頂附近正是碉堡下來的斜坡。然而，在通道從龐大的公爵宮（這裡的溫室因栽種不少沙漠花卉而聞名）

----

[92]博尚先生（Monsieur Beauchamp）是法國人，故用 Monsieur 稱呼，侃博先生（Mr. Campbell）是英國人，所以用「Mr.」稱呼。前者姓氏可拆解成「beau（法文，美的）和 champ（法文，原野）」，後者可拆成「camp（源於古法文，原野）和 belle（法文，美的）」，兩者有如鏡像。

下面的地下室爬過之處，地面有層細沙，腳步聲因而變調。歐雷格走在前頭：他那包裹在緊身靛青棉布短褲之下、凹凸有致的屁股一扭一扭的，靈巧敏捷。跳躍的火光照亮這個既低矮又狹窄得令人有壓迫感的通道，然而那火光並非來自他手中的燈火，而是他那高聳挺立的身軀熠熠生輝。小王子的電火炬照亮歐雷格後方的地面，有如在他那裸露的大腿灑上白粉。神奇的地洞繼續向前延伸，稍稍上坡。他們終於抵達終點時，從計步器的滴答聲得知是一七二六公尺。他們用儲藏室壁櫥那把神奇的鑰匙，如魚得水般插入一道綠門的鎖孔。眼看即將大功告成，綠門後面突然冒出怪異的聲響，我們的探險者不由得駐足。兩個可怕的聲音，一男一女發出的，一會兒高亢激情，一會兒又低沉得像是沙啞，兩人以冷珀西部漁民操的哥特蘭語[93]互相辱罵。一句恐怖的威脅讓那個女的驚聲尖叫。接下來突然陷入靜寂，之後那男人開始低聲密語，不期然冒出表示贊同的三言兩語（「太好了，親愛的，」或是「不能再好了」），這樣的語詞聽起來比先前的聲音更加怪異。

小王子和他的友人，不約而同在荒謬的驚恐中掉頭，拔腿就跑。計步器響起瘋狂的節拍。他們回到原處，把最後一個層板放回去。歐雷格嘆了一聲：「呼！」在他們上樓時，小王子對歐雷格說：「你後面都是白白的灰。」他們發現博尙和侃博剛下完棋，兩人平手。晚餐快開飯了。這兩個男孩乖乖去洗手。方才探險的興奮此時被另一種亢奮取代。他們把門反鎖。水龍頭的水嘩啦嘩啦流瀉而下。兩人都已堅挺，雄糾糾的，於是鴿子般呻吟起來。

這段追憶鉅細靡遺。我費了這麼大的功夫在評注中描述往事的構造和斑紋，在國王的記憶却只是浮光掠影。前塵往事如一頭獸，有的竟能蟄伏三十年，就像此事，而這頭獸的天然棲地已起了滄海桑田般的巨變。就在發現祕密通道之後，王子得了肺炎，

---

[93]哥特蘭語：瑞典哥特蘭島（Gutland/Gotland）居民所用的語言。

差點送命。他在陷入譫妄之時,一會兒拚命跟隨一團亮光,在一條沒有盡頭的隧道裡探險,一會兒緊抓那個俊美孌童消融的臀部。他去南歐休養了幾個季節。歐雷格在十五歲那年因為滑雪意外死亡,他的死也使得當年那次探險變得虛幻。要不是國內鬧了一場革命,這祕密通道還難以重回真實。

守衛吱吱嘎嘎的腳步遠了之後,國王才放心打開壁櫃。這櫥子現在空蕩蕩的,角落躺著一本小小的 *Timon Afinsken*(《雅典的泰門》冷珀文譯本),最下面的那格塞了些舊的運動衣和運動鞋。腳步聲漸行漸近,他不敢繼續看,趕緊把壁櫥的門鎖回去。

顯然,他必須在安全無虞的片刻,無聲進行一連串的小動作:進去櫥子裡面,反鎖,移開層板,打開那道密門,把層板放回去,鑽入那個黑黑的洞口,關上密門,上鎖。嗯,可能要九十秒。

國王步入走廊。守衛立刻走向他。他是個長相英俊但腦袋一團漿糊的極端黨人。國王說:「哈爾,有件事我現在非做不可。我很想在上床前彈鋼琴。」哈爾(如果那守衛叫這個名字)於是帶他去音樂廳。國王早就知道歐登在罩著布套的豎琴旁守夜。歐登是愛爾蘭人,眉如狐毛,雄壯魁梧,粉紅色的頭上有頂舊俄工人戴的鴨舌帽。國王在那部貝赫斯坦鋼琴前面坐下,等守衛走開,只剩他們兩人,他才一面用單手彈奏叮叮咚咚的樂音,一面用三言兩語說明情況。歐登小小聲地說:「沒聽過什麼通道啊。」好像有人指點他的棋要怎麼下才不會全盤皆輸,他聽了之後惱羞成怒。國王陛下可有十足的把握?沒錯。他想,這麼一來就能逃之夭夭嗎?一定脫得了身。

不管怎樣,歐登都得暫時消失一下,因為那晚他得在《雄人魚》這齣老戲中擔綱。他說,這齣精采的通俗劇,足足有三十個年頭沒上演了。國王說:「我看,我自己這齣通俗劇就已經夠了。」歐登嘆了口氣,皺著眉頭的他慢慢把皮衣穿上。今晚什麼都做不成了。如果他請求長官讓他留下來值班,只會讓人起疑。只要有

一絲一毫的懷疑，都有可能會讓他們送命。明天，他再找機會查看那條新的逃亡路線，看是活路還是死路。在此之前，可否請查理（國王陛下）不要輕舉妄動？國王說：「可是他們愈來愈近了……」他指的是有人在畫廊中敲敲打打，拆這個撕那個的。歐登答道：「還不至於吧。一個鐘頭，或許兩個鐘頭，他們才前進了一吋。我得走了。」他眨眨眼，暗示那個一臉嚴肅、胖胖的守衛已經來接班了。

新政府不知自己大錯特錯，深信不疑，皇冠必然藏在宮中某處。還聘請了幾個外國專家（見 681 行評注）來搜尋。這個偉大的工程進行了個把月了。那兩個俄國人把會議廳和其他幾個大廳拆得面目全非之後，接下來轉移陣地到畫廊——這裡掛的艾斯坦的巨幅油畫讓好幾代的冷珀王子、公主看得目眩神迷。艾斯坦有自知之明，他知道自己沒辦法畫得很像，聰明的他就固守傳統的饋贈畫作的畫法。他果真是個精於障眼法的畫家，以熱情和技巧，把尊貴的死人模特兒四周的東西畫得栩栩如生，如飄落的花瓣或是漆得光亮的嵌板，那模特兒看來也就格外死氣沉沉。艾斯坦在幾幅肖像中，還用了一種怪誕的手法：除了用各種材料裝飾，如木頭、羊毛、金子、天鵝絨等，還在畫作嵌入一個實物。這種東西也會在其他畫作出現，不過是用油彩畫的。顯然這麼做是為了加強觸感和色調的質感，然而此舉卻有失高雅，不僅讓他的重大缺陷露了餡，也彰顯了一個基本事實：所謂的「真實」既非真正藝術的主體，也不是它的客體，真正的藝術有其獨特的真實，不是世俗之眼看到的一般「真實」。現在，回過頭來說說那兩位專家。他們沿著畫廊敲敲打打，接近國王與歐登站著告別的轉角了。此處牆上掛著一幅肖像，畫中人是前任皇室珠寶總管，老態龍鍾的克諾爾伯爵。肖像中的他手指輕觸一只有浮雕又刻有紋章的盒子。盒子正對著觀眾那一面，是用一塊長方形的青銅嵌上去的。他還利用透視法在盒子頂端的陰影中畫了個盤子，然後用工筆在

盤中畫了顆剖成兩半的胡桃核⑭，這核仁看來就像大腦和那兩片對生的腦葉。

歐登用母語說：「他們就要大吃一驚了。」角落的那個盡忠職守的胖守衛孤零零地行了個槍托碰地的軍禮。

那兩個從蘇維埃來的專家以為，那塊真正的金屬後方該真有一個寶庫。這倒也情有可原。此時，他們正要做個抉擇，看是不是要把那塊金屬板挖開來，還是把整幅畫拿下來。我們可先向讀者透露一下。牆上的確有個長方形的洞，除了一點碎核桃殼，裡頭空空如也。

某處，一道鐵製的簾幕立起，露出一幅畫，畫中有澤畔仙女和睡蓮。歐登操方言意味深長地說：「明兒，俺會把您的長笛⑮帶來。」他微笑，招招手，煙霧嬝然，他遁入遙遠的戲劇世界之中。

胖守衛押著國王回到房裡，把他交給英俊的哈爾。晚上九點半，國王上床。侍從——一個喜怒無常的混蛋——照例給他送來睡前飲用的白蘭地加牛奶，拿走了他的拖鞋和睡袍。他走出房門之後，又被國王叫住，要他關燈。一隻手臂伸進門內，戴著手套的手摸到了開關，把燈給關了。窗外可見遠方的閃電不時在顫動。國王在黑暗中飲下睡前酒，把空空的杯子放在床頭几上，由於碰到一把不鏽鋼手電筒，發出小小的聲響。由於近來常常停電，當局特起為他準備了這手電筒。真周到。

他輾轉難眠，轉過頭去看房門下方那一線亮光。門輕輕開了條縫，年輕、英俊的守衛探過頭來。國王的腦海閃過一絲奇想。但這年輕人只是來告知他，說他要去旁邊的中庭和哥兒們聚聚。

---

⑭胡桃核：kernel 英文意思是果仁或核心，那總管的名字也叫 Kernel。

⑮長笛：此處「長笛」乃雙關語，英文中的「flute」又作「細長之物」、「溝槽」解。

在他回來之前，這門得先上鎖。這個失去王位的國王萬一有什麼需要，可從窗口喊一聲。國王問：「你要去多久？」守衛回答：「*Yeg ved ik.*」（冷珀語，我不知道。）國王於是說：「晚安，你這小壞蛋。」

他等到那守衛的輪廓出現在中庭燈下。其他土勒人歡迎他加入牌局。國王在安全的漆黑當中，在壁櫥最下方翻找。他找到一條像是滑雪穿的褲子、一件聞起來有霉味的毛衣，然後把這褲子和毛衣套在睡衣外面。接下來又摸出一雙慢跑鞋和一頂可以覆蓋耳朵的毛帽。下一步，他展開在心中沙盤推演過的行動。移開第二層層板時，有一樣東西掉到地上，發出輕輕的一聲。他猜出那是什麼東西，就帶在身上當作護身符。

還沒深入通道之前，他不敢打開手電筒，同時千萬不能摔跤，萬一跌倒出聲，後果可不堪設想。因此，他就屁股貼地，慢慢滑下那看不到的十八個階梯，就像在克隆山要下坡的登山新手，膽顫心驚地從長滿青苔的岩石上溜下一般。這時，他手電筒發散出來的微光就是他最親密的伴侶，如歐雷格的鬼魂，自由的幽靈。他體內湧出一種焦慮、狂喜摻雜的感覺，欲死欲仙。上次，他有這種體驗，是在加冕大典之時。當時，他正走向王座，幾個小節的音樂在耳邊響起，樂音厚實、深沉、豐盛（作曲家是何人？出自哪一首樂曲？他一直沒查明。）俊美的僮僕彎下腰去把腳凳上的玫瑰花瓣拂去。國王聞到這少年頭上擦的髮油味兒。現在，藉著手電筒的光，他看到自己一身大紅，紅得可怕。

這條祕密通道似乎變髒了。四周入侵的痕跡很明顯。當年，也就是那兩個穿著薄薄的套頭衫和短褲、冷得直打哆嗦的男孩在此探險的時候，還不至於此。那窪乳白色的溝水變長了，一隻病懨懨的蝙蝠沿著溝水的邊緣前進，就像撐了把破傘的瘸子。記得，通道地面上曾有一層有色的沙，歐雷格的鞋印烙印在上。三十年了，這鞋印已成永恆，如三千年前埃及小孩馴服的瞪羚，行過陽

光下待乾的藍色尼羅河泥磚留下的足跡。這通道穿過一座博物館地基之處，有一個無頭的墨丘利⑯。這雕像不知如何流落之此，成為冥界的嚮導，為亡魂指路。這裡還有一個出現裂縫的古代酒甕⑰，上面有兩個黑黑的人影在一株黑色的棕櫚樹下擲骰子。

在抵達綠門這個終點的最後一個轉彎處，堆放了些木板，逃亡者跨了過去，免得絆倒了。他用鑰匙把門打開，門一拉開，發現一道厚厚的黑色布簾阻擋去路。他在布簾的垂直褶子裡尋找出路，這時手電筒那無望的眼微微亮了一下就滅了。他鬆了手，讓手電筒無聲地遁入空無。國王伸出雙臂，戳向那有巧克力味道、深深的簾幕褶子裡。儘管他不知自己身在何處，尚未脫險，他突然覺得自己的動作滑稽好笑，起先還斯文，後來就瘋狂地簾幕後興風作浪，就像一個困在簾幕後面、緊張兮兮的演員，不曉得如何才上得了台。在這千鈞一髮之刻，儘管他還沒從布簾後方走到陰暗的儲藏室，這股怪異的感覺倒解開了通道之謎。這堆了雜物的儲藏室原來是皇家劇院中的一間化妝室，歸愛蕊思‧亞赫特使用。自她死後，這個房間依舊是原樣：一個塵封已久的洞穴，有時演員在排演的時候，會在這裡閒晃。幾幅神話佈景倚牆而立，把瑟格斯三世那張滿是塵埃、有著絲絨相框的巨幅照片遮住了大半。相片中的他有著濃密的鬍鬚、戴著夾鼻眼鏡、佩戴勳章──當

---

⑯墨丘利：Mercury，有名的飛毛腿，羅馬諸神的使者，也是商業、旅行的守護神。

⑰古代酒甕：濟慈有〈希臘酒甕頌〉（*Ode on a Grecian Urn*）一詩當中有一段：

Fair youth, beneath he trees, thou canst not leave

They song, nor ever can those trees be bare:

Bold Lover, never, never canst thou kiss,

Though winning near the goal—yet, do not grieve;

She cannot fade, though thou hast not thy bliss,

For ever wilt thou love, and she be fair!

年他穿過一哩長的密道與艾蕊思幽會正是這個模樣。

這個一身大紅的逃亡者眨了眨眼，向大廳走去，經過幾間化妝室。遠處響起如雷的掌聲，隨後逐漸消停。遠遠傳來其他響聲，聽來像是中場休息時間到了。幾個穿著戲服的演員從國王身邊走過。他認出其中一人正是歐登。他身穿有著銅釦的絲絨外套、燈籠褲和條紋長襪，一身哥特蘭漁民假日的打扮，手中還握著一把厚紙板做的刀。方才他就是用這把刀手刃情人。他看到國王，驚呼一聲：「老天。」

歐登從一堆華麗的戲服中抽出兩件斗篷，同時把國王推向通往外面街道的樓梯。這時，在樓梯間抽菸的那幾個人起了一陣騷動。一個向極端黨官員獻媚而當上舞台指導的馬屁精突然伸出一根顫抖的指頭指向國王。這人因為口吃嚴重，指認的話只能在嘴巴裡打轉，假牙憤慨得格格作響。國王把帽子拉低，遮住臉龐，在狹窄的樓梯下面，差點摔倒。外面下著雨。路上水窪映照出他的紅色身影。一條橫向的街道停放了幾輛車。歐登的跑車通常就在這裡停靠。他猛然發現那部車竟然不見了，嚇了一跳，隨後想起那部車是停在下一條巷子裡，才大大鬆了一口氣（見 149 行那條有趣的評注）。

131-132 行：**我是連雀飄殞的魅影，映在窗上虛幻的遠景。**

長詩開頭這旋律優美的兩行在此再現。長的尾音由於 132 行起首微妙的變奏，而不致流於單調。第二個字和韻腳的押的半韻⑱，聽在耳裡，有種慵懶的舒暢，依稀是一首哀歌的回音。那首歌，只記得部分，曲調優美，歌詞是什麼已不重要。今天，「虛幻的遠景」已完成那可怕的任務，此詩就是唯一殘留的「影子」。我

---

⑱半韻：assonance，或者叫做類韻，以及內韻的聲音範型，也就是通過重複出現的母音來組合一個詩行。

們不由得從這些詩行讀出的弦外之音，將不只鏡像和閃閃發光的幻影。葛雷德斯的身影一哩又一哩啃噬掉他和可憐的謝德之間的「虛幻遠景」。我們不禁感到一種在劫難逃的宿命。他在急切而盲目的追逐中，也會碰到一個倒影，因此粉身碎骨。

葛雷德斯雖然用過各式各樣的交通工具——租用汽車、乘坐當地的火車、電扶梯、飛機——我們心靈之眼看到的他、心靈肌肉摸觸到的他，總是一手提著一只黑色旅行提袋，一手拿著隨便收起來的傘，無時無刻地在空中穿梭、在海洋和陸地上滑行。而驅策他不斷向前的動力，就是謝德那首長詩本身的魔力，也就是詩歌的結構與動力，那抑揚格強勁的馬達。命運的腳步不斷向前，無人能阻。如此宿命，形式却如此之美（至於這個超凡絕俗的流浪漢步步逼近的意象，參看 17 行評注。）

137 行：雙曲線

我那部沉悶的老字典是這麼說的：「單軌跡二圓四次曲線。」我不明白這跟騎單車有什麼關係。我懷疑謝德這個詞根本沒有什麼意義。他就像以前的詩人，被音韻的美迷惑，因而誤入歧途。

再舉個更明顯的例子：哪一個詞比得上「歌羅曼」（*coramen*）那樣響亮、華美，蘊含合唱和雕塑之美？其實，這個只不過是冷珀牧人用的一種粗皮帶，以便把一點點糧食和破毯子綁在最馴服的一頭牛身上，然後把牛趕到 *vebodar*（高地草原）去吃草。

144 行：一個上了發條的玩具

我居然有幸親眼見到那個玩具。不知是在五月，還是六月裡的一天晚上，我到我朋友家走走，跟他提醒說，他爺爺——一個古怪的牧師——有一次曾說，他在地下室收藏了些小冊子。詩人一臉嚴肅地正在等幾位客人上門赴宴（我猜，鐵定是他系上的同事和他們的夫人）。他倒樂意地帶我到地下室去尋找，但在幾堆蒙

上塵埃的書刊中翻查一陣之後，他說他再另外找時間來找好了。就在這時，我看到了那個玩具立在一個架子上，擺在燭台和一個缺了指針的鬧鐘中間。他想，我可能以為那是他亡女的玩具，於是連忙解釋說，那玩意兒很舊了，打從他小時候就已存在。那玩具是個錫做的小黑人，身上塗著彩色的油彩，側邊有個鑰匙孔。小人身體扁平，不過是兩三塊板子做成人形焊起來罷了。那手推車已彎曲變形，壞了。他拍拍袖子上的灰塵說道，他是把這玩意兒當作「*memento mori*」[99]來提醒自己終將死亡，因為兒時一日他在玩那個東西的時候，突然昏厥過去。喜碧從上面叫喊，打斷了我們的談話。沒關係，由於鑰匙在我手上，那生了鏽的發條玩具還可以再動。

150 行：一腳跨上山巔

綿延三百二十公里、奇兀聳峭的貝拉山脈並沒有延伸到冷珀半島的北端（一道無可跨越的運河中隔這半島與瘋狂的大陸）。這山脈縱貫冷珀，將之一分為二，東半部是繁華的昂哈瓦和其他欣欣向榮的市鎮，如亞洛斯[100]、葛林德伍德，西半部則狹窄得多，這裡有古樸的漁村和優美的海濱。東西岸有兩條柏油高速公路相連：舊的那條避開天然險阻，沿著東岸的坡地往北走，在半島最北端的奧德瓦拉、耶斯洛和安博拉西行；新的公路鋪得很好，從昂哈瓦北邊往西蜿蜒而上，到達布瑞格柏格。旅遊小冊稱這是

---

[99] Memento mori：拉丁文，意思是：「記住，你必會死亡。」此言流行於黑死病蔓延的歐洲。藍斯（Armand Jean le Bouthillier de Rance, 1626 -1700）在十七世紀創立崔畢斯特修道院（Trappist，又稱苦修派修道院）之時，規定日常請安的用語要說「Memento Mori」，而使該修道院聞名於世。

[100] 亞洛斯：aro，在古丹麥語中，意謂河口，然而在十一世紀的瑞典維京時期，aros 又有市鎮之意。

一條「景觀路線」，山色蒼鬱。山巒有幾條小徑切過，通往關隘。這裡還在海拔一千五百公尺以下，然而有幾個山峰還要再高個六百公尺，仲夏時分仍白雪冠頂。其中，最最高、最險峻的就是晶晶峰。晴天，人站在峰頂東望，視線可越過驚奇灣，看見朦朦朧朧的虹光，據說那邊就是俄羅斯。

我們的朋友從戲院脫身之後，計劃沿著舊公路往北走，走了三十二公里，再轉往一條很少人走的泥巴路，最後就可抵達保皇黨人主要的藏身之處，即貝拉山脈東側縱樹林中的男爵城堡。然而話語最後還是從那機警、結巴的馬屁精口中爆出來。有人瘋狂打電話。那兩個逃亡者才走十來公里，就發現黑暗的前頭出現莫名其妙的火光，那裡正是新舊公路的交會口。一下子，兩條部都被堵死了。

歐登急忙掉轉車頭，一抓到機會就向西部山區急駛，身影消失在一條狹窄而且崎嶇不平的小路上。他們經過一處放薪柴的木棚，嘎吱嘎吱地越過激流上的木板橋，最後來到一片處處是殘株的林地。這裡就是人魔森林的盡頭。深咖啡色的天空響起轟隆隆的雷聲。

兩人站著抬頭仰望片刻。夜色和樹影掩蓋了斜坡。如果是登山好手，從這裡做為起點，穿過漆黑的山頭，走上一條山徑，天亮以前就可走到布瑞格柏格隘口了。兩人決定在此告別，查理將奔向濱海岩洞那個遙遠的藏寶洞，而歐登留下來當誘餌。他說，他會打扮得如假包換，讓他們追個痛快，隨後再跟同黨連絡。歐登的母親是美國人，來自英格蘭紐懷。據說，她是世界上第一個從飛機上射殺野狼的女人。我相信，她射殺的，不只是野狼。

兩人握手，一道閃電。國王的腳踏入潮溼、黑黑的蕨草中。那氣味，那蕾絲般的彈性，那柔軟的草與陡坡，不禁使他想起自己曾在這一帶野餐——就在這邊山上，不過在更高處，算是森林的另一頭了。當時，他還是只是個孩子，侃博先生在崎嶇的岩地

裡扭傷腳踝，只好讓兩個壯碩的侍從抬下山去，還一邊抽著菸斗。總之，這是一段單調的回憶。附近——也就是在希爾夫華瀑布那邊——不是有間狩獵屋？他已亡故的母后布蘭達——一個愛騎馬、喜歡戶外活動的王后——最愛做的事就是獵殺健美的松雞和山鷸。此時此刻，一如當年，雨絲密密麻麻地下在黑黑的樹林裡。你如駐足，可以聽見自己的心在砰砰跳以及遠處激流的喧嘩。現在幾點了，*kot or*？他按了一下打簧報時錶⑩。那錶無畏無懼地發出嘶的一聲，便叮噹報時：十點二十一分。

　　如果有人曾在魆黑的夜裡，越過草木藤蔓的種種阻攔，費勁爬上陡坡，就知道這個登山者面對的險阻有多大。他奮鬥了兩個多小時，被樹椿絆倒，跌進溝壑，緊抓著看不見的灌木叢，甩開針葉林大軍的包圍。斗篷掉了。他揣度，是否該鷗蹲在低矮的樹叢中，等待黎明。突然間，前方出現一點亮光，他發現自己那不穩的步子已踩上一片剛刈過、滑溜溜的草地。狗吠。一顆石頭滾到腳邊。他回過神來，知道自己走近一間 *bore*（農舍），也才曉得方才摔進了一條積了爛泥巴的深溝。

　　那個一臉節節疤疤的農夫和他那圓滾滾的老婆，就像從老掉牙的民間故事走出來的人物。他們好心對這個全身溼透的逃亡者伸出援手，讓他進屋躲雨。心想，這個古怪的登山客必然與隊友失聯了。他們讓他在暖和的廚房擦乾身體、烘乾衣服，然後以一頓童話般的美食款待他，有麵包、乳酪，還有一碗山蜜酒。他心中雜陳的感覺（感激啦、疲倦啦、舒服啦、溫暖啦、昏昏欲睡啦）

---

⑩錶殼上有特別的按鈕，可以啟動裝置發出聲響報時。打簧錶有許多種類，如兩問（Quarter repeater）、三問（Minute repeater）、五分問（Five-minute repeater）、半刻問（Half-quarter repeater）、鐘樂問（Chiming repeater）等。如果是三問表，在兩點二十分的時候被啟動報時裝置，就會有「叮、叮」兩下表示兩點；然後是「叮噹」一聲表示一刻（十五分鐘），最後是「噹、噹、噹、噹、噹五響表示五分鐘，加起來就是兩點二十分。

明明白白寫在臉上。落葉松樹根在火爐裡燒得劈哩啪啦。置物架上方還掛著一個有著尖嘴、小小的陶土燈架，就像古代的羅馬燈⑩。他坐在搖椅中，在熊熊的爐火和跳躍的燈火間打個盹兒。那失去的王國在他身邊投下陰影。架子上，劣等珠子和一些碎真珠變成極其微小的士兵，在決一死戰。黎明，牛鈴大響的第一次，他就醒來了，覺得脖子酸痛。他發現主人已在外面一個潮溼的角落，正在解決最基本的自然需求。他問這個樸實的 *grunter*（山裡的農夫），問道通往的隘口的捷徑怎麼去。農夫說：「我去把我兒叫醒。」

爬上粗木架成的梯子就是閣樓。農夫一隻粗糙的手擱在粗糙的扶手，往上面的暗處粗嘎一聲：「格兒啊！格兒啊！⑩」雖然不管男女，都可以叫「兒」，但嚴格說來，「兒」該指的是男孩。國王本來以為會從閣樓鑽出裸露膝蓋的鄉下孩子，一個皮膚黝黑的天使。然而，出現在眼前的，卻是個邋遢的野丫頭，只穿了件男人襯衫，衣衫垂到粉嫩的小腿肚，腳上是一雙過大的粗革皮鞋。過了一會兒，再度現身的她，就像做變裝秀一樣，雖然黃色的髮絲依舊散亂，但身上那件骯髒的襯衫已經換成一件髒兮兮的套頭衫，兩腿也套上了燈芯絨長褲。她奉命帶路，帶這陌生人到一個地方，從那兒繼續前行，不久就可抵達隘口。她那有著塌鼻子的圓臉蛋兒，也許會讓當地牧羊人神魂顛倒，然而現在只是一張愛睏的臭臉。無論如何，她還是得聽從她爹的吩咐。農夫的老婆正在廚房裡，一邊忙著鍋碗盆勺，一邊哼著一首古老的歌曲。

國王告辭之前，問了主人的姓名，得知他叫葛立夫。他口袋裡剛好帶著一枚舊金幣，於是掏出這僅有的財物，請他收下。葛

---

⑩古代的羅馬燈是陶土做的，外面有青銅裝飾。燈的樣子很像茶壺，壺肚子就是油池，壺嘴裡穿出燈芯，壺把就是燈柄，燈裡灌的是植物油。
⑩格兒：此處為冷珀文「Garh」。

立夫死不肯收，叫他不要這樣，一邊用力把兩三道厚門的門鎖打開，拉開門閂。國王瞥見那個老女人，她眨了眨眼暗示同意接受之後，他就悄悄地把那枚金幣擱在壁爐上的紫色海螺旁邊。有一張彩色照片靠在那個海螺上，照片中的人是一個身穿軍服、英挺的男人和他那位裸露香肩的夫人。正是敬愛的卡爾國王二十多年前的模樣和他的年輕皇后──一個脾氣乖戾的處女，髮絲烏黑如煤，眼珠冰藍。

天上的繁星剛剛消逝在白晝的光線中。他跟隨那丫頭和一條活潑的牧羊犬，踏上一條枝葉橫生的小徑。高山曙光如舞台燈光，照亮枝葉上的露珠，使之晶亮如紅寶石。空氣也像染了色、上了釉。小徑沿著峭壁往上走，一路陰冷得像是墳墓。但在峭壁對面下方生長的縱樹，蛛網的陽光正在樹梢上編織溫暖的網。逃亡者走到下一個轉彎，就被這暖和的網包圍了。一隻黑蝴蝶在碎石斜坡上飛舞。小徑往下愈走愈窄，最後通往一堆亂石。丫頭指著前方的斜坡。他點點頭。他說：「妳回去吧。我要在這裡休息一下，然後一個人上路了。」

他坐在矮盤灌叢旁邊的草地上，吸了一口明亮的空氣。狗兒氣喘吁吁地躺在他的腳邊。丫頭第一次露出微笑。冷珀山裡的野丫頭常常是男人一時性起發洩的工具，這女孩也不例外。她在他身邊坐好，隨即彎下腰來，把身上那件厚厚的、灰色的套頭毛衣往上拉，越過蓬亂的頭，脫下來，露出赤裸的背和牛奶凍般的奶子。這樣的舉動，這樣粗野、原始的女性，讓他渾身不自在。她還想繼續往下脫，但他比了個手勢請她不要這樣，然後站起身來。他謝謝她對他這麼好。他拍拍那隻天真無邪的狗兒，頭也不回地，以輕快的步子向前行，往那草坡前進。

他走到一個小湖，湖邊巨石林立。想到那丫頭狼狽的樣子，不禁呵呵笑。他來過這兒一兩次。多年前，他從奇岩嶙峋的克隆山走到這邊來。他從一個拱門般的天然岩石──大自然侵蝕的傑

作——縫隙窺看閃閃發光的湖面。岩洞低矮，他只得低下頭來，才能走近水邊。在那清澈得像是藍玻璃⑩的湖面。他看到自己那大紅色的倒影。奇怪的是，這倒影並不在自己的腳邊，而在更遠的地方，因此乍看之下像是幻影。此外，他駐足之處頭頂上方突出一個岩角，那岩角被漣漪扭曲的倒影也伴著他的紅色身影。觀察者看得一動也不動。最後，那紅衣紅帽的幽靈轉身、消失，奇幻的影像也倏地不見了。他走到湖邊突出如唇之處，一個真實的倒影迎向他。這個影像要比方才欺騙他那個來得大而清晰。那突出在蔚藍天空中的岩塊空空如也，原來站在上頭的假國王已經不見了。一種 *alfear*（精靈引發的不寒而慄），讓他的肩胛骨不住地顫抖。他喃喃地唸著熟悉的禱詞，在胸前畫個十字，然後決定勇往直前，向隘口前進。旁邊山脊高處有個 *steinmann*（登山者堆起來的石堆，做為登高的紀念），石堆上方有一頂紅色毛帽在向他致意。他繼續向前跋涉，但喉嚨好像有個圓錐，往他的心頭猛戳。過了一會兒，他停下腳步察看形勢，看是要從眼前的碎石陡坡爬過去，還是往右，沿著長著龍膽草的狹長草地，走上一條蜿蜒的小路，穿越長滿苔蘚的岩石。他選擇後面那條路，不久即抵達隘口。

峭壁斷崖使路邊風景千變萬化。南邊的圓頂山頭（*nippern*）中間有道岩石和野草的斜坡，因而出現明暗。北邊山巒，有的綠、有的灰、有的藍，漸漸融合。峰頂覆雪的是法爾克山、雪崩成扇形的是穆特拉山，還有帕山（孔雀山）等，這些山脈之間以狹窄幽暗的峽谷相隔，棉絮般的白雲彷彿在山脊間交錯前進，以避免擦撞似的。在更遠處、最後那一片藍中，晶晶峰閃閃發光，就像

---

⑩藍玻璃：tintarron，一種寶貴的深藍色玻璃，冷珀中古時期山區一個叫博凱（Bokay）的地方製造出來的。參看索引 Tintarron 的條目和評注六十一[12]。

是鋸齒狀的錫箔片。南邊，溫柔的霧把似乎無限延長的山脊包起來。那座山，漸行、漸遠、漸淡，最後遁入虛無。

終於到了隘口，逃亡者征服了花崗岩和地心引力，但前頭還有一段最可怕的路。從西邊那一大片的石南斜坡滾下去，就是閃爍的海面。此時，山峰在他和海灣之間。烈日灼身，他開始下山。

三個小時後，他踏上平地。在果園裡幹活兒的兩個老太婆慢慢挺起腰桿，目光尾隨著他。他行經包斯可貝爾⑩的松林，接近布洛維克碼頭時，一輛黑色警車從前方橫行的道路急轉直下，在他身邊停下。開車的那人說：「這玩笑未免太過分了。有一百個小丑已經被抓進昂哈瓦監獄了。本地監牢太小，容不下更多的國王了。下次再看到做國王打扮的人，就當場給他一槍斃命。查理，你的真實姓名叫什麼？」國王答道：「我是英國人。觀光客。」「好吧，不管怎麼說，脫掉那紅 *fufa*，還有那頂帽子，給我。」那人把衣服、帽子往後座一丟，開車揚長而去。

國王繼續前行，那塞進滑雪褲的藍睡衣，不失是一件花俏的襯衫。一顆小石子溜進了他左腳穿的鞋，可是他已精疲力竭，懶得去管。

他認出這裡一家濱海餐廳。多年前，他曾光顧過這裡。他微服外出，和兩個非常逗趣的水手共進午餐。此時，幾個荷槍實彈的極端黨人混在一般的遊客中，在種了一排天竺葵的陽台上喝啤酒。有人忙著寫信給遠方的友人。一隻戴著手套的手，從天竺葵中伸過來，遞給國王一張風景明信片。國王發現上面寫著：「繼續向 R. C. 前進⑩。祝君一路平安。」國王假裝隨便走走，走到堤

---

⑩英國也有個包斯可貝爾（Boscobel），在史諾普郡附近，一六五一年英國查理二世（Charles II, 1630-1685）於渥斯特戰爭之後就藏身在此間的「皇家橡樹」中。

⑩ R. C.: Rippleson Caves，漣漪洞，布洛維克的一處海灣。參看索引中的 Rippleson Caves。

防盡頭。

　　這是一個微風吹拂、和煦的午后。西方的地平線是個明亮的
真空，像要把人渴望的心吸過去似的。此時，正是國王旅程中最
關鍵的一刻。他左顧右盼，察看身邊行人，看看是不是喬裝的警
探，等他從護欄一躍而過，前去漣漪洞的時候，把他逮個正著。
廣闊的海上有一個汙點引人注目，那是面染成皇家紅色的風帆。
兩個黑色小島──尼特拉和因陀羅（意思分別是「內」與「外」）
──似乎穿著斗篷在談判。一個俄國觀光客從護欄拿起相機對著
這兩個島。那人身軀健壯、下巴一圈層又一層，有著將軍那樣粗
短的脖子。他那神色憔悴的太太，身上裹著一條花色鮮豔的披肩
（écharpe）。披肩飄飄然，她以莫斯科人歌唱的語調評論道：「每
次，我看到那種面目全非，就不由得想起妮娜的孩子。戰爭真是
可怕。」「什麼戰爭？」她的伴侶問道，接著澄清：「他該是一九
五一年玻璃工廠爆炸的受害者，不是戰爭。」兩人慢慢前行，從
國王身旁走過，朝他方才來的方向走去。面對大海的步道長凳上，
一個男人把拐杖放一邊，攤開昂哈瓦《郵報》正在閱讀。頭版赫
然是身穿極端黨人制服的歐登，以及獻演雄人魚的歐登。似乎在
此之前，王宮守衛沒有人發現他的廬山真面目，真是不可思議啊。
為了抓拿他，當局提供重金。海浪有節奏地拍打海濱砂石。看報
的那個人也在方才提到的爆炸事件中毀了容。那張臉經整形外科
手術的修補，愈補愈糟，臉部線條和輪廓經過一番接合和分離之
後似乎起了變化，像是哈哈鏡中扭曲的臉頰和下巴。

　　在步道一頭的餐廳和另一端的花崗岩之間的那一小段海灘幾
已空無一人。左邊遠方有三個漁夫正把藻褐色的漁網扛到小船
上。一個老太太坐在步道下方的砂石上打毛線。那老太太身穿小
圓點洋裝，頭上戴著一個報紙摺成的三角帽（前國王被人發現
……），背對著街道。她在沙灘上伸出那裹著繃帶的腿，身邊一側
擺著一雙室內拖鞋，另一側擺著一團紅色毛線，不時用力拉扯一

下線頭。自古以來冷珀人打毛線就是這樣，手肘急抽一下，線球一轉，毛線就鬆了。步道上還有個小女孩，風把她的裙子吹得鼓鼓的像汽球。她笨手笨腳但精力十足地在溜直排輪。輪子劃過地面，嘩啦嘩啦的。這綁著馬尾的女孩有沒有可能是侏儒警察假扮的？

國王等那對俄國夫婦走遠了，就在長凳旁駐足。那個臉部破碎的男人把報紙折起，在他開口的前一秒（在冒煙和爆炸中的那一瞬），國王認出這人原來是歐登。他說：「我這人說變就變。」他猛扯自己的臉頰，示範那五顏六色半透明的薄膜是怎麼貼上去的，經過擠壓，臉部輪廓就改變了。他又加上一句：「凡是有禮貌的人，通常不會貼近一個毀了容的傢伙，盯著他的臉瞧。」國王說：「我在留意這附近有沒有 *shpiks*（便衣警察）。」歐登說：「他們一整天都在碼頭上巡邏。現在，正在吃飯呢。」國王說：「我既渴又餓。」「船上有些吃的。等那些俄國佬消失，那小孩可以不管。」「沙灘上那個女人呢？」「那是曼德佛男爵那小子。去年，他還跟人決鬥呢。走吧。」「他可以跟我們一道嗎？」「不成，他有老婆和一個嬰兒。走吧，查理。走吧，陛下。」「他就是我登基那日站在王座旁的那個僮僕。」兩人一邊聊天，一邊走到漣漪洞。我想，讀者必然覺得這評注很有意思。

163 行：以純真的舌……

這不過是拐彎拐角地形容一個鄉下姑娘與人接吻羞怯的模樣，然而整段有濃厚的巴洛克風格⑩。我有個健康、快樂的童年，

---

⑩巴洛克（Baroque）來自葡萄牙文（barrueco），原來意指「形狀不規則的珍珠」，內在涵義即是脫離規範的意思，也是指十七世紀的藝術概念，基本上是承襲自文藝復興時期的美術傳統，強烈表達情感性，和文藝復興時期相比較，朝向誇張、開放等。巴洛克風格的特性是華麗、複雜、藻飾、雄偉瑰奇等。

不曾像謝德那樣暈厥。他那毛病可能是輕微的癲癇發作，同一處、同一軌的神經線路不斷出錯，有幾個禮拜天天發作，最後自行復原。那胸膛是銅打造的鐵路工人，倚著鐵鍬，目光追尋小心滑過的快車車窗，和善的臉龐因汗珠而閃閃發亮。那樣的臉，誰能遺忘？

167 行：在我瘋狂迷亂的少年時

詩人在七月五日，也就是他六十歲生日（見 181 行評注中的「而今」）那天著手創作第二章（寫在第十四張卡片上）。我寫錯了，改成六十一歲。

168 行：死後有來世

見 549 行評注。

171 行：陰謀詭計

國王脫逃已近一年，極端黨人還相信他和歐登還在冷珀境內。會有這個錯誤，因為那暴政執行得力的當局是一根腸子通到底的愚蠢。歷史好心好意，突然給新的執政者一盒呼嘯而來、嗖嗖飛去的玩意兒，他們於是被這些空中飛行器和一切可以穿雲駕霧的東西迷得暈頭轉向。因此，實在難以想像，急欲抓拿的要犯居然不會搭飛機脫逃。就在國王和那演員從皇家劇院後方的樓梯倉皇逃逸之時，空中或陸地任何有羽翼的東西都遭到嚴密監控。這新政府的效能真不是蓋的。在接下來的幾個禮拜，無論私人飛機或商用客機都不准起飛，飛機中途在此轉機，檢查過程更是嚴格、冗長，因此國際航線決定不再中途過境昂哈瓦。還有一些傷亡事件。有一個大紅色的載人熱氣球被急切的火力擊落，駕駛熱氣球的那個人（一位知名氣象學家）溺死在驚奇灣裡。一架從拉

布蘭⑩的基地起飛、即將展開人道救援任務的飛機，在霧裡迷失方向，結果遭到冷珀戰鬥機的威嚇，只好在山頂降落。當局做這麼些好事，總是不乏藉口。保皇黨人不斷散播國王仍亡命於冷珀荒原的假象，誘使大軍在這崎嶇半島的山區和樹林間搜索。政府還不遺餘力對關在大牢裡那幾百個冒充國王的囚犯一一嚴加盤查。大多數只是搞笑的小丑，經查明後，就重獲自由了。唉，但是有幾個卻不幸倒下。到了翌年春天，海外傳來一個驚天動地的消息：冷珀演員歐登正在巴黎執導一部電影！

如果歐登順利逃脫，可想而知的是，國王也已潛逃出境。極端黨政府召開的一次緊急會議，氣氛異常凝重，一份法國報紙悄悄地從一隻手傳到另一隻手。報紙頭條是：「L'EXROI DE ZEMBLA À PARIS？」（前冷珀國王身在巴黎？）驅使葛雷德斯那個祕密組織（雖然他只是這個組織的一個小傻儡）籌畫追殺那個亡命之君，是復仇的怒火，不是國家戰略。無恥之徒！這幫人就像被人指認出來的惡棍，因為一個風度翩翩的紳士出庭作證，被判了無期徒刑。他們心癢難耐地想把這個指認他們的九命怪貓碎屍萬段。據說，那幫人一想到那個逃脫的傢伙，想到這傢伙人在一個陽光燦爛的島嶼，坐在花棚下大啖美食，或者安全無虞、好整以暇地坐擁妙齡佳人，還一邊嘲笑他們，就教他們氣得咬牙切齒，恨不得伸出鷹爪扭轉那傢伙的睪丸，活活撕裂。再也沒有比這種無法宣洩的憤怒更可怕的吧。甜美的佳釀雖難以澆熄這把怒火，但還是讓他們沉溺於其中，那狂暴的腦袋也漸漸變得昏昏沉沉。有一群自稱影子派的死忠極端黨人聚集在一起，發誓不論國王身在何處，都要逮到他，取他的性命。從某一方面來看，這些人就像是保皇黨人的孿生兄弟，不過是幹黑道的。有幾個人的兄弟或

---

⑩拉布蘭：Lapland，北極一帶多數地區至今仍無道路的荒原總稱，包括挪威、瑞典和芬蘭境內北極圈以北的地區。這裡也是耶誕老人的故鄉。

表親甚至是國王的追隨者。毫無疑問，這兩派的起源都可以追溯到學生時代兄弟會⑩或軍人俱樂部的荒唐儀式。這些人日後發展會是如何，可以從擁抱時尚或者反對時尚看出來。然而，有個客觀的史學家論道，保皇黨人有一種浪漫、高貴的氣質，而影子派則十分醜陋，明顯有哥德風⑩。論怪誕，像葛雷德斯這樣的人物——一個蝙蝠和螃蟹交配生出來的雜種——真是十足的怪胎，然而影子派還有不少人和他不相上下。就像諾斗⑪，歐登那患癲癇、和他有一半血緣相同的兄弟，這人會在打牌的時候作弊，還有發瘋的曼德沃，他在製造反物質⑫的時候失去一條腿。葛雷德斯長久以來參加過不知多少無聊的左翼組織。他從未殺過人，儘管在他灰暗的人生中，有幾次有人差點死在他手裡。他後來堅稱，追殺國王的任務之所以會落在他的頭上，完全取決於他拿到的牌。我們可別忘了，當初洗牌、發牌的就是諾斗。或許，我們老兄之所以被提名，是他的外國血統暗中促成的。這麼一來，弒君之罪

---

⑩兄弟會：fraternity，美國大學宿舍區的學生組織，男生組「兄弟會」，女生則是組「姊妹會」（sorority）。每個兄弟會或姊妹會都有自己的名字，通常是以兩、三個希臘字母為名。一般必須是白人、家裡有錢、有社會地位才能加入。入會儀式千奇百怪，以整人為樂。無論兄弟會或姊妹會常常徹夜開派對、狂歡。

⑩哥德風：Gothic，源於「Goths」意指中世紀的日耳曼部族／蠻族。哥德風格（Gothic Style）十二世紀源於北法蘭西，十三世紀最興盛，十五、六世紀文藝復興時期結束。這個名稱是義大利文藝復興藝術家輕蔑之詞，謂哥德乃不知古典規範，粗暴、野蠻的風格。十九世紀浪漫主義運動興起，將中古世紀的陰暗情調從歷史脈絡的墓窖挖掘出來，這就是所謂的哥德復興（Gothic revival）。哥德小說在十八、十九世紀大行其道，成為流行類型小說風格，中有許多怪誕、恐怖、激情以及神祕的元素。

⑪諾斗：Nodo，剛好是歐登（Odon）的名字倒著寫。

⑫反物質：anti-matter，與現實生活所見的基本物質（正物質）物理特性相反的東西。當正物質與反物質碰在一起，就會變成光消失在空間中。粒子較大的反物質在宇宙形成的幾日億年間已消失殆盡，剩下微乎其微的反物質在太空中漫遊。

就不會落在任何一個冷珀之子的頭上了。我們可以想像這樣的場景：與玻璃工廠建築一翼相連的實驗室閃爍著幽靈般的霓虹燈，此處正是影子派那晚開會的地點；黑桃 A 躺在磁磚地板上，試管裝滿伏特加讓人一飲而盡；很多隻手拍著葛雷德斯圓圓的背。他一邊接受陷害的祝賀，內心充滿陰暗的狂喜。這個關鍵時刻發生在一九五九年七月二日零時五分，那不知情的詩人恰巧動筆寫最後一首長詩的開頭幾行。

葛雷德斯果真適合幹這事？說合適，沒錯，但不盡然。年輕時,他曾在一家大而營運不佳的紙盒製造廠做跑腿的小弟。一天，他暗地幫忙三個同伴偷偷襲擊當地一個小子。那小子在市集贏了輛摩托車，他們因而想修理他一番。那小子在黃昏時分，總喜歡在鄉間的小路騎車逍遙而行。年輕的葛雷德斯拿了把斧頭，把一棵樹砍倒。樹是倒下來了，但倒下的方向不對，因此沒能絆倒那小子。那個叫羅倫納的小子身材細瘦，看來有點嬌弱，他騎車朝向那幾個無賴埋伏的地點呼嘯而去。話說回來，他騎車兜風又礙著誰了。不許他這麼做的人心眼實在很壞。奇怪的是，在他們在地上埋伏，等著獵物上當的時候，我們這未來的弒君者竟然在水溝裡呼呼大睡，因而錯失了短暫的打鬥。英勇的羅倫納手上戴的指環也是武器，兩個襲擊者被他打得落花流水，第三個被他的摩托車輾過，終生成了瘸子。

葛雷德斯在玻璃廠混得不怎麼樣，於是不時回去賣酒或印刷宣傳小冊。他一開始是做玻璃浮沉子，也就是會在裝滿甲醇（工業用酒精）管子裡跳上跳上的玻璃小玩意兒，然後在柳絮紛飛的那個禮拜拿到大街上去叫賣。他本來在公家玻璃廠做玻璃熔化的工作，後來則負責加熱玻璃器皿，讓玻璃軟化做成別的樣子。在水手聚集的卡里克斯哈文，這個熱鬧、多采多姿的港口有個大型公廁。這公廁窗戶用的紅色和琥珀色玻璃異常醜陋，我想他多少該為這事負責。他聲稱葡萄園和果園主人用來驚嚇鳥兒的人工葉

片警報器是他改良的。他改善了這種葉片的亮光和沙沙聲。有關葛雷德斯的注釋,這種交替出現是有目的的。跟後面的注釋相比,第一個(見 17 行評注,簡要敘述他做過的其他事情)是最模糊的,隨著葛雷德斯穿越時空而來逐漸逼近,對他的描述益發清楚。

這個發條人的內在活動完全是靠彈簧和發條產生的。我們或許可稱他是個清教徒。那呆滯的靈魂彌漫著一種極其單純的厭惡:他對不公平和欺騙痛心疾首。偏偏不公平和欺騙老是形影不離。他對這種狼狽為奸痛恨到麻木,沒有話語可以形容,也就毋需形容了。這種痛恨要不是愚蠢到無可救藥的副產品,實在值得嘉許。凡是他無法理解的事,他就說是不公不義和欺騙。他以迂腐的自信尊崇籠統的概念。他認為這種籠統很神聖,反之,具體則是邪惡的。如果一個人很窮,另一個有錢,至於到底是什麼原因毀了一個人,而讓另一個富有,可說無關緊要,重要的是這種分別本身是不公平的,不予指責的窮人和視而不見的富人一樣邪惡。對事物了解太多的人、科學家、作家、數學家、結晶學者等,不比國王或神父好:他們手中都握有不公平的權力,然後用這權力來欺騙別人。一個正正派派的普通人該時時留心狡猾的詭計,不要被大自然或鄰居騙了。

冷珀這場革命雖讓葛雷德斯滿意,但也有讓他感到挫折之處。回想起來,有件事使他氣得咬牙切齒。他本來就該料到會有這種事,但還是出現差池,讓他徒呼負負。模仿國王最維妙維肖的一個就是網球好手朱利爾斯‧史坦曼(著名慈善家的兒子)。史坦曼在地下電台的廣播,以酷似查爾士國王的音調,發表一系列的演說,嘲諷政府。當局被氣瘋了,忍無可忍。他東躲西藏了好幾月,警察都無法將他緝捕到案。最後,他終於被逮捕,由一個特別委員會來審判。葛雷德斯也是委員會的成員,史坦曼於是被處以死判。行刑隊把槍決的任務搞砸了,不久這個英勇的年輕人在鄉下一家醫院現身,傷勢漸漸復原。葛雷德斯聽聞此事,勃然

大怒。他可是很少氣得這樣。他的怒氣倒不是因為保皇黨偷天換日之計，而是如此乾淨、誠實又井然有序的死亡過程竟然遭到阻礙，變得不乾不淨、不誠實、亂七八糟。他沒跟任何人商量，逕自衝到醫院，在人滿為患的病房中找到朱利爾斯的身影。他開了兩次槍，兩次都沒中，然後槍就被一個壯碩的男護士奪走了。他匆匆回到司令部，帶了十來個士兵前來，然而那個病人已無影無蹤。

這種事教人憤恨難消，不過葛雷德斯又能如何？命運聯手起來對付他。有人眉飛色舞地提到，他的同黨從來沒能痛痛快快地親手除掉受害者——這種歡喜，我們可以諒解。噢，當然，葛雷德斯不但行動力十足、能幹、樂於助人，而且常是不可或缺的人物。陰冷、灰濛濛的清晨，在絞刑架底下，把晚上飄落的細雪從窄窄的階梯上清掃乾淨的總是他。然而，拾級而上走到絞刑架的那個人，在這世間看到的最後一張臉並非葛雷德斯那張長長的、皮革般的臉。買下那個纖維做的廉價手提箱雖然是葛雷德斯，置入一顆定時炸彈則是另一個比較幸運的傢伙，那傢伙再把手提箱放在以前做狗腿的一個人床底下。登假廣告，讓富有的老寡婦上鉤，沒有人比葛雷德斯更行。他在虛情假意之後，就叫另一個人把那老女人除掉。話說那個被推翻的暴君，赤身裸體被五花大綁在木板上，在公共廣場展示，不斷哀嚎。人民前來將他身上的肉一片片割下來吃，就這樣活活被眾人吃掉（我年輕時讀過的一個故事，提到有個義大利暴君也遭受同樣的酷刑，從此我決定茹素，葷腥不沾。）葛雷德斯沒加入這場恐怖的聖餐：他只是指導眾人該用什麼樣的刀具，怎麼切割而已。

這一切都是理所當然；這個世界需要葛雷德斯。但是，葛雷德斯不該殺害國王；這葡萄小子⑬更不該向上帝挑釁；列寧葛雷

---

⑬葡萄小子：Vinogradus 葛雷德斯的別名之一，源於俄文的葡萄（vinograd）再加上拉丁字尾「-us」而成。參看 17 行評注。

德斯也不該把用豆子做子彈的玩具槍瞄準人民，即使是做夢也不該。要是他真這麼做，就有一雙粗如柱子、毛茸茸的手臂從他背後抱著他，用力勒緊，勒緊，勒緊。

170行：書與人

太好了，我身上帶著那本黑色記事本。這本子裡摘錄的是一些我可以玩味的佳句（如鮑斯威爾《約翰生博士傳》⑭的一個注腳啦、華滋史密斯大學校園那著名林蔭大道樹上刻的字句、從聖奧古斯丁⑮抄錄下來的一段等等）。我還記錄了些跟謝德交談的片段。我可以援引這些例子，表示我與詩人的交情匪淺，引起聽者的好奇或惱火。我相信他和我的讀者都會原諒我把評注的次序打亂，讓我這有名的朋友得以說說自己的意見。

提到書評家的時候，他論道：「我從來就沒把刊印出來的好評當一回事兒。然而，那慧眼中的英雄身影光彩迷人，使我有時還是渴望擁抱一下。我也懶得探出頭到窗外，把我的夜壺⑯倒在某個倒楣的二流作家頭上。惡言打擊也好，美言盛讚也罷，我都一樣無動於衷。」金波特：「我猜你把前者當做是蠢蛋的胡言亂

---

⑭鮑斯威爾：James Boswell，1740-1794，英國傳記作家，此處的《約翰生博士傳》原文作 *Life of Dr. Johnson*，應作 *Life of Samuel Johnson*。約翰生（1709-1784）是著名的作家、辭典編纂者，極為健談，妙語如珠。鮑斯威爾是他的密友，這部里程碑式的傳記不僅取材於作者與傳主的對話，而且還加入傳主的信件、採訪、回憶等。

⑮聖奧古斯丁：St. Augustine，354-430 羅馬末期的北非主教，是早期教會史上偉大的神學家、哲學家、文學家，對天主教文化的影響僅次於聖保祿（St. Paul）。一生著作三百多種，以《懺悔錄》（*Confessions of St. Augustine*）最為重要。

⑯夜壺：原文為 koramis，古希臘文，意為馬桶，此字僅見於喜劇作家亞里斯多芬尼（Aristophanes, 448-380 BC，希臘喜劇作家）筆下。根據納博科夫的妻子薇拉在一九六八年一月三十一日寫給亞貝爾（Reuben Abel）的書信：「納博科夫曾說，過去英國人曾用此物做夜壺。」參看 VNN, p. 896。

語，而後者只是好心人的友善？」謝德：「正是如此」。

談到那個腦滿腸肥的俄文系系主任普寧教授。這人是個嚴格的上司，讓下面的人吃足了苦頭（也許波特金教授是在另一個學系任教，才不必屈服於這「完美主義者」的淫威。）「奇怪，俄國既然有這麼些了不起的幽默文豪，如果戈理⑪、杜斯妥也夫斯基⑱、契訶夫⑲、左琴科⑳，還有像伊里夫與彼得羅夫㉑這樣聯手寫書的天才，為什麼俄國的知識分子一點幽默感也沒有？」

有個身材魁梧的傢伙，這人我倆都熟。說起這人俗不可耐，詩人說：「這人就像在庭院烤肉的廚師身上那件圍裙，髒兮兮的。」金波特（笑道）：「此言妙矣。」

提到在大學課堂上講授的莎士比亞，詩人說：「首先，別管什麼思想、社會背景，應該訓練這些大學新鮮人為《哈姆雷特》或《李爾王》中的詩句震顫、陶醉，教他們用脊髓來讀，而不是用腦袋看。」金波特：「你可是特別欣賞詞藻華麗的段落？」謝德：「沒錯。親愛的查爾士。我就像一隻感激涕零的雜種狗，在大丹狗㉒弄髒的一塊草皮上打滾兒。」

---

⑪果戈理：Nikolai Gogol，1809-1852，以大膽的寫實手法批評社會百態，為俄國寫實主義的創始者，著有《死魂靈》等。

⑱杜斯妥也夫斯基：Fyodor Dostoevski，1821-1881，俄國小說家，曾因參加革命團體而被判刑、流放，擅長刻畫小人物的痛苦與社會的不平等，代表作有《卡拉馬助夫兄弟》、《罪與罰》、《白痴》等。

⑲契訶夫：Anton Chekhov，1860-1904，俄國劇作家、小說家，被譽為十九世紀末最偉大的劇作家之一，與挪威的易卜生（Henrik Ibsen, 1828-1906）齊名，對近代的戲劇發展影響深遠。

⑳左琴科：Mikhail Zoshchenko，1895-1958，俄國諷刺作家。

㉑伊里夫（Ilya Ilf, 1897-1937）與彼得羅夫（Yevgeny Petrov, 1903-1942）為蘇聯幽默文學兩大巨匠，在二十世紀二〇年代末和三〇年代合作無間，合著了大量著名的諷刺作品，著有《十二把椅子》、《金牛犢》、《一層樓的美國》等。

㉒大丹狗：Great Dane，雙關語，意指那偉大的丹麥人哈姆雷特。

說到馬克斯主義和佛洛依德學說分別造成的衝擊和滲透，我說：「這兩種異教邪說最糟的一點就是難以斬草除根。」謝德說：「錯了，查理。這兩者該有更簡單的標準：馬克斯主義需要獨裁者，而獨裁者需要祕密警察，世界末日就到了；就信奉佛洛依德學說的人來說，不管這人多麼愚蠢，還是能投下自己的一票，（詩人笑說）即使他說這叫『政治授粉』（political pollination）。」

　　至於學生的讀書報告：「我向來寬宏大量（謝德語）。不過，有些小事，我還是不會原諒的。」金波特：「例如什麼？」「不讀指定的書啦，像白痴一樣亂讀一通啦，或者從中尋找象徵。就像這樣的例子：『作者之所以運用綠葉這樣引人注目的意象，是因為綠色是幸福也是挫折的象徵。』要是學生用『平易』或『真誠』這樣的字眼來讚美作品，我給的分數就會很難看，像什麼『雪萊⑫的風格平易、優美』啦，什麼『葉慈⑭向來真誠。』這無異於傳染病。我每次聽到書評家稱道某位作家的真誠，我就曉得啦：不是那個書評家，就是那個作家是笨蛋。」金波特：「可是，聽說現在高中都在教這種思考方式？」「因此，掃把就該從那兒掃起。如果有三十個學科，孩子就該由三十位專家來教授，而不是由一個煩燥的女老師拿張稻田的圖片給孩子看，告訴孩子這就是中國。那女老師對中國一無所知，其他什麼也不懂，連經度和緯度都無法分別。」金波特：「對，你說的沒錯。」

---

⑫雪萊：Percy Bysshe Shelley，1792-1822，出身貴族的英國浪漫主義詩人、無神論者，厭惡宗教與社會制度，著名詩作有〈西風頌〉（*Ode To The West Wind*）、〈致雲雀〉（*To A Skylark*）及長詩《普羅米修士獲釋記》（*Prometheus Unbound*）等。

⑭葉慈：William Bulter Yeats，1865-1939，英國現代詩人、劇作家、二十世紀初愛爾蘭文藝復興運動領導人，一九二三年榮獲諾貝爾文學獎，一生關注藝術、愛爾蘭國家主義以及對神祕現象的探索。

181 行：今日

　　這天，也就是一九五九年七月五日，三一主日⑫過後的第六個禮拜日。謝德在「一大早」（如第十四張卡片頂端標注的時間）動筆寫長詩第二章。一整天，他斷斷續續地寫（一直寫到 208 行），幾乎整晚都在「喧鬧、浮華的塵世」中打滾——此語出自他喜愛的十八世紀作家。最後一位客人告辭了（騎腳踏車離去的），菸灰缸也清乾淨了之後，所有的窗都暗了下來。過了兩、三個小時，約莫是半夜三點，我從樓上浴室窗戶望過去，發現詩人的身影回到他小窩的書桌前，淡紫的燈亮著。詩人這夜半伏案，將這長詩延伸到 230 行（第十八張卡片）。一個半小時後，破曉時分，我又去了一趟浴室，發現那盞燈已移到臥室。我欣慰地笑了笑。根據我的推算，就我偷窺的三千九百九十九次，他只在這臥室待過兩夜，所以不打緊。過了幾分鐘，所有的窗口都黑洞洞地，我就上床睡覺了。

　　七月五日中午，葛雷德斯在另一個半球，手持法國護照，在昂哈瓦機場豪雨沖刷過的柏油碎石⑫停機坪上，走向一架準備開往哥本哈根的俄羅斯商用客機。此時，謝德剛好一大早（大西洋沿岸地區時間）起來寫詩，或者在床上打好腹稿了，剛起身寫整二章開頭幾行。差不多過了二十四個小時後，謝德寫到 230 行，葛雷德斯已從我國駐哥本哈根領事的避暑別墅醒來。一夜好覺，神清氣爽，一位影子派重量級人士便帶這位影子派成員去一家服裝店，如此他身上穿的才能和後面評注（268 行和 408 行）的衣著

---

⑫三一主日：Trinity，基督教節日，紀念聖父、聖子、聖靈三位一體之神，
　　日期規定在聖靈降臨節（耶穌復活節後 50 天）以後的星期日。

⑫柏油碎石：tarmac，是 macadam 的簡稱，也就是碎石混合瀝青鋪設的柏
　　油路。此產品是造路之父，也就是蘇格蘭工程師麥克亞當（John Loudon
　　McAdam, 1756-1836）在十九世紀研究出來的造路材料。

描述相符。今天，我的偏頭痛又發作了，頭痛得要命。

　　至於我個人，恐怕從各方面來看，不管是感情、創作或者社交生活，都教人失望透頂。有一天晚上，我好心開車載一位年輕朋友一程，就此碰上了一連串的倒楣事。那年輕人因多次嚴重違反交通規則而被吊銷駕照，但有希望做我第三張乒乓球桌的球友，於是我志願送他一程，開我那輛馬力強大的克蘭姆勒，送他回他父母家。三百多公里的車程而已，小意思。結果，我身陷一個通宵派對，被一群陌生人包圍，有小夥子、老頭子，還有香水味濃得叫人討厭的小妞。這兒真是熱鬧，有煙火、烤肉煙霧、爵士樂、大夥兒打諢笑鬧，拂曉躍入泳池嬉戲。那傻小子不知道跑哪兒鬼混去了。我被拖去跳舞、唱歌。那小子家裡你可以想像到的三姑六婆伯叔阿姨都來了，拉著我嘰哩呱啦地沒完沒了，把我給無聊死了。不可思議的是，我又莫名其妙地去了另一個人家裡開的派對。我們先在客廳玩遊戲，一種難以形容的遊戲。我的鬍子差點被人剪掉了，之後有人給我送上早餐，吃的是水果和米飯。接著，姓名不詳的主人——一個身穿燕尾服喝得醉醺醺的老傻子——東倒西歪地帶我去他的馬廄轉一圈。我終於找到了我的車（已不在馬路上，被人開到松林裡去了）。駕駛座上有兩件溼答答的泳褲，還有一只女孩的銀色涼鞋。這些東西都被我扔了出去。一夜之間，剎車就變得老態龍鍾。才開一下子，車行至一條荒涼的路上，汽油就沒了。回到阿爾卡第，華滋史密斯大學校園的鐘聲剛好響起：傍晚六點。我對自己發誓，再也不捲入這樣的荒唐事了。我天真地期盼晚上能和詩人聚聚，共度一個寧靜的夜，以得到安慰。回到家，看到走廊椅子上放的那個繫著緞帶、扁扁的紙盒，我才想起自己差點兒錯過了他的生日。

　　不久前，我發現他的一本書書皮上寫了這個日期。我左思右想，想到他吃早餐穿的一身破舊、邋遢的樣子，一時興起就用自己的手臂當量尺，量量他的臂長。去華盛頓的時候，我就為他買

了件華麗的絲袍，上有龍紋，東方色彩十足，可以給日本武士穿。那盒子裝的就是這件禮物。

我急急忙忙脫掉衣服，一邊沖澡，一邊拉開嗓門高聲唱我最喜愛的一首詩歌。我那多才多藝的園丁，一邊為我按摩，及時給我撫慰，一邊告訴我當天晚上謝德家將有盛大的自助餐會，卜蘭克參議員（謝德的表親，一位常在新聞中出現、直言無諱的政治人物）也將出席。

對一個孤單寂寞的人來說，臨時可以去一場生日派對，真教人樂不可支。我想，家裡的電話必定響了一整天沒人接。於是，我興高采烈地撥了個電話到謝德家。當然，接電話的是喜碧。

「*Bon soir*（晚安），喜碧。」

「噢，你好，查爾士。出門玩得開心吧？」

「嗯，說實在的……」

「我知道你想跟約翰講話，但他現在正在休息，我簡直是忙死了。他晚一點再打電話給你，好嗎？」

「晚一點？什麼時候？今天晚上嗎？」

「我想，明天吧。門鈴響了。再見。」

怪了。家裡除了女僕和廚子，還請了兩個穿白色制服的年輕僕役，為什麼喜碧得親自去應門？我實在應該把我那尊榮的禮物夾在腋下，從容自若地走到他們家，做個不速之客。然而礙於一種虛假的驕傲，我沒這麼做。天曉得我會碰上什麼？說不定在後門有人會從廚房端杯雪利酒請我。我仍然希望這是謝德忙中出錯，最後他一定會打電話來。這種等待真是難受。我眼巴巴地站在窗口，獨自一人喝掉整瓶香檳。結果，唯一的作用就是痛苦不堪的 *crapula*（宿醉）。

我在窗簾後面，從一棵黃楊樹後方望過去。我的目光穿過傍晚的金色薄紗，透過夜的漆黑，凝視謝德家的草坪、車道、門頂窗，以及那一扇扇珠寶般晶亮的窗戶。七點一刻，太陽尚未西沉，

我聽到第一位客人來到的車聲。噢，每一個都逃不過我的眼。我看到老邁的蘇敦醫生，這個滿頭白髮，身軀橢圓、矮矮小小的紳士開著一部不斷顫抖的福特前來，跟他做伴的是個兒很高的女兒史達夫人。這位女士丈夫戰死了，因而成了寡婦。我看到一對夫婦，後來才認出這是當地的律師柯特和他的夫人。他們開著一部凱迪拉克，冒冒失失地開進我住所前面的車道，車身進來一半之後，又急忙開著一閃一閃的倒車燈後退。我還看到一位國際知名的老作家搭計程車前來。文學獎的負擔和多產的庸才把他壓得彎腰駝背。過去，他和謝德同在一份無足輕重的文學評論期刊，共同擔任編輯。往日黯淡，不堪回首，現在終於揚眉吐氣。我看到法蘭克──幫謝德做維修的工人──開著一部休旅車離去。我也看到一位退休的鳥類學教授，不守交通規則，隨便把車停靠在公路上，就走過來。我看到贊助莫德姑姑開最後一次畫展的那位女士。她在一個俊俏得像是小夥子、一頭亂髮的女性友人陪同下，乘坐一部小「跳蚤」（Pulex）前來。我看到法蘭克又回來了，這回身邊多了兩個人，也就是在紐懷做古董商人、幾乎失明的卡普龍先生和他的夫人──一個目光如鷹的老巫婆。我看到一個韓國研究生，穿著筆挺，騎著腳踏車前來。學院院長則穿著一套鬆鬆垮垮、邋邋遢遢的西裝走路過來。我還看到那兩個來自旅館學校、身穿白色制服的年輕人為賓客服務。他們的身影穿梭在明亮的地方和暗處，從一扇窗走到另一扇窗。馬丁尼和高腳杯狀似火星人，在派對中巡航。後來，我發現那兩個穿白色制服的年輕人當中比較瘦的那個，原來是個熟人，我很熟的一個人。最後，到了八點半（我猜，女主人必然老毛病又犯了，等得不耐煩就把指關節扳得喀喀作響）一輛加長型的豪華黑色轎車，光亮如「黑頭車」、像要加入送葬行列般陰森，終於滑進了亮晃晃的車道中。胖嘟嘟的黑人司機急忙打開車門之際，我以憐憫的目光注視從屋裡走出來的詩人。他外套衣領上的鈕釦孔別了朵白花，喝得滿臉通紅的他

露齒而笑，表示歡迎。

　　第二天早晨，喜碧前腳剛走，她開車出門去女僕露比住的地方接她過來，我就帶著那個包裝漂亮且帶有責備之意的賀禮溜過去。經過他們家車庫前面的時候，我注意到地上有個 *buchmann*（書人），也就是堆得高高像個人兒的一疊書。喜碧必定是忘了拿進屋裡了。我因為好奇，忍不住彎下腰瞧瞧：多數是福克納先生⑫的作品。不一會兒，喜碧回來了。她的輪胎壓在我背後的碎石車道上，嘎嘎作響。我把我的禮物放在那疊書上，整堆一起交給她。她謝謝我，但那紙盒是什麼？只是給約翰的小禮。禮物？但是，他生日不是昨天嗎？沒錯，生日不過是習俗罷了，對不對？不管是不是習俗，昨天也是我生日，我們僅相差十六歲，就是這樣。哇！天啊！祝你生日快樂。嗯，昨晚的派對如何？你曉得，派對就是這樣（這時，我從口袋掏出一本書來——一本出乎她意料的書）。來了些什麼人啊？噢，還不是那些你認識一輩子的人，每年不得不請一次，像是卡普龍和柯特這些老同學，還有那個在華盛頓的親戚啦，寫小說的那個傢伙，就是你和約翰都覺得他寫得做作的那個人。我們沒請你來，因為我們知道，你覺得這種聚會無聊透頂。原來我給人的這種印象。

　　「提到小說，你還記得吧，」我說：「我們——你、我，還有你先生——一致認為普魯斯特那部難以卒讀的巨著是個龐大而恐怖的童話故事、一個蘆筍幻夢⑬、和法國歷史上任何人物都沒有

---

⑫福克納先生：William Faulkner, 1897-1962，二十世紀美國最偉大的作家之一，從小生長在美國南方，所有的小說都以南方為背景。一九四九年獲諾貝爾文學獎。作品包括《八月之光》（*Light in August*）、《聲音與憤怒》（*The Sound and Fury*）、《出殯現形記》（*As I Lay Dying*）等。

⑬蘆筍幻夢：*asparagus dream*，參看《追憶逝水年華》第一卷貢布雷中對蘆筍如詩如夢的描述：「最使我神迷的，就是蘆筍，上頭是漸層的深海藍和桃紅，整支都有一點點的紫紅和天藍，色彩愈往下愈淡，不知不覺到了下方的根部已呈雪白，雖沾染了一點土，然而仍然散發出不屬於這塵世的虹

關連、錯亂的性關係、一齣超級鬧劇、裡頭有天才的話語，還有詩呢。不過，僅止於此。瞧，那粗魯得教人難以置信的女主人，請讓我說下去，做客人的更是蠻橫；那刻板的喧鬧是杜斯妥也夫斯基式的，那勢利眼的種種嘴臉，不只是學托爾斯泰之筆，還一再重複、延伸，又臭又長到令人難以忍受的程度。什麼可愛的海景啦、令人觸景傷情的林蔭大道啦，請別插嘴，讓我說下去，什麼光影效果直逼最偉大的英國詩人的詩作、花團錦簇般的隱喻，就像考克多⑫形容的，有如『飄浮在空中的花園幻影』，我還沒說完呢，還有一個年輕的金髮痞子（即虛構人物馬賽爾）和這世間不可能存在的一個 *jeunne fille*（少女），兩人之間那段荒謬、索然無味的愛情。話說那少女，乳房是假的，脖子粗得像渥倫斯基（還有列文）⑬，臉頰像丘比特的屁股呢；但是呢——讓我好好說完吧，喜碧啊，我們都錯了，我們不該否認那矮矮小小的 *beau tenebreax*（浪漫的憂鬱英雄）有讓人興味甦醒的能力：有啊，就在其中——或許有十八世紀、甚至十七世紀的風格。沒錯，這些都在書裡。好好讀讀這一本（把書拿給她），這書可以重讀⑬，做隻蠹蟲吧。你會發現書裡有我從前在法國買的很漂亮的書籤，這書籤約翰就留著吧。*Au revoir*（再見），喜碧，我得走了，我想我電話響了。」

暈。我覺得這種絕色猶如精靈，樂於幻化做青蔬，從實在、可口的肉質瞥見七彩曙光、想到空靈的彩虹和湛藍的暮色。這寶貴的本質，晚餐過後久久，仍在我心中低迴盤繞。這些蘆筍就像莎士比亞筆下的小精靈，他們的惡作劇粗鄙中有詩意，把我的夜壺變成了香水瓶。」

⑫考克多：Jean Cocteau，1889-1963，法國達達派詩人、小說家、導演、劇作家，悠遊於各種藝術領域，大戰期間在法國文壇獨領風騷。

⑬渥倫斯基和列文：Vronski Lyonvin，托爾斯泰小說《安娜‧卡列尼娜》中的人物。

⑬原文：Please, dip or redip, spider, into this book。Spider（蜘蛛）倒過來就是 redips（重讀），參看 346-348 行詩中描述的海柔愛顛倒字母。

我是個生性狡猾的冷珀人。為了不時之需，我口袋總放了一本普魯斯特，一九五四年在巴黎出版的七星文庫本第三卷，也就是末卷，我在書中 269 到 271 頁的某些段落做了記號。德‧莫特馬爾老公爵夫人要舉辦晚宴，決定不把德‧法古爾夫人列入「貴賓」名單中，因此打算第二天就給她寄封短箋，上書：「親愛的伊蒂絲：我好想妳。昨晚，我想妳不會來的（伊蒂絲納悶：她又沒邀請我，我怎麼去。）我猜妳對這一類的聚會沒有興趣，妳萬一真來了，必然會覺得無聊透頂。」

關於謝德最後一次慶生，就說到這裡。

182 行：連雀……蟬兒

開頭 1-4 行和 131 行那隻連雀又飛來了。在這首長詩的最後一行，牠將再度現身。另一隻蟬兒蛻下蛻殼，又將在 236-244 行得意洋洋地鳴叫。

189 行：蒼昊星

參看 627 行的評注。這人名教人想起皇家貴族獵鵝的雅興，但這兒呢，只是在塗漆的錫製小飛機後頭追：這種追逐，無非白費氣力（見 209 行評注的那塊文字）。

209 行：漸漸凋零

時空本身不是恆久長存的。葛雷德斯往西飛行。他已抵達灰藍色調的哥本哈根（參看 181 行評注）。後天（也就是七月七日），他將動身前往巴黎。他從詩行飛掠而過，一轉眼即無影無蹤——我們的書頁因而黯淡下來。

213 行：三段論

孩子可能會覺得這種三段論很有意思。年歲漸長之後，我們

就會恍然大悟，我們其實就是這三段論中的「他人」。

230 行：家裡有鬼

我最近到芝加哥找謝德以前的祕書珍・普羅沃斯特。有關海柔的事，珍說了很多，她告訴我的，遠比她父親說的要來的多。他不想提起那早逝的女兒，我也不想多嘴探問或評論些什麼，因此也就不勉強他提起這事，要他對我傾訴心中言。說真的，他在這章幾乎已道盡了一切。他筆下的海柔，呼之欲出，或許他的描繪過於完全，極力面面俱到，反而讓讀者不免懷疑，如此擴張、鋪陳，是否顧此失彼，更豐富、更珍貴的部分反而顧不到了。但不管資料何等無聊，評注者都有蒐羅、傳達的責任。這則評注因此而生。

看來在一九五〇年初，十六歲的海柔幾乎有一個月的時間具有某種驚人的「念力」[132]起初，有人推測，那個不時作祟的鬼怪必然是剛去世的莫德姑姑。第一個讓大家嚇得魂不守舍的東西是一只籃子，她生前養的那條半身不遂的梗犬（這種狗在我國稱為「垂柳狗」）用的。這狗的女主人住院不久，喜碧就把這隻動物消滅了。這件事讓海柔悲痛、憤怒得不能自己。一天早上，那籃子突然從那「完好無缺」的聖殿（見 90-98 行）[133]飛出去。那時，謝德正在書房寫作，門沒關，他看到籃子嗖一聲飛過門口，籃子裡裝的幾件破舊的東西都掉了出來：一條破破爛爛的被單、一根橡皮做的骨頭，還有一個有點褪色的靠墊。翌日，靈異現場換成了餐廳。餐廳牆上掛的一幅莫德姑姑畫的油畫（〈柏樹與蝙蝠〉）竟然翻了過去，面對牆壁。怪事接二連三，像她那本剪貼簿（見 90 行評注）

[132]念力：psychokinetic 又稱心靈致動，指不經手碰觸，藉由心靈的力量使物體移動，還有使物體穿透另一個固體的現象，也有人稱之為突破空間障礙的能力。
[133]指莫德姑姑的臥房。

會突然飛起來一下子。當然，還有種種敲敲打打的聲音，特別是從那聖殿傳出來的。海柔的臥房與聖殿只有一牆之隔，這些聲響無疑會讓海柔從平靜的睡夢中驚醒。然而，這鬼怪不久就黔驢技窮，關於莫德姑姑，再也玩不出什麼新把戲了，只得退而求其次，使出所有的老套：廚房平底鍋莫名其妙掉到地上；冰箱冷凍室冒出一個雪球（這雪球未免來得太早了吧）；有一兩回喜碧看盤子就像飛碟一樣飛了起來，最後安然在沙發上降落；家裡各個地方的燈會自己亮起來；椅子搖搖擺擺地行走，自動到根本進不去的餐具室會合；地板上出現一段段神祕的繩子；半夜三更一票醉漢跟跟蹌蹌地從樓梯上走下來，只聞其聲、不見其影；一個冬天清晨，謝德起床之後探看天色，發現他書房那張小桌子呆立在戶外雪地上，桌上擺的那本像是聖經的韋氏字典正好翻到以 M 為開頭字母的部分。（也許，這在他的潛意識起了作用，使他寫出 5-12 行詩。）

　　我猜想，謝德夫婦在這個時期必然有不得安寧的感覺，至少謝德覺得如此。彷彿不斷平靜運轉的世界突然脫軌了，你發現汽車的一個輪胎從你身旁滾過去，或是方向盤突然掉下來。我那可憐的友人，不由得想起自己在童稚之時有突然昏厥的毛病，暗忖這是不是同一種病症代代相傳加上遺傳變異的結果。謝德一點都不在意這些可怕、見不得人的怪象會讓左鄰右舍知道。他是受到驚嚇，又因憐憫之情而心痛如絞。謝德和喜碧相信，那些騷動的始作俑者其實就是他們那個軟弱、身子不好、笨手笨腳又不苟言笑的女兒。儘管他們沒逮到她在裝神弄鬼，還是認為那就是「瘋狂向外延伸（在此引用阿珍祕書的話）」的具體表現。對這棘手的問題，他們束手無策，一個原因是他們厭惡巫毒一樣的現代精神醫學，然而主要還是因為他們為海柔擔心，怕傷害到她。然而，他們還是跟老派、博學的蘇敦醫生密談此事，談過之後就覺得好多了。他們考慮搬家，更確切地說，是在家裡大聲討論這件事，讓暗中偷聽的鬼怪知道，他們打算離開這兒。那鬼果真立刻消失，

就跟三月狂掃過莫斯科維王國⑬東海岸的刺骨寒風那樣，來無影去無蹤。一天早晨，你又聽見鳥囀，旗子下垂動也不動，世界的輪廓又回復原來的樣子。以前那些怪象全都不見了，即使還沒忘記，但至少沒有人再提起了。奇怪的是，我們竟然沒有察覺一件事：從一個神經質孩子的虛弱軀體蹦出來的大力士海克力斯⑬與莫德姑姑那吵鬧的鬼魂，兩者之間竟有一種神祕的相似。真是不可思議啊，我們碰到第一個解釋，就一頭栽了進去，找到道理之後即心滿意足，殊不知科學與超自然的現象，以及肉體和心靈的奇蹟，都和上帝的做法一樣，無法解釋。

231 行：可笑呵……

　　草稿（日期標注是七月十六日）中這一段又有另一種版本，寫得很美，但其中有空缺，令人費解：

Strange Other World where all our still-born dwell,
And pets, revived, and invalids, grown well
And Minds that died before arriving there
Poor old man Swift, poor——, poor Baudelaire.

所有的死產兒都活在奇異的冥界，
寵物死而復生，殘障也都恢復康健，
還沒抵達就死了的才子，

---

⑬莫斯科維王國：Moskovett，俄國古稱，原為一二七一年以莫斯科為中心而建立的封建王國，十五世紀之後逐漸坐大，併吞周圍的公國，完成統一，成為俄羅斯帝國。
⑬海克力斯：Hercules，襁褓時被冥王陷害而遺落凡間，但仍保有與生俱來的神力，長大成人之後他歷經萬難、斬妖除魔，證明自己是英雄，才得以重返神界。

可憐的史威夫特老頭，可憐的——，可憐的波特萊爾。

　　那破折號到底代表什麼？「波特萊爾」（Baudelaire）這個姓氏的字尾「e」是不發音的，除非謝德想給這個「e」一個韻值，但這是英詩，我相信謝德絕不會這麼做（請比較 501 行的拉伯雷）。看來，這裡需要填上的姓氏就得符合揚抑格⑬。可以填的名字有不少合適的，如知名的詩人、畫家、哲學家等後來發瘋或變成老年痴呆的。是否由於太多可以選擇，反而無從選起，所以謝德乾脆留下空白？或者詩人想憑藉一種神祕力量之助，得以靈光乍現，答案得來全不費工夫？還是有別的原因，像是某種難以言明的直覺或是防患於未然，因此不允許詩人寫出那個名人的名字（這人剛好是他的密友）？也許他不想冒險，因為家裡有人過目之後，可能會對他提出的名字表示反對？果真如此，不提也罷。為什麼非得在那悲慘的上下文提出這麼一個名字？真是黑暗又讓人不安的想法。

237 行：碧綠空殼

　　這個呢，我知道是成蟬在樹幹上留下的半透明空殼。那蟬已蛻殼而出。謝德說，他有一次在課堂上為三百個學生講課，問大家知道蟬是何模樣。結果只有三個人知道。新大陸無知的移民也叫這種昆蟲「locust」⑬。英文中的「locust」是指「蚱蜢」，哪是「蟬」？拉封丹那首詩〈蟬與蟻〉（*La Cigale et la Fourmi*）（見 243-244 行詩）不知有幾代的英譯者也都犯了這個荒謬的錯譯。那螞蟻和那蟬殊途同歸，嵌入琥珀，永垂不朽。

　　我們黃昏漫步的次數很多，（根據我的筆記）六月至少就有九

---

⑬揚抑格：trochee，傳統英詩音步中的一種，節律為一重一輕。
⑬其實蟬也叫做 locust，這裡暗指金波特的無知。

次，但七月的頭三個禮拜却驟減為兩次（沒關係，可以在別處再續前緣）。我們一塊兒漫步時，我朋友常常用他那根手杖的尖端，以撩人的姿態對各種稀罕的生物指指點點。他樂此不疲地以這些例子解說，由於加拿大地帶和南方地帶在這海拔一千五百呎的阿帕拉契亞交會，他說，這個特殊地點在這種「地利」之下，因而可以得見南、北兩地各種鳥兒、昆蟲和植物。謝德就像大多數鼎鼎大名的文人，似乎不了解對一個謙卑的仰慕者來說，最後終於得以和他獨處，最想聽他談文學或是人生，而不是什麼紐懷的「黛安娜（我猜該是花名）⑬」，還是什麼「亞特蘭蒂斯（可能是另一種花）⑲」這類的花花草草。有一次傍晚散步搞得很不快，我記得特別清楚（那天是七月六日）。那本是詩人慷慨大方應允的，以彌補先前對我的傷害（參看 181 行評注），也回報我送他的小禮物（我想他根本就沒穿過）。此行也得到了他那位老婆大人的批准，她還陪我們在達爾威奇森林走上一段。狡猾的謝德顧左右而言他，話題一直繞著自然史打轉。有關那冷珀國王的奇遇，不管我是多麼心急如焚、焦急難耐地急欲知曉，就是不透露在過去的四、五天裡他到底寫出多少。我向來有自尊心太強的毛病，因此不屑單刀直入問他這個問題，但我還是盡量把話題拉回先前的主題——逃離王宮啦、山中歷險啦——逼得他不得不透露一些。我們可能會認為，詩人在創作一首很難的長詩時，一有機會可能會口沫橫飛地講述自己如何歷經千辛萬苦或有哪些得意事。其實，根本就不是那麼一回事！我無限溫柔、小心地探問，得到的答覆只是這樣

⑬黛安娜：the diana，其實是指學名為 Speyeria diana（Cramer）屬於蛺蝶科的黛安娜蛺蝶，參看 VNN, p. 558 編注。這是一種美麗、品種稀有的蝴蝶，目前已瀕臨絕種。雌蝶翅翼是深藍色至黑色，上面的斑點有如夜空裡映的月光。

⑲亞特蘭蒂斯：the atlantis，亞特蘭蒂斯蛺蝶，學名為 Speyeria atlantis（Edwards）。

子：「是啊，還算順利，」或者「噢，不是這樣的，」最後甚至拿亞弗烈德國王⑭一則令人生氣的軼事來搪塞我。據說，那國王喜歡聽一個挪威侍從講故事，但是有一天他在忙，於是以一句「少來」把他攆走。後來，這個溫順的挪威人又來了，把他以前說過的一則古老的挪威神話稍稍改編一下，變成另一個版本講給他聽，粗魯的亞弗烈國王就跟他說：「噢，你又來了。」這則軼事就這麼流傳下來，結果那傳奇的流亡者、受到上天啟發的北國吟遊詩人，今日的英國學童竟然只知他那無聊的渾名：「噢，你又來了⑭。」

不管怎麼說，從後來發生的一件事可見，我那常常出爾反爾又懼內的朋友，還是比較仁慈（見 802 行評注）。

240 行：那英國人在尼斯

當然，一九三三年的海鷗早已歸西。不過，如果你在《倫敦泰晤士報》刊登啟事，或許可以得知餵那些海鷗的善心人士到底姓什麼叫什麼——除非那人是謝德杜撰的。四分之一個世紀過後，我到尼斯一遊，發現當地有個留著鬍子的老流浪漢，可以取代那個英國人。那個流浪漢該是在當局的容忍或唆使之下，像法國詩人維連⑭的雕像般佇立，吸引觀光客的目光。一隻毫不挑剔

---

⑭亞弗烈德國王：King Alfred，849-899，英格蘭西南部威塞克斯國王（King of Wessex），打敗了入侵的丹麥人，建立了強大艦隊，而以「英國海軍之父」聞名於世。他還創立學校、制定法律制度，有亞弗烈德大帝的稱號。

⑭噢，你又來了：Oh, there you are again!。那個挪威人正是名叫 Ohthere。他是挪威地主，也是探險家，在公元八九〇年晉見亞弗烈德大帝。亞弗烈德大帝翻譯《奧若西斯通史》（*Universal History of Orosius*）時，納入了他說的挪威神話。

⑭維連：Paul Verlaine，1844-1886，十九世紀中法國詩壇象徵派三傑之一，有「詩王」之稱，是多產詩人，與另一詩人韓波（Arthur Rimbaud, 1854-1891）發展出親密的同性戀情。

的海鷗在他的一頭亂髮上棲息，那鳥的側影清晰可見。有時，那流浪漢也會在光天化日之下，背對著暫時平靜的海面，舒舒服服地躺在海濱步道的長椅子上小睡。長椅下有一塊塊五顏六色的東西在報紙上排得整整齊齊的，大概是餵海鷗吃的，他先曬乾或發酵。不管怎麼說，在那兒蹓躂的英國人不多，儘管在曼通（Mentone）的東邊我倒見到了好些英國遊客。曼通碼頭上，微風吹拂著一個龐然大物。那是為了維多利亞女王立的紀念碑，以替代被德國人拆走的那座，上面還覆蓋著布，尚未揭幕，然而女王寵愛的獨角獸⑭頭上的角已迫不及待從布幕鑽出來了，真是難堪。

246 行：**親愛的你**

這是詩人稱呼他的妻。詩中描寫她的這一大段（246-292行），有其結構之用，也就是做為過渡，以便連結到女兒的主題。然而，我得在此聲明，親愛的喜碧從樓上的腳步聲砰砰砰，吵死人了，一點都不「謐靜」！

247 行：**喜碧**

約翰・謝德之妻，娘家姓艾倫戴爾（Irondell，此姓並非源於出產鐵礦的小山谷，而是從法文中的「燕子」演變而來）⑭。她比謝德早幾個月出生。我知道她的家族具有加拿大血統，就跟謝德的外婆一樣（如果我的記憶沒錯得太離譜的話，謝德外婆就是喜碧爺爺的堂妹）。

打從一開始，我就對這位嫂夫人以禮相待，絲毫不敢怠慢無禮，但她從第一眼看到我就討厭我、不信任我。後來，我聽說她

---

⑭獨角獸：指英國王室徽章上的獨角獸，徽章兩側的金獅和獨角獸分別代表英格蘭和蘇格蘭。

⑭法文中的「燕子」就是 Hirondelle。

在大庭廣眾之下這麼說我，說我是什麼「大象身上的虱子、特大號的馬蠅、獼猴身上的害蟲、一隻寄生在天才身上恐怖無比的蟲子。」我原諒她——我不怪她，也不怪任何人。

270 行：黑霓裳的凡妮莎

　　凡妮莎⑭——真像是一個學者不斷尋思，為一個蝴蝶品種，尋找心愛的名字，好讓這蝴蝶翩然飛入愛情的神殿，超凡入聖，甚至勝過史威夫特摯愛的艾絲特・梵荷麗！下面這兩行教我難忘的詩，正是出自史威夫特之手，可惜我無法從詩的處女地中，找出這兩行的所在：

　　When, lo! Vanessa in her bloom
　　Advanced like Atalata's star

　　　瞧！花樣年華的凡妮莎
　　　像阿塔蘭達⑭之星健步如飛

　　至於那隻叫做凡妮莎的蝴蝶，還會在 993-995 行（見評注）飛來。謝德常提到，此蝶英文古名是「紅仙子」（Red Admi-

---

⑭凡妮莎：Vanessa 是一種名叫 Vanessa atalanta 的蝴蝶，翅翼是黑棕色，上有豔麗的橙紅條紋，又名 Red Admirable 或 Red Admiral。梵荷麗（Esther Vanhomrigh, 1690-1723）在一七〇八年與史威夫特相遇，而與他熱戀。史威夫特把她的姓 Van 加上她的名 Essa，合併而成 Vanessa 做為喚她的別名，並在一七一三年為她寫了一首長詩《凱德納斯與凡妮莎》（Cadenus and Vanessa）。下兩行出自該詩的 305-306 行。

⑭在希臘神話中，阿塔蘭達是一位美麗的公主，以捷足著稱，凡求婚者，競走能勝則下嫁，敗則處死。希波門尼（Hippomenes）冒險參賽，他有愛神給他的金蘋果數個，投在路旁誘她拾取。阿塔蘭達終因撿拾蘋果而落敗，因而嫁給希波門尼。

rable），後來訛為「紅上將」（Red Admiral）。我熟悉的蝴蝶品種沒有幾種，碰巧知道這種。冷珀人稱牠 harvalda（盾章上那個），可能是因為此蝶出現在佩恩公爵的家族盾牌的紋章上。有好幾年的秋季，牠經常在皇家花園現身，跟一隻白日飛行的飛蛾結伴造訪紫菀。我曾見過那紅仙子盡情吸吮多汁的梅子，還有一次停駐在一隻死兔子上。這種有翅膀的昆蟲最愛鬧著玩了。約翰·謝德的末日來臨時（馬上參看我對 993-995 行的評注），最後一次指給我看的一個自然物種，却是近乎溫馴的一種。

我發現我的一些評注頗有史威夫特的味道。雖然我也有快活的時刻，也曾 fou rire（縱聲狂笑），但其實也是鬱鬱寡歡的人，老是焦躁不安、動不動就生氣，而且疑神疑鬼。

275 行：我倆結褵四十年

約翰·謝德和喜碧這燕子（參看 247 行評注）在一九一九年成婚，比查爾士國王與佩恩女公爵狄莎大婚之日整整早了三十年。打從查爾士開始執政（1936-1958），國會議員啦、捕捉鮭魚的漁民啦、沒加入工會的玻璃工人啦、軍人團體啦、憂心忡忡的親戚啦，特別是耶斯洛主教——一個既嗜血又聖潔的老頭兒——大家無不費盡唇舌勸國王不要再耽溺於生養不出後代的逸樂，早日娶妻吧。這倒不是道德的考量，而是關係到繼承人的大事。神職人員對查爾士這位年輕單身漢，就像對待他的一些前輩，也就是那些性好男色的粗魯王爺，看到那種異教徒習性總是睜隻眼閉隻眼。他們還是要他勉為其難，騰出一晚，合法孕育出王位繼承人，儘管早先一個查爾士⑭遲遲不願這麼做。他第一次遇見

⑭據說英王查理一世（Charles I）為了寵臣白金漢公爵（Duke of Buckingham, 1592-1628）神魂顛倒，儘管在一六二五年成婚，一直未有一男半女，直到白金漢公爵遇刺身亡之後，才得子嗣。

狄莎,是在一九四七年七月五日那天的慶典之夜,在他舅父宮中的化妝舞會上。狄莎當時芳齡十九,男裝打扮——那扮相就像個提羅爾少年⑭,雖然看來有點八字腳的毛病,不過英挺、可愛。隨後,查爾士就請她和她的兩個表妹(其實是兩個扮成賣花女的男衛兵)坐上他那部簇新的敞篷車去大街小巷繞繞,看看街道為慶祝他的誕辰張燈結彩,瞧瞧公園裡的火炬舞⑭,欣賞煙火啦,還有一張張被火光點亮的臉。他拖了將近兩年,最後在一些顧問三寸不爛之舌的攻擊下,只好屈服。大婚前夕,他幾乎一整夜都待在寒冷、空蕩蕩的昂哈瓦大教堂裡,將大門反鎖,在裡面禱告。那些狗眼看人低的王爺,從教堂的紅寶石和紫晶玻璃窗偷覷著他。他從來未曾這麼熱切地向上帝祈求,祈求上帝的引導並給他力量(請進一步參看我為 433-434 行加上的評注)。

在草稿中,在第 274 行之後的詩句,一開頭本來有下面寫錯的兩行:

I like my name: Shade, Ombre, almost "man"
In Spanish…

我喜歡我的名字:有影子(*Ombre*)之意,
近乎西班牙文中的「人」(*hombre*)……

真遺憾,詩人沒讓這主題繼續發展下去——不過,這樣也好,接下去那段令人難為情的雲雨之事,讀者就可略過。

285-286 行:機尾在火紅落日上方拉出一道粉紅色的煙霧

---

⑭提羅爾:Tirolese 奧地利西部和義大利北部地區。
⑭火炬舞:fackeltanz:十九世紀普魯士宮廷婚禮上的傳統舞蹈。

我也常提醒我的詩人，要他注意向晚天色如何因飛機行過變得如詩如畫。誰能料到，就在那一天（即七月七日），謝德寫下這熠熠生輝的詩行那日（在第二十三張卡片末行），葛雷德斯化名狄葛雷，已從哥本哈根飛往巴黎，完成他那邪惡之旅的第二段行程！墓碑碑文上的死神說道：「*Et in Arcadia ego.*」（連我也在阿卡狄⑩。）

　　葛雷德斯在巴黎的活動安排得很周全，是影子派成員計劃的。他們猜想，知道國王行蹤的，不只歐登一人，冷珀前駐巴黎領事奧思文・布瑞威特（如今已經亡故）應該也知情。他們猜測得完全正確。於是，他們決定讓葛雷德斯先從布瑞威特那兒下手。那位先生在穆登的一間公寓房子獨居，除了去國家圖書館（在那裡讀讀通神論⑮的著作，解解過期報紙上的棋題），很少去別的地方，也從來不接待客人。影子派成員的精心計劃其實是從碰巧走運而生。他們擔心葛雷德斯，才智不足，也沒有模仿天才，扮演忠誠的保皇黨人恐怕不像，於是建議他最好還是裝做一個對政治漠不關心的經紀人，一個貪財、中立的小人物，只是接受私人請託，從冷珀帶出一批文件交給收件人，以獲得酬金。這時，碰巧遇見了一個反皇黨人，事情就這麼水到渠成。影子派中比較小的一個支派有個成員，姑且稱之為甲男爵。他的岳父大人，我們就叫他乙男爵好了。這乙男爵是個早已退休的公務人員，一個不會害人的怪老頭，不了解新政權會如何變本加厲。這人曾是已故外

---

⑩連我也在阿卡狄：Et in Arcadia ego：十七世紀畫家普桑（Nicolas Poussin, 1594-1665）的著名畫作。此畫以阿卡狄亞為背景，此地在古希臘的伯羅奔尼撒中部，畫中有三個牧羊人和一個女子圍著一個墓碑，辨識上面鐫刻的拉丁文：「Et in Arcadia ego」整個畫面呈現的是對「死亡」的討論和思索。阿卡狄亞甜美的田園景色與死亡這個陰森森的主題形成強烈對比。

⑮通神論：theosophy，泛指所有的神學學說、宗教教義、神祕主義等。

交部長（即奧思文‧布瑞威特之父）的密友，或者該說他自以為是他的至交（回想總是會誇大事實）。老態龍鍾的乙男爵偶然間在一間辦公室的檔案櫃裡發現這批文獻，自此期待有一天能把這批珍貴的家族文獻轉交給「小」奧思文（他知道這個小輩是新政權的「眼中釘」，因此不得入境）。有一天，他突然接獲通知說，時機已到，有人可以把那批文獻轉送到巴黎。他還得以附上這麼一封短箋：

此珍貴文獻該是閣下家藏之寶。令尊與敝人亦師亦友，是敝人在海德堡求學的同窗，也是敝人在外交界的導師。此批文獻完璧歸趙，由此偉人之子留存，最為妥善。*Verba Volant, scripta manent*⑯。

這裡的筆跡，指的是七十年前左右奧思文叔公，也就是奧德瓦拉市長祖爾‧布瑞威特和他任艾若斯市長的表兄弟費茲‧布瑞威特魚雁往返的二百一十三封長信。這些信件一來一往盡是不過是老套官腔和浮誇笑話，實在乏善可陳。在當地歷史研究者的眼裡，這些書信恐怕連方志的價值也沒有。然而，對一個多愁善感、緬懷先祖的人來說（奧思文‧布瑞威特在他以前的部下眼裡，正是這樣的一個人），究竟什麼讓他厭惡、什麼會吸引他，就很難說了。這種枯燥的評論就暫時在此打住，我想先簡短讚揚一下奧思文‧布瑞威特這個人。

從外表來看，他頭禿得屬害，禿得就像是個蒼白的腺體，五官平板，毫無特色，眼珠子是咖啡加牛奶的顏色。有人記得他袖子上總繫著戴孝的黑紗。然而我們可不要被這平庸、乏味的外表騙了，不知他是個了不起的人。現在，且讓我隔著這波光粼粼的

---

⑯拉丁格言，指話語飛逝，筆跡永存。

海面，向英勇的布瑞威特致敬！讓我倆的手越過大海，在燦爛的金光之上緊緊握著。希望沒有保險公司或航空公司利用這個標記，刊登在光滑的雜誌廣告上。（廣告上方的圖片中有個退休的生意人，見空中小姐端來色彩鮮明的點心，這樣的服務不禁讓他露出受寵若驚的神色。）但願這個崇高的握手標記，在這個對異性戀狂熱、憤世嫉俗的時代裡，能夠成為英勇和自制最後而且永恆的一個象徵。有人多麼渴望類似的一個象徵，也以語言的方式滲透在一個亡友的詩篇中，然而沒有，這樣的一個象徵沒有出現⋯⋯如果有人想在《幽冥的火》中（唉，那如鬼魅般青白的火光），尋找兩隻緊握的手──看我的手如何緊緊地、熱切地握住你的手，喔，可憐的謝德──肯定徒勞無功。

不過，我們還是先回到巴黎的屋簷下吧。在奧思文・布瑞威特身上，英勇還結合著正直、仁慈、尊嚴，以及一種特質，說得委婉的話，可以說是「教人愛憐的天真」。葛雷德斯從飛機場打電話給他，還把乙男爵那封短箋（略去最後那句拉丁格言）唸給他聽，以引起他的興趣。布瑞威特一心想著，什麼「好康的」在等著他。葛雷德斯在電話裡沒有透露那批「珍貴文獻」究竟是什麼。不過，這位前領事最近剛好垂涎一批價值連城的郵票，那是他先父多年前遺贈送給一位表親的。那表親一直跟乙男爵住在同一座樓房裡，最近死了。此時，盤旋在這位前領事腦子裡的，就是這樁既複雜又讓人神魂顛倒的事。他期待那人的來訪，心裡盤算的不是那個來自冷珀的傢伙是不是個危險的騙子，而是那人會不會把所有的集郵冊都帶來，還是陸陸續續慢慢送來，看他會不會因為等待而飽受折磨。布瑞威特希望這件事當晚就可了結，因為第二天早上他得住院，有可能還要開刀（他的確進了手術室，而且死在醫生的刀下。）

如果兩個屬於敵對黨派的特務要來鬥智，其中一人是個笨蛋，結果可能很滑稽；要是兩個都是呆瓜，那就無聊透頂了。在

陰謀和反陰謀的年鑑中，沒有人可以找出比我費盡心思在下面評注描述的更粗糙、乏味的吧。

葛雷德斯渾身不自在地坐在沙發邊緣（不到一年前，有個筋疲力盡的國王也曾斜靠在上面）。他把手伸進手提箱，拿出一個棕色牛皮紙包起來的大包裹交給主人，然後把下半身挪到靠近布瑞威特的那把椅子上，好方便觀覽看他手忙腳亂解開繩索的樣子。布瑞威特終於打開包裹，目瞪口呆，久久不發一語，最後才開口。

「唉，我的美夢，碎了。這批書信早就出版過了，不是在一九〇六年，就是在一九〇七年……對了，我確定是在一九〇六年，費茲・布瑞威特的遺孀出版的。說不定，我的藏書還有一本呢。再說，這些不是親筆信函，而是抄寫員為印刷而謄寫的複本——你看，兩個市長的筆跡不正一模一樣。」

「真有意思。」葛雷德斯看了一下說道。

「當然，我還是感激乙男爵的一番好意。」布瑞威特說。

葛雷德斯神情愉悅地說：「我們就是想，您會希望得到這批文獻的。」

「乙男爵必定是有點老糊塗了，」布瑞威特接著說，「不過，我還是要再說一次，他的好意讓人感動。我想，你帶了這寶物前來，可要點錢吧？」

「您的喜悅就是我們的報酬，」葛雷德斯答道，「但是，容我直言：我們可是費盡千辛萬苦把這事辦好的。我呢，可是跑了十萬八千里才來到這兒。無論如此，咱們好商量。您對我們好，我們當然會投桃報李。我了解，您手頭有點……」（比了個手勢表示不怎麼寬裕，眨眨眼）。

「正是……」布瑞威特說道。

「如果您願意跟我們合作，那就一個子兒也不用花。」

「噢，這點小錢我還付得起。」（布瑞威特噘起嘴，聳聳肩。）

「我們不要您的錢，」（他手臂直伸，手掌向前，做出交通警

察勒令停車的手勢），「嗯，我們的計劃是這樣的。另外有幾位男爵托我帶信給幾位逃亡者。其實，有幾封是要給最神祕的那位。」

「什麼！」布瑞威特這老實的蠢蛋驚呼一聲，「難道國內知道國王陛下已經離開冷珀了嗎？」（我真想打這個老實的傢伙幾下屁股。）

「正是，」葛雷德斯一邊搓揉雙手，像野獸一樣快樂地喘氣。這無疑是本能，這傢伙哪有腦袋去意會前領事的失言等於首度證實國王已逃到海外。「正是，」他再次說道，意味深長地斜眼看布瑞威特，接著說：「要是您能帶我覲見這位 X 先生⑮的話，我將感激不盡。」

奧思文聽了這話恍然大悟，然而悟到的却是一個天大的誤會，不由得自言自語般呻吟起來：「啊，真是的！我真是後知後覺！這人原來是我們同夥的。」他的左手手指不由自主地扭動，好像在操縱木偶一般，眼睛緊盯得意洋洋的對方。保皇黨的特務如果要向上級表明自己身分，得用單手打個聾啞人士用的手語字母中的「X」（代表札維爾〔Xavier〕）做為暗號手勢，也就是食指略往下彎，其餘四指握拳（不少人批評這種手勢看來萎靡不振，因此現在已被另一種比較雄糾糾的手勢取代。）這暗號布瑞威特已看過好幾次。在暗號出現之前，總有片刻的懸疑——比較像是時間的斷裂，而非實際的延遲——這種感覺有點像醫生說的「先兆」，一種雖然緊張但轉瞬即逝的怪異感覺，一種在痙攣發作之前蔓延到整個神經系統的感覺，一種教人發冷發熱、難以言傳的煩躁。當時，布瑞威特也感到一股神奇的酒勁直湧上腦門。

「好，來吧，給我看那個暗號。」他以渴望的語調說。

葛雷德斯決定冒險一試，瞄了一眼布瑞威特放在大腿上的手。那隻手似乎背著主人，偷偷地在跟葛雷德斯比劃著什麼來的。

<hr>

⑮指國王查爾士・札維爾 （Charles Xavier）。

他盡全力模仿，然而只是東施效顰。

「不對，不對，」布瑞威特面帶寬容的微笑，對那個笨拙的新手說：「另一隻手，老兄。你知道的，國王陛下可是左撇子。」

葛雷德斯再試一次——可是那個小小的、放肆的提詞者就像被趕走的木偶，已無影無蹤。葛雷德斯對著自己手上那五個粗粗短短的陌生人發窘，就像一個身子癱瘓了一半的皮影戲師傅以生硬的手法在操作，最後勉強打出一個代表「勝利」的 V 字做為暗號。布瑞威特上揚的嘴角開始下沉。

布瑞威特（這個姓氏意為西洋棋功力）⑮笑容盡失，他站了起來。要是在大一點的地方，想必他必然會來回踱步，可惜這書房過於雜亂、擁擠。葛雷德斯這個成事不足敗事有餘的傢伙把身上那件緊繃的棕色外套三個鈕釦扣上，不斷搖頭。

「我想，」他氣急敗壞地說：「做人該講公平。我給您帶來了這批珍貴文獻，您好歹幫我安排和他見上一面以作為回報。最起碼，也可以給我地址吧。」

「我知道你是什麼人了，」布瑞威特手指著他，高聲說道：「你是扒糞的！你口袋突出一份不入流的丹麥報紙。你不正是他們派來的狗仔！」（葛雷德斯不由得伸手去摸那份報紙，眉頭皺了一下。）「請你們行行好，不要再來騷擾我了！煩哪，這些低級、無聊的事。在你們眼裡，哪有什麼是神聖的？癌症也好，流亡也好，國王的尊嚴也好，都是狗屁。」（唉，對葛雷德斯來說，真是如此——然而，阿卡狄也有他的同黨。

葛雷德斯坐著，呆呆看著自己腳上的新皮鞋——鞋頭蓋紋孔、桃木紅色的鞋子。在這三層樓的底下，一輛救護車在黑暗的街道中十萬火急地呼嘯而過。布瑞威特忽然對著那批擱在桌上的

---

⑮ Bretwit 可拆解為 bret 和 wit，來自德文 Schachbrett （棋盤）中的 bret 加上英文中的 wit （才智）。

祖先文件發起火來。他一把抓起那疊放得整整齊齊的信，連同拆開的包裝紙，一股腦兒丟到字紙簍裡。包裹的繩子掉在外面，剛好垂在葛雷德斯的腳上。他彎腰把繩子拾起，和那批書信送作堆。

「請你離開」，可憐的布瑞威特說道：「我這下面痛死我了，我都快瘋啦。我接連三個晚上都沒闔眼了。你們這些做記者的不肯善罷干休，我也有我的固執。至於我們那國王，你休想從我這兒打聽到任何消息。滾吧。」

他站在樓梯平台上，等訪客下樓，走到大門口。門，開了又關上。不久，樓梯間那自動開關的電燈發出咔地一聲，滅了。

287 行：你一邊哼唱一邊整理皮箱

這一段（287-299 行）使用的卡片（第二十四張）標明是七月七日那天寫的。我發現我那小小的記事本在這個日期下面有潦草的記載：下午三點半，阿勒特醫師。很多人去看醫生之前都會有點緊張，我也是。出門之後，我想到先服用一些有鎮定效果的東西，免得到時候脈搏跳得太快，使醫生誤診。我找到了我要買的那種藥水，一種味道不錯的酊劑，我就在藥房服下。走出藥房時，剛好發現謝德夫婦正從隔壁一家店鋪走出來，喜碧手裡拎著一個新的旅行手提包。想到他們倆要出遠門度假，我就心驚肉跳，方才服用的鎮定酊劑藥效全被中和了。一個人既已習慣在另一個人身邊打轉，就像平行的衛星並肩前行，其中一個突然轉向，剩下來的那個必然會有一種茫然、空虛和忿忿不平的感覺。更何況，他還沒完成「我的」那首詩呢。

「打算出遠門嗎？」我指著那只手提包，笑著問他們。

喜碧像拎兔子耳朵那樣拎著那個手提包，和我一樣，直瞅著那個手提包。

「對，月底成行，」她說：「等約翰完成他的工作就去。」

那首長詩！

「請問，你們打算去哪裡？」（我轉而向約翰詢問。）

謝德看老婆一眼，她就開始用平常那種輕快活潑的語調隨口說說，說什麼他們還沒決定去哪裡，可能去懷俄明啦，猶他啦、蒙大拿啦，或許跑到六、七千呎的高山去租個小木屋也說不定。

「徜徉在魯冰花⑮和白楊木之間。」詩人幽幽地說。（一邊想像那景色。）

於是，我開始大聲地把海拔高度的呎換算成公尺，說這樣的高度約翰的心臟恐怕負荷不了。這時，喜碧拉她老公的袖子，提醒他還有東西要買。我才計算到高度兩千公尺、還打了個有纈草⑯氣味的嗝兒，他們就拋下我，揚長而去。

所謂禍兮福所倚。噩運的黑色羽翼偶爾也會網開一面，予人溫柔、體貼。十分鐘後，阿勒特醫師就一五一十地告訴我謝德夫婦度假的事。先前，他剛好給謝德看過病。他說，這對夫婦已經從朋友那兒租了個小牧場，而朋友打算去別的地方。那牧場就在猶他那州⑰的西當，伊多明州的邊界上。我走出診所，便急急趕往一家旅行社，拿了些地圖和旅遊手冊。我仔細研究一番之後，得知西當的半山腰有兩三個木屋區，於是火速把我的訂房申請書寄到西當郵局。沒幾天，我就預訂到八月份的房間了。從郵局寄來的資料照片看來，那木屋既像俄國農民的小木屋，也像難民收容所，不過附了間鋪了磁磚的浴室。這木屋租金很貴，比我在阿帕拉契亞住的城堡要貴多了。謝德夫婦沒向我透露他們要去哪兒

---

⑮魯冰花：lupine，又名羽扇豆，豆科羽豆屬，一年生或多年生的短期豆科草本植物，莖高約六十至九十公分，花呈蝶形，成串往上開，以黃花和藍花為主。花期自十二月至翌年三月，有些能開至夏末。

⑯纈草：valerian，一種藥草，有鎮靜、舒緩的作用，所以許多人相信這種植物可用來治療失眠、輕微的焦躁及不安。

⑰猶他那：Utana 虛構的州，下面的西當（Cedarn）和伊多明（Idoming）也都是虛構之地。

度假，我也絕口不提我打算去哪裡。只有我心裡明白，我們會去同一個地方，他們倆還蒙在鼓裡。喜碧故意隱瞞的意圖愈教我生氣，我就愈想博君一笑：我打算打扮成提羅爾人的模樣，冷不防從巨石後面冒出來，讓約翰露出既羞怯又歡喜的笑容。想到這情景，我就喜不自勝。在接下來的半個月間，我讓我的精靈在我的魔鏡裡施展法術，讓懸崖啦、黑鴉鴉的落葉松啦變得姹紫嫣紅，蜿蜒小道和山艾灌木⑱變得綠草如茵、開滿了嬌豔的藍花，而死亡般蒼白的白楊樹變成一個個穿著綠短褲的金波特，與精挑細選的一批詩人，還有他們身邊那群活像巫婆的老婆⑲。我想，我的咒語必然有個可怕的錯誤，結果那山坡是個荒涼的不毛之地，何利那座搖搖欲墜的小木屋也是死氣沉沉的。

293 行：她

指海柔·謝德，詩人之女，生於一九三四年，死於一九五七年（參看 230 行和 347 行評注。）

316 行：五月，齒鱗白蝶在林中出沒

說實在的，我還不確定「Toothwort White」⑯是什麼。我的

---

⑱山艾灌木：sage brush，高達兩公尺的淺灰色石楠狀灌木，有時形成茂密、連續的覆蓋，有時呈分散斑塊狀分佈，分佈於猶他州、科羅拉多和墨西哥高原等，非常能適應惡劣環境，味道極苦，連牲畜都未敢稍嘗。

⑲原文 a brocken of their wives，brocken 源於 Brocken 是哈爾茨山脈（Harz）的最高峰布羅肯峰。相傳在德國布羅肯峰，有時會有形體像人、操著英語的幽靈出現，有人說這是光的折射或是霧氣造成的現象。傳說中，這裡也是巫女和魔鬼幽會的地方。歌德（Johann Wolfgang Von Goethe, 1749-1832）的《浮士德》（Faust）曾描寫這裡是巫婆聚會、狂歡之地。

⑯ Toothwort White：可做齒鱗白蝶，Toothwort 是齒鱗草，又稱野芹菜或碎米薺，學名 Dentaria diphylla，東北美以地下莖繁殖的林間野生植物，以牙狀鱗片得名，春季開白、粉、紫花。此處「齒鱗白蝶」（Toothwort White）

227

字典解釋「Toothwort」是一種「水芹」,而「白」(White),指
「農場裡任何一種純白種牲畜或某種鱗翅目昆蟲。」這行詩在卡
片邊緣空白處雖然還有另一種寫法,但沒什麼幫助。

In woods Virginia Whites occurred in May

林中,五月有 Virginia Whites 出沒。

也許,這是民間傳說中的角色?仙女?還是紋白蝶⑯?

319 行:鴛鴦

真是個巧喻。這裡的鴛鴦英文叫「wood duck⑯」是一種色
彩豔麗的鳥類,身上有翡翠綠、水晶紫和紅玉髓,還有黑白斑紋。
這鴛鴦的絕美哪是那浪得虛名的天鵝比得上的。天鵝不過是隻脖
子彎彎曲曲的鵝,脖子上面的絨毛黃黃、髒髒的,蹼就像是蛙人
腳上的黑膠腳蹼。

還有,美國常見的動物名稱反映出拓荒者沒有腦袋的功利之
心。歐洲人給動物取的名字常有一種古色古香,那些無知的拓荒
者還沒學會這種典雅。

333 行:但不是朝著她的方向

係指以齒鱗草為主食的粉蝶「西維吉尼亞白蝶」(West Virginia White,
學名 Pieris virginiensis W.H. Edwards)。

⑯紋白蝶:俗名 cabbage butterfly,學名 Pieris rapae L., 一種普通蝴蝶,
幼蟲食卷心菜等植物的葉子,又叫菜粉蝶。

⑯又名樹鴨、美洲鴛鴦、林鴛鴦或美洲木鴨等,學名 Aix sponsa,生活於森
林中的沼澤、河流及池塘,但愛在樹上棲息、築巢,喜成雙成對。以橡樹
子、堅果、種籽、小型無脊椎動物為食。體重五、六百公克。體長約四十
七公分。分布於北美洲、古巴等地。

我常在琥珀和玫瑰色的黃昏左等右等，等我的乒乓球友或老約翰・謝德，一邊忖度：「他會朝著我的方向走來嗎？」

345 行：老穀倉

這地方與其說是穀倉，不如說是棚子。一九五六年十月（也就是海柔・謝德死前幾個月），這裡出現了「某種怪現象」。這裡的所有人是個名叫保羅・漢茲納的農夫——有德國血統的怪人一個，喜歡做動物標本和採集植物等古人才有的癖好。此人藉由一種叫做「返祖⑯」的奇怪把戲回到過去，也就是三百年前那些「好奇的德國人」⑯生存的年代。最早的博物學家就是他們的後人。

（這是謝德告訴我的。他老愛提起這個德國怪人。附帶說一句，謝德這個老友很可愛，只有在提起這個怪人的時候，讓我覺得有點煩。）雖然按照學術的標準來看，這人是個老粗，對於空間、時間等遠在天邊的事物沒什麼真正的認識，却有多采多姿而且樸拙的一面，使得謝德對他的欣賞遠勝過英文系那些文謅謅的學者。謝德選擇和他一起散步聊天的朋友可是挑剔得很，但他倒願意和這個削瘦、嚴肅的德國佬同行。他們每隔一天，都會在傍晚時分走上那條通往達爾威奇的林間小徑，在這友人的田野裡走上一圈。謝德每每找到正確的字眼總是欣喜萬分，由於漢茲納這人熟稔「萬物之名」，便對他十分讚賞——雖然那些名稱無疑是當地奇特的稱呼，或是德國式的叫法，也有可能只是那個老痞子的胡

---

⑯返祖：atavism，又稱隔代遺傳或祖型再現，指有的生物體偶然出現祖先的某些性狀的遺傳現象。

⑯好奇的德國人：curious Germans，參看柏蒲的《擬古詩》中的 Imitation of English Poets: Earl of Dorset 中 Phryne (1709) 結尾：So I have known those insects fair, / (Which curious Germans hold so rare,)/Still vary Shapes and Dyes; / Still gain new title with new forms; / First Grubs obscene, the wriggling worms, / Then painted Butterflies.")

說八道。

　　現在，他與另一人結伴而行。我記得一清二楚，一個美好的黃昏，我的朋友妙語橫生，不時玩弄音位轉換的文字遊戲⑯，也挺會講軼事趣聞，而我則以冷珀的故事瀟灑應對，加上「野兔氣喘吁吁地逃走」這種「千鈞一髮」的驚險事例⑯！我們從達爾威奇森林邊緣經過的時候，他突然打斷我的話，指出一個天然洞穴給我看。那洞穴在小徑旁邊長滿苔蘚的岩石中，上頭是繁花盛開的山茱萸。那個好農夫每次走到這裡，必然會駐足。有一次，他們走到此處，剛好農夫的兒子也隨行。這個小男孩以小跑步跟著大人，一邊指著那個洞穴，一邊報告：「這裡就是爸爸尿尿的地方⑯。」走到山頂，聽到的故事就不是那麼無厘頭了。山頂有一小塊地，已被豔麗的柳蘭、馬利筋、紫苑草攻佔，數不盡的蝴蝶在其間飛舞，相形之下，四周淡黃的秋麒麟草顯得特別素樸。漢茲納的老婆離他而去（一九五〇年左右的事），也把孩子帶走了，於是漢茲納就把農舍賣了（那地方後來變成露天電影院），跑到城裡討生活。他仍保有農地的產權，夏日常帶著睡袋到農地一頭的穀倉過夜。某天夜裡，他就這麼離開人間。

　　那穀倉附近雜草叢生，謝德用莫德姑姑最喜歡的那根手杖指

---

⑯源於 Marrowsky，十九世紀的俄國外交官，參看索引中的 Marrowsky。這是一種有趣的口誤（spoonerism），誤打誤撞成了笑話。Spoonerism 源於英國的史樸納牧師（William Archibald Spooner, 1844-1930），他在講道時，留下許多音位誤置的笑話，例如把 Our Lord is a loving shepherd.（耶和華是慈愛的牧者）說成 Our Lord is a shoving leopard（耶和華是推擠別人的豹子。）。中文也有這種口誤的例子，如要說「我的眉毛看來凶不凶？」說成「我的胸毛看來美不美？」

⑯原文為 harebreath escapes，諧音的文字遊戲，從 hairbreadth escapes（千鈞一髮）而來。

⑯爸爸尿尿：「Papa pisses」和「Pippa Passes」也是音位互換的一對，據說維多利亞時期詩人布朗寧（Robert Browing, 1812-1889）就是在達爾威奇森林中得到靈感，而寫出詩劇《琶菲行》（*Pippa Passes*）。

著說，就是那裡了。曾經，一個禮拜六傍晚，在校區旅館打工的一個學生和當地一個男人婆偷偷溜進穀倉，可能是想聊聊天、小睡一下，或者另有其他目的。兩人被莫名其妙的響聲和飛來飛去的亮光嚇得屁滾尿流，倉皇逃出。到底是什麼把他們嚇成這樣？是厲鬼，還是求愛被拒而來搗蛋的鄉村多情郎？沒有人有興趣追究。但這事件給《華滋史密斯公報》（歷史最悠久的美國學生報）披露了，那報導就像一個愛惡作劇的小鬼，唯恐天下不亂，因而危言聳聽。有幾個自稱「超心理學研究者」的人曾前往探察，整個事件搞得沸沸湯湯，加上大學裡幾個搗蛋鬼也來興風作浪，最後變成一場鬧劇，謝德只好向當局投訴，結果以可能釀成火災為由，把那個沒有用的穀倉拆除了。

然而，我從謝德的祕書阿珍那兒聽聞的故事却大有出入，要來得哀淒多了——由此可見，我的朋友認為跟我講學生惡作劇這種老掉牙的把戲就好了。同時，我也後悔了。他聽我說起昂哈瓦大學校史一樁奇事，就樂得住嘴，免得自己不知在說什麼，怪不好意思的。正如我在先前的評注裡說的，他不想提起那早夭的孩子。我說的奇事發生在公元一八七六年。算了，還是回來說說海柔·謝德。她修了一門心理學，教授指定要交一篇研究報告（「主題自訂」），她決定自個兒去調查穀倉裡的「怪象」，以完成作業。那教授是個陰險的人，其實他正在為自己的論文（〈美國大學的自主神經系統模式研究〉）蒐集資料。她的父母同意她在夜半三更去那穀倉，前提是必然要有珍陪她一起去。少了阿珍這個值得信賴的支柱則不成，他們絕不放心讓寶貝女兒獨自前往。兩人才走進穀倉，外面立刻雷電交加，刮起狂風暴雨，一直到天亮，她們只得在裡面躲一整晚。外頭盡是暴風雨的鬼哭神嚎，加上電光石火，因此她們無法注意穀倉裡的聲響和亮光。海柔不想就此放棄，幾天後要阿珍再陪她去，但阿珍說不行。珍告訴我說，她跟海柔建議，不然這樣好了，懷特家的雙胞胎兄弟陪她去好了（這兩個是

兄弟會的好孩子，所以謝德夫婦同意由他們作陪）。但海柔回絕了，堅決不肯這麼做，她跟父母吵了一架之後，就帶著一盞提燈和筆記本一個人上路了。可以想像，謝德夫婦非常擔心那個煩人的鬼怪事件再度重演，不過永遠明智的蘇敦醫生向他們保證，同一個人不可能在隔了六年之後再度捲入同樣的靈異事件。他是拿什麼做根據來論斷，我就不清楚了。

阿珍給我看一份打字稿，讓我抄錄一段。那就是根據海柔在現場寫的打字出來的：

晚上十點十四分：調查開始。

十點二十三分：斷斷續續、刺耳的刮擦聲。

十點二十五分：一圈小小的、白白的亮光，大小就跟杯子用的小紙墊差不多。這圈亮光掠過黑黑的牆、木板釘死的窗戶和地板，然後跑到別的地方，一下子在這裡徘徊，一會兒又在那裡盤旋，或上下舞動，似乎在跟人家逗著玩，你一撲過去，就馬上躲開。消失不見。

十點三十七分：亮光又回來了。

海柔一連寫了好幾頁，顯然我無法在這個評注逐字援引。其中，有時候很久都沒有什麼動靜，後來又聽見「刮擦東西的聲響」，那一小圈亮光再度出現。海柔開始跟這亮光說話，如果是個教人發噱的傻問題（「你是鬼火嗎？」），那亮光就會在短短的距離來來回回地跑，以這種激動方式表示否定。如果要給嚴肅的問題（「你死了嗎？」）一個莊重的答案，那亮光就會緩緩上升，升高到一個高度之後，驟然落下以表示肯定。有時，在短短的幾分鐘內，這亮光會對她唸出來的字母做出回應：先是靜止不動，聽到正確的字母就跳一下表示贊成。但這亮光跳啊跳著，愈來愈有氣無力，好不容易慢慢拼出幾個字之後，那個小小的、圓圓的亮光就像疲

憊的孩子，跳不動了，最後爬進牆上的縫隙，再度現身突然變得精力旺盛，飛快地在牆上繞圈，似乎迫不及待想繼續玩方才那個遊戲。海柔盡力忠實記錄，把一堆破碎的字和沒有意義的音節串連起來，三、四個字母組成一個字，最後終於湊出一行出來：

pada ata lane pad not ogo old wart alan ther tale feur far rant lant tal told⑱

海柔在她的說明中寫道，她在做記錄的時候，是按照字母順序，從「a」開始唸起（這個字母因而特別佔有優勢），總共唸了八十遍，但其中還是有十七遍沒有結果。這些字母要怎麼分組，其實怎麼分都可以，沒有一定的規則，儘管有些字母可以重新組合成別的詞義單位，然而合起來還是不知所云（像「war（戰爭）」、「talant（才能）⑲」、「her（她的）」、「arrant（不折不扣的）」等。）那穀倉裡的鬼口齒不清、支支吾吾的，像中風，或者像突然有亮光從天花板射下，像利劍一樣，把睡夢割裂，在半夢半醒之間不知所云；又像碰到了波及整個宇宙的軍事災難這樣的事，如果要那鬼的大舌頭來說分明，恐怕難上加難。在這種情況下，我們可能會要讀者或者同床人算了，不要再問了，沉浸在遺忘的幸福中。然而，還是有一股可怕的力量驅使我們探求這種有如咒語的玄祕結構，尋找：

---

⑱納博科夫在一九六六年九月二十六日寫信給為他立傳的作家安德魯·菲爾德（Andrew Field）說，這些看來支離破碎、毫無意義的音節其實是有意思的。暗指穀倉裡的鬼魂透過海柔，告誡她的父親寫完《幽冥的火》一詩之後，勿去高茲華斯那條老巷子。這一行字可破譯如下：pada（padre; father）ata lane（lane）pad not ogo（not go）old wart（old Goldsworth）alan ther tale feur（pale fire）far rant lant（Atalanta; Vanessa atalanta 謝德死前所見的蝴蝶）tal told（鬼魂如是說）。American Years, 454 頁。
⑲古法文的拼法，英文應為「talent」。

Some kind of link-and-bobolink, some kind
Of correlated pattern in the game

食米鳥⑰及其歌聲的關連，　　＊812
洞視遊戲的相關模式。

　　我討厭玩這種遊戲。玩這種遊戲，我的太陽穴就不斷悸動，痛得像是頭要炸開似的，但我還是以一個評注者無比的耐心，咬緊牙根接受挑戰，對海柔報告中那些殘缺的音節再三推敲，希望從中找到一點蛛絲馬跡，解開那可憐的女孩為何尋短之謎。然而，我什麼線索都沒找到，不管是漢茲納那老頭的鬼魂、一個暗中埋伏的搗蛋鬼留下的玩具手電筒或是海柔自己想像的歇斯底里，都看不出暗藏任何警告，我也完全找不到那女孩不久自殺的導火線。

　　海柔告訴阿珍，要不是那刺耳的「刮擦聲」又來折磨她疲勞的神經，她的報告可能還會寫得更長。本來還和她保持距離的小圓亮光忽然不懷好意地衝撞她的腳，害她差點從坐的木頭上摔下來。她驚覺在她身邊的可能是一個莫名其妙的傢伙，那傢伙或許很邪惡。這麼一想，不禁讓她嚇得渾身發抖，抖到連肩胛骨都差點脫臼了。她急忙奪門而出，在繁星點點的天幕之下尋求庇護。踏上熟悉的小徑，她就安心多了，加上其他慰藉的標記（像是孤獨的蟋蟀、孤零零的路燈），她終於踏上回家的路。回到家門，她突然站住，驚聲尖叫：在門廊燈光所及之處，有一群青青白白的光影，聚合成幽靈般的人影，從花園長凳上站起來。我不知道紐

---

⑰食米鳥：bobolink，學名為 Dolichonyx oryzivorus 一種體型嬌小的黑鳥，上有白色條紋，是美洲遷徙路線最長的一種鳴鳥，而且不會在長途飛行中迷路。納博科夫指出這個鳥的名字做為關連，暗示詩的最後一行與第一行的連結。參看 Nabokov's Pale Fire: The Magic of Artistic Discovery。

懷十月的夜間平均溫度為何。讓人吃驚的是，一個做父親的，竟然會焦急到徹夜站在門外守候，只穿著睡衣，再套上一件很難看的「浴袍」。我送他那個生日禮物之後（見181行評注），他就可以換上一件新的。

　　童話裡的故事總涉及「三個夜晚」。這個悲傷的童話也有那第三夜。這回，她要父母陪她去見識那個「會說話的亮光」。第三回的穀倉調查紀錄沒保存下來，不過我可以提供下面的場景給讀者參考。我想，我描述的應該不會差太遠：

　　鬧鬼的穀倉

　　（伸手不見五指的漆黑。父親、母親和女兒三人在不同的角落。他們的呼吸聲雖輕，仍清晰可聞。三分鐘過去了。）

父（對母說）：你還好嗎？
母：這些裝馬鈴薯的麻袋還好得很——
女（發出蒸汽引擎的聲音）：噓—噓—噓！

　　（十五分鐘過去了，什麼聲響也沒有。眼睛慢慢在黑暗中辨識出縫隙透進來的藍藍的夜色和一顆星星。）

母：我看，那八成是你爸爸的肚子——不是什麼鬼。
女（用嘴形示意）：真好笑！

　　（十五分鐘又溜走了。父親陷入沉思，在想他的創作，不知不覺嘆了口氣。）

女：拜託，幹嘛老嘆氣？

（又過了十五分鐘。）

母：我要是打鼾，就叫鬼捏我一下。

女（誇張強調自制）：媽，拜託，拜託。

（父親清清喉嚨，但決定閉嘴。又過了十二分鐘。）

母：你們知道家裡的冰箱還有好幾個奶油泡芙嗎？

（這下慘了。）

女（怒不可遏）：你們一定要把事情搞砸嗎？你們非得這樣嗎？為
什麼不能放人一馬？不要碰我！

父：好啦，海柔，媽媽不會再說什麼了，我們繼續吧。不過，我
們已經呆坐了一個鐘頭，現在已經很晚了。

（過了兩分鐘。今生今生了無希望，來世殘忍無情。海柔在
黑暗中低聲啜泣。約翰·謝德把燈籠點亮。喜碧也點了根菸。休
會。）

　　那個小小的、圓圓的亮光就此一去不回，却在謝德寫的一首
短詩發光發亮。那是一首題為〈電的本質〉（The Nature of
Electricity）的小詩，謝德在一九五八年的某日投稿到紐約的雜誌
《時尚名士與蝴蝶》⑰，但此詩到他死後才刊登出來：

————————

⑰《時尚名士與蝴蝶》：（The Beau and the Butterfly）：暗指《紐約客》。一
　九二五年《紐約客》出現頭戴禮帽的時尚名士提利（Eustace Tilley）抬起
　單眼鏡片細看蝴蝶的情景做為封面（艾爾文〔Rea Irvin〕繪）之後，這樣
　的插圖就常常出現在《紐約客》的封面上。

The dead, the gentle dead—who knows?
In tungsten filaments abide,
And on my bedside table glows
Another man's departed bride.

那逝者，溫柔的逝者——誰知道
竟以燈泡鎢絲爲房，
在我床頭桌上吐曜，
另一個人亡歿的新娘。

And maybe Shakespeare floods a whole
Town with innumerable lights,
And Shelley's incandescent soul
Lures the pale moths of starless nights.

數不清的燈光使整個城鎮
亮灼灼，或許那是莎翁之火；
雪萊熾熱的靈魂
在無星之夜引誘蒼白的蛾。

Streetlamps are numbered, and maybe
Number nine-hundred-ninety-nine
(So brightly beaming through a tree
So green) is an old friend of mine.

街燈都有編號，也許
那第九百九十九盞（光線閃耀
篩過綠得不可思議的樹）

是我舊交。

And when above the livid plain
Forked lightning plays, therein may dwell
The torments of a Tamerlane,
The roar of tyrants torn in hell.

鐵青色的平原上空
電光閃閃，縱橫叉枝，
地獄傳來暴君的淒厲嚎聲，
一個被凌虐的帖木兒⑰。

　　附帶說一下，科學告訴我們，如果電頓時從這個世上消失，不只是會天崩地裂，這個地球也會像鬼魂一樣，消失得無影無蹤。

346-348 行：她愛顛倒字母

　　她父親舉的例子當中，有一個很奇怪。有一天，我們討論「鏡像文字」，提出「spider（蜘蛛）」顛倒過來成為「redips（再讀或再次浸泡）」的人，確實是我。我還說，「T. S. Eliot（英國詩人艾略特）」可以倒過來變成「toilet（廁所，「toilets」常見的誤拼字）」（我還記得人詩人當時聽得目瞪口呆）。不過，海柔・謝德有些地方倒也像我。

367-370 行：邊—Pen—問—頓（韻腳）

---

⑰帖木兒（1335-1405），蒙古人，元裔，奉持回教，明初據察合臺汗國故地，建國稱汗，都於撒馬爾罕，奄有伊蘭高原全部，復進略印度、土耳其，勢甚盛，史稱「帖木兒帝國」。此人腳跛，又有東亞跛狼的稱號，所以英文名爲 Tamerlane。

這幾行原文的韻腳是 then——Pen——again——explain。約翰·謝德的美語字正腔圓，不用 explain，却用 pen 來跟 again 押韻。這些韻腳相鄰的位置也很怪異。

376 行：詩

我想，我可以猜出這是哪一首詩（儘管在我藏身的洞穴連一本書也無）⑰。我既不想去翻查，也不想點明此詩作者。不管怎麼說，我這朋友竟然對跟他同一時代的傑出詩人，做出這麼惡毒的批評，我實在深表遺憾。

377 行：英國文學史上……之作

這一句在草稿中的版本，不但意義更為深遠，音調也更為鏗鏘：

> 我們系主任認為這是……之作。

雖然這可能意指海柔學生時代的系主任（不管這人是誰），讀者大可讓小保羅·H 對號入座。他就是華滋史密斯學院英文系系主任，行政做得不錯，但學問就差強人意。我們只是偶爾碰面，並不常見面（見前言以及 894 行評注）。我們的系主任是納托許達格，我們都叫這老兄「納托許卡」。有一次我去了音樂會，結果不

---

⑰海柔問的那幾個字，皆出自艾略特（T.S. Eliot, 1888-1965）作於 1936-43 的詩作《四重奏四首》（*Four Quartets*）：grimpen 源於〈東河村〉（*East Coker II*, 93 行）是沼澤之名，源於柯南·道爾的《巴斯克維爾的獵犬》（*The Hound of the Baskervilles*）；chthonic 出自〈海灘岩〉（*Dry Salvages V*, 225 行）是形容詞，指「地獄的」、「冥界的」或「鬼魂的」；而 sempiternal 在〈小吉丁〉（*Little Gidding I*, 2 行），意為「永恆的」、「沒有開始、也沒有結束的」。

得不中途退席，因為最近把我折磨得死去活來的偏頭痛又來襲。在那音樂會上，坐在我隔壁的，剛好是那位 H 君。我的頭痛根本不干任何陌生人屁事，可這傢伙偏愛管閒事，一直盯著我看。就在約翰‧謝德死後，他立刻用鋼板刻寫了一封信油印，到處發送。這信開頭是這麼寫的：

　　謝德留下一首（部分）長詩手稿。這手稿命運如何，英文系上有好幾位同事都非常關心。這手稿不幸落在某人手裡。這個人是另一個系的人，不是本系成員，據說有精神錯亂的毛病，豈能擔任這份手稿的編輯？我們是否該採取法律行動……

　　當然，可以採取「法律行動」的不只是他們，別人也可以。不管他。一個人再怎麼義憤填膺，讀了這裡的評注，對那位積極參與的先生早有認識的話，就會滿意了，不會為了我朋友詩作的命運憂心忡忡了。英國詩人索禧喜歡燒烤老鼠來做晚餐。要是知道老鼠先前吞掉了主教⑭，那可有趣了。

384 行：柏蒲的書

　　任何一間大學圖書館目錄，都可查到謝德寫的這本書，就是《至福》（*Supremely Blest*）一書。我只記得書名出自柏蒲的詩⑮，但不知是哪一首，無法摘引。這本書主要是討論柏蒲的創作技巧，對「他那個時代的道德風尚」，也有精闢的見解。

---

⑭主教：索禧在一七九九年作有〈邪惡主教受上帝審判〉（*God's Judgement on a Wicked Bisop*）一詩，詩中講述德國美因茲大主教哈多（Archbishop Hatto of Minz）橫征暴斂，最後被在城堡各處流竄的老鼠吃掉了。
⑮柏蒲的長詩《論人》（*Essay on Man*）II, 268-269 行：The starving chemist in his golden views / Supremely blest, the poet in his muse。

385-386 行：丁珍、丁畢

我們一眼就可看穿，這兩個都是假名，兩個無辜的人的名字。八月，我路過芝加哥的時候去找珍·普羅沃斯特。我發現她仍雲英未嫁。她給我看了幾張有趣的照片。照片上的人物是她堂弟小畢和他的朋友。我沒有理由不相信她的話。她說，小畢當時（我真想見此人一面。哎，可惜，他在底特律賣車）解釋說他非得去見一個死黨不可，這話可能有點誇大其實，但他真沒有撒謊。他那個死黨是個耀眼的年輕運動員，但願他頭上的花環不會比女孩頭上的更早枯萎⑯。這樣的責任生死交關，不可等閒以待。珍說，悲劇發生後，她曾與謝德夫婦談談，後來還給喜碧寫了封長信，但沒有回音。聽了之後，我現買現賣了一句俚語：「那還用說。」

403 行：八點十五分（時間就此分叉）

從這裡開始到 474 行，兩個主題在同步的安排下交替出現：一個是謝德家客廳的電視節目，另一個則是海柔（先前已大概描述過）自殺事件的重播。後面那個主題始自未曾晤面的丁畢與海柔的初次約會（406-407 行），然後丁畢抱歉他不得不趕快離去（426-428 行），直到海柔上車（445-447 行，以及 457-459 行），最後守衛發現她的屍體作結（475-477 行）。海柔這個主題的詩行，我都用了斜體標注⑰。

這種安排不但費事而且冗長，特別是這種同步並行的手法，

---

⑯見郝思曼（A. E. Housman, 1859-1936）的詩〈給英年早逝的運動員〉：And round that early-laurelled head / Will flock to gaze the strenghless dead, / And find unwithered on its curls / The garland briefer than a girl's。

⑰中譯字體為楷體。

早就給福婁拜和喬伊斯給用爛了⑱。不然，這種安排還算別出心裁。

408 行：一隻男人的手

七月十日那天，約翰・謝德寫到這行，也許就在他用第三十三張卡片來寫 406-416 行那一刻，葛雷德斯租了車，從日內瓦出發，打算到萊克斯——據說歐登拍完片，正在此間的別墅養精蓄銳。那別墅是一個美國老友約瑟夫・S・拉文德的（「拉文德（Lavender）」這個姓氏，來自「洗衣房（laundry）」，而非「草地（laund）」⑲。）有人告訴這個卓越的陰謀分子，拉文德收藏了一些法文叫做 *ombrioles*（影子畫片）的藝術攝影作品。沒有人告訴葛雷德斯，這種攝影作品究竟為何，他心裡想這無非是「風景燈飾」罷了。他的白痴計劃如下：化身做史特拉斯堡的一個畫商，到拉文德家裡作客，趁主人酒酣耳熱之際，從他那兒套出國王的下落。他可不知歐登眼光厲害得很，三兩下就看穿他的把戲：從葛雷德斯伸出手掌握手的姿態，還有每小啜一口就微微點頭的樣子。這些伎倆剛好露出馬腳（葛雷德斯雖沒注意到別人也會這套，還是學會了），讓人看出他的出身，料想到他必然在冷珀下流社會混了一段時間，因此可能是間諜，說不定是更可怕的人。葛雷德斯也不知道拉文德收藏的那些作品揉合了細緻的美與極其猥褻的題材（我確信拉文德不是厭惡此事的道學先生）——無花果樹與裸女、滿漲的情欲、明暗處理得相當柔和的臀部，以及種種女性妖嬈狐媚的姿態。

葛雷德斯從在日內瓦下榻的飯店打電話給拉文德，但接電話

---

⑱如福婁拜《包法利夫人》（*Madame Bovary*）農業展覽會的那個場景（II, viii），以及喬伊斯《尤里西斯》（*Ulysses*）第一、三、十章。

⑲曾經有人認為此字源於義大利文中的「lavanda」（洗滌）。此義大利文又來自拉丁字根「lave（洗）」，因薰衣草常用於沐浴、洗滌。

的人告訴他拉文德要到快中午的時候才能回來。葛雷德斯在中午已經上路，再度打電話，這回是在日內瓦湖畔的山城蒙投打的。拉文德已經知道他要來了，請人轉告這位「德葛雷先生」可以與他一起喝個下午茶。葛雷德斯在湖邊咖啡館吃了午飯、散散步、在一家紀念品商店詢問了一個小小的水晶長頸鹿多少錢、買了一份報紙、坐在長凳上攤開來看，不久又上路了。到了萊克斯附近，他在陡峭彎曲的小路上迷了路。他在一個葡萄園停車，走到一座興建中的屋子，入口崎嶇不平。三個石匠的三隻食指指向路的另一側，拉文德的紅屋頂別墅就在那綠色山坡上。他決定把車停在這裡，從旁邊的石階抄近路上去。他吃力地沿著牆旁邊的石階往上爬，眼睛盯著最上方那棵白楊木，把那棵樹想成自己的幸運物。那棵樹有時遮住了紅屋頂，時而露出來。陽光從雨雲的缺口穿入，不久天空就出現了一個藍藍的窟窿，鑲著凹凹凸凸的金邊。這時，他發覺身上那件不久前才從哥本哈根買的棕色外套已經皺巴巴，還發出臭味，真是累贅。氣喘吁吁的他看了一下手錶，脫下軟氈帽──一樣是新買的──搧搧風。他好不容易終於爬上了人行穿越道，這路就是從下面繞一大圈上來的。他過了馬路，穿過一扇小門，踏上了一條彎彎曲曲的礫石小徑，最後來到拉文德的別墅前。這別墅叫 Libitina（麗碧蒂娜），用黑鐵絲彎成草寫字母掛在朝北的一扇鐵窗上方，三個「i」的黑點則是巧妙地利用塗著白粉的鐵釘在白色外牆上，再把釘子頭塗黑。這種設計以及朝北的窗櫺，葛雷德斯以前在瑞士的別墅也看過，但這個人對古典文學典故全無感覺，因此不能領略拉文德的黑色幽默，不知他是在向羅馬神話中掌管死亡與墳墓的女神麗碧蒂娜致敬。這時，角落的窗扉傳來的鋼琴聲吸引了他的注意力。琴聲不知為了什麼澎湃激昂。他後來告訴我說，這琴聲讓他想到，即將現身的那個人或許不是拉文德，也不是歐登，而是敬愛的查爾士國王──一個才華洋溢的讚美詩作者──因此，不由得連忙把手伸進褲子後面的口

袋。葛雷德斯踏進玻璃門廊之時，因這房子外觀古怪讓人迷惑，所以遲疑了一下。這時，琴聲嘎然而止，一個身穿綠色制服、年邁的門房從旁邊一扇綠門冒出來，帶他走到另一個入口。葛雷德斯問那門房這裡是不是還有其他客人。他先用苦練已久但還不怎麼高明的法語問，然後改用更糟的英語再問一次，最後才用不錯的德語重複一次。門房笑而不語，只是領他走到音樂廳。彈鋼琴的人已不見蹤影。平台鋼琴還殘留一絲豎琴般的餘音。一雙海灘涼鞋立在鋼琴上，就像立在蓮池畔一般。一個削瘦、皮膚黑得發亮的女士從窗邊的座位站起來，動作看來很僵硬。她自我介紹說她是拉文德姪子的女管家。葛雷德斯說，他很想看看拉文德那批令人「血脈賁張」的收藏。這麼形容那幾幅果園雲雨圖，還滿貼切的。那女管家（名叫「博德小姐」[Mademoiselle Baud]，但國王總愛對著她那張和顏悅色的臉，喚她「漂亮小姐」[Mademoiselle Belle]）不敢承認她對主人的愛好與收藏完全不知，只好對那客人說，他要不要先去上花園瞧瞧。「戈登會帶你去賞花，看他最喜歡的花。」她對著隔壁房間大喊一聲：「戈登！」一個十四、五歲、瘦瘦高高的少年心不甘情不願地從裡面走出來。他身體看來不錯，皮膚被陽光染成油桃色，頭髮剪得很短，色澤比膚色再淺一點，幾乎一絲不掛，只圍著一條豹紋腰布。他那張既可愛又狂野的臉悶悶不樂，同時露出狡詐的神情。那個圖謀不軌的人一心想著自己的計劃，沒注意到這些細微之處，只是覺得這小子很失禮。博德小姐介紹他說：「戈登是個音樂神童。」男孩畏縮一下。「戈登，你帶這位先生去花園，好嗎？」男孩勉強同意，又加上一句，如果可以的話，他想去池子裡泡一下。他穿上涼鞋，就帶客人出去了。這怪異的一對在光影中穿梭：一個是腰間圍著常春藤的優雅少年，另一個則是穿著邋遢的殺手，一份折起來的報紙從廉價棕色外套的左邊口袋突出來。

　　「那裡是個小洞穴，」戈登說：「我曾和一個朋友晚上在那

兒過夜。」葛雷德斯漠然的目光掃過那個長滿苔蘚的凹洞，可以瞥見一張折疊床墊以及橘色尼龍布套上的一塊汙漬。男孩把渴望的雙唇湊近噴泉出水管，溼溼的手在黑色泳褲上擦啊擦。葛雷德斯看了一下手錶。兩人繼續在這裡閒晃。戈登說：「你還沒看到精采的呢。」

拉文德很懷念他祖父在德拉瓦州的農場，於是在這美侖美奐的花園最高的一棵白楊樹下蓋了座鄉村風格的茅房，儘管這房子至少有半打洗手間了。那茅房是給特別挑選的幾位有幽默感的客人使用的。在他們坐上茅房的王座之前，拉文德會去舒適的撞球間，把壁爐附近掛著的心型的刺繡靠墊拿給他們。

茅房的門沒關，裡面有炭筆信筆塗鴉的童稚字跡：國王到此一遊。

「這訪客留言板還真不賴，」葛雷德斯擠出笑容說，又問：「對了，他現在人在哪兒？我是說國王。」

「天曉得。」穿著網球短褲的男孩用手拍拍自己側腹。｜那是去年的事了。我猜他去了蔚藍海岸，我也不確定。」

戈登這個好孩子沒說實話。他很清楚這個大朋友人不在歐洲，然而無論如何也不該提到蔚藍海岸，因為葛雷德斯知道皇后狄莎有座豪宅在那兒，說不定會恍然大悟，在心裡暗自敲一下自己的腦袋。

這時，兩人走到了游泳池。若有所思的葛雷德斯一屁股坐在帆布椅上。他該給總部打電報，沒有必要在此死纏爛打了。話說回來，突然告辭或許會教人起疑。他屁股下的椅子嘎嘎作響，像要垮掉似的，於是他東張西望，看沒有另一個地方可以坐的。那個小牧神正閉上雙眼，在大理石砌成的池畔伸直身子仰臥，身上那條像是泰山穿的腰布已丟到草皮上。葛雷德斯瞥見了，覺得噁心，於是呸了口口水，之後往回走，打算回到屋裡。在這當兒，那個老邁的門房正好從台階跑下來，用三種語言告訴他說，有他

的電話，請他去接。拉文德先生無法趕到，但是還是想在電話裡跟這位「德葛雷先生」說一下。他們說了幾句客套話之後，沉默了半晌。接著拉文德發飆了：「你該不會是法國小報派來的在這兒鬼鬼祟祟的王八蛋？」葛雷德斯問：「什麼蛋？」拉文德再回敬他一句：「婊子養的王八蛋啦。」葛雷德斯掛斷電話。

他回到車上，把車開到山坡更高處的一個平地。九月一個多霧、明亮的日子，國王也曾在這山路邊的平地，在第一束銀白色光線從欄杆斜射而過之時，遠眺波光粼粼日內瓦湖面，他也注意到山坡果園有塊用來驚嚇鳥兒的錫箔板也一閃一閃的，與那爍爍的湖面一唱一和的樣子。站在此地的葛雷德斯俯瞰拉文德別墅屋頂的紅色磚瓦，情緒低到了谷底。那別墅四周都有防護林，安安穩穩地蜷伏著。葛雷德斯居高臨下，這種位置優勢讓他得以瞥見部分草地和游泳池的一角，甚至看得到放在大理石池畔的一雙涼鞋——那美少年納西瑟斯⑱已不知去向，只留下這雙鞋。我們可以想見：葛雷德斯還在猶豫，不知是否該多待一會兒，好確定自己沒有上當。遙遠的山坡下傳來一聲聲叮叮、鏘鏘的。石匠在敲敲打打。一輛火車突然從兩座公園之間急馳而過，跟在後頭的是一隻羽翼上有一條紅斜紋的褐色蝴蝶⑱。那隻像紋章的蝶飛越低矮的石牆。這時，謝德拿出一張新的卡片。

414 行：林中仙女單足旋舞
　　草稿上的寫法更輕盈、悅耳：

---

⑱納西瑟斯：Narcissus，希臘神話中的美少年，迷戀自己在水中的影子憔悴而死，死後化為水仙花。

⑱紅斜紋：a bend gules，在紋章學中有特定的涵義，紅色象徵軍人的堅忍與剛毅與高尚的行為，而一條槓則代表個體能用自己的良知、信仰以及對榮耀的嚮往來克制自己的怒氣與激情。

A nymphet pirouetted

小女妖⑱單足旋舞　*413

417-421 行：我上樓……

　　這幾行，我在草稿上發現還有一種有趣的寫法：

I fled upstairs at the first quawk of jazz
And read a galley proof: "Such verses as
'See the blind beggar dance, the cripple sing,
The sot a hero, lunatic a king'
Smack of their heartless age."　Then came your call

喧鬧的爵士樂聲一響，我就飛奔上樓　*417
校閱文稿：「像這樣的詩句
『且看盲丐起舞，跛子歌吟⑱，
那酒鬼是個英雄，國王則是瘋人』
無情年代的餘音。」我聽見你在呼喚

　　那兩行詩，當然是出自柏蒲的長詩《論人》。然而，我們有很
多疑問，不知哪一個問題才是真正的問題：柏蒲是不是無法找到
一個單音節的字（例如 man〔人〕）來取代 hero（英雄），因此不
能在下一個字（lunatic）之前加上定冠詞？而謝德為何寧可捨棄

---

⑱小女妖：nymphet，根據納博科夫在《羅莉塔》（Lolita）中的定義：九到
　十四歲的少女會魅惑旅人。這些少女會在年紀比她們要大上兩倍或好幾倍
　的旅人面前露出她們的本性──一種近乎妖精的本質，而不是人。我建議
　把這群特別的美少女叫做「小女妖」。參看 VNN，p. 14。
⑱盲丐起舞，跛子歌吟：《論人》，II. 267-68 行。

這段精采的詩句，反而用了文氣較為薄弱的一段來做定稿？是不是他擔心冒犯了一位如假包換的國王？我思索近日發生的事，無論如何回想也無法確知，他是否真的像他說過的「猜出我的祕密」（見 991 行評注）。

426 行：名列佛洛斯特之後，那一腳陷入泥濘的詩人

這裡提到的佛洛斯特，當然是羅勃特·佛洛斯特（一八七四年生）。這一行詩結合雙關語和隱喻，正是我們詩人的拿手絕活。就詩歌溫度圖而言，高溫就是低溫，低溫就是高溫，因此完美結晶溫度在微溫之上。這其實是我們那謙遜的詩人顧及自己的名望所說的。

佛洛斯特有一首英文短詩⑱，堪稱英詩世界之最，每一個美

---

⑱英文短詩：指〈雪夜林畔小駐〉（*Stopping by Woods on a Snowy Eve*）一詩：

Whose woods these are I think I know,
His house is in the village, though;
He will not see me stopping here
To watch his woods fill up with snow.

想來我認識這座森林，
林主的莊宅就在鄰村，
卻不會見我在此駐馬，
看他林中積雪的美景。

My little horse must think it queer
To stop without a farmhouse near
Between the woods and frozen lake
The darkest evening of the year.

我的小馬一定頗驚訝：
四望不見有什麼農家，
偏是一年最暗的黃昏，

國學童都能成誦。那詩講的是冬天的樹林、陰暗的黃昏，以及馬兒在沉沉暮色中以鈴鐺輕輕提醒，那深刻的結尾更是神來之筆——末兩行音節完全相同，然而其中一行是指個人的、肉體的，另一行則是普世的、玄思的。我不敢在此憑著記憶胡亂摘引，以免珍貴的字眼被我張冠李戴。

　　儘管謝德詩才卓犖，在他筆下雪花飄散的樣子絕對大不相同。

431 行：三月夜裡……遠方車燈漸近

寒林和冰湖之間停下。

He gives his harness bells a shake
To ask if there is some mistake.
The only other sound's the sweep
Of easy wind and downy flake.

它搖一搖身上的串鈴，
問我這地方該不該停。
此外只有輕風拂雪片，
再也聽不見其他聲音。

The woods are lovely, dark and deep,
But I have promises to keep,
And miles to go before I sleep,
And miles to go before I sleep.

森林又暗又深真可美，
但我還要守一些諾言，
還要趕多少路才安眠，
還要趕多少路才安眠。

余光中譯，《英美現代詩選》，台北：時報出版，1980, p. 215-216。

您看看，電視節目的主題和那個女孩的主題，兩者融合得多麼巧妙（參看 445 行：霧中出現更多車燈……）

433-434 行：海洋……一九三三年，我們曾在這兒徜徉

一九三三年，查爾士王子十八歲，而佩恩女公爵狄莎才五歲。這裡說的地方是尼斯（參看 240 行），那年年初開始有一段時間謝德夫婦都在此地。但有關我這位朋友過去生活許多有趣的點點滴滴，我一樣沒掌握到什麼（親愛的 S. S.，這該怪誰呢？）因此，我說不上來他們是否沿著海岸遊覽到達土耳其角，從對遊客開放的夾竹桃巷瞥見狄莎皇后的祖父在一九〇八年蓋的「天堂別墅」（*Villa Paradiso*，冷珀文叫 *Villa Paradisa*）。後來為了慶賀孫女的誕生，這別墅名去掉了前面的「*Para*」，變成「狄莎別墅」（*Villa Disa*）。狄莎生命的前十五個寒暑就是在這兒度過的，後來又因「健康因素」回到這個地方（這是國人的印象）。其實，她是流亡皇后，至今仍住在這裡。

冷珀革命爆發之時（一九五八年五月一日），她在情緒激動之下，用女家庭教師的英文給國王寫了封信，要他趕快來跟她會合，待在她身邊，直到局勢明朗之後再回國。這封信給昂哈瓦警方攔截了，由一個信印度教的極端黨人翻譯成粗鄙的冷珀文，再由宮中一名沒有腦袋的指揮官用諷刺的語調，裝腔作勢地大聲唸給被俘的國王聽。信中有一句真情流露（謝天謝地，幸好這樣的句子只有這麼一句）：「我希望你知道，不管你對我的傷害有多深，都傷害不了我對你的愛。」怎料這句翻譯之後完全走調，如果我們再從冷珀文還原回來則成：「你用鞭子抽打我的時候，我很想要你，愛你。」國王要那指揮官住嘴，罵他是小丑、渾蛋，還把在場的每一個人都重重羞辱一番。極端黨人見狀不得不趕緊做個抉擇，看是要當下把國王槍斃，還是把皇后寫給他的信還給他。

最後，國王終於設法跟她連繫上，讓她知道他被幽閉在宮中。

勇敢的狄莎匆匆離開蔚藍海岸，企圖回到冷珀。幸好，她沒成功。
萬一她真踏上國土，必然會立刻遭到監禁，這麼一來就會影響到
國王的逃亡，要脫身必然加倍困難。保皇黨人把這些單純的考量
傳達給她，她只好在斯德哥爾摩滯留，然後懷抱著挫折和憤怒回
到棲身之地（我想，她的憤怒主要是因為這訊息是她很討厭的一
個表哥——綽號叫「拜乳教教主」的老色鬼——告訴她的。）過
了幾個禮拜，由於聽到丈夫已被處死的謠傳，她更焦躁不安了。
她再度離開土耳其角，前往布魯塞爾，在那兒包機準備飛往北方。
這時，接獲歐登傳來的新訊息，說國王和他已逃出冷珀，她該悄
悄回到狄莎別墅，等候更進一步的消息。同年秋天，拉文德通知
她說，有一位先生將代表她的丈夫前來和她商討夫妻海外共有資
產事宜。她坐在藍花楹下的台階，給拉文德寫信，字字悲悽，在
這當兒有個身材頎長、頭髮剃光、留著鬍子的客人遠遠地從花叢
陰影中走來，手捧一束以狄莎為名的野生蘭花⑱，一邊走一邊偷覷
著她。她抬頭一看，不管是墨鏡或是化妝成什麼樣子，都騙不了
她。

　　她最後離開冷珀之後，國王曾經去看過她兩次，後面那次是
在兩年前。時光荏苒，許久不見，再度相見時，肌膚白晰、秀髮
烏黑的她，又增添了一種新的光彩，她的美益發成熟、憂鬱。在
冷珀，女人大都金髮碧眼，臉上還有雀斑。我們有句俗話：「*belwif
ivurkumpf wid snew ebanumf*（美女該美得像嵌有四塊烏木的
象牙羅盤花樣）。」狄莎的美正是如此，比例勻稱。另外還有一些
特點則是我讀了《幽冥的火》一詩之後才發現的。其實初讀之時，
我的眼給失望的迷霧矇蔽了，那霧很濃且熱騰騰的，教我看不清，
重讀之後那霧才散去。我指的是謝德描寫太座的那幾行詩（261
-267 行）。他在描繪那幅詩意盎然的肖像時，畫中人的年紀足足比

---

⑱野生蘭花：學名 Disa uniflora 的蘭花。

狄莎大上兩倍。我不想以粗俗的說法談論這種敏感的話題。事實是，六十歲的謝德，以一顆仁慈、高貴的心，把太座身上留存的不食人間煙火、永恆的一面，表現在同時代的另一個女人身上。說也奇怪，我最後一次在一九五八年九月見到狄莎的時候，三十歲的她和謝德在《幽冥的火》詩行中描繪的那幅理想的肖像，竟然十分神似。當然，她和謝德夫人那個老女人一點都不像。那幾詩行其實是那個女人理想化、美化的模樣，這個形象與那天下午藍色台階上的狄莎王后，兩者的相像却是渾然天成。我想，讀者會欣賞這種奇妙的現象，若是看不出來，寫什麼詩、再為詩加上什麼評注，甚至不管寫什麼，都沒意思了。

她似乎也比以前要沉靜寡言，也比較懂得自制了。以前，她脾氣暴躁，不時發飆，不僅在冷珀的婚姻生活是如此，國王前幾次與她相會也不好受。剛結婚那幾年，在她大動肝火之時，國王還曾希望澆熄她的怒火、平息她的怒氣，努力使她用理性的觀點來看自己的不幸。然而，這事真是吃力不討好，讓他不勝煩擾。他慢慢學聰明的，在她砰地一聲把一扇又一扇的門關上，漸行漸遠之時，樂得眼不見為淨，她滾愈遠愈好，愈久愈好，用不著自討苦吃把她找回來。國王也很高興能夠離開王宮，去鄉間隱匿。

在有如災難的婚姻初期，他曾費盡九牛二虎之力想佔有她，但徒然無功。他說，他從來就沒做過愛（沒錯，他的確未曾與女人做愛過，但這話聽在她耳裡，無非是指他那話兒無能為力）。狄莎為了盡人妻的義務，不得已只好扮演一個高級妓女，像在應付一個太嫩或太老的嫖客。對這一切，國王也只能忍耐。他曾做過類似的比喻（主要是想解脫），結果讓她氣得暴跳如雷，場面很難看。他只得強迫自己服用壯陽藥，但她的欲火不幸總是燒得太早，讓他倒盡胃口。一天夜裡，他試服虎鞭茶，希望能夠在床上變成生龍活虎。他不該求她配合這個權宜之計。她也很絕，厲色痛斥這種做法變態、噁心。最後，他告訴她說，很久以前他有一次騎

馬發生意外，他因而漸漸變成殘廢，不能人道，但要是跟同伴乘風破浪，多洗洗海水浴，必然有益於精力的恢復。

有關國王的風言風語無可避免地傳到她耳裡的時候，剛失去父母的她，也沒有什麼真正的朋友可以給她解釋或相勸，她的驕傲也不容許她去和宮廷侍女討論這一類的事。她倒是讀了不少書，且從書中發現我們冷珀男人所有的怪癖，於是她把自己不解人事的憂傷好好隱藏起來，擺出世故與不屑的表情。他認為她這態度轉變，是可喜可賀之事，嚴正地宣布自己已經棄絕——至少有一天會棄絕——那些年少時的癖好。但沿路盡是強大的誘惑，吸引他的注目。他不時屈服於這些誘惑之下，接下來每隔一天就出去一次，後來竟然一天跑出去好幾次——特別是在莎士包爾男爵哈爾法當權的時候，玩得更是厲害。哈爾法天生是個畜生（「莎士包爾」（Shalksbore）這個姓氏，意思是「無賴莊園」，很有可能是從「莎士比亞」（Shakespeare）這個姓氏演變出來的）。「拜乳教教主」就是他的仰慕者給他取的封號。他身邊圍著一大群雜技演員和不用馬鞍騎馬的騎士⑱，他們簡直把王宮搞得天翻地覆。一次，狄莎從瑞典出訪歸南，發現王宮裡面竟成了馬戲團。他再次保證痛改前非，下不為例，可這樣的保證一再跳票。儘管他已經盡可能小心，又給逮個正著。最後，她在絕望之下，遠走他鄉，到蔚藍海岸定居，索性讓他跟一幫甜言蜜語的孌童鬼混。那些孌童是從英國進口的，像伊頓公學⑱的男生，戴著雪白筆挺的硬領。

他對狄莎到底懷有多少感情？他以友好的冷漠和冷酷的尊敬對待她。即使是在新婚蜜月之時，他也沒感到什麼柔情或興奮，

⑱不用馬鞍騎馬的騎士：bareback rider，影射放縱的性行為。
⑱伊頓公學：Eton School，英國著名貴族學校，一四四〇年創辦於伊頓，只收男生英國首相及政商名人的搖籃。

只有惋惜與心痛。當時的他，和以往一樣吊郎當兒，沒心沒肺的樣子。然而，在兩人決裂的前後，夢中的他的確盡了很大的努力，希望能夠破鏡重圓。

他常夢見她，夢中的他對她的愛還熱烈得多，遠勝過在表面的生活中給她的保證。在他一點都不把她放在心上或是完全不管她死活的時候，往往會夢見她。她在他的潛意識現身，就像童話中浴火重生的鳳凰。他對她的感情本來是像枯燥乏味的散文，由於這些令人心碎的夢，卻變成動人、奇妙的詩歌。這感情的波濤即使已從澎湃洶湧轉為風平浪靜，仍會閃閃發光，讓他一整天不得安寧，夢中的痛楚與和富麗又回來了。接下來只有痛的感覺，在這之後則只有閃爍的反光。然而，他對真實生活中的狄莎還是依然故我。

她的身影一再地來到他的睡夢中，不是焦躁不安地從遠處的一張沙發站起來，就是去找那個據說前腳剛走出布店的信使，或者思索流行的變化。但是那個狄莎身上穿的，仍是玻璃工廠發生爆炸的那年夏天他看到她穿的那身衣服；她上個禮拜穿的也是一樣，在先前其他時候也是如此——她身上穿的永遠和那天一樣，也就是他第一次向她坦白他不愛她那天。那是絕望的義大利之旅中的一天，兩人在湖畔飯店的花園，園裡有玫瑰、黑黑的南洋杉、長了鏽斑的淺綠繡球花。時值黃昏，萬里無雲，遠山在夕日的暮靄中浮沉，桃紅色糖漿般的湖面泛著淺藍色的漣漪。石堤旁骯髒的地面上，有一張攤開來的報紙。浸漬在汙水中的報紙變得半透明，標題仍清晰可讀。她聽到他開口說出那句話之後，就以一種極彆扭的姿勢坐在草地上。她雙眉緊鎖，愣愣地看著一根草稈。他馬上收回方才說的，但那震驚已使鏡子碎裂，破鏡難圓。從此，在他的夢裡，她的身影又受到那次告白的影響。那影響就像疾病，或是某種難以啓齒的手術後遺症。

做什麼夢並不重要，重要的是他在夢中不斷否定他不愛她這

個事實。他在夢中對她的愛，就感情基調、心靈的激情或深度而言，都是他表面生活不曾有過的。這種愛像是他在沒完沒了地絞扭著兩隻手，像是靈魂在絕望和悔恨的無盡迷霧中跌跌撞撞。這夢從某種意義來說，也是巫山雲雨之夢，夢中洋溢著柔情，他渴望頭枕美人膝，咽咽啜泣，讓可怕的過去在淚水中流逝。他在夢裡驚覺，她是多麼年輕、多麼無依無靠。這夢要比他的現實生活要來的純潔。然而，夢中瀰漫的情慾却不是來自她的身體，而是源於他背著她偷偷交往的女人——像是下巴突出如戽斗的菲瑞妮婭，還有那穿著篷裙、漂亮的蒂曼德拉——儘管如此，這些色欲渣滓只是漂浮在水面，因此不打緊，寶藏仍沉沒在深處。他看見有個親戚在跟她說話，但那人站得遠遠的，因而面目模糊。她飛快把手裡的東西藏起來，伸出彎彎的手讓他親吻。他知道事跡又敗露了。方才她在他的床上發現一只馬靴——無庸置疑，這就是背叛的證據。她那蒼白、光潔的額頭上冒出一顆顆汗珠，但在這種時候，不巧有人來訪，嘮嘮叨叨個沒完，她也只能耐著性子聽下去。或是工人胳膊下夾著梯子來了，朝向那扇破窗，他點點頭，抬頭看，她得告訴他要怎麼做。一個人——像是一個堅強而無情的做夢人——對她的悲傷和驕傲，或許可以容忍，但是却無法忍受她那種機械般的微笑。在她不得不從得知真相的痛苦轉移，保持風度處理瑣事的時候，像是取消燈會，跟護理長討論醫院裡的兒童病床，或預訂兩客在濱海洞穴吃的早餐——而他，這個無病呻吟的做夢人，透過她的日常絮語，透過她加上動人手勢的客套話，察覺到她靈魂的錯亂，意識到一種可恨的、使她蒙羞的無妄之災降臨到她頭上，只有在面對無辜的第三者（她一向對他們親切），為了顧全禮節，她才能夠勉強擠出微笑。你如果仔細看她臉上散發的光彩，可以想見等訪客一走，這張臉會立刻黯淡下來——那蛾眉輕顰，那個愛做夢的人永遠也忘不了。同樣在那湖畔草地，他會再度伸出手，扶她起來。湖水在高高的欄杆間流動，

不久兩人在一條無名小徑並肩散步。他覺得她面帶一絲笑意，偷瞄著他，然而他強迫自己面對那探詢的目光時，她却消失無蹤。一切都變了，人人幸福快樂。到他下定決心，要立刻找到她，告訴她他愛她的時候，前面的觀眾人山人海一樣，讓他出不了門。紙條從一隻手傳到另一隻手，不知傳了幾手，輾轉傳到他手中，通知他說：她沒空；她在為煙會揭幕；她改嫁給一個美國商人；她變成小說中的人物，甚至她已香消玉殞。

現在的他，在她的別墅台階坐著，談起自己九死一生從宮中脫逃的經過，心中倒沒有這種不安。說到連接劇院的地下通道，她聽得津津有味，也試著想像他在山裡連滾帶爬的樣子，就是野丫頭的那一段教她不快，但是她那副表情好像寧願他跟那個不要臉的丫頭爽快一番。她厲聲叫他跳過這段插曲，他就像扮小丑般微微向她敬個禮。但他大談政治局勢（兩位蘇聯將軍最近剛剛出任激進黨政府的外國顧問）的時候，她的眼神又像平常那樣茫然、空洞。

如今他既已安全脫逃，從恩布拉角⑱到恩布倫灣⑱冷珀那一大片藍色國土即使統統沉入海底，她也覺得無所謂。她見他削瘦對他的關心勝過失去王國一事。她隨隨便便問問皇冠在哪，他透露說找了沒有人找得到的地方好好藏起來了，她聽了之後，像要融化在快樂中，高興得像個小女孩。不知有多少年，她從來沒這麼高興過了。他說：「我的確有些正事要跟妳討論。這些文件請妳簽名。」

電話線和玫瑰藤蔓沿著花園棚架上攀爬而上。從前在王宮服侍她的一個女侍去閨房拿文件來。她就是那慵懶而優雅的芙蕾，

---

⑱恩布拉角：Embla Point，參看索引。恩布拉之名源於北歐神話中人類的始祖，諸神在殺死巨人意米爾（Ymir）之後，創造了世界，之後又創造了一男一女兩個人，男的叫亞斯克（Ask），女的叫恩布拉（Embla）。
⑱恩布倫灣：Emblem Bay，參看索引。

烏黑的秀髮上依舊戴著珍珠和傳統純白花邊頭紗（現在已四十好幾，人老珠黃了）。她在月桂樹後面聽到那溫柔的嗓音就認出他來。萬一先瞧見他的模樣，可能會被那高明的化妝術騙了。兩個有拉丁氣質的俊俏男僕端茶上來時，正好看見正在屈膝行禮的芙蕾。這時突然飄來一陣帶有大豆臭黴味的微風。真是殺風景。芙蕾採了與狄莎同名的野生蘭花就要轉身離去時，國王問她是否還在拉中提琴。她搖搖頭，既然不能尊稱國王，就不好開口說話，更何況那些男僕可能會聽到。

又只剩他們兩人。狄莎很快就找到了他要的文件。辦完正事，兩人又閒聊了些有趣的小事，像是歐登想在巴黎或羅馬拍攝一部改編自贊巴拉傳說的電影。他們倆都很好奇，到底歐登要怎麼呈現那個「屍廳」⑲的場景——在那地獄般的大廳，細雨般的毒液不斷從霧濛濛的拱圓屋頂飄散而下，讓謀殺犯的靈魂飽受折磨。這次見面大抵來說至為圓滿，只是她的手碰觸到他坐的那把椅子的扶手竟微微顫抖。現在還是得小心。

「今後可有什麼打算？」她問道：「為什麼不待在這兒？你愛待多久，就待多久。留下來吧。我不久就要去羅馬了，整個房子都可以交給你。想想看，這裡可以留宿四十個客人，四十個阿拉伯大盜呢。」（這麼說顯然是花園裡那些巨大的陶土甕給她的靈感。）

他答道，明天要去巴黎辦事，下個月就去美國。

為什麼要去美國？去那裡做什麼呢？

教書啊。跟聰明、可愛的年輕人研究文學經典之作。從現在開始，他可以浸淫在這種嗜好了。

「當然啦，不知道……」她咕噥著說，目光移到別處。「不知

---

⑲屍廳：narstran，「nar-」來自古代通行冰島的北日耳曼語中的「屍體」，「strönd」北歐神話中的「海灘」。

道你會不會反對我去紐約？或許不會吧。我想去紐約一、兩個禮拜，不是今年，而是明年。」

他讚美她身上那件鑲了銀色亮片的短外套。她回他：「那又怎樣？」「妳的髮型也很好看哩」。她感傷地說：「那又有什麼用？什麼都沒用啦。」他微笑，站起身來，輕聲地說：「我得走了。」她說：「吻我。」他懷裡的她，像個虛弱、顫抖的布娃娃。

他往大門走去，在小徑轉彎的地方回頭一瞥，發現她那遙遠的、白色的身影趴在花園桌上，無比悲傷的樣子，且有一種無力的美感。突然間，在他清醒的冷漠和夢中的愛當中升起一道弱的橋。那身影動了，他發現那根本不是她，而是可憐的芙蕾在收拾茶桌的文件（參看 80 行評注）。

一九五九年的五、六月間，我在與謝德黃昏漫步的時候，把這些妙不可言的材料提供給他。他大惑不解地望著我，對我說：「查爾士，你說的這些很有意思。可是我有兩個問題：有關你們那位可怕的國王，你怎麼知道這些不為人知的細節都是真的？還有，如果說那些人還活著的話，我們怎能將他們的隱私藉由出版公諸於世呢？」

「親愛的約翰，」我急著回答他，但語氣不失溫柔：「別擔心這些小事。一旦你把這些材料轉換成詩行，那些材料即使是死的，也會變成活的，而那些人物也會活靈活現。經過詩人純化過的事實不會傷害或冒犯到任何人。真正的藝術是超越虛浮的榮譽的。」

「當然，當然，」謝德答道：「如果我們能隨心所欲地駕馭文字，就像訓練跳蚤做馬戲表演，讓牠們拉小車載其他跳蚤一樣。當然。」我們沿著山路往下走，走向大大的夕陽，我繼續說：「此外呢，等你的詩一完成，冷珀的光輝和那首詩的光芒交融，我打算告訴你一個驚人的真相、一個天大的祕密。到時候，你就放心啦。」

468 行：拔槍

葛雷德斯在開車回日內瓦的途中，心裡在想，他什麼時候才用得上那傢伙——也就是那把槍。那天下午熱得教人受不了。湖面像是有一片片要剝落的銀鱗，還映照出些許的雷雨雲砧⑲。他正像許多做了一輩子的玻璃工人，可從水的光澤與波動頗為準確地推測水溫。他判斷現在至少有二十三度。他一回到旅館，就打一通長途電話回總部。這通電話結果成了可怕的經驗。這個陰謀分子心想，如果用鐵幕裡的語言，必然會引人側目，於是決定用英語。說得確切一點，該是破英語，沒有時式，也沒有冠詞，有一個字還用兩種發音，但兩種都是錯的。此外，由於他們依照一套巧妙的系統（鐵幕國家中的老大哥發明的）來處理兩組密碼。例如，總部方面提到「寫字檯」，指的就是「國王」，但葛雷德斯指「國王」的話，就要說「信件」。這樣溝通因而極其困難。結果，雙方都忘了某些詞語在對方的字彙裡代表的意義，愈說愈糊塗，白白浪費了不少電話費。這種交談像是字謎遊戲，又像在黑暗中進行障礙賽跑。好不容易，總部終於歸納出一個結果：如果闖入狄莎別墅，仔細搜索王后的寫字檯，必然能從國王寄給她的信得知他的行蹤。然而，葛雷德斯實在沒有這樣的意思，他只是想把上次去萊克斯找拉文德的事做個報告。他很懊惱，總部竟然沒有派他去尼斯尋找國王，而是得留在日內瓦等著託運罐裝鮭魚。不過，有件事他明白了：下次不要打電話，應該打電報或寫信。

470 行：黑人

有一天我們談到「偏見」。先前，在教職員俱樂部午餐時，何教授有位客人。那客人是從波士頓來的一位垂垂老矣的名譽教授。做主人的何教授深表敬意地形容這個客人是「一位真正的貴

---

⑲雷雨雲砧：thunderhead，毛髮狀積雨雲特有之型，頂部展開似鐵砧。

族、出身自真正的藍血世家」（這位「貴族」的爺爺其實是在北愛爾蘭的貝爾發斯特賣褲子背帶的）。這位「貴族」碰巧提到在他們大學圖書館工作的一個新人，以自然而文雅的方式形容那個不怎麼討人喜歡的新人，說這人的祖先必然是「上帝的選民」（還輕輕地從鼻子發出哼的一聲，說得自己得意洋洋的樣子）。助理教授米夏・戈登——一位紅髮音樂家——聽了這話，直率地說：「當然囉，上帝可以挑選自己的子民，但人要擺出什麼嘴臉，自己也該好好選擇。」

我和我的朋友漫步走回我們那毗鄰的城堡時，四月的天空飄著柔柔的細雨。他曾在一首抒情詩中描寫這樣的細雨：

A rapid pencil sketch of Spring

鉛筆飛快描出春色

謝德說，在這世間他最厭惡的就是粗俗和粗暴，而種族歧視更是兩者完美的結合。他說，由於他是個文人，喜歡「某人是個猶太人（Jew）」的說法，勝過「某人是猶太裔（Jewish）」，認為與其說「有色人種」（colored），不如說「黑人」（Negro）。隨即又解釋說，像這樣一口氣道出兩種偏見，實在是輕率、唯恐天下不亂、一竿子打翻一船人的最佳例證（左翼分子就很愛用這一套），如此把歷史上兩個地獄混為一談：一個是凶殘的迫害，另一個則是野蠻的奴役傳統。

然而，（他承認）那些受難者流下的眼淚，在所有絕望的時代中，流的數目一樣的多。此外，或許我們可以發現，在那繫著金屬腰帶的私刑者和神祕的反猶分子之間，在他們鬼迷心竅的時候，面貌似乎有相像之處，有如來自同一家族（猴子般的朝天鼻或是呆滯得可怕的眼神）。

我說，我趕走了一個令人難以忘懷的房客（見前言）之後，不久就雇了個年輕黑人園丁（參看 998 行評注），而那個黑人園丁也愛用「有色人種」這個詞彙。謝德論道，由於他以文字營生，一天到晚在新舊文字間打滾，他強烈反對那個詞彙，不只是這樣的詞彙在藝術上有誤導之虞，而且意義視使用者和怎麼運用而定。他同意，雖然有很多有能力的黑人，認為「有色人種」是唯一讓他們覺得有尊嚴的字眼，沒有特殊的情感色彩，也沒有失禮冒犯之虞。由於他們的背書，使得其他體面的人種也跟著這麼說，然而詩人不喜歡人云亦云。不過，上流社會就是喜歡背書過的，因此現在就以「有色人種」來代替「黑人」，就像用「裸體」（nude）這個字眼，而不用「光著身子」（naked），且以比較文雅的「出汗」（perspiration）來取代勞力的「流汗」（sweat）一樣。不過，當然有時候詩人也歡迎用「裸體」來形容有小小凹陷的臀部石雕，也認為用「出汗」來指冒出來的汗珠沒什麼不可。他繼續說，然而我們也聽過有人在說什麼見不得人的事情時，用一種委婉得好笑的說法，像是某個「有色紳士」說了或做了什麼滑稽的事（這裡的「有色紳士」和維多利亞時期言情小說中的「希伯來紳士」成了一對寶。）

我不懂謝德反對「有色」這個字詞有什麼藝術上的根據。他解釋說：最早科學書裡的插圖，像是花、鳥、蝴蝶等，都是由水彩畫家辛辛苦苦手繪的。然而，有些印得粗糙或沒印好的版本，有些圖案就缺了顏色。如果我們把「白人」和「有色人種」這樣的詞彙放在一起，詩人總覺得就會讓人聯想到那些只有輪廓而缺了顏色的圖案，忘了這兩個詞彙本來的意思，只是想趕緊補上合適的顏色——像是為外來的植物塗上綠色和紫色、為一隻鳥兒全身羽毛整個塗上藍色，還有為扇形羽翼加上鮮紅色的條紋。「再說呢（他說），我們白人根本不是白色的，我們出生的時候是淡紫色的，然後變成淺淺的茶紅色，後來又變成各種令人討厭的顏

色。」

475 行：一個守衛，白髮、佝僂的時光老爹，

讀者應該會注意到「時光老爹」可以和 312 行對應得很妙。

490 行:艾克斯

艾克斯顯然是指艾克斯登，歐米茄湖南邊的一個工業城。那裡的自然史博物館很出名，展示櫃中陳列了許多鳥兒標本，都是山繆・謝德製作、收藏的。

492-493 行：她結束自己那年輕、可憐的生命

下面的這則評注不是為了自殺辯白，只是以簡單、嚴肅的筆法來描述一種精神狀態。

人頭腦愈清楚，對上帝的信仰愈是深切，一方面覺得很難抗拒從今生得到解脫的誘惑，另一方面自我毀滅這樁可怕的罪，帶給人的恐懼也很大。我們先探討這種誘惑。關於這點，正如我們在其他地方的評注更完全的討論（見 550 行評注），如果認真想過任何形式的來世，必然對上帝要有某種程度的信仰，這是無可避免，也是必然的。反過來說，對基督教有深刻的信心，必然也會相信靈魂會復活。

這種死而復活的觀點不一定要合乎理性，也就是說不必精確呈現個人幻想的特點，也不需要亞熱帶東方庭園的氣氛。其實，一個虔誠的冷珀基督徒已知，真正的信仰沒有什麼圖片或地圖可以依循，而是愉悅的期待，像是待在溫暖的雲霧中靜靜地享受。舉一個實在的例子：小克里斯朵夫因為父親被派到國外任職，因這是終生職，所以全家即將移民到那遙遠的國家。小克里斯朵夫只有九歲或十歲，因為身體羸弱，這趟搬遷的一切，從出發到抵達，都得靠父母兄長來打點（他對他們依賴之至，認為人家幫忙

他是理所當然，因而無法覺察自己的依賴了）。等待他來到的那個新地方有什麼特別之處？他無法想像，也不去想。他依稀覺得，那個地方要比現在的家來得好，儘管現在的家有棵大橡樹、有山、有屬於他的小馬、公園、馬廄，還有老馬夫葛林──那個老傢伙見四下無人之時會逗著他玩。

我們也該有這種單純的信心。讓我們心中充滿這種全心全意的依靠，有如置身神聖的迷霧之中。怪不得這是很大的誘惑；怪不得有人會帶著做夢般的微笑，把小小的手槍放在掌心，掂掂重量──那槍大小如城堡大門鑰匙或是男孩用的錢包，還有個麂皮套；怪不得有人會從欄杆俯視下方的萬丈深淵之時，覺得那深淵好像在召喚他。

這些意象是我信手拈來的。有些純粹主義者主張，如果一個紳士要自我了斷，該用兩把手槍對著自己左右兩邊的太陽穴，或是用一把光溜溜的 *botkin*（匕首）⑲（注意這個英文字的拼法），而淑女不是應該吞服毒藥自盡，就是乾脆和那笨手笨腳的奧菲麗亞一起淹死算了。有些小人物或許喜歡利用各種窒息的方式來結束自己的生命。二流詩人甚至會用一些花招來尋求解脫，像是躺在寄宿宿舍通風浴室的老式四腳浴缸內割腕自殺。這些方式都不夠保險，而且不乾淨俐落。脫離自己肉身的方法有限，其中最好的一種就是從高處落下，落下去，落下去，不過你得小心挑個窗台或斷崖，才不會傷到自己或別人。即使你不會游泳，也不建議

---

⑲ botkin：此字暗藏玄機，如果參看索引中的「botkin」，大寫「Botkin」指來自蘇聯的學者波特金，小寫「botkin」則又拼成「bodkin」，指一種丹麥匕首。見《哈姆雷特》（*Hamlet*），第三幕第一景 69-77 行：who would bear the whips and scorns of time,… When he himself might his quietus make / With a bare bodkin... / But that the dread of something after death, / ...puzzles the will...?（「哈姆雷特：否則誰能忍受時間的鞭笞、嘲諷⋯⋯／但願能悄悄一刀了斷⋯⋯／若非恐懼身後事⋯⋯」）

你從高高的橋上一躍而下，因為風向和水流難料，說不準會出現什麼怪事；悲劇的高潮該不會是跳水破紀錄或是警員因此得到升遷。如果你在高聳入雲的商業旅館訂了間房間，旅館外牆就像明亮的鬆餅，一格格亮晶晶的。你住的是 1915 或 1959 號房，你把窗戶拉起來，不是跌下去，也不是用跳的，而是把身子探出去，像是要透透氣一樣，然而在你了無牽掛墜入自己地獄的瞬間，說不定會壓死一個牽狗出來悠遊的夢遊者。因此，選一間普普通通、堅固的老屋子，從後面房間上方的屋頂一躍而下，可能比較保險，地上的貓想必可以一溜煙地逃開。

從高空跳下來，還有一個常用的方式，也就是爬到五百公尺高的山頂上垂直跳下。不過，你得事先勘查一下，你會訝異偏差角度很容易計算錯誤，而且有些突出的地方可能看不出來，還有呢，巉崖搞不好會跑出來接住你，把你彈到灌木叢裡，壞了你的好事，讓你苟活。最理想的下墜法，莫過於飛機上往下跳。你肌肉放鬆，機長不解，你把收好的降落傘解開、扔了，不要了——再見啦，*schootka*（小雪橇）⑲！於是，你就下去了，在你以慢動作在空中翻跟斗時，你覺得自己在半空中飄盪浮懸，就像隻困倦的翻飛鴿⑭張開翅膀仰臥在空中的鴨絨墊上，或者慵懶地抱著枕頭，享受生命的最後一刻——那柔軟、深沉、充填著死亡的生命。你覺得綠色大地像蹺蹺板，一下子高，一下子低。你伸展四肢，加速俯衝，這酷刑竟有無限的快感。你聽見風颯颯地響，然後你那可愛的身軀便消失在上帝的懷裡。假如我是詩人，一定會寫一首頌歌，溫柔地勸你閉上雙眼，把自己完全交託給對你甜言蜜語的死亡——這絕對安全。這時，你有一種預感，你欣喜欲狂地感

---

⑲ schootka：在俄文中，此字意謂「玩笑」。這裡的「玩笑」與契訶夫在一八八六年發表的短篇小說《小玩笑》（*Chutochka*）有關，其中提到用雪橇滑雪（chute）和擔心跌下去。

⑭ 翻飛鴿：tumbler pigeon，一種喜愛俯衝翻跟斗的鴿子，又叫 roller。

受到你那解脫的靈魂已在上帝的擁抱中，那種擁抱是無邊無際的，你像泡在溫熱的水中，覺得自己肉體漸漸消融，宇宙的未知吞噬自身那渺小的未知——然而那渺小的未知却是一個人短暫的存在唯一真實的部分。

靈魂崇拜上帝，在祂的指引下走過塵世，而靈魂瓦解時，祂的印記亦無所不在——在小徑的轉彎處、在岩石的圖案上，也在冷杉樹幹的刻痕上。每一個人的命運之書都蓋著祂的浮水印。我們怎可懷疑祂不會生生世世永遠保護著我們？

因此，有什麼可以阻止這種轉變？什麼可以幫助我們對抗這麼大的誘惑？我們心中的欲望在燃燒，想要與上帝合而為一，又有什麼可以阻擋這種欲望？

天天在汙穢打滾的我們，如果用自殺這椿罪惡來結束所有的罪惡，上帝或許會原諒我們吧。

501 行：紫杉

詩中的「if」是紫杉的法文。奇怪的是，在冷珀文中，代表「垂柳」的字也是「*if*」（冷珀文中的「紫杉」則是「*tas*」）。

502 行：一顆巨大的馬鈴薯

這個拙劣的雙關語故意放在這個名言之處，是為了強調對死亡的不敬。記得以前在學堂上曾讀過一本法文珠璣集，收錄法文的名句、格言，拉伯雷的 *soi-disant*（臨終之言）也在其中：*Je m'en vais chercher le grand peut-être*（我將去追尋偉大的或許）。

503 行：來世預備學院

一方面基於品味，另一方面是本人擔心吃上誹謗官司，使我不能透露這家高等哲學學院的原名。詩人在這一章，對這家學院

開了許多異想天開的玩笑。高等哲學（higher philosophy）的縮寫「HP」，讓學生聯想到「Hi-Phi」（高傳真）這種縮寫。謝德也高明地把「IPH」轉換為發音近似的「IF」，以諷刺這家學院。這所學院位於美國西南的一州，景色如畫，但到底是哪一州，我們在這兒不便言明。

有件事，我還是不得不說：我強烈反對詩人在這一章的詩中，以輕佻的筆法來處理性靈希求的種種。這種希求只有透過宗教才得以滿足（請參看 549 行評注）。

549 行：那學院藐視眾神，包括偉大的 G

這正是重點所在。我認為沒把握這一點的不只是那間學院（見 517 行），詩人自己也是。對基督徒來說，如果我們的永生沒有上帝的參與，那是無法接受，也是無可想像的。這意味著，我們如果犯了罪，都會視罪行大小而定，得到應得的懲罰。我的小記事本剛好記錄了幾則我在六月二十三日和詩人的對話。那是「在我家台階下完一盤棋，合局。」這番話語很有趣，讓我們更能了解詩人對這個主題抱持的態度，抄錄如下。

我曾說過我的教會和詩人所屬教會有所不同——忘了在什麼樣的情況下說的。請注意，我們冷珀的新教雖然和聖公會的「高級教會」關係密切，但還是有自己的特色。我們宗教改革的領導人是一個天才作曲家，因此禮拜儀式充滿富麗的樂音。我們兒童詩班的嗓音是全世界最甜美的。喜碧雖然來自天主教家庭，她親口對我說，她從少女時代，慢慢有了「屬於自己的宗教」，這種宗教充其量是三心二意般的信奉某種帶有異教色彩的宗教，最壞的情況不過是半吊子的無神論。然而，她不但使她的丈夫背棄祖宗代代信奉的聖公會，甚至拋棄了一切聖事。

我們剛好談到，今天在一般人的心裡，「罪」總是一個混混沌沌的觀念，不知此「罪」和跟肉身相關的「犯罪」不同，老是混

淆不清。我稍稍提到小時候參加過的教會禮拜儀式。我們告解是去一個裝潢得富麗堂皇的告解室。牧師只聽得到我們的懺悔，看不到我們的人。要告解的人手拿著一根細細長長、點燃的蠟燭，站在牧師椅子旁邊。那椅子靠背很高，形狀就像蘇格蘭國王在加冕典禮中坐的椅子。由於我是個有禮貌的小男孩，總是擔心那滴個不停的燭淚會弄髒了牧師的紫黑色袖子。我的手指關節已經被燙出一個個小小、硬硬的痂。燭火照亮牧師的耳朵，那一圈圈的耳就像貝殼，也像朵光潔的蘭花，但用這迴旋狀的接受器來承載我那些小小的過錯似乎嫌太大了。

謝德：那七宗罪都不是什麼滔天大罪，只是小小的過錯，但是如果少了驕傲、色慾和怠惰，就沒有詩了⑲。
金波特：如果為了術語過時而反對，是否公平？
謝德：所有的宗教都是以過時的術語做為基礎。
金波特：所謂的「原罪」永遠不會過時吧。
謝德：這我就不知道了。其實，我小時候總認為這就是指該隱殺了亞伯那件事⑯。我個人倒同意那些吸鼻煙老頭兒的看法⑰：*L'homme est né bon*（人性本善）。
金波特：可是忤逆神的意志就是罪的根本定義。
謝德：對我不知道的事，我怎麼忤逆！如果是不知道的事，我該

---

⑲七宗罪：六世紀末的教皇萬雷格里一世（Gregory I, 590-604）把所有的罪分成七項，謂人所犯的罪都可以分為七類：驕傲、憤怒、妒忌、淫慾、饕餮、懶惰和貪婪。雖然聖經中沒有任何一段經文同時提及這些罪惡，卻分別在多處判定這些是罪。

⑯該隱殺了亞伯：見創世記第四章第一節：該隱是亞當與夏娃的長子，是個種地人，弟亞伯是牧羊人。由於耶和華悅納亞伯及其供物，不中意該隱及其供物，該隱妒忌，就在田間殺死亞伯。

⑰吸鼻煙老頭的看法：相傳守靈夜吸鼻煙，可以壓住死亡氣息。《尤里西斯》第六章，注三十九。

有否認的權利吧。

金波特：嘖，嘖，難道你也否認這世上有罪惡？

謝德：我只能說出兩種罪惡：一是謀殺，另一是故意折磨人，使人痛苦。

金波特：那麼，一個人離群索居，過著絕對孤獨的日子，就不會犯罪了嗎？

謝德：他還是可以折磨動物啊，可在他住孤島上的泉水裡下毒，而且可以在死後發表聲明，對一個無辜的人提出控訴。

金波特：因此通關密語是……？

謝德：憐憫。

金波特：那麼，是誰把這種觀念灌輸到我們腦子裡的呢？誰是生命的法官？誰是死亡的設計者？

謝德：生命已是一大驚奇。為何死亡不會是更大的驚奇？

金波特：我懂你說的了。一旦我們否認個人來世的計劃和管理是由上帝所主宰，勢必要接受進入永生純屬偶然這種可怕得無可言喻的觀念。試想這種情境：在整個永生中，我們可憐的鬼魂陷入無以名之的沉浮當中，沒有求助、沒有指引、沒有支持，也沒有保護，什麼都沒有。可憐的金波特之魂與謝德之魂，可能會闖下大禍，或許在那兒轉錯了彎——只是因為心不在焉，或者只是在這荒謬的生死遊戲中沒注意一條無聊的規則——如果有任何遊戲規則的話。

謝德：下棋可是有遊戲規則的，例如西洋棋就禁止雙重解法。

金波特：我想到的是那些魔鬼法則，一旦我們了解，那些法則立刻會被對方打破。這也就是為何妖法邪術也有失靈的時候。魔鬼與我們立下誓約，又用種種千奇百怪的方式來背叛我們，讓我們再度任機運擺布，陷入混亂。即使我們用必然來干預偶然，讓沒有神存在的決定論及因果的機械論以超統計學給與我們死後的靈魂若有似無的安慰，我們仍必須去思索個人的災禍，像是在冥界

的獨立紀念日發生的第一千零二次車禍。不，不，如果我們要認真討論來世的問題，就不要把來世貶低到科幻小說的層次或者靈魂出竅的個案。若是一個人的靈魂墮入無邊無際而且混亂的來世，且沒有上帝的指引⋯⋯

謝德：在轉角處，不是總有接引亡靈的人⑱？

金波特：那個轉角可沒有。要沒有神的指引，靈魂只能依靠軀殼殘餘的灰燼，憑藉以前在肉身的禁錮中得到的一點經驗，沒有廣大的視野、見識，只會墨守成規，而且所依賴的個性還有著一條條自身牢籠投射的陰影。在宗教的心靈中，一點也不能接受這種想法。即使一個人是高傲的異教徒，放下自己的驕傲，乾脆接受神，豈不是比較明智的作法？這種信仰一開始只是一點磷火，在肉體的生命即將結束即發出白色亮光，肉體毀壞之後隨即熠熠生輝。親愛的約翰啊，我呢，也曾一度對宗教產生疑惑。幸好，教會幫我撥雲見日，讓我知道別問太多，對無可想像的影像還是不要強求，那是如何也無法看得一清二楚的。聖奧古斯丁曾說過⋯⋯

謝德：你怎麼開口閉口都是聖奧古斯丁？

金波特：誠如聖奧古斯丁所言：「我們知道什麼不是神，但無法知道神究竟為何。」我想我知道神不是什麼：神不是絕望、不是恐怖、不是人拉開嗓門爭論的那個俗世，也不是在人耳裡漸漸消弭、最後遁入虛無的那種可怕的嗡嗡聲。我也知道這個世界不是偶然形成的。在宇宙形成的時候，不知怎麼神也捲入其中，成了重要因素。我想為這個因素正名，覺得不管是「宇宙心靈」、「初因」（First Cause）、「至尊」（the Absolute）、自然等，都不比「神」來得好。

---

⑱引靈人：psychopompos，希臘神話中的赫米斯（Hermes）就是引魂者，他引導死者的靈魂到冥河岸，把他們交給在冥河上擺渡的卡隆（Charon）。

551 行：碎片殘屑

我想在此對早先提到的一個評注（即 12 行評注）說兩句。在良心與學術研究精神兩者不斷辯論之下，我現在認為在那個評注中提到的兩行詩被一種急切的念頭扭曲、玷汙了。我沉浸在這些嘔心瀝血寫下的評注，陷入沮喪與失望，幾乎快到弄虛作假的地步。懇請讀者別在意那兩行詩（我擔心那兩行甚至不合韻律）。在這本書出版之前，我大可把那兩行刪掉，但如此一來，那條評注恐怕得全部重寫，至少大部分都得改寫。我可沒時間幹這種蠢事了。

557-558 行：如何在漆黑之中，找到那美麗大地／一個美得令人屏息、碧綠的小星體

這押韻的兩行，可說是這一章詩中最美的一對。

577 行：另一個

這絕非暗示在我友人的生命中還有另一女人。他在這小鎮上，把標準丈夫的角色扮演得恰如其分，正如在這鎮上仰慕他的人對他的期待。此外，他有懼內症，怕老婆怕得要死。我不只一次制止那些愛說長流短的人把他的大名和他的一個女學生的名字連在一起（見前言）。最近美國的小說家大都成了一個聯合英語系的成員，不知為何耽溺於文才、佛洛依德式的幻想以及可恥的異性戀情欲中，一個比一個更甚，於是把這個主題推向死亡。因此，我不想在這兒大費周章地介紹那個小姐了。畢竟，我對她幾乎沒有了解。一晚，我邀請他和謝德夫婦一起去參加一個小小的派對，以粉碎那些謠言。這件事讓我想起，該談談在紐懷這個荒涼小鎮有關邀請和回請的奇風異俗。

我查了我那小記事本發現，在我和謝德夫婦往來的那五個月

中，他們邀請我去他們家作客的次數共有三次。第一次是在三月十四日禮拜六那天，謝德府上設宴，在座的賓客還有下面這幾位：納托許達格（我天天在他辦公室和他見面）、音樂系的戈登教授（這人完全主導那天的談話）；俄文系系主任（一個滑稽學究，這人閉口要比開口好），還有三、四個可以互相替換的女人（懷孕的那位，我想該是戈登夫人，還有一位女士我完全不認識，飯後不巧坐在我隔壁，從八點到十一點一直在我耳邊喋喋不休，或者想要說服我。）第二次邀約是在五月二十三日禮拜六晚上，吃這頓飯人更少了，氣氛却一點也不熱絡。席間有史東（新來的圖書館員，謝德跟他就華滋史密斯的一些檔案該怎麼分類，討論到午夜）、納托許達格那個老好人（我們還是天天碰面），還有一個沒有噴身體芳香劑的法國女人（她為我描述加州大學語言教學的全貌）。第三次也是我最後一次受邀去謝德家，那次的日期我沒記在那本小記事本上，但我記得是六月的一個上午，我帶了張國王在昂哈瓦的宮殿平面圖去。那張圖很美，是我親手繪製，還加上各式各樣美麗的紋章。我還特地去找一種金色的顏料來畫。謝德夫婦很客氣，要我一定要留下來和他們吃頓便飯。在此，我得補充說明一下，儘管我事先表明葷腥不沾，但主人却沒有好好考慮到這點，結果刻意為我準備的蔬菜不是摻了肉片，就是被肉汙染了。我也想出一個巧妙計策來復仇。我也請謝德夫婦來我家吃飯，前前後後總共邀請過十幾次，他們只來了三次。每一次我準備的菜肴都是蔬菜，加以巧妙的變形，就像園藝家帕曼提耶⑲巧手變化馬鈴薯塊莖一樣；每一次我也都多請了一位客人來陪謝德夫人（說起這位女士——我可裝出尖尖、細細的女聲——對所有「a」開頭的蔬果都敬謝不敏，像是 artichoke（朝鮮薊）、avocado pear（酪

---

⑲帕曼提耶：Andre Parmentier，1780-1830，喜歡做植物變種實驗的美籍比利時裔園藝家。

梨）、African acorn（非洲橡實）等。）我發現和老女人同桌吃飯可教人倒胃口。她們的妝糊了之後，會把餐巾弄髒，而且在似笑非笑的遮掩下，企圖把卡在假牙和壞死的牙齦中間的覆盆子種籽弄下來──不弄下來這酷刑就沒完沒了。所以，我特別請年輕人，也就是幾個學生來作陪：第一次請的是某個要人的兒子，第二次是我的園丁，第三次就是那個女學生。她身穿黑色緊身衣，有著一張長長、白晰的臉，還塗了鬼魅般的綠色眼影。但她遲到了，謝德夫婦又很早就告辭，我想他們面對面的時間恐怕還不到十分鐘。我只好善盡主人之責，以留聲機唱片款待這位小姐，一直到夜幕低垂。最後，她打電話請某人來陪她去達爾威奇的一家「小飯館」吃飯。

584 行：母與子

Es ist die Mutter mit ihrem Kind（德文，母與子，參看664 行評注。）

595-596 行：指著他家地下室的水窪

我們都知道在那些夢被冥河水弄得溼淋淋的，而忘川的水也在老舊的水管中滴漏著，教人心煩心亂。在這一行後面，草稿上保留了四行起首有誤的詩句。我發現這四行的時候，覺得有一股冷颼颼的涼氣流過我那長而柔軟的脊髓，希望讀者也能體會這種毛骨聳然的感覺：

> Should the dead murderer try to embrace
> His outraged victim whom he now must face?
> Do objects have a soul? Or perish must
> Alike great temples and Tanagra dust?

272

死去的凶手此時面對慘死在他手裡的那個人，

他是否該擁抱那個受害者？

物體可有靈魂？還是到頭來

像偉大的廟宇和塔納葛雷陶俑一樣化為塵埃？

「塔納葛雷」⑳這個字的最後一個音節「葛雷」(-gra) 加上下面一個字（「dust」塵埃）的前三個字母 (dus-) 剛好是那個「shargar」（陰魂不散的歹徒）的名字。不久這個人就會找上我們的詩人，與詩人那發光發熱的靈魂相遇。沒有想像力的讀者可能會高聲抗議：「這純屬巧合。」我們還是讓他好好瞧瞧，很多像這樣子的組合不但是可能的而且還有幾分道理，我就看過一些，就像「Leningrad *used* to be Petrograd？」（列寧格勒以前不是叫做彼得格勒⑳嗎？），還有「A prig *rad* (read 過去式，古字，現已不用) *us*？（一個驕傲自大的人朗讀給我們聽嗎？）」

這四行真是教人拍案叫絕，要不是我向來以嚴謹的態度在做學問以及恪遵實事求是的精神，早就把四行插入詩中，再從原詩刪除四行（如 627-630 行比較弱的那四行），全詩行數仍然不變。

謝德是在七月十四日寫下這幾行詩的。那天葛雷德斯在做什麼呢？什麼也沒做。命運往往是因緣際會造成的。我們最後一次見到他是在七月十日傍晚，他離開萊克斯回到在日內瓦下榻的飯店。

接下來的四天，他在日內瓦悶得發慌。對閒不下來的行動派來說，有一個很有趣的弔詭就是，他們必須經常忍受長時間沒事做的折磨，不能冒險犯難的話，做什麼都覺得無聊。他就像很多

---

⑳塔納葛雷：Tanagra，在希臘中部的維奧蒂亞，這裡發現了很多陶俑。

⑳聖彼得堡在一九一七年二月革命二月革命後改名彼得格勒，一九二四年列寧去世後，改為列寧格勒，到一九九一年再改回聖彼得堡。

沒有什麼文化修養的人，什麼都拿來讀，像報紙啦、小冊子啦、別人塞到他手裡的傳單啦，連鼻子藥水和胃藥盒子附上的有好幾種文字的說明書也照看不誤。然而，這也只是退而求其次，滿足一下好奇之心罷了。不過，他視力不是很好，加上當地新聞也有限，他就百無聊賴地在人行道的咖啡座坐著發呆或是打瞌睡。

　　如果沒有事做，又精神奕奕，且不快哉，這樣的人就像君王。黃昏時刻在台階上從欄杆望去，凝視下方的燈火和湖泊，見遠山在餘暉中化為一個色澤昏暗的杏桃，看見針葉林烏黑的輪廓顯現在粉色的天際間，或者瞥見紅紅綠綠的波浪有如裙襬般在禁止進入、寂靜的沙灘旁翻滾——凡此種種，都可讓他那滿是怪誕念頭的腦袋生出極樂和狂喜。噢，令人懷念的的包斯可貝爾⑳！還有那些甜蜜的以及可怕的回憶，所有的恥辱和榮光、讓人發狂的預兆，以及那顆沒有任何黨員可以碰觸的星星。

　　星期三早晨，依然消息全無，葛雷德斯於是給總部打了個電話，表示再等下去也沒什麼意思，他打算轉往尼斯的寶藍飯店。

599-608 行：有誰能教我們一一點閱念頭……

　　這一段該讓讀者聯想到前一則評注提到的那四行絕妙的詩。僅僅一個禮拜，那「塔納葛雷陶俑化成的塵埃」就會與「國王的手」在真正的生命和真正的死亡中交會。

　　要是我們的查爾士二世沒逃脫出來，必然已經被處死了。萬一他要是在王宮和漣漪洞之間的路上被逮捕，肯定會面臨到這樣的命運。在亡命的路上，他只有幾次感覺到命運那肥肥粗粗的指頭在摸著他（就像一個可怕的老牧羊人在檢查女兒是否完璧一樣）。有一次就是從曼德佛山那潮溼、蕨草叢生的坡上滑落下去的時候（見 149 行評注），以及翌日登上一個虛無飄渺的高處，仰望

---

⑳參看評注 90 [13]。

藍色的穹蒼之時，發現有個幽靈在跟著他。那夜，不知有多少次國王頹坐在地上，決心等到天亮之後才走，免得又碰上什麼危險。

（我想到可是另一個查爾士⑳，身高六呎以上、皮膚黝黑的男人。）但這些只是身體反應，或者神經分岔吧。我很了解，如果國王被捕，就要被處決的時候，必然會表現得像 606-608 行描述的一樣，睥睨四周，然後

> Taunt our inferiors, cheerfully deride
> The dedicated imbeciles and spit
> Into their eyes just for the fun of it

> 嘲弄那些下賤的人，
> 痛罵那些忠心的白痴，為了好玩
> 吐口水到他們的眼。

讓我以一則反達爾文的格言來結束這則重要的評注：殺人者總是不如被他殺害的人。

603 行：傾聽遠方雞鳴

這一行讓人想起福德⑳最近寫的一首詩中的意象。他寫得可真美：

---

⑳另一個查爾士：英王查爾士二世（1630-1685）正是高高、黑黑的。克萊蘭登伯爵（Earl of Clarendon）海德（Edward Hyde）著《反叛史》（*History of the Rebellion*）描述查爾士二世在一六五一年在渥斯特之戰後逃命天涯，剛好也有這一段：「那夜，不知有多少次國王頹坐在地上，決意等到天亮之後才走，免得又碰上什麼危險。」

⑳福德：Edsel Ford，1928-1970 出身自阿肯色州的詩人。

And often when the cock crew, shaking fir

Out of the morning and the misty' mow

常常，公雞啼叫之時，抖落

黎明的焰火，穀倉旁一片迷濛

原詩中的「mow」是指穀倉旁邊的空地（此字冷珀文作
「muwan」）。

609-614 行：沒有人能幫助那流亡者等……

　這一段，草稿上有不同的版本：

Nor can one help the exile caught by death

In a chance inn exposed to the hot breath

Of this America, this humid night:

Through slatted blinds the stripes of colored light

Grope for his bed—magicians from the past

With philtered gems—and life is ebbing fast.

他落入死神魔爪，無人能救。　　*609

在這潮溼的夜晚，這熱氣騰騰的美洲，

他偶然投宿在一家小旅店：

五顏六色的光穿越一條條的百葉窗

撫摸他的床——昔日魔術師

帶來魔幻寶石——生命卻飛快消逝。

這裡把他「偶然投宿的小旅店」描述得很生動。我想在這些
評注中再說明一下：這旅店其實是一棟小木屋，浴室鋪有磁磚。

起先，一陣吵鬧得可怕的收音機音樂把我給吵死了。我以為這是對面的遊樂場傳來的噪音，後來才發現是在這裡露營的旅客搞的鬼。我想換個地方住，我人還沒走，他們倒早走一步。現在，這裡安靜多了，只剩惱人的風掃過枯白楊的瑟瑟聲，西當又成了一座鬼城。此時，這裡沒有人盯著我，沒有夏天來的傻瓜遊客，也沒有間諜。那個身穿藍色牛仔褲的小釣手也不再站在溪流中的石頭上。也許，這樣好多了。

615 行：兩種語言

英語和冷珀語，英語和俄語，英語和列托語㉕，英語和愛沙尼亞語，英語和立陶宛語，英語和俄語，英語和烏克蘭語，英語和波蘭語，英語和捷克語，英語和俄語，英語和匈牙利語，英語和羅馬尼亞語，英語和阿爾巴尼亞語，英語和保加利亞語，英語和塞爾維亞語，英語和塞爾維亞——克羅埃西亞語，英語和俄語，美語和歐語。

619 行：馬鈴薯芽眼

那個雙關語發芽了（參看 502 行詩）

627 行：偉大的蒼昊星

照推測，這該是得到蒼昊星教授的許可。但是把一個真實人物插入一個虛構的氛圍，要他個人依照狀況行事，即使這件事很有趣，那個人也很願意，這種手法還是失之庸俗，特別是除了詩人家庭成員，其他真實人物在詩中都已經用了化名。

無疑地，蒼昊星（Starover Blue）這個名字太有誘惑力了。藍色穹蒼中的一顆星星，啊，多適合做天文學家的名字。其實，

㉕列托語：即拉托維亞語。

這名字的由來倒和天空一點關係都沒有：叫昊星（Starover）是為了紀念他的爺爺（重音在最末一個音節），因為他爺爺是一個俄國守舊派（starover），姓氏是辛亞文（Sinyavin），源於俄文中的 siniy（藍色）。這位辛亞文先生從薩拉托夫移民美國，在西雅圖落腳之後生了一個兒子，最後也把原來的俄國姓氏改為「Blue」。他的妻子是史黛拉・拉祖區克（Stella Lazurchick），歸化美國的卡舒伯族人㊈，於是就這麼代代相傳。誠實的蒼昊星可能會很驚訝那愛開玩笑的謝德送給他這麼一個封號。這個既和藹可親又古怪的老頭在校園裡很受歡迎，還有學生為貪杯好酒的他取了個綽號叫「蒼好瓶上校」。謝德也在此向他略表敬意。詩人的同事當中還有不少了不起的人士，如那個傑出的冷珀文學者奧斯卡・納托許達格。

629 行：禽獸的命運

詩人在這上面寫下這幾個字，又塗掉了：

瘋子的命運

很多冷珀神學家研究過瘋子靈魂的終極命運。這些神學家大都抱持著這樣的觀點：即使是最瘋狂的心靈，在病變的那一大團塊中，還是保有一顆神智清明的粒子。這粒子不但可以超越死亡，在那個世界——那世界充斥膽小的呆瓜和人模人樣的笨蛋——滾得遠遠的時候，還會突然發出一陣爽朗的笑聲。我個人不認識任何一個瘋子，但聽說紐懷有幾個有趣的例子（被鐵鍊綁在灰柱子

㊈卡舒伯族人：Kashube，西斯洛伐克的一個部族，原居住於西普魯士西北和波美拉尼亞東北。

的瘋婆子說：「連我也在阿卡狄⑳。」例如有個學生突然發瘋。學校有個非常老實、可靠的老工友，一天在放映室向一個女生展示某件寶貝，讓她嚇得花容失色——她無疑見識過更好的樣本。不過，在所有的例子當中，我個人最喜歡的一個例子是何太太講的，一個艾克斯登鐵路員工的妄想症。何利家有一次為暑期班的學生開了個盛大的派對。由於我知道我的詩人會去朗誦，我就請跟我的第二任乒乓球友帶我去。這球友跟何利家的孩子是哥兒們。我心想詩人要朗誦的必然是以我的冷珀為題的那首詩，想到這點就欣喜欲狂（結果是他一個沒沒無聞的朋友寫的一首沒沒無聞的詩——我的謝德對窮愁潦倒的人向來親切）。讀者想必可以了解，「高人一等」的我，不會在人群中有「失落」的感覺，然而那天在何利家，我倒沒認識幾個人。我拿著一杯雞尾酒、面露微笑，在人群中穿梭。最後，我在兩張擺在一起的座椅後背上方，瞥見詩人的腦袋瓜和何太太光潔的棕色髮髻。我走向他們的時候，聽到詩人正在反駁她方才說的話：

「用這個字眼不對，」他說：「如果指一個人刻意甩開黯淡、悲慘的過去，打算以燦爛輝煌的想像來取代的話，不該用這個字眼。可以說，不過是用左手翻開新頁罷了。」

我輕拍朋友的腦袋，向這位名叫艾貝瑟拉的何夫人微微點頭。詩人兩眼無神地看著我。她對我說：

「金波特先生，你來幫幫忙：那個老頭叫什麼來著，你知道的，也就是在艾克斯登火車站工作的那個老頭，那個人以為自己是上帝，重新調派火車，真是個瘋子，謝德却說他是同行，也就是個詩人哪。」

「夫人，從某個層面來看，每一個人都是詩人。」我一邊回答，一邊劃了根火柴遞給我那叼著煙斗的朋友，他正用雙手在自

---

⑳連我也在阿卡狄：參看第 285-286 行評注。

己身上到處拍拍。

我不知道這一句「瘋子的命運」是否值得評論一番。關於來世預備學院這一段，實在又臭又長，假如能精簡些，或許有「休迪布拉斯」[208]的趣味。

662 行：這麼晚了，是誰在風中策馬狂奔？

其實不只這一行，這一整段（653-664 行）暗指歌德那首以魔王為題的名詩。詩人描述在精靈出沒的森林中，白髮蒼蒼的魔王想要奪走旅人懷裡那個稚嫩的孩兒。天色已黑，旅人馬不停蹄地趕路。在此，我們不得不讚嘆謝德的手法，看他把破碎的歌謠韻律（心裡想著三音節）轉化為抑揚格：

> 這麼晚了，是誰在風中策馬狂奔？　　*662
> ・・・・・・・・・・・・・　　*663
> 一個父親帶著他的孩兒。　　*664

> Who rídes so láte in the níght and the wínd
> ・・・・・・・・・・・・
> ...Ít is the fáther with his chíld

歌德此詩開頭兩行寫得很美而且精準，譯成冷珀文，還多得了個出人意表的韻腳（譯成法文，也是如此：*vent-enfant*）。

> *Ret wóven ok spóz on nátt ut vétt?*
> *Éto est vótchez ut míd ik détt.*

---

[208]休迪布拉斯：Hudibras，英國詩人巴特勒（Samuel Butler, 1612-1680）同名諷刺詩中之主角將偽善和自私自利嘲諷得非常入骨。

還有一個傳說中的君王，也就是冷珀末代國王，為了自由，夜裡在蕨草叢生的山上摸黑前行之時，就不斷地以冷珀文和德文唸誦歌德這詩，作為疲累困頓之伴。

672 行：未馴的海馬

參看布朗寧（Robert Browning, 1812-1889）的詩〈我的公爵夫人前妻〉[209]（My Last Duchess）。

請看看這首詩，像這樣從過去或多或少有點名氣的詩作中，取出一個片語，做為自己的文集或詩集──唉，或是一首長詩──的題目，這種手法雖然流行，但實在不可取。這樣的書名或詩題即使燦爛奪目，仍嫌矯情，也許像陳釀美酒或豐滿的名妓，讓人無法抗拒，但這麼做卻會貶低自己的才華，把文學典故信手拈來，放棄原創的想像，把堆砌詞藻的缺失推給已經作古的作家，責任就讓那半身像的肩膀去扛。任誰都可以隨手翻翻《仲夏夜之夢》、《羅密歐與茱麗葉》或《十四行詩》，撿些詞語來用。

678 行：譯為法文

七月的最後一個禮拜，八月號的《新加拿大評論》（*Nouvelle Revue Canadienne*）在大學城書店上架。喜碧譯的詩有兩首就在其中。那真是個悲傷和混亂的時期。基於禮貌，我才沒把我寫在小記事本上的評論拿給她看。

她翻譯了唐恩（John Donne, 1572-1631）的鰥居時期的名作

---

[209]作於一八四二，海馬見詩行 54-55： Sir! Notice Neptune, though, / Taming a sea-horse, thought a rarity, / Which Claus of Innsbruck cast in bronze for me. 但請看這海神／在馴服海馬，這希罕的藝術品，／是克勞斯為我打造的銅雕塑像。

《神聖十四行詩》（*Holy Sonnet*）的第十首，其中有兩句是⑩：

Death be not proud, though some have called thee
Mighty and dreadful, for, thou art not so

死神，你莫驕傲，儘管有人說你
強大、可怕，可你並非如此。

可惜，法文譯文中在第二行畫蛇添足般地加了「*Ah, Mort*」（啊，死神）這樣的驚呼，而把詩行中的停頓凝結住了：

Ne soit pas fière, Mort! Quoique certains te disent
Et puissante et terrible, ah, Mort, tu ne l'es pas

儘管「so-overthrow」（2-3 行）這個韻腳幸好很容易在法文中找到相對的 pas-bas，但第一行和第四行這個韻腳 disent-prise 却不理想。對一首一六一七年左右的法文十四行詩，這樣的韻腳實在礙眼。

有關這位聖保羅大教堂主教對死神的譴責之詩，在此因為篇幅有限，無法一一列舉在那本加拿大刊物法譯中的含混和誤譯。

---

⑩唐恩原詩 1-4 行如下，韻式爲 ABBA：Death be not proud, though some have called thee / Mighty and dreadfull, for, thou art not so, / For, those, whom thou think'st, thou dost overthrow, / Die not, poore death, nor yet canst thou kill me. (死神，你莫驕傲，儘管有人說你／強大、可怕，可你並非如此。／你以爲已把衆生毀死，／他們並沒死·你也無法使我的性命終止。)

那死神不只是「命運」和「機會」的奴隸㉑，也是我們（君王和亡命之徒）的奴隸。

　　另一首詩，也就是馬爾佛（Andrew Marvell, 1621-1678）的〈澤畔仙女說她的鹿死了〉（The Nymph on the Death of her Fawn）㉒，從技巧上來看，似乎更難譯成法詩。艾倫戴爾小姐以法詩的亞歷山大體來譯英詩的五音步固然巧妙，可我實在懷疑原來馬爾佛八音節變成奇數音節（九個音節）是否恰當。像這樣的詩行：

> And, quite regardless of my smart,
> Left me his fawn but took his heart

> 那人無視我的悲愴，
> 留下小鹿，取走他的心臟。

　　譯成法文變成：

> *Et se moquant bien de ma douleur*
> *Me laissa son faon, mais pris son Coeur*

　　真遺憾，儘管譯者有詩韻才情，她那法國小鹿的長腿實在長得過分，無視「*sans le moindre égard pour*」等譯法。

　　還有，像下面對偶的詩行：

㉑「命運」和「機會」的奴隸：見唐恩同一首的詩第 9 行：Thou art slave to Fate, Chance, kings, and desperate men. （你是命運、機會、君王和亡命之徒的奴隸。）

㉒原題應爲 Nymph Complaining for the Death of Her Fawn，金波特的引用有誤。

Thy love was far more better than
The love of false and cruel man

比起虛僞和殘酷的人
你的愛要強得多

這位女士只是直譯：

Que ton amour était fort meilleur
Qu'amour d'homme cruel et trompeur

一眼看去似乎看不出有成語的精煉。最後，那優雅的結尾：

Had it lived long it would have been
Lilies without, roses within

牠如果還活著，就會
外表像百合，內心似玫瑰

這位女士的法譯不只有一處誤譯，還無視「禁止通行」的標示，不當移行：

Il aurait été, s'il eut longtemps
Vécu, lys dehors, roses dedans.

如果用我們那神奇的冷珀語（偉大的孔瑪爾稱之為「鏡子語言」）來譯，該會何等唯妙唯肖、亦步亦趨！

Id wodo bin, war id lev lan,

Indran iz lil ut roz nitran.

679 行：羅莉塔

在美國，很多颶風都以女性為名。把這種天然災害視作女性，與其說讓人聯想到悍婦或惡毒的老巫婆，不如說是和職業的癖好有關。對機械愛不釋手的人，任何機器都是「她」，對消防隊員來說，不管大火、小火（即使是「幽冥」的火！），也是「她」，熱愛工作的水管工人，水也是「她」。而詩人為何以一個罕用的西班牙名字（偶爾有人會給鸚鵡取這個名字）來為一九五八年那次颶風命名，不用琳達或是洛茨，實在令人百思不解[213]。

681 行：陰沉的俄國人鬼祟偷覷

這種陰沉實在不是因為沉思默想，也和種族無關，不過是那種小家子民族主義表融合鄉下人的自卑感，形諸於外的結果──正像極端黨人統治下的冷珀人，又如蘇維埃政權下的俄國人。在現代俄國，思想就像機器切割的單調色塊，不許有任何漸層差異，空隙被堵塞了，彎彎曲曲的地方也都被狠狠地踩平了。

但是，並非每一個俄國人都是陰鬱深沉的傢伙。像新政府從莫斯科請來協助找尋皇冠的那兩個年輕專家就很喜歡嘻嘻哈哈

---

[213] 納博科夫的《羅莉塔》(Lolita) 是在一九五四年春天完稿。他找了四家出版社，每一家都認為此書「傷風敗俗」拒絕出版，最後才由法國巴黎的奧林匹亞出版公司出版。這本小說一九五五年在法國出版即掀起軒然大波，即毀譽參半。那一年年底美國著名作家葛林 (Graham Greene) 在泰晤士報上刊登書評，推崇此書為一九五五年的年度最佳小說，但是也有其他專欄作家不以為然，大肆抨擊。由於筆戰激烈，這書更加暢銷。美國方面，由於哈維‧布瑞特 (Harvey Breit) 在《紐約時報書評》(*New York Times Book Review*) 上大幅報導《羅莉塔》引發的爭議和其他書評，美國人更是望眼欲穿。一九五八年美國普特南出版社終於買下版權出版此書。

的。極端黨人猜得沒錯，保管皇冠的大臣布蘭德男爵先把皇冠藏好，才從北邊塔樓一躍而下。再說，除非死亡，這白髮蒼蒼、和藹的老男爵絕不會離開王宮一步。然而，他們不知道他有幫手，所以誤以為皇冠還在王宮某處。在此，我補充說明一下：那些寶物就藏在冷珀一個教人料想不到的角落，還沒被人發現。諸君該能理解我這得意洋洋的語氣。

在先前的一個評注（130 行評注），讀者該已瞥見那兩個埋頭苦幹的尋寶人。國王逃脫已久，祕密通道曝光之後，他們就在宮裡四處挖掘，結果王宮被挖得千瘡百孔，拆得亂七八糟，一間房間有一堵牆還在半夜崩塌了。結果，他們在沒有人想到的壁龕裡找到了一個古代青銅鹽罐和威格貝特國王的角杯。哈，諒你怎麼也找不到王冠、項鍊和權杖。

這有如一場絕妙的遊戲，那兩人完全合乎遊戲規則，且是永恆不變的命運寓言，因此不該懷疑那兩位蘇維埃專家的效率。不管怎麼說，在後來另一項任務（見 747 行評注），他們就有教人刮目相看的表現。那兩人一個叫安卓尼科夫，一個叫聶嘉林（或許皆是假名），是一對少見的活寶，不但人見人愛，長得還很體面──刮得光潔的下巴、喜怒哀樂的表情、波浪般的髮絲和一口皓齒。你打著燈籠也找不著這樣可愛的蠟像。身材頎長、英俊瀟灑的安卓尼科夫很少露出笑容，但那小小的魚尾紋顯示他有無盡的幽默感，俊俏的鼻孔兩側從鼻翼到嘴角的法令紋總讓人想起王牌飛行員或西部英雄的神采。相形之下，聶嘉林就是個矮個兒，身材有點圓滾滾的。相貌堂堂的他不時露出大男孩般的笑容，像是心事重重的童子軍團長或是在電視益智猜謎節目中做弊的紳士。看這兩個俄國金童在院子裡踢足球，真是賞心悅目。那粉灰色，表面緊繃的球在那地方看來更大、更禿了。安卓尼科夫會用腳趾控球，讓球在半空中上上下下的，然後踢個懸空球，讓球如火箭般奔向毫無防備的天空──那沉鬱、漂白過似的、無害的天空。

而聶嘉林維妙維肖地模仿發電機隊⑭明星守門員的動作。兩人還常拿俄國焦糖請廚房小廝吃。那種糖果六角形的包裝紙上印著鮮豔欲滴的李子或櫻桃，掀開薄薄的糖果紙，裡面就是乾癟如木乃伊、淡紫色的糖果。夕陽西下，滿天紅霞之時，防禦土牆上方出現兩個黑色身影。兩人引吭高歌，唱著優美而動人的軍歌二重唱。大家都知道，有些懷春的鄉下少女常沿著長滿刺莓的小徑偷偷來到堡壘的下面傾聽。聶嘉林是歌聲空靈的男高音，而安卓尼科夫是感人肺腑的男中音，兩人皆足蹬優雅的黑色真皮長統靴。但是那天空却轉身離去，虛無飄渺的椎骨若隱若現。

聶嘉林在加拿大住過，會說英語和法語，而安卓尼科夫也會說一些德語。兩人僅會幾句冷珀語，發音帶有可笑的俄國腔，母音漲滿了訓人的腔調。在極端黨守衛的眼裡，這兩人是行動迅捷的榜樣，急如電，快如風。他們倆總是動作一致，膝向外曲，大搖大擺地走。歐登那小子有一次忍不住模仿那兩人走路的樣子，結果被指揮官罵得狗血淋頭。

在我孩提時期，冷珀宮廷一度流行俄羅斯風尚，和今日的俄羅斯風尚截然不同——痛恨暴君、市儈、殘酷，以及不公不義之事，是紳士淑女和自由派人士渴望的俄羅斯。我們其實可以說敬愛的查爾士可以帶有一點俄羅斯血統自豪。在中世紀，他有兩位祖先曾經娶諾夫哥羅德的公主為妻。他的高祖母（一七九九至一八〇〇年執政）雅露嘉王后有一半俄羅斯血統，歷史學家大都認為雅露嘉王后的獨生子伊果不是和一七九八年至一七九九年執政的末代之君烏蘭生的，而是和她的情人、她的弄臣，也就是俄羅斯冒險家霍汀斯基的愛情結晶。據說那個俄國人還是個天才詩

---

⑭發電機隊：Dynamo，成立於一九二七年，烏克蘭基輔的超級球隊。

人，利用閒暇偽造了一首俄羅斯古代英雄史詩㉕，一般人都以為那是十二世紀不知名吟遊詩人之作。

682 行：蘭

　　必然是潘多弗兄弟㉖再世之作。記憶中，不曾在謝德家看過這麼一幅畫作。莫非謝德是指像是攝影般逼真的肖像？鋼琴上方倒是掛了這麼一幅肖像，書房裡也有一幅。我急於尋找答案，如果那位女士願意放下身段為我解答，該有多好。謝德和他友人的讀者就有福了。

691 行：襲擊

　　謝德心臟病發作那天（一九五八年十月十七日）剛好國王喬裝以跳傘的方式登陸美國。蒙塔丘特上校自己駕駛包機送他一程。結果國王在巴爾的摩附近一處雜草堆裡降落。草堆中長出來的花散發出腥臭的味道，此時花粉熱正流行。這裡的黃鸝是擬黃鸝，不是北國的金黃鸝。時間抓得真準，他手忙腳亂地不知怎麼從那法國製的玩意兒脫身，西薇亞・歐唐納莊園派來的勞斯萊斯已漸漸駛向身穿綠色絲綢的他，肥厚的輪胎無可奈地在灌木叢中的小路顛簸，閃亮的黑色車身緩慢滑行。雖然我很樂意細說這個跳傘登陸的故事（與其說是一種有用的運輸方式，不如說是教人傷感的一件事），但嚴格說來《幽冥的火》評注並不需要這樣的描述。開這部高級轎車的司機金思禮是忠實可靠的英國人，他費了九牛二虎之力才把那龐大的降落傘塞進行李箱。我呢，撐著他給我的手杖稍事休息，啜飲一杯加了水的蘇格蘭威士忌，真是沁人

㉕俄羅斯古代英雄史詩：即《伊果征戰之歌》（*Slovo o Polku Igoreve*）。納博
　科夫曾將此詩譯成英文並加注。

㉖潘多弗兄弟：Fra Pandolf，布朗寧詩作〈我的公爵夫人前妻〉中虛構的畫
　家。因當時畫家多為教士，故以兄弟（Fra）名之。

心脾。我翻看《紐約時報》(蟋蟀聲唧唧,黃色和紫褐色的蝴蝶在我身邊迴旋。想當年夏多布里安踏上美國,就為了這樣的情景興高采烈),發現西薇亞用紅筆匆匆用力圈出的一則來自紐懷的消息,提到「名詩人」住院一事。我一直期待能和我最喜愛的那位美國詩人見上一面。但在那一刻,我想他在春季開學之前,早就嗚呼哀哉,然而那種失望不過是在內心裡聳聳肩,覺得遺憾,但也莫可奈何罷了。我把報紙丟在一旁,儘管我鼻塞,還是心曠神怡地環顧四周。這裡的景色可真迷人:越過原野就是層層上升的草皮,有如綠色台階,通往色彩繽紛的小灌木林。再往更遠處眺望,可以看到那座莊園的白色屋頂,白雲融化在藍天之中。我突然開始打噴嚏,哈啾一個接著一個。金思禮端一杯酒來給我,我說,不了,謝謝,然後和他一同坐在前座表示我們是可以平起平坐的。我那女主人由於即將前往非洲一個特別之地,打了預防針之後出現副作用而覺得不適,所以臥床休息。我向她問候:「您玉體可好?」她却低聲地說安地斯山的風景真好,接著用一種不是那麼懶洋洋的語調向我打聽一個女演員。聽說這個不要臉的女人就是她兒子的同居人。我告訴她,歐登向我保證,他不會娶她。她又問我這一路是否還好,銅鐘沒敲得叮噹響吧?她人真好!她就像芙蕾,那種慵懶一半是天生的,一半是後天養成的,也可充當酒醉的託辭;妙的是,她還能把這種懶散和健談結合起來,讓人想起說話慢吞吞的腹語表演者,話老是被呱噪的傀儡打斷。西薇亞真是一點也沒變!三十年來,我不時在王宮的各個宮殿看見她那總是剪得短短、整齊的栗色頭髮、孩子般的淡藍色眼珠、茫然的微笑、漂亮的長腿。她舉手投足好像猶豫不決,看起來却婀娜多姿。

　　僕人用托盤端來水果和飲料。普魯斯特筆下的馬塞爾必然會用 *jeune beaute*(美少男)來形容他。我們也不由得想起另一個

作家，「大名鼎鼎的紀德」（Gide the Lucid）㉗，曾在非洲筆記裡盛讚那些小黑鬼肌膚光滑如緞。

西薇亞說：「你差點就看不到我們這裡最閃亮的一顆星了。」她是華滋史密斯大學的重要校董（其實我能去那所大學講課，全靠她一手安排）。「我剛剛給學校打了電話──你可以用那個腳凳──他現在好多了。來，吃點水果吧。這是特地為你準備的。不過，那小子可只對女孩感興趣喔。陛下，今後凡事請多小心。我相信你會喜歡在那裡教書，雖然不懂怎麼有人會這麼熱中教冷珀文。我想狄莎應該也會來。我已經幫你租好房子，那裡的人說那是當地最好的房子，就在謝德家附近。」

她跟謝德夫婦不熟，倒從比利・瑞汀那兒聽了不少詩人的趣事。「瑞汀是美國大學院長中少數懂拉丁文的。」她說。在此，我再補充一下，兩個禮拜後本人有幸在華盛頓和這位了不起的美國紳士見面。他看起來無精打采、心不在焉，而且穿得很邋遢。這人的心靈就像一座圖書館，而不是辯論廳。接下來的禮拜一，西薇亞飛到遙遠的國度，我則在她的莊園多待幾天。好不容易才冒險脫身，現在可以好好休息、冥想、看看書、做點筆記，有兩位可愛的女士和她們的夫婿（害羞的小新郎）還陪我在美麗的鄉間開車兜風。常覺得在一個地方玩得盡興，要離開的時候，就像從酒瓶拔出一個塞得很緊的軟木塞，讓紫紅色的美酒流出來，然後你就準備去下一個葡萄園，再去征服新的地方。我在紐約和華盛頓待了兩個月，在那裡的圖書館留連，然後飛到佛羅里達過耶誕。準備動身去我那個新的世外桃源之前，禮貌上我想先給詩人寫封信，恭喜他身體康復，而且開玩笑地「警告」他，從二月開始有

㉗紀德：Andre Gide，1869-1951。這個封號是一種文字遊戲，與哈代小說《玖德，一個無名小卒》（*Jude the Obscure*）相對。紀德一九二五年去法屬赤道非洲，回到法國後發表《剛果之行》（*Voyage au Congo*）、《從查德歸來》（*Retour du Tchad*）、《手記》（*Journal*），一九四七年榮獲諾貝爾文學獎。

個瘋狂仰慕他的人會來做他的鄰居。詩人沒給我回信，甚至後來完全沒提過這件事。我想，像謝德這樣的知名詩人必然收到很多仰慕者的來信。我的信恐怕在那堆積如山的來信中滅頂了。當然，我希望西薇亞或某個人可以跟謝德夫婦提起我來到這裡的事，但不一定有人會這麼做。

詩人的心臟如果真出了毛病的話，那他康復得實在神速，簡直可用奇蹟來形容。他的心臟確實沒有大礙。不過一個詩人的神經會要最古怪的把戲，沒兩下子又好端端了。因此，不久，謝德就坐在一張橢圓桌的主位，以他最喜愛的詩人柏蒲為題，為大家開講。聽眾包括八個對他佩服得五體投地的年輕人、一個瘸了腿的校外女士、三個女學生——其中一個是做老師的個別指導夢寐以求的對象。醫生告訴他，要照常運動，例如散步。我得承認，看我那心愛的老頭拿著粗糙的工具在花園幹活，或是看他在學院樓梯上蠕動，有如一條在瀑布力爭上游的日本魚兒，我就會心悸而且直冒冷汗。對了，讀者不必對醫生的警告過於認真（我熟識的一個醫生就曾把神經痛和腦血管硬化混淆了）。謝德告訴我，上次沒有幫他進行緊急手術，也沒做心臟按摩。如果他心跳真的停止，必然只是一瞬而已，也就是說很表淺。當然，這一切都不會減損那段有如偉大史詩的美（參看 691-697 行）。

697 行：最後的目的地

一九五九年七月十五日中午過後不久，葛雷德斯抵達蔚藍海岸機場。儘管心裡發愁，濱海大道㉑川流不息的巨大卡車、靈活的摩托車和世界各處可見的私人汽車還是讓他印象深刻。他想起

㉑濱海大道：Promenade des Anglais，即英國濱海大道，一八三〇年代由尼斯的英國僑民募款修建沿著蔚藍海岸長達五公里的大道，藝廊、商店及豪華飯店林立兩側，有著濃濃的地中海風情。

了燒灼的日光和令人目眩的藍色大海，這太陽和海都是他厭惡的。寶藍飯店就在這裡。二次大戰前，他曾跟一個得了肺結核的波斯尼亞恐怖分子在那有自來水但腌裡巴臢的飯店待一個禮拜。那時，飯店常有年輕德國人來。如今這飯店一樣有自來水，還是腌裡巴臢，却是法國老頭常常光顧的地方。飯店就在兩條平行幹道的橫向街道上。由於幹道可通往碼頭，車水馬龍在此交叉，飯店對面起重機下方的工地發出磨人神經的巨響（二十年前這裡可是籠罩在沉滯的平靜裡）。這麼熱鬧讓葛雷德斯喜出望外。他倒是喜歡一點噪音，不然心裡老想著那些事，都快瘋了。（葛雷德斯對著一臉歉意的飯店老闆娘和她妹妹說：「Ça distait.」（正好，可以讓我分心。）

　　他仔仔細細地洗過手後，又走出去，一種興奮的震顫像熱流穿過他彎曲的脊椎。飯店那條街和海濱大道交叉口的路邊咖啡座有個男人穿著墨綠色夾克，身邊那個女的顯然是個妓女。他用雙手摀著臉，打了個噴嚏，手還是一逕遮著臉，裝作待會兒還會再打噴嚏似的。葛雷德斯沿著海岸北邊走，他在一家禮品店門口佇足片刻，就走進去詢問一個紫色玻璃做的小河馬要多少錢，最後買了張尼斯市郊圖。他往干貝塔街的計程車招呼站走去，注意到兩個遊客。那兩個年輕人穿著鮮豔的襯衫，衣服都汗溼了，下身是寬鬆的西裝褲，臉和脖子沒有防備，被灼熱的太陽曬得紅通通的。他們把絲襯裡的雙排釦西裝小心翼翼地折好，掛在手肘上。這兩個年輕人和我們的偵探擦肩而過，連正眼都沒瞧他一下。儘管葛雷德斯觀察力欠佳，却覺得這兩人有點面熟。這兩個人不知道葛雷德斯為什麼在國外出現，也對他那有趣的任務一無所知。然而不過在幾分鐘前，他倆的上司（其實也是葛雷德斯的上司）發現葛雷德斯在尼斯，不在日內瓦了。沒有人通知葛雷德斯，上頭派了兩個蘇聯運動員安卓尼科夫和磊嘉林來協助他。以前他曾在昂哈瓦宮殿碰巧見過那兩人。一次是在換破掉的玻璃窗，還有

一次則是幫新政府檢查前王室溫室珍貴的瑞波生玻璃。接下來，他中斷辨識思路，終究沒搞清楚那兩人是誰。他像腿短的人那樣小心翼翼地蠕動身軀，坐進一部舊凱迪拉克的後座，請司機載他到佩洛斯和特克角之間的一家餐廳。真不知道他去那裡要幹什麼。從姚金孃和夾竹桃的後面偷窺一個想像的游泳池？希望聽到兩隻更大、更粗壯的手用另一種風格繼續彈奏戈登那困難的樂段？還是拿著一把槍，偷偷摸摸地接近一個正在做日光浴的巨人（這胸毛如飛鷹的巨人像展翅飛翔的鷹張開雙臂）？我們不知道，連葛雷德斯本人恐怕也不清楚。不管如何，他還是免了這趟沒有必要的行程。現代的計程車司機像過去的理髮師一樣多嘴，那部凱迪拉克老爺車還沒開出城，這倒楣的殺手就知道司機的哥哥曾在狄莎別墅的花園幹活。但別墅現在空無一人，王后去了義大利，七月底以前不會回來。

　　他回到飯店，笑容滿面的老闆娘給他一封電報。電報文是丹麥文，責怪他擅自離開日內瓦，要他接獲下一個指示之前，不要輕舉妄動。還要他暫時忘掉工作去找樂子。然而，（除了血腥的夢）他哪有別的樂子？他對觀光沒有興趣，也不喜歡在海濱漫步。他早就不喝酒了，不去音樂會，也不去賭博。他一度因為性欲高漲而十分困擾，不過那也是過去的事了。他老婆——在彩虹玻璃鎮⑲賣串珠的女人——已經離開他（跟一個吉普賽人跑了），於是他跟丈母娘同居了一段時間。那個老太婆後來眼睛瞎了，又水腫，住進了一個專門收留貧病寡婦的救濟院。老太婆離開他之後，他試圖「自宮」了好幾次，因嚴重感染住進了玻璃工人醫院。現年四十四歲的他已經從性欲的困擾解脫了——這種欲望其實是自然這個大騙子搞的鬼，為了誘騙我們繁殖。難怪電報上寫要他去找

---

⑲彩虹玻璃鎮：Radugovitra，是俄文 raduga（彩虹）和 vitrum（玻璃）組合之字。

樂子這事讓他怒不可抑。我想，這個評注該在這裡打住了。

704-707 行：**細胞組織⋯⋯**

這層層相連的細胞安排得極為巧妙。「主幹」（stem）嵌入「組織」（sy*stem*）——這種文字遊戲也很合邏輯。

726-728 行：**那是不可能的事，謝德先生⋯⋯不過只成了半個鬼**

在此，詩人又露了一手，表演組合魔術。這個妙趣橫生的雙關語除了「謝德（Shade）與陰影（shade）」這個顯而易見的關連，還有別的意思。醫生是指，謝德在昏迷之時，有如半個活人，同時也成了半個鬼。我認識當時為謝德診治的那位醫生。我敢說，這個醫生實在太不識相，不該在這個節骨眼賣弄。

734-736 行：**或許⋯⋯一艘飛船洩氣⋯⋯不穩**

詩人第三次展現對位法的火花。他想在這個文本中展現的是：解開生死之謎這種錯綜複雜的「遊戲」（參看 808-829 行）。

741 行：**外頭市囂刺眼的光線**

七月十六日早晨（謝德正在寫長詩 698-746 行那一段），無聊的葛雷德斯擔心自己又得在喧鬧、生氣勃勃的尼斯無所事事地過了一天。他下定決心，除非餓得受不了，他才出去。他打算待在那個據說叫交誼廳的地方，聞著古銅色肌膚發散出來的氣味，在皮扶手椅上窩一天。他慢條斯理翻閱旁邊茶几上擺的一堆過期雜誌。坐在扶手椅的他，就像一塊小小的石碑，不發一言，一下子嘆氣，一下子鼓起腮幫子，每翻一頁都先舔一下大拇指。他目瞪口呆地看著雜誌上的圖片，視線掃過一欄又一欄的文字，嘴唇也跟著扭動。整整齊齊地把那疊雜誌放回去之後，他又往椅背一靠。由於無聊透頂，他伸出兩隻像三角牆的手，一會兒握起來，一會

兒伸展開來。這時，坐在他旁邊座位的那個人站起來，丟下報紙，走向亮晃晃的外頭。葛雷德斯把他的報紙拿過來，在膝蓋上攤開來看。他注意到一則奇怪的地方新聞：竊賊闖入狄莎別墅，從寫字桌上的珠寶盒偷走數枚珍貴的勳章。

這事該好好想想。這個隱隱約約教人覺得不愉快的事件是否跟他的任務有關？他該做什麼嗎？給總部打電報？可是這件事很難用三言兩語說明白，他要真描述出來恐怕看起來像密碼。把剪報航空郵寄？他回到房間，用安全刮鬍刀片那報紙割下一塊。突然門口出現輕脆的叩門聲：一個不速之客，影子派裡的一個要員。他心想，這個人不是在 *onhava-onhava* （十萬八千里外），在那狂野、霧茫茫、近乎傳奇的冷珀？瞧，在這個神奇的機器時代，空間老母和時間老父被耍得團團轉。

那人是個快活的傢伙，或許快活過頭了。他身穿一件綠絨夾克。沒有人喜歡他，但他的頭腦的確相當敏銳。他姓伊茲烏姆魯多夫 （Izumrudov）⑳──聽來像俄國姓氏，其實意思是「來自烏姆魯茲 （Umruds）」。烏姆魯茲是個愛斯基摩部落，有時你可在翡翠般的北海岸海面看見他們在划一種叫做「烏米亞克」的皮艇㉑。他咧嘴笑著，告訴葛雷德斯趕緊把護照、簽證什麼的準備好，別忘了還有體檢證明書，馬上搭下一班飛機去紐約。他向葛雷德斯敬禮，稱讚他真是神機妙算，找到了正確了路子和正確的地方。是啊，安德隆和聶嘉魯什卡把王后那張紫檀寫字桌裡裡外外都翻遍了 （發現大部分是帳單和珍貴的照片，還有幾枚沒用的勳章），不料竟挖到了寶──國王的來信，上面寫著他現在的地址。葛雷

⑳伊茲烏姆魯多夫：Izumrudov 在俄文中是「翡翠」的意思。
㉑烏米亞克：umyak 愛斯基摩人的皮艇不同於戰艦或其他船艇，是為划船人的尺寸、重量和手臂長度量身定做。皮艇中央座位有個孔洞可以鑽進去，座位上的防水布可和划船人的羽絨長雪衣連在一起，看來真是「人船一體」，而且冰冷的海水潑灑到船上時，划船人也不會被打溼。

德斯打斷了來客的報捷，說他根本沒有……伊茲烏姆魯多夫叫他別這麼謙虛。他笑得東倒西歪（死亡總是喜歡歡鬧），拿出一張紙條，幫葛雷德斯寫下他們要找的那個人的化名、任教的學校名稱以及學校的所在地。喔，這紙條可不能老留著，上面的資料牢記之後，就不能留了。這張薄紙（杏仁餅廠商做的糯米紙）不但可以吃，而且還真好吃。那個綠色人影離開了——必然又去尋花問柳了。這種人實在令人討厭。

747-748 行：雜誌上的一篇文章，說有位 Z 太太

任何人只要能找到一間像樣的圖書館，無疑可以輕而易舉地找到這個故事的出處，查出那位女士的姓名，不過這種無聊的瑣事不是真正的學術研究。

768 行：地址

一九五九年四月二日，我提筆寫了封信，寄到法國南部，信中提到謝德（我剛好留存了副本）。說不定讀者會對這一點有興趣：

親愛的，你這個人實在很好笑。我不會給你我的地址，也不會給任何人。你可能會想，我擔心你來找我。我才不擔這個心呢。我所有的信件都寄到我辦公室。在我們這個住宅區，信箱都立在街上，而且沒鎖，任何人都可以把廣告信件塞進來或者偷走我的私人信函（可能不是好奇，常常是其他更邪惡的動機）。今天，我用航空寄出這封信，再緊急重複一次西薇亞給你的地址：美國阿帕拉契亞紐懷華滋史密斯大學，查爾士·金波特博士收。（請小心一點，多用點頭腦，你和西薇亞可別再寫成「查爾士·王波特先生」）。

我不是生你的氣，而是我內心有著種種不安，讓我緊張兮兮。

我本來相信——深深而且衷心相信——與我同住在一個屋簷下的一個人對我的感情。他却傷害我、背叛我。我的祖先從來就沒碰到過這種事，他們必然可使那個傢伙不得好死。當然，我不願意看到任何人受到那種折磨。

這裡冷得可怕，不過感謝上帝，北方寒冬已快轉為南方暖春。

不用向我解釋律師跟你說的，請他向我的律師解釋，我的律師會再向我說明白。

我在大學的差事還算愉快，還有個很有魅力的鄰居——噢，親愛的，別嘆氣，別抬起眉毛——他是個老先生，年紀一大把了。你那本綠色的本子不是貼上一首有關銀杏的小詩？他正是那首詩的作者（請再看一次，我的意思是請讀者再看一次 49 行的評注）。

親愛的，如果你少給我寫信，或許更安全。

782 行：你在《藍色評論》發表的那首詩

那首詩很特別，從詩中的雲彩望去，白朗峰那「藍色陰影下拱壁和陽光下白得耀眼的圓頂」驚鴻一瞥。我真希望能在這裡援引那詩，可惜手邊沒有。那位女士夢中的「白色山巒」（white mountain），因為一個字母誤植，於是變成謝德詩中的「白色噴泉」（white fountain")。「山巒」也好，「噴泉」也好，還是在同一個主題，而且那女士發音怪異，她口中的「mountain」和「fountain」聽起來差不多。

801 行：山巒

詩人在第六十五張卡片寫下 797-809 行這一段，是在七月十八日黃昏到七月十九日黎明這段時間當中寫的。那天早上，我在兩間不同的教堂裡禱告（代表冷珀的兩種教派，而不是紐懷的宗教），然後興高采烈地走回家。天空渴望雲彩，却留不住一片雲，腳下的大地似乎在學主耶穌嘆息。在這陽光燦爛的日子，我打從

骨子生出一種感覺，我可能有機會待在天堂，不會被驅逐出境了，儘管我心頭冰封著泥巴與恐懼，我想，我還是可能得到救贖。我低著頭，往上坡路走，這條碎石路可通往我租的那個地方。我聽到謝德的聲音，雖然我有點耳背，但還是聽得一清二楚，好像他就站在我身邊，對我大聲說話一樣。「查理，今晚過來吧。」我嚇了一跳，驚恐萬分地四下張望：這裡沒有別的人影。我回家後立刻打電話。那個不要臉的女僕㉒說，謝德夫婦出門了。這個討人厭的女人很迷謝德，每個禮拜天都來幫謝德家做飯，想必妄想那老詩人在老婆不在的時候會跟她摟摟抱抱。兩個小時後，我又打電話過去。這回跟往常一樣，是喜碧接的。我堅持要給我朋友說幾句（每次「留言」都沒幫我轉達）。他總算親自來接電話。我盡可能以平靜的口吻問他，中午左右他在做什麼，因為那時我聽到他的聲音，像一隻大鳥出現在我的花園。他記不大清楚了。等一下，他一直在跟保羅（管他是誰）打高爾夫球，或是看保羅跟另一個同事打球。我大聲說，晚上我必須見他一面，接著却莫名其妙地哭了起來，話筒都給淚水淹了，還喘著氣。我很久沒發作了，上一次是鮑伯在三月三十日離我而去的時候。謝德跟他老婆飛快地嘀咕了幾句，再回過頭來對我說：「查理，聽著。我們今晚好好散散步吧。八點鐘見。」自從七月六日那次（就是談到大自然那次，很令人掃興），這是我第二次可以和謝德好好散步；第三次則是在七月二十一日，但是沒兩三下就結束了。

我說到哪兒了？對了，就是像往日一樣，在阿卡狄的樹林裡在鮭魚般橘紅色的天空下，和謝德漫步。

「昨晚你在寫什麼呢？你書房的窗口一直亮著。」我興高采烈地問他。

「山啊。」他說。

㉒女僕：原文是 ancillula，拉丁文，婢女。

貝拉山脈在我眼前聳立，岩石青筋畢露，冷杉叢生，氣勢雄渾，不可一世。這個好消息讓我的心砰砰跳。我想，現在是我展現度量的時候了。我跟這個朋友說，如果他不想說，就別說。他說，沒錯，他是不想說，然後又對我訴苦，說什麼這自找的任務讓他費盡千辛萬苦啦。他計算在過去的二十四小時當中，他的腦子拚命運轉，大概轉了一千分鐘，寫成了五十行（即 797-847 行），或者每兩分鐘就擠出一個音節吧。他完成了第三章，也就是倒數第二個章節，開始寫第四章，也就是最後一章（參看前言，請立刻翻到前言）。他說，雖然才九點，如果現在往回走，我不介意吧──他想縱身躍入那個渾沌當中，汲取出濡溼的星子和他的宇宙。

　　我怎能拒絕？山風已吹入我的腦袋：他正在重新組合我的冷珀呢！

803 行：一處誤植

　　謝德詩作的譯者如果要用另一種語言把「mountain」變成「fountain」的誤植翻譯出來，可說困難重重。不管是要譯成法文、德文、俄文或冷珀文，都沒法兒把這誤植巧妙地譯出來。不得己之下，譯者只好求助於注腳──無賴的文字長廊。可不是！我還知道，有一個教人拍案叫絕的例子。在此，受到牽連的不止是兩個字，而是三個字。那件事本身雖然乏善可陳（壓根兒就沒這回事也說不定）。有一份報紙在報導沙皇加冕登基大典時，竟把 *korona*（皇冠）誤植成 *vorona*（烏鴉），翌日報社在致歉啟事更正，不料又出了差錯，印成了 *korova*（母牛）。*korona*（皇冠）──*vorona*（烏鴉）──*korova*（母牛），這個連環錯我敢保證詩人會為之絕倒。就我在文字遊樂場所見，這真是絕無僅有的例子。這種連錯兩次的巧合，出現機率極低。

810 行：意義的網絡

這汽車旅館有五間木屋，一間旅館老闆自己住。老闆是個七十多歲的老頭，眼睛不好。他那一瘸一拐、歪歪扭扭的樣子總讓我想起謝德。附近有個小小的加油站也是他的，他還賣蟲子給釣客。他通常不會來打擾我，不過有一天却告訴我可以從他房間書架「隨便抓本舊書」來看。我不想得罪他，就歪著頭東看看西看看。架上全是推理小說，有些書頁摺了角。這種書的評語頂多是一聲嘆息或一絲微笑。然後他說，等一下，然後從床邊壁凹裡拿出一本破破爛爛、布面裝幀的寶貝。「這可是一個了不起的傢伙寫的一本了不起的書。」《佛蘭克林‧藍恩書信集》㉓。「我年輕時在華盛頓州的雷尼爾國家公園做管理員的時候常看到他。先拿去看個兩三天吧，保證你不會後悔。」

我的確沒後悔。真奇妙，書中有一段竟然和謝德長詩第三章結尾的語調相呼應。藍恩接受了一次大手術，隨即死亡。這是他在一九二一年五月十七日死亡前夕寫的殘篇：「如果我死了，去了另一個地方，我該去找誰呢？……亞里斯多德！啊，會有一個人來跟我好好聊聊的！看他手指抓著韁繩，人生長長的緞帶，跟著這條長長的帶子，在奇異的迷宮歷險……彎腰駝背的變得抬頭挺胸。那有如戴德勒斯㉔設計的迷宮，只消從上往下看，就一目

㉓佛蘭克林‧藍恩書信集：Letters of Franklin Lane，即 The Letters of Franklin K. Lane, Personal and Political，Wintermute Lane 與 Louise Herrick Wall 合編，出版於一九二二年，波士頓。下面的引文，見該書第464 頁。

㉔戴德勒斯：Daedalus，希臘神話中為克里特國王邁諾斯設計迷宮的建築大師。後因迷宮洩密一事受到牽連，連同其子伊卡洛斯被關在迷宮。戴德勒斯與兒子天天在近海的迷宮觀測海鳥，心生飛行的靈感，於是用石頭將海鳥打下來，再用蟲蠟將羽毛黏在身上，準備從空中逃出迷宮。伊卡洛斯因忘記父親告誡，飛得太高，蟲蠟受到太陽高熱融化，因此摔死，戴德勒斯則偷偷飛到西西里島。

了然——好像某個大師用拇指一抹，那些彎來彎去、錯綜複雜得教人暈頭轉向的線條立刻變成一條美麗的直線。」

819 行：玩弄世界於指掌之間

我這位了不起的朋友，對各種文字遊戲像孩子般痴迷，特別是所謂的文字高爾夫。即使談得正起興，妙語如珠，他還是會突然打斷，沉浸在這種特別的娛樂中。當然，如果我不陪他玩，就顯得粗魯。下面就是我的一些紀錄：「hate（恨）——love（愛）」三桿進洞，「lass（姑娘）——male（男士）」四桿進洞，「生（live）——死（dead）」五桿進洞（中間是「lend」）㉕。

822-823 行：刺殺一個巴爾幹國王

我多麼希望在這兒跟各位說，我在看草稿時，這一句本來是：

Killing a Zemblan king

刺殺一個冷珀國王

——唉，可惜，事與願違：這段草稿的卡片謝德沒留下來。

830 行：喜碧

這個精心安排的韻腳，有如神來之筆，使這一章的結束完美無缺，同時呈現「事件與可能性」的對位效果。

㉕這種文字高爾夫的規則如下：一次只能改變一個字母，改變後還是有意義的字。即「hate → late → lave → love」；「lass → mass → mast → malt → male」；「live → line → lene → lend → lead → dead」。

835-838 行：**此刻，我將對美進行窺視……**

七月十九日，謝德從第六十八張卡片寫始寫這一章。一開始就展現了典型的謝德風格：在一堆雜亂的跨行詩句中，巧妙地嵌入了幾個互相應和的片語。而詩人在這四行宣示要做的事，並沒有做到，除了 915 行及 923-924 行那像咒語重複出現的韻腳（因此在 925-930 行發動猛烈的攻擊）。詩人像一隻激動的火雞，為了即將爆發的靈感，鼓翅奮翼。但是，太陽還是沒有升起。在此，我們沒看到狂野的詩篇，只看到一、兩句俏皮話、一點諷刺，以及結尾那柔美、寧靜的光輝。

840-872 行：**有兩種創作方式**

其實是三種，如果我們也把那種最重要的方式也算進去——仰賴潛意識世界的閃光與天籟，及其「無聲的命令」（參看 871 行）。

873 行：**我最愛的時候**

七月二十日，我親愛的朋友在第二十捆卡片寫下這一行（第七十一張到七十六張卡片，最後一句是 948 行）。此刻，葛雷德斯在巴黎奧利機場，搭上一架噴射客機，繫好安全帶，看報紙，升空，騰雲駕霧，褻瀆穹蒼。

887-888 行：**為我作傳者可能過於拘謹或所知有限**

過於拘謹？所知有限？我這可憐的友人要是能預知誰是他的傳記作者，可能就不會做這番猜測。說來我真是榮幸，親眼目睹（在三月的一個早晨）他在下面幾行描述的表演。當時，我正準備去華盛頓，行前想起謝德曾說過，要我去國會圖書館幫他查什麼資料。喜碧那冷冰冰的話語，言猶在耳：「可是他沒辦法見你，他在洗澡呢。」接著，我聽到謝德那粗啞的嗓音從浴室傳來：「喜

碧，讓他進來，反正他又不會強姦我！」可是，我們倆都想不起來要查的是什麼。

893 行：國王

在冷珀爆發革命的頭幾個月，在美國不時可以看到國王的肖像。三不五時，校園裡總會跑出個記憶力驚人又愛多管閒事的傢伙，或者某一個老愛糾纏謝德和他那古怪的朋友的社團女生，問我一個窮極無聊的蠢問題，說有沒有告訴我，我長得真像那個不幸的國王。我以這樣的話來應對：「中國人看起來，不都是一個樣子。」隨即改變話題。然而，有一天，我懶洋洋地在教職員交誼廳的休息室小憩，不意遭到一票同事包圍，忍受令人尷尬的攻擊。有一個來自牛津大學的德籍客座講師，大呼小叫地驚嘆，說這種神似真是「前所未有」。我一時大意，脫口而出所有留鬍子的冷珀人看起來都是一個樣子，還說——其實冷珀（Zembla）這個國名並非來自俄語中的 *zemlya*（土地、國度），而是 *Semblerland*（相似之地）⑳」的訛用，指一個像鏡中影像映射出來的一個地方。那個人繼續折磨我：「是啊，不過查爾士國王沒留鬍子。我說神似的正是這張臉。（他加上一句，）一九五六年我和我的瑞典老婆一同去昂哈瓦觀賞體育節，很幸運，我們坐的觀眾席離皇家包廂只有咫尺之遙。我們家裡還有張他的照片，內人的姐姐和一個國王侍從的母親很熟。說到那侍從的母親，真是很有意思的一個女人。你難道沒看出來（幾乎揪著謝德的領子）？兩人五官多麼神似——特別是臉的上半部，眼睛，對，那雙眼睛，還有鼻樑！」

「此言差矣，」（謝德坐在扶手椅上，翹著二郎腿，輕輕地晃啊晃，他要做什麼聲明時，總是擺出這樣的姿態），「一點都不像。我在電視新聞看過這國王，完全不像。相似是差異的影子。每一

---

⑳ Semblerland：sembler，法文，「相似」之意。

個人眼裡看到的相似之處都有所有不同，也會看到類似的差異。」

　　納托許達格這個老好人，在這你一言我一語中顯得很不自在，他用溫柔的嗓音說道，一想到那個「悲天憫人的國王」恐怕不禁牢獄折磨，凶多吉少，就令人好生難過。

　　這時，一個物理學教授來了。他屬於所謂的「粉紅陣營」，相信粉紅派人士相信的一切（如進步教育啦、為蘇聯幹間諜的都是一片赤膽忠心啦、所有的放射塵都是美國製造的炸彈造成的啦、麥卡錫時代⑳殷鑑不遠啦、蘇聯的成就包括《齊瓦哥醫生》⑳等等啦）。「有什麼好難過的（他說），據說那個可憐的國王已經喬裝修女逃走了；不管發生了什麼事，或是不管他本人出了什麼事，冷珀百姓都漠不關心。歷史已經把他廢除——這就是他的墓誌銘。」

　　謝德：「對，時候到了，每一個人也都會遭到歷史的廢除。國王也許已經死了，也許和你、金波特一樣，還活著好端端的，我們還是尊重事實吧。我從他（指著我）那裡聽說，大家都在說什麼他喬裝修女脫逃，不過是親極端黨的一派在胡扯。極端黨人和他們的朋友編出這一大堆鬼話不過是為了掩飾他們的狼狽。國王其實是從王宮走出來的，翻山越嶺，最後才出國的。而且不是像那些蒼白的老處女一身黑，而是像運動員穿的那種大紅毛衣。」

　　「奇怪，奇怪。」德國客座講師說。由於祖先傳下來的怪癖，只有他一人察覺到謝德語氣中那轉瞬即逝的怪異。

　　謝德（微笑著撫摸我的膝蓋）：「國王是不會死的——他們只

---

⑳麥卡錫：Joseph Raymond McCarthy，1908-1957，美國共和黨參議員，狂熱的反共產主義者，領導參院附屬調查委員會，大舉偵查在美國的所謂共產黨人，掀起一股「白色恐怖」政治迫害。

⑳《齊瓦哥醫生》（Dr. Zhivago）：前蘇聯作家巴斯特納克（Boris Pasternak, 1890-1960）在這部長篇小說點出共產黨的毒害與革命運動的偏差，而遭到蘇聯當局嚴厲的批評，一九五八年榮獲諾貝爾文學獎，但在蘇聯當局驅逐出境的威脅下而拒絕領獎，不久鬱鬱而死。

會失蹤，是不是啊，查爾士？」

「誰說的？」那個無知又愛疑神疑鬼的英文系主任大夢剛醒的樣子，尖聲問道。

我那親愛的朋友沒理會那位 H 先生：「就拿我來說，有人曾說我至少像四個人：一個是約翰生，一個是艾克斯登博物館裡那個可愛的人類祖先模型，另外兩個則是本地人，其中一個就是在列文樓自助餐廳舀薯泥那個蓬頭垢面、粗魯的母夜叉。」

「第三個女巫了⑳。」這個精確的妙喻讓大夥兒聽了哈哈大笑。

美國史教授帕登說：「那婆娘更像高茲華斯法官⑳（謝德低著頭插嘴說：「反正他也是和我們一道的」），特別是他酒足飯飽之後，對全世界生起氣來的樣子。」

「聽說，」納托許達格連忙補上一句：「高法官一家人玩得很痛快的……」

那個鍥而不捨的德籍講師喃喃自語：「如果有照片那就好了。說不定在哪兒……」

「沒問題。」那個名叫傑若・艾默羅德的年輕講師說，然後離開座位。

帕登教授對我說：「在我的印象裡，你是在俄國出生的，你的姓氏『金波特（Kinbote）』不曉得是不是由『Botkin』或『Botkine』⑳的字母重新組合來的？」

㉒㉙第三個女巫：莎士比亞《馬克白》中的女巫也是長了鬍子的。參看第一幕第三景：你們應當是女人，可是你們的鬍鬚卻使我不敢相信你們是女人。

㉓⓪高茲華斯法官：如 47-48 行評注所言，高夫人那張臉活像前蘇聯總理馬林科夫，高法官則似蛇髮女魔美杜莎。

㉓①Botkin：是顯赫的俄國姓氏，又可拼成 bodkin，意爲「匕首」，而「botkine」在英文中意爲「殺人犯給被害家屬的賠償金」。亦可參見第二章注釋 83 [14]。

金波特：「你把我跟那個『新』冷珀的流亡者搞混了。」（以諷刺的語氣強調「新」那個字。）

親愛的謝德問我：「查爾士，你不是曾跟我說過，在你們的語言，『kinbot』是弒君者的意思？」

「沒錯，正是把國王幹掉的人。」我說（我很想這麼解釋：那在鏡中流亡的國王隱姓埋名，企圖把原來的自己幹掉，其實就像一個弒君者。）

謝德（對那德籍講師說）：「金波特教授寫了一本研究姓氏的專書。那書很精采。我想（他轉過頭來對我說），那本書應該有英譯本，是不是？」

我答道：「一九五六年的牛津版。」

「不過，你真的會俄文，不是嗎？」帕登說：「記得有一天我曾聽到你跟一個人在說話——那來叫什麼名字來著——噢，天啊（他費力地扭動嘴唇），到底叫什麼來著。」

謝德：「各位，算了，我們很難攻下那個姓氏的（一笑）。」

何利教授：「你看，法文中的『輪胎』竟是這個字：*punoo*㉜。」

謝德：「老兄，你可真會避重就輕。（笑得東倒西歪。）」

「還有人叫傅萊德曼（Flatman）㉝呢。」我說了句俏皮話，然後對帕登說：「我當然會說俄語。在冷珀，至少在貴族當中，說俄語比法語要來得時髦、高雅。當然，今非昔比。現在連階級比較低下的人都被迫學著說俄語。」

那位粉紅陣營的人說：「我們學校不是也在教俄語？」

大家在那兒談笑風生，年輕講師艾默羅德則在跟書架卿卿我我。這時，他拿了一本圖解百科全書走來，那本是 T-Z 卷。

㉜punoo：法文中的輪胎應該是「pneu」而非「punoo」。「pneu」源於拉丁文中的「氣體」。

㉝傅萊德曼：Thomas Flatman，1637-1688，英國詩人、學者，見索引。

「好了，」他說：「這就是那國王的樣子。大家看看，他可真是年輕、英俊（哎，那張不行，那個德國講師哀嘆地說。）」「既年輕又英俊，那制服帥氣十足，看來雄糾糾的。」傑若・艾默羅德接著說：「什麼雄糾糾？那個娘娘腔的傢伙。」

我在他耳邊低語：「你啊，你這個穿著便宜綠色夾克、滿腦子髒東西的小癟三。」

「我說了什麼來著？」他問大夥兒，攤開手掌，就像達文西〈最後的晚餐〉那幅畫中一個門徒。

「算了，算了吧，」謝德說：「查爾士，我保證，這位年輕朋友無意侮辱你的君王，也無意侮辱一樣叫『查爾士』的你。」

「他就是想，也辦不到。」我平靜地答道，免得鬧笑話。

傑若・艾默羅德向我伸出他的手——在我寫這則評注之時，他的手依然保持那個姿勢。

895-899 行：我的體重……贅肉

這一段真是流暢到令人覺得噁心的地步，草稿原來是下面幾句：

> I have a certain liking, I admit,
> For Parody, that last resort of wit:
> "In nature's strife when fortitude prevails
> The victim falters and the victor fails."
> Yes, reader, Pope

> 我承認，我對諷擬有著某種喜好，
> 這是機智的最後一招：
> 「在自然鬥爭中，剛毅一旦獲勝，
> 敗者失足而勝者不成。」

是的，讀者，這是柏蒲㉞。

920-921 行：汗毛豎立

　　亞爾佛瑞德・郝思曼（Alfred Houseman, 1859-1936）的詩集《許洛普郡少年》（*The Shropshire Lad*）可與亞爾佛瑞德・丁尼生（Alfred Tennyson, 1809-1892）的《悼念集》（*In Memoriam*）齊名，或許是（刪去這膽怯的「或許」吧）百年來英詩登峰造極之作。郝思曼不知曾在哪裡說過（在一篇序言？）恰恰相反的話：汗毛豎立，反而不好刮鬍子㉟。由於這兩個亞爾佛瑞德必然用的是老式剃刀，而謝德用的是早期的吉列刮鬍刀，因此這種差異可能是因為刮鬍刀不同產生的。

922 行：本牌刮鬍膏撐起的髭鬚

　　這麼說並不確切。廣告指的是鬍髭被刮鬍泡撐起，而不是一種膏狀的東西。在這一行之後，也就是 923-930 行這一段，我們發現有另一個版本，詩人輕輕地把這下面這幾行劃去：

All artists have been born in what they call

㉞柏蒲：這一段拼湊模仿柏蒲《論批評》（*Essay on Criticism*）。柏蒲原詩如下：Nature to all things fixed the limits fit, / And wisely curbed proud man's pretending wit. / As on the land while here the ocean gains, / In other parts it leaves wide sandy plains; / Thus in the soul while memory prevails, / The solid power of understanding fails; / Where beams of warm imagination play, / The memory's soft figures melt away.

㉟郝思曼在一九三三年發表的文章〈論詩之名與詩之本質〉（*The Name and Nature of Poetry*）提到：「詩對我而言似乎是肉體感覺到的，而不是想出來的東西……我從經驗得知，我在早上刮鬍子的時候，必須留心自己在想什麼，如果有一行詩不期然飄進我的記憶，我就會起難皮疙瘩，汗毛豎立，剃刀就不由得停下來了。」

308

A sorry age; mine is the worst of all:
An age that thinks spacebombs and spaceships take
A genius with a foreign name to make,
When any jackass can rig up the stuff;
An age in which a pack of rogues can bluff
The selenographer; a comic age
That sees in Dr. Schweitzer a great sage.

每一個藝術家都說自己生在
一個可悲的時代，我的尤其悲哀：
這個時代認為外國姓氏的天才
才能把導彈和太空船製造出來，
那種東西，任何一個傻瓜都會組裝；
這個時代，一票流氓
恐嚇月球地理學家；這喜劇時代讚嘆
史懷哲醫生，說他是偉大的聖賢。

這一段被詩人三振出局後，詩人又嘗試另一個主題，但寫出
後又刪除掉了：

England where poets flew the highest, now
Wants them to plod and Pegasus to plough;
Now the prosemongers of the Grubby Group,
The Message Man, the owlish Nincompoop
And all the Social Novels of our age
Leave but a pinch of coal dust on the page.

在英國，本來詩人在天空最高處悠遊，

如今要他們在地上拖著步子走，

叫飛馬犁田；如今窮酸文人賣文為活，

代筆人，長得像貓頭鷹的笨傢伙，

這個時代的全部社會小說，

在書頁上只留下一點煤屑。

929 行：佛洛依德

此刻，我腦海中浮現詩人笑得前俯後仰的樣子。他簡直倒臥在地，用拳頭捶打草皮，而我——金波特博士——看書看得熱淚縱橫，淚溼鬍髯。我手中的書是方才從教室偷偷夾帶出來的，現正把書中提到的幾個有個有趣的段落連貫起來。這是一部美國大學使用的心理分析專書，容我再說一遍，這可是美國大學用的學術著作。只可惜，我的筆記只抄錄了兩段。

怎麼訓誡都沒用，還是一直在挖鼻孔，或者老愛用指頭戳鈕釦眼……心理分析老師知道好色者幻想無窮無盡。

（C 教授摘自菲斯特 [Oskar Pfister，1873-1956]《心理分析方法》[*The Psychoanalytical Method*] 一書，一九一七年紐約出版，第 79 頁。）

德國也有小紅帽的傳說，而這紅帽是月經的象徵。

（C 教授摘自佛洛姆 [Erich Fromm，1900-1980]《被遺忘的語言》[*The Forgotten Language*] 一書，一九五一年紐約出版，第 240 頁。）

那些小丑真相信他們自己教的東西？

933 行：大卡車

我得言明，記得我們住的那一帶很少有「大卡車」經過。音響開得震耳欲聾的車倒是有的——但絕不是大卡車。

936行：古老冷珀

今天，做評注的我覺得很累，心情不好。

詩人死亡前夕，在這張卡片（第七十六張）左邊寫了下面這麼一行詩（引自柏蒲《論人》第二書），或許他這麼做是想在注腳中引用：

At Greenland, Zembla, or the Lord knows where

在格陵蘭、冷珀，或者天曉得在何方

有關冷珀——我的冷珀——謝德只提了這麼一句？這個不可靠的老傢伙。而且是在他刮鬍子的時候？怪了，怪了……

939-940行：生命……

如果我對這個簡明的看法了解無誤，詩人在此是指，生命就是為一部龐大、晦澀而未完成的鉅著加上一連串的注腳。

949行：分分秒秒

因此，謝德在七月二十一日，也就是他生命的最後一天，開始在最後一疊卡片（第七十七張到第八十張）寫詩。兩個寧靜的時區此時已結合為一，形成某個人命運的標準時間。詩人在紐懷，而那刺客在紐約，兩人在計時員按下秒錶那一刻同時醒來，也不無可能。

949行：分分秒秒

他分分秒秒漸漸逼近。

葛雷德斯從巴黎來到紐約（七月二十日星期一）的那個夜晚，迎接他的是雷電交加的疾風暴雨。這場熱帶豪雨使得地下室和地鐵一片汪洋。街道像河流，映射出萬花筒般的五光十色。又名葡萄小子的他從來沒看過這種雷轟電掣的景象，傑克‧德阿加斯──傑克‧葛雷也沒見過（我們可別把傑克‧葛雷給忘了！）。他投宿在百老匯一家三流旅館，那晚睡得很香。他穿著條紋睡衣──冷珀人叫 *rusker sirsusker*（俄羅斯泡泡布服，即布料表面有凹凸狀泡泡花紋）──直接躺在被褥上，依然穿著那雙襪子，就沉沉睡去：打從七月十一日去在瑞士一間芬蘭澡堂之後，他就沒看過自己的光腳丫了。

現在是七月二十一日。早上八點，紐約就砰砰作響，轟隆轟隆地把葛雷德斯吵醒。他和平常一樣，先擤個鼻涕，渾渾噩噩的一天就開始了。他那張臉，就像戴著酒神寇默斯[236]的面具。他從紙盒取出一副看起來大而凶狠的假牙放在嘴巴裡：要不是這假牙，他的長相看來還挺善良的。接下來，他從公事包找出兩小塊他留起來的黃油，還有一塊小小的三明治。那三明治雖然放得更久，但還鬆軟可口，裡面夾著像火腿一樣的東西，或許是上個禮拜六從尼斯坐火車到巴黎的旅途中留下來的：倒不是因為他生性節儉（影子派的人早已付給他一筆可觀的費用），而是對自己年輕時代的儉僕有著動物般的眷戀。

他在床上享受這頓美味的早餐後，就開始為了他這一生最重要的一天做準備。他昨天刮了鬍子──現在就省了這個麻煩。他沒把他依賴的那套睡衣塞進手提旅行箱，而是放進公事包。他穿

---

[236]酒神寇默斯：Comus，希臘神話中司酒宴，司肉體享受之神。參看彌爾頓（John Milton, 1608-1674）在一六三四年寫的詩《酒神寇默斯，出現在蘭德洛城堡的面具》（Comus, A Mask presented at Ludlow Castle）。

好衣服，然後從外套暗袋掏出一把齒縫塞了垢物、淺粉色的小梳子，梳一梳他那又粗又硬的頭髮，仔仔細細地把呢帽戴上，然後在走道對面那間舒適、現代、幾乎沒有臭味的廁所，用舒適、現代的洗手液把雙手洗乾淨，然後撒了泡尿，又再清洗一隻手，覺得乾淨、整潔，就出去散步。

　　這是他第一次來紐約，但他就像很多和白痴差不多的人，覺得沒什麼新鮮的。昨夜，他已經把幾棟窗戶還亮著的摩天大樓，一層一層地數過了。現在，其他大樓，他只消看一眼，就覺得該知道的他都已經知道了。賣飲料的櫃台人很多，他點了杯咖啡，咖啡滿滿的，溢了出來，半個盤子都是，然後他就在中央公園西側的小徑，從一張長凳挪到另一張，看了一份又一份的報紙，就這麼度過青煙繚繞的上午。

　　他先看當天的《紐約時報》，每一頁都看，一邊看，嘴唇一邊像蛆蟲一樣奮力蠕動。赫魯雪夫（Hrushchov，美國人拼成 Khrushchcv）突然延緩斯堪的那維亞之行，轉往冷珀訪問（在此為大家轉播：「*Vï nazïvaete sebya zemblerami*，你們稱自己冷珀人，*a ya vas nazivayu zemlyakami*，但我叫你們同胞！」笑聲和掌聲）。美國即將為他們的第一艘原子動力商船舉行下水典禮（當然，只是為了把俄國佬惹火。J. G.注㉧）昨夜，紐華克市南街五百五十五號的公寓遭到雷電擊中，使得一部電視機毀壞，兩個人受傷。當時，那兩個人正在看電視中的女主角在攝影棚裡的暴風雨中迷路（那些受折磨的精靈可真可怕！C. X. K.注，J. S.作證㉘。）

㉧ J.G.：Jack Grey，即葛雷德斯的另一個化名，下面的狄葛雷也是。
㉘ C. X. K.：Charles Xavier Kinbot，即金波特，而 J. S.是 John Shade 的縮寫，即謝德。

布魯克林雷秋爾珠寶公司以雅基鉛字㉓⑨刊登廣告，誠徵一名珠寶磨光師傅，「限對服飾珠寶有經驗者」（噢，狄葛雷正是這方面的老手！）。海爾曼兄弟法律事務所表示，他們協助了一張大面額票據的交易：一千一百萬美元，發票人是戴克玻璃製造公司，一九七九年七月一日到期。葛雷德斯頓時覺得返老還童，把這則新聞看了兩遍，然而想到那時他就六十四歲又四天了，不免黯然神傷（這我就不予置評啦）。他在另一張長凳上，翻閱同一家報紙的星期一專刊。英國女王參觀白駒的一間博物館（葛雷德斯把一隻靠得太近的鴿子踢開），她走到白種動物展覽館的一個角落，脫下右手手套，背對著幾個目不轉睛注視她的人，揉揉額頭和一隻眼睛。親共分子在伊拉克發動革命。有人訪問詩人桑德堡(240)，問他覺得紐約體育館的蘇聯展覽如何。我引述他的回答：「這種展覽吸引的是才智出眾的人。」一個撰寫旅遊新書書評賣文為生的人評論自己的挪威之行說道，那些峽灣太有名了，用不著（他）多費唇舌，且說所有的瑞典人都很喜歡花。在一個國際兒童野餐會上，一個冷珀小女孩對她的日本朋友說：*Ufyut, ufgut, velkam ut Sembl-erland!*（再見，再見，下次在冷珀見！）(241)我得承認，這真是個

(239)雅基鉛字：agate type，已淘汰的外文鉛字大小單位名稱，相當於5.5點。在美國，報紙上的廣告仍用這個單位計算篇幅，即若干雅基行乘柱位闊。十四雅基行相等二．五四公分。

(240)桑德堡：Carl Sandburg，1878-1967，著名美國詩人、歷史學家和傳記作家。

(241)這一段描述確實出自一九五九年七月二十一日的紐約時報，不過名稱做了點修改：小說中的「雷秋爾珠寶公司」（Rachel Jewelry Company）原來是「查瑞爾珠寶公司」（Charles Jewelry Company），文中的海爾曼兄弟法律事務所（Helman）原來是萊曼兄弟（Helman）等。那段告別的話，那天報紙刊登的是：「再見，再見，下次在挪威見！」小說中的書評人諷刺的是培斯考特（Orville Prescoott）這個「給《羅莉塔》寫了篇白痴書評的人。」見納博科夫夫人薇拉在一九七一年十二月十七日寫給小艾玻爾（Alfred Appel Jr.）的信。

好玩的遊戲——在墊肩高聳的陰影下觀看大千世界中的蜉蝣。

　　傑克，德阿加斯第二十次看手錶。他雙手放在背後，像鴿子一樣蹓躂。他腳上那雙赤褐色的皮鞋擦得光可鑑人——他欣賞那身上髒兮兮但長得俊秀的擦鞋童繃緊破布嗶嗶剝剝地擦鞋的樣子。他在百老匯一家餐廳吃了一大盤粉紅色的豬肉加上德國酸泡菜，兩份像橡皮筋的薯條和半顆過熟的甜瓜。我從這租來的這一片小小的雲彩觀察他的一舉一動，心裡吃驚：看，這傢伙準備要犯下滔天大罪——這會兒正把粗糙的一頓飯菜狼吞虎嚥下去！我想，在他大塊朵頤的當兒，他腦海設想的一切必然暫時中止，在瀕臨所有可以想像的後果之前；那種種可怕的後果就像截肢者幻肢中的腳趾或者像馬（走動時唯一可以越過其他棋子的棋子）走到了棋盤邊緣，雖然動彈不得，還是「感覺」自己可以突破重圍一樣。

　　他慢慢走回畢佛蘭旅館，為了這短暫、美好的住宿付了約當三千冷珀克朗的房錢。他心中出現一種實際的念頭，遲疑了一下，還是把藤編箱和雨衣拿去存放在車站的置物櫃裡——我想，這些東西現在正和我那鑲了珠寶的權杖、紅寶石項鍊、鑲了鑽石的皇冠一樣，好端端地存放在某個不知名的地方呢。在這次攸關生死的行程中，他只帶了我們已知的那個破舊的黑色公事包：裡面放了一件乾淨的尼龍襯衫、一套髒睡衣、刮鬍刀片、第三塊黃油、空的紙盒、一疊厚厚的、有很多插圖的報紙（在公園還沒看完那份）、一顆他為老情婦做的玻璃眼珠，以及多年前他為工團組織親手印製的小冊子，共有十來種，每一種各有幾本。

　　下午兩點鐘，他必須到機場辦好報到手續。前一天晚上，在訂機位的時候，因為有一場學術會議在紐懷召開，他無法訂到更早起飛的飛機。他把火車時刻表翻來翻去，發現這種時刻表簡直是搗蛋鬼設計的。唯一的一班直達車（我們那些飽受火車顛簸、搖晃之苦的學生為這班火車取了個渾名叫做「方輪號」。）清晨五

點十三分發車，慢吞吞地經過一個又一個平交道，花了十一個小時才走完四百哩路到艾克斯登。你可以作弊，從華盛頓前去，但這麼一來，就得在那兒至少等上三個小時，然後坐上一班懶洋洋的慢車。葛雷德斯從來就沒考慮過搭巴士，因為他會暈車，除非先服用幾顆法麻明錠，不過那可會影響到他的正事。一想到搭巴士，他就覺得腳站不穩了。

此時，葛雷德斯與在前幾章出現的他相比，更接近我們現在的時空。他留著短短、直直的黑髮，我們還可為那張陰沉沉、長方形的臉填補大部分的要素，例如一對濃眉和下巴的疣。他的臉色是一種病態的紅潤。仔細看的話，我們發現他的視覺器官有點催眠的力量。他那憂鬱的鼻子鼻樑崎嶇，鼻尖還有溝槽。我們也看到了他下巴的鐵青，鬍鬚的成長遭到壓抑，變成一點一點像沙礫的東西。

至於他的姿態，有些我們已經很熟悉了，我們知道他常拖著廣闊的軀幹和短短的後腿前行，就像猩猩一樣。他那身皺巴巴的西裝，我們也聽膩了。但是至少我們還可以描述一下他的領帶。那條領帶是他在昂哈瓦的姊夫——一個對穿著很講究的屠夫——送的：巧克力色的人造絲做的，上有紅色條紋，尾端必須塞進第二顆和第三顆紐扣中間的襯衫，這是一九三〇年冷珀流行的領帶樣式。根據有學問的人的說法，有這領帶就不必再加上神父式的背心。他那雙著實粗糙的手長了一層令人反感的黑色汗毛。這個加入激進工會的工匠有一雙極其乾淨的手，兩個大拇指都明顯變形了，看得出來是長年製造玻璃燭台的結果。我們突然發現他的肌膚溼溼黏黏的，甚至（可以像幽靈一樣，安全無虞地穿過他的身體，穿過他坐的那架飛行器閃閃發光的推進器，穿過那些對我們招手、咧著嘴在笑的代表）看到他那洋紅和桑紅的五臟六腑，以及在他腸胃中洶湧起伏的波浪。

如果有哪個醫生或哪個人願意聽的話，我們還可以進一步描

述這個靈長類的靈魂。他能讀、能寫，也會計算，還有那麼一點自覺（對這點，他也不知如何是好）。他自知自己是有耐力的人，且對臉孔、姓名、日期等有著過人的記憶。從精神層面來看，他根本就不存在。從道德來看，他只是個在苦追一個傀儡的另一個傀儡。他的武器倒是真槍實彈，他的獵物則是個高度發展的人，而這個事實只屬於我們這個隨時都有事件發生的世界，對他的世界來說，一點意義都沒有。我向你保證，毀滅「國王」一事並沒有為他帶來某種程度的樂趣。因此，我們必須在他個人特點加上概念形成的能力，然而這只是一般的概念，正如我在另一個評注中提到的。至於到底在哪一個評注，我懶得去找了。但這事還是可能為他帶來那麼一點點感官上的滿足，猶如一個耽於享樂的小人物，屏氣凝神地面對一面放大鏡，拇指在正確的位置，死命捏住一個句號的兩側，然後把粉刺中那滑溜的、半透明的東西全部擠出來——快慰地發出「啊」的一聲。葛雷德斯不但能從想像的行動得到樂趣（至少他可以想像一個可以觸摸的未來），而且因為身負重任而感到快樂（這個責任是一群和他一樣有著正義概念的人託付給他的，剛好要他去殺人），因此他才去殺人，否則他是不會殺害任何人的。話說回來，如果殺人這碼子事沒有擠粉刺那種噁心與小小的刺激，他也不會同意執行這個任務的。

　　我在早先一個注釋（現在我找到了，就是 171 行的評注）提到這個「機器人」特別厭惡什麼以及他的動機。我說他是個「機器人」，因為那時還不夠有血有肉，不像現在這樣惹人討厭，總之，他現在離那個陽光燦爛、綠意盎然、散發青草香的阿卡狄更遠了。然而，上帝造出來的人是那麼奇妙可畏，無論我們怎麼探討動機、怎麼推理、調查都無法解釋，人如何消滅同類以及為什麼要這麼做（我知道，這個推理的前提是要把葛雷德斯當作人來看），除非一個人是為了捍衛自己或兒子的性命，或是為了維護自己一生的成就。因此，就葛雷德斯刺殺國王這個案子而言，葛雷德斯像個

白痴千里迢迢橫渡大西洋只是為了清空彈匣，說他是個有缺陷的人似乎不能成立，醫生，我們該說這個一半是人的傢伙腦子壞了一半。

他登上了那架小飛機，座位狹小得令人很不舒服。奔向太陽之時，他才發現自己被夾在一堆學者當中。他們都是最後一批趕著要去紐懷參加一場語言學研討會的，每一個翻領上都別著一個標誌，代表同一種外國語言，但沒有人會說那種語言，因此只好用再普通不過的英美語言來交談（話語在我們那弓著背的殺手頭上飛來飛去，也從四面八方射向他那沒有表情的臉孔）。在這種折磨中，可憐的葛雷德斯一直在想，到底是什麼在飛行途中斷斷續續地讓他覺得如坐針氈，甚至比那些只會一種語言的語言學家在那裡嘰哩呱啦還教人難受。他不能確定是什麼在作祟。豬肉？甘藍菜？薯條？還是甜瓜？他在陣陣痙攣中一道又一道地回想，雖然這些東西味道都不同，一樣教人作嘔，因此他無從選擇。我個人的意見是，那是法式三明治和「法式」炸薯條在他腸胃中大戰的緣故。這點還有賴醫生來證明。

他在五點過後抵達紐懷機場，隨即從自動販賣機買了兩杯冰涼爽口的牛奶喝下去，接著向櫃台要了一份地圖。他用粗粗的、遲鈍的指頭沿著校園的輪廓畫了一圈，那輪廓就像一個蠕動的胃。他向機場人員詢問離大學最近的旅館在哪裡。他得到的答案是，他可以搭車到校園旅館，從那兒走幾分鐘的路就可以到學校大樓（現在改名叫謝德樓了）。他還在車上，就覺得胃部翻騰得讓他受不了，他一到那間客滿的旅館，就立刻衝到洗手間。滾滾黃河流瀉出來之後，他終於覺得好多了。但他還沒穿好褲子，沒能檢查褲子後袋那個鼓鼓的東西還在不在，又感覺到一陣劇痛，肚子又在叫了，他不得不再一次光著屁股。由於急忙坐下，他那小小的白朗寧手槍竟然墜入馬桶的深淵。

他手裡拿著公事包再度闖入陽光之時，還不斷呻吟、磨著假

牙。陽光從樹上灑下，投射出各種斑點。大學城因為有暑期班的學生和來開會的語言學家，顯得很熱鬧，而他們當中的葛雷德斯很容易冒充販賣初級英文讀本或新型翻譯機的推銷員。說到那種新的翻譯機，翻譯的速度遠勝過人或是動物。

在學校大樓等著他的是巨大的失望：這天已經關門了。三個躺在草坪上的學生建議他去圖書館試試，三人同時指著草坪另一頭的一棟樓。我們的刺客只好拖著沉重的腳步走過去。

「我不知道他住在哪裡，」服務台的女孩說：「可是我知道他人就在這裡。我相信你可以在西北角第三區冰島語文藏書的地方找到他。你往南走（她揮揮手中的鉛筆），然後轉向西邊，再拐到西邊，然後你就可以看到一種，嗯，一種（鉛筆一直在比劃圓圈。圓桌？圓形書架？）——算了，等一下，你還是往西走好了，你一直往西，就可以到佛羅倫斯‧休頓閱覽室，從那兒再過去就是這棟大樓的北邊。你一定可以找到的（她把鉛筆放回耳朵上面）。」

他既沒當過水手，也沒做過亡命天涯的國王，不久就迷路了，他在迷宮般的書架打轉，最後看到一個長得像嚴厲母親的圖書館員正在樓梯平台的目錄鐵櫃查卡片。他於是向她詢問冰島語文藏書的位置。在她緩慢又詳細的解說下，不久他又回到服務台。

「對不起，我找不到。」他說，慢慢地搖著頭。

「難道你——」服務台的那個女孩才開口，突然用手一指：「噢，他就在那裡。」

有一個留著鬍子、身材高大的男人，在上方和大廳較窄的一邊平行的走廊，像行軍一樣快速地從東往西走，一下子就消失在書架的後面。但葛雷德斯還是在那一刻認出那粗壯的身軀、筆挺的儀態、高聳的鼻子、端正的眉毛和那快速擺動的手臂——正是敬愛的查爾士‧札維爾國王。

我們這獵犬立刻從最近的樓梯飛奔上去。隨即發現自己陷入

善本書閱覽室靜肅的氣氛中。這閱覽室很漂亮，而且沒有門；其實，過了一會兒他才發現他自己才穿過入口的簾子。找得暈頭轉向，加上肚子又出現一陣劇痛，他不由得急忙調頭──往下面跑三級台階，再往上跑九級，衝進一間圓形閱覽室。那裡有個禿頭、穿著夏威夷衫、曬得黝黑的教授正坐在一張圓桌，帶著嘲諷的神情，閱讀一本俄文書。他沒注意從這裡飛奔而過的葛雷德斯。葛雷德斯從一隻肥胖的小白狗身上跨過去，沒吵醒牠，他劈里啪啦地跑下螺旋狀的樓梯，發現自己來到地下室。這裡很明亮，有很多管線，他沿著刷了白漆的通道往前走，驀然看到天堂就在前方──一間水電工或迷路的學者可以使用的廁所。他在那兒一邊咒罵，一邊忙著將那把自動手槍從那晃來晃去的槍套放到上衣口袋，然後一瀉千里。如釋重負之後，他爬上樓，注意到書庫聖殿的亮光下，一個圖書館職員──一個削瘦的印度男孩──手裡拿著借書單在找書。我從來沒跟那男孩說過話，但我不只一次發覺他那棕藍色的眼睛在盯著我，無疑地他也知道我在學術界用的假名。但那殺手屬聲詢問觸動了他身上某個敏感的細胞，某種直覺，他彷彿知道我有烏雲著頂的危險，於是笑咪咪地回答：「我不認識這個人。」

葛雷德斯回到服務台。

「你晚了一步，」那女孩說：「我剛剛看到他走了。」

「*Bozhe moy, Bozhe moy*.」（我的天啊，我的天啊。）葛雷德斯自言自語，他有時沮喪會用俄語來感嘆。

「你可以在這本通訊錄找到他。」她把那本冊子推過去他那邊，就不再理會這個看起來病懨懨的傢伙，去幫艾默羅德先生找書了。此刻這位先生正把一本厚厚的暢銷書的透明書皮取下。

葛雷德斯嘴裡直嘟囔，兩隻腳移來移去，開始翻查那本教職員通訊錄。他終於找到地址，不過不知道怎麼去那個地方。

「達爾威奇路，」他對那女孩喊道：「那裡是近？是遠？也

許非常遠？」

　　艾默羅德問他：「你該不會是蒲寧教授的新助理？」

　　「不是的，」那女孩答道：「我想，這個人是來找金波特博士的。你是來找金波特博士的吧，是不是呢？」

　　「是的，可是見不到。」葛雷德斯說。

　　「我想的沒錯，」女孩說：「他不是住在謝德先生家附近嗎？」

　　「噢，正是。」艾默羅德轉身對那殺手說：「我可以載你去，如果你願意的話，反正順路。」

　　這兩個人，一個穿綠的，一個穿咖啡色的，這兩個人在車上可曾交談？誰知道？不過，他們並沒有說話，畢竟沒開幾分鐘就到了(如果是我那部馬力超強的克蘭姆勒，只要四分半鐘就到了。)「我想，你就在這裡下車吧，」艾默羅德說：「那一棟就是了。」

　　我們難以確定化名為葛雷的葛雷德斯這一刻進一步想做什麼？讓槍裡頭的子彈發射出去，還是先排掉腸子中無窮無盡的岩漿？他手忙腳亂地想打開車門，不拘小節的艾默羅德靠過來，貼近他，越過他，幾乎與他合而為一，幫他把門打開，然後門砰地一聲關上，他就颼颼地奔馳到山谷，去跟某人幽會。我希望讀者能夠知道，我何以不厭其煩講述這些細節。我後來跟這個凶手長談過。那凶手也會很感謝我這麼做，特別是在我告訴他，警方到處傳布這樣的謠言，說有一個寂寞的卡車司機讓傑克・葛雷搭便車，一路從羅諾克⑷或某個地方載他來到這裡的！如果有公正無私的搜查，把他丟在圖書館或艾默羅德車子裡的那頂呢帽找出來就好了。

958 行：午夜濤聲

　　我還記得《午夜濤聲》這本詩集中的一首小詩，正是我接觸

─────────────

⑷羅諾克：Roanoke，維吉尼亞州西南部的一個城市。

美國詩人謝德之始。這本薄薄的、優美的詩集是我求學時期一個從波士頓來到昂哈瓦教授美國文學的講師——一個很有才華、迷人的男孩——拿給我看的。那首小詩的題目是〈藝術〉，起首幾句如下。這首詩韻律輕盈，可以琅琅上口，我很喜歡，也對我們冷珀的高教派㊽灌輸給我的宗教情懷產生了拮抗的作用。

From mammoth hunts and Odysseys
And Oriental charms
To the Italian goddesses
With Flemish babes in arms.

從長毛象的獵殺、奧德賽
與東方的神奇
到義大利女神，她們懷裡的寶貝
是法蘭德斯嬰兒

962 行：幫幫我，莎翁！《幽冥的火》

這一行的意思顯然是：請讓我查查莎士比亞寫的東西，找看看有沒有可以用的詩題。結果呢，找到了《幽冥的火》。我們的詩人到底是從莎翁的哪一部作品挑選出來的呢？請讀者自己去找找。我這裡只有一本袖珍本的《雅典的泰門》——還是冷珀文譯本呢！裡頭當然沒有和「幽冥的火」相當的詞兒（如果有的話，我的幸運從統計學來看，無異於怪獸。）

在侃博先生沒來到冷珀之前，這裡根本不教英語。孔瑪爾則

㊽高教派：high church，注重禮儀的天主教、聖公會、信義會等教會是屬於高教派，禮儀較為繁複，許多經文、禮儀、啟應都是以唱的，較低禮儀的教會或稱低教派（low church）則以念讀為多，音樂較少，如長老教會、浸信會等是屬自由的禮儀。

是在年輕的時候，大約是在一八八〇年左右，自學而成（他把一本字典從頭到尾背了下來）。那時，在眼前等著他的，與其說是文字煉獄，不如說是平靜的軍旅生涯。他的第一部作品（翻譯莎士比亞的十四行詩集）是跟同袍打賭的結果。接下來，他就脫下了青蛙皮般的戎裝，換上學者袍子，開始對付《暴風雨》。他譯得很慢，花了半個世紀的時間，才把這位「*dze Bart*」（詩翁）的作品全部譯畢。接著，從一九三〇年起，他開始譯彌爾頓等詩人的作品，把各個時代的詩都紮紮實實地鑽研了一遍。可他譯完吉卜齡⑭的〈三個海豹捕獵者之歌〉（*The Rhyme of the Three Sealers*）（「他以槍枝和鋼鐵證明俄國人的法則」⑮），就病倒了。他床鋪上方天花板複製了栩栩如生的阿塔米拉石洞壁畫⑯的動物，不久他就在這壁畫底下斷了氣。彌留之際，最後一句譫妄之語是：「*Comment dit-on 'mourir' en anglais?*」（英文中的「死」怎麼說來著？）──真是個絕妙而感人的結局。

　　要嘲笑孔瑪爾譯文的謬誤，其實非常容易，然而這些錯誤是一位偉大先驅的無心之過。他活在自己的書齋太久了，很少跟男孩與年輕人來往。作家應該張大眼睛看看這世界，花開堪折直須折，更不要放過無花果啦，桃子啦，切莫一直待在發黃的象牙塔裡沉思默想──從某一點來看，這也是謝德的缺點。

　　我們可別忘了，在孔瑪爾著手這個偉大的志業之前，除了女作家珍・德福恩⑰的十本小說，在冷珀根本讀不到什麼英國作家

---

⑭吉卜齡：Rudyard Kipling，1865-1936，英國小說家、詩人。

⑮他以槍枝和鋼鐵證明俄國人的法則： Now this is the Law of the Muscovite that he proves with shot and steel，該詩的第十四行。

⑯阿塔米拉石洞壁畫：西班牙的考古學家馬塞林諾(Don Marcelino)在阿爾塔米拉 (Altamira) 發現的石洞壁畫。

⑰珍・德福恩：Jane de Faun，faun 是羅馬神話中長有羊角羊腿的牧神，是情色的象徵。

的作品。真是奇怪，這位女作家在英國却沒沒無聞。除此之外，只有幾首拜倫的詩，還是從法譯轉譯過來的。

　　孔瑪爾是個懶散的大個子，對詩以外的東西，完全沒有熱情，很少離開他那溫暖的城堡以及那五萬本蓋了家族紋章的藏書。大家都知道他有長達兩年之久都在床上讀書、寫作，後來精神好多了之後，動身前去倫敦。這是他第一次去倫敦，也是唯一的一次。那兒老是霧濛濛的，他又聽不懂人家說的話，只好回家，在床上再躺一年。

　　孔瑪爾最拿手的就是英文，在他漫長一生大部分的歲月裡，他譯的莎士比亞一直所向無敵。這位年高德劭的公爵，翻譯的豐功偉業無人不知，無人不曉，因此幾乎沒有人敢質疑他的譯文是否忠實。就拿我個人來說，我根本沒有那個膽子去核對他的譯文。有一個冷漠無情的院士就這麼做了，不但丟了席位，孔瑪爾還寫詩把他給臭罵一頓。那是一首精采的十四行詩，雖然英文不盡正確，還算文采煥然，開頭幾行是這樣的：

I am not slave! Let be my critic slave.
I cannot be. And Shakespeare would not want thus.
Let drawing students copy the acanthus,
I work with Master on the architrave!

　　我不是奴隸！讓批評我的人去做奴隸！
　　我不可能為奴。莎士比亞也不希望如此。
　　讓學畫的學生去臨摹葉子裝飾，
　　我跟大師在楣樑上同心協力！

991 行：馬蹄鐵
　　我和謝德一直沒搞清楚那鏗鏗、鏘鏘的聲音是從哪兒傳來

324

的。在對面那林木蒼翠的山坡底下有五戶人家，不知到底是哪一戶每隔一天總會玩這個擲馬蹄鐵的遊戲。達爾威奇山丘這一帶的傍晚，常聽到孩子彼此呼喚的聲音、家人呼叫孩子回家的聲音，還有那條大部分鄰居都討厭的拳師狗（牠老愛把垃圾桶打翻）見主人回家興奮地狂吠，除了這些，那擲馬蹄鐵的叮叮噹噹不禁讓人豎起耳朵，為附近增添了一種迷人的憂傷。

七月二十一日那個致命的傍晚，天還很亮，我開著那部馬力強勁的車咻地從圖書館開回家，一到家我就去看看親愛的鄰居在做什麼。一下車，我就置身於金屬的響聲之中。此時，我剛好看到喜碧飛車進城，心中不禁對那個夜晚懷抱著希望。你大可這麼說，我就像一個瘦弱、憔悴的情人，趁心上人獨自在家，偷偷前去跟他幽會。

我在樹叢辨識出謝德的白襯衫和花白的頭髮：他就坐在他說的那個「窩」裡，也就是我在 47-48 行評注中提到的那個像涼亭的前廊或陽台。我不由得走近一點，噢，幾乎是踮著腳尖小心翼翼地走。接下來，我發現他不是在寫作，而是在休息，於是我邁開大步走到他的門廊或者說他棲息的地方。他的手肘靠在桌子上，拳頭撐著太陽穴，臉上的皺紋全都歪歪扭扭的，雙眼溼潤、迷濛，看起來就像是個喝醉了的老巫婆。他舉起另一隻空下來的手跟我打招呼，姿勢不變，雖然我早已習慣他這個樣子，但這次給我的感覺除了有點憂鬱，格外孤寂。

「怎麼樣，」我問：「繆斯對你還好吧？」

「很好啊，」他答道，那顆用手支撐的腦袋微微點了一下：「好得不得了，而且非常溫柔。其實，這差不多是成品了（他指著身旁那個擺在防水桌巾上肚子鼓鼓的大信封）。幾個小地方再修改一下就好了。（他突然用拳頭猛敲桌子）。天啊，我終於做完了。」那個信封沒封口，裡面塞著一大疊卡片。

「夫人上哪兒去了？」我口乾舌燥地問。

「扶我一下，我想離開這裡，」他請求我說：「我的腳都麻了。喜碧參加俱樂部的餐會去了。」

「我有個好主意，」我的聲音微微顫抖：「我那兒有半加侖的托卡伊葡萄酒。我打算跟我最喜愛的詩人分享我最喜愛的酒。我們晚餐可以剝些胡桃來吃，加上幾個大蕃茄和幾根香蕉。還有呢，如果你願意讓我看看你的『成品』，那我就告訴你這個祕密：我為什麼提供這個題材給你？或者，這題材是誰提供給你的？」

「什麼題材？」他心不在焉地問。他靠在我的手臂上，腳漸漸不麻了。

「我們那藍藍的、朦朦朧朧的冷珀啦、戴紅帽的史坦曼啦、海濱洞穴裡的汽艇啦，還有──」

「啊，」謝德說：「我想，我早就知道你的祕密啦。不過，我還是照樣，先好好品嚐你的美酒。好了，我現在可以自己走了。」

我就知道他無法抗拒那黃金美酒的誘惑，特別是老婆嚴格管制他喝酒。我內心狂喜，幫他拿那個大信封，讓他方便走下台階。他就像膽怯的幼兒，從台階旁邊走下去。我們走過草坪，過了馬路。鏗鏗，鏘鏘，神祕住宅又傳出擲馬蹄鐵的聲音。我可以感覺大信封裝的那疊橡皮筋綑起來的卡片有著硬硬的角。文字符號可以包含不朽的意象、錯綜複雜的思想，還有新奇的世界（裡頭有活生生的人，他們在說話、哭泣、哈哈大笑）──然而，對這些奇蹟我們早已習以為常到荒謬的地步。我們理所當然地認為，只有這樣粗野而平淡的接受，像接受再平常不過的事，我們才可理解各個時代的作品，才可了解詩的描寫和結構漸趨精細的歷史，才可了解從自由人到布朗寧、從穴居人到濟慈的作品。如果有一天，我們一覺醒來，發現每一個人都失去了閱讀能力，那該怎麼辦？希望諸君不只能掌握你讀的東西，也能好好把握文字可以被人讀懂的這個奇蹟（正如我常常跟我學生說的。）雖然我長期鑽研藍色魔法──模仿天下各種形式的散文（但不包括詩歌，我不

擅作詩），我並不認為自己是真正的藝術家，唯一例外的是：我能像一個真正的藝術家，捕捉真相——那被人遺忘的蝴蝶，擺脫原來的習慣，觀看塵世這個網絡，和這個網絡的經緯線。我以莊嚴肅穆的心情，掂掂左腋下方夾的那包東西的重量，此刻我發現我的心充滿著一種難以形容的驚奇，就跟聽說螢火蟲會為飄泊的靈魂打出可以破譯的信號，或者得知蝙蝠會在傷痕累累的天空中寫出一個歷經滄桑的故事讓我們看那樣驚異。

我把整個冷珀緊緊貼住我的心頭。

993-995 行：凡妮莎……

在他死亡的前一分鐘，我們正從他的領地踏上我的國土，在杜松和修剪過的灌木叢之間行走。這時，突然飛來一隻名叫紅仙子的蝴蝶（參看 270 行評注），像彩色火焰，在我們身旁轉啊轉，令人眼花撩亂。我們倆有一、兩次注意到，同一隻蝶，總是在同一個時間、同一個地點冒出來。夕陽餘暉從樹葉中的縫隙灑下，使棕色沙地發亮，那蝶就在那裡出現，而小徑其他地方已被夜晚的陰影籠罩。你的目光跟不上那隻在斜陽中輕盈飛舞的蝶，牠時而現身，時而消失，然後又出現了，然後就像模仿某個調皮鬼，居然停在我朋友的袖子上，讓他樂不可支。牠一下子又飛走了，接著我們看到牠飛快地繞著一棵月桂樹打轉，不時在那像上了亮漆的葉子上歇腳，然後從中央凹處滑下，像一個小男孩在生日那天高興地從樓梯欄杆溜下一樣。陰影像潮水，淹沒了月桂樹，那個像絲絨又像火焰的小東西也在黑暗中消失了。

998 行：某個鄰居的園丁

某個鄰居的園丁！詩人見過我那園丁不少次，怎麼會這麼糊塗？我只能說這大概是他刻意這麼做的（他也曾在別的地方用這種方式處理姓名），企圖為熟悉的人或物營造出一種詩情畫意，一

種遙遠的感覺。也有可能在那昏暗的光線下，他把那園丁看作是為一個陌生人在為另一個陌生人幹活。這個天才園丁是我在一個悠閒的春日偶然間遇見的。前一刻，我在學校室內游泳池出了點事，那真是令人瘋狂而且難堪的經驗。我正慢慢走路回家的時候，發現他就在阿帕拉契亞最有名的林蔭大道上，站在綠色梯子的上頭，照顧一棵枝條生病的樹，那樹感激涕零似的。他的紅法蘭絨襯衫躺在草皮上。我們倆，他在上，我在下，有點靦腆地交談了一下。我很驚訝，每一棵他治療過的樹，他都能夠說出原產地。那時正是春暖花開的時節，在那列柱般的行道樹中，只有他和我兩個人。那些樹很美，曾有英國觀光客，拿著相機，一棵棵拍下來。在此，我只能舉出幾種：一棵粗壯得像是羅馬天神朱比特的橡樹和另外兩棵橡樹，一棵來自英國，曾被雷劈過，另一棵則是來自地中海小島，有很多瘤節，還有一種防風林（現在叫歐椴樹）、一棵刺葵（現在叫棗椰樹）、一棵松樹和一棵雪松（雪松屬），這些樹全都長在島國；還有一棵來自威尼斯的懸鈴木（槭樹屬）、兩棵柳樹（綠的那棵來自威尼斯，葉子灰灰的那棵來自丹麥）、仲夏榆（指狀枝子纏繞著常春藤，像戴了戒指）、仲夏桑（樹蔭引人駐足），還有來自南歐古國伊利里亞、屬於小丑的一棵悲傷絲柏㉘。

㉘這些樹全都來自莎士比亞的劇作：像是羅馬天神朱比特的橡樹（出自《暴風雨》第五幕第一景第45行）；另外兩棵橡樹，一棵來自英國，曾被雷劈過（出自《李爾王》第三幕第二景第5行），另一棵則是來自地中海小島，很多瘤節，還有一種防風林（現在叫歐椴樹）、一棵刺葵（現在叫棗椰樹）、一棵松樹和一棵雪松（雪松屬）（出自《暴風雨》第一幕第二景第兩295行、第五幕第一景第10行、第三幕第三景第23行和第五幕第一景第48行）；一棵來自威尼斯的懸鈴木（槭樹屬）（出自《奧塞羅》第四幕第三景第40行）、兩棵柳樹（綠的那棵來自威尼斯，葉子灰灰的那棵來自丹麥）（出自《奧塞羅》第四幕第三景第41行和《哈姆雷特》第四幕第七景第166-167行）、仲夏榆和仲夏桑（出自《仲夏夜之夢》第四幕第一景第44行和第五幕第一景第148行），以及來自南歐古國伊利里亞的悲傷絲柏（出自《第十二夜》第二幕第四景第52行）。

他曾在馬里蘭州一家黑人醫院做了兩年的男護士。他缺錢，但是又想學習園藝造景、植物和法文（「以閱讀波特萊爾和大小仲馬的原著」）。我答應給他一些資助，於是他翌日就到我這兒來幫忙。這個可憐的傢伙，其實人很好，只是有點多嘴，另一個毛病是完全「不舉」──真讓人洩氣。要不然，他真可以算是彪形大漢。看他興高采烈地幹活兒，真是賞心悅目：他和土壤與草皮搏鬥、無限憐愛地照顧球莖，還鋪了條石板小徑。等我房東從英國回來的時候，不知道會不會驚喜（希望沒有嗜血的瘋子在偷偷跟蹤他！）？我真希望讓他頭上綁一條大大的纏頭巾（我是指我的園丁，不是指房東），穿上寬鬆的褲子，戴上腳鍊。如果我是北國的一個國王──如果我還是國王的話（流亡已成我的壞毛病），我就會按照古老、浪漫的傳統，把他打扮成一個摩爾王子。謙虛的朋友啊，你必然會怪我在這個評注裡寫了這麼多你的事，可是我覺得我不得不好好地稱讚你。畢竟，你是我的救命恩人。最後看到謝德還活著的人就只有你和我兩個人。更何況，你後來承認當時你有一種奇怪的預感，因此放下手中的工作，注意到我們從灌木叢走向我家門廊，而那裡站著──（請原諒我的迷信，我實在無法寫出你用的那個可怕、邪惡的字眼。）

1000行：〔＝第1行　我是連雀飄殞的魅影〕

透過謝德那件棉布襯衫的後背，你可以看到一塊塊粉紅色，那是所有美國老好人在襯衫底下穿的怪里怪樣的背心黏住皮膚造成的，那背心的輪廓也看得到。謝德的身影歷歷在目：一個肥肥的肩膀搖啊搖，另一個則隆起，一頭像拖把的花白亂髮，皺皺的頸背，從長褲一個後袋垂下的紅色印花大手帕，另一個後袋塞了錢包而鼓鼓的，那寬廣、變形的骨盆，在坐下時沾了草漬的舊卡其褲，平底休閒鞋磨損的後跟，還有他轉過頭來看著我，一邊走，一邊愉快地大聲訓誡我：「小心，東西別掉出來。這可不是追逐

紙張的遊戲。」或是後退一步說道：「我得寫信給威爾斯（紐懷鎮的鎮長），告訴他禮拜二晚上有該死的卡車打從這裡經過。」

我們沿著與高法官家同一側的巷子走，在草坪旁邊的石板路往上走，然後走到一條碎石路，這條路一頭連接達爾威奇路，一頭通往高家前門。這時，謝德說：「你有訪客。」

我們看到門廊出現一個人的側影。那人矮矮胖胖的，頭髮是黑色的，身穿棕色西裝，提著一個破舊不堪而且已經變形的公事包，他那彎曲的食指還對著方才按過的門鈴。

「我非宰了他不可。」我嘟噥著。最近有個戴著軟帽的女孩硬塞給我一疊宗教宣傳小冊，還告訴我她哥哥會來拜訪我，跟我討論上帝的旨意，小冊裡如有看不懂的地方，他也會為我解釋。我想像她哥哥該是個瘦弱、神經質的年輕人。還真是個年輕小夥子！

「我要把他給宰了。」我咬牙切齒地低聲說道。一想到讀詩的狂喜會給耽擱了，我就忍無可忍。之前，謝德一直搖搖晃晃地走在我前面，向豪飲和真相邁進。我怒氣沖沖、快步向前，超越他，打算趕走這個不速之客。

我以前可曾見過葛雷德斯這個人？讓我想想。記憶搖了搖她的頭。然而，那殺手後來告訴我說，他確實見過我。有一次我從塔樓眺望皇家果園，他和我的一個僮僕——髮絲捲捲的像刨木屑的一個男孩——剛好走過，我向他揮揮手。那時，他們剛從溫室搬出一個玻璃做的支架，準備放到馬車上。但是那來客轉過身來，那兩顆靠得很近的眼珠對我們發射出既邪惡又憂鬱的目光，我猛然認出他是誰，不禁嚇得直發抖。即使這樣的情景出現在夢中，我也會慘叫一聲驚醒。

他的第一發子彈把我西裝外套的袖扣打掉了，另一發子彈從我耳邊呼嘯而去。如果說他要瞄準的不是我，而是我背後那個頭髮花白的老先生，簡直是胡說八道、居心叵測（他明明在圖書館

看過我。各位，畢竟我們活在一個理性的世界，講話不要顛三倒四。）沒錯，他正是對準我開槍，但是都沒打中。這個無可救藥的白痴。我本能地向後退，一邊咆哮，一邊張開我那粗壯的手臂（左手還緊緊抓住那首詩，套亞諾德〔1822-1888〕的話：「牢牢抓住不可侵犯的影子」㉔），企圖阻止那個瘋子，保護謝德。我真的很擔心他會意外被打中。然而，這可愛又笨手笨腳的老頭，拚命抓住我向後退，把我拖到他的月桂樹叢中，就像一個跛腳男孩手忙腳亂把他那痙攣發作的弟弟拖走，躲避一群學童對他們扔過來的石頭──這麼一幕感人好戲過去在世界的每一個國家都常常看得到吧。我覺得謝德的手在摸索、尋找我的手，終於找到我的指尖，找到了，可是隨即放開，好像在一場莊嚴的接力賽跑中，把生命的棒子交給我。

有一發子彈沒射中我，却擊中了他身體的一側，射穿了他的心臟。在我背後的他，突然倒地，我也跟著失去平衡。同時，我的園丁從樹籬後方出來，拿起鐵鏟死命地往殺手傑克的腦袋瓜子敲下去，把他打倒，武器從他的手飛出去。這場命運的鬧劇總算結束了。我的救命恩人撿起那把槍，扶我站起來。我的脊椎尾骨和右手腕疼痛不堪，那首詩安然無恙。然而，謝德還俯伏著，白襯衫有一塊紅紅的。我仍希望他還沒死。那個瘋子坐在門廊台階上，頭暈眼花地用沾滿鮮血的手撫摸鮮血直流的腦袋。我請園丁看著他，急忙跑回屋裡，打開櫃子，裡頭有一大堆女孩的靴子，塑膠長靴啦，毛茸茸的雪靴啦，白色威靈頓長靴㉕啦，我把那貴重的信封藏在這堆靴子下面。我走出來的時候，就像當初從祕密通道的盡頭走出來一樣興奮，成功從那群魔亂舞的城堡脫身，離

㉔牢牢抓住不可侵犯的影子：出自亞諾德在一八五三年的詩〈吉普賽學者〉（*The Scholar Gypsy*），第 212 行。
㉕威靈頓長靴：Wellingtons，一種橡膠或塑料做鞋底的牛皮長統靴，用於雨雪等惡劣天氣。

開冷珀，來到這阿卡狄。接下來，我撥了 11111 的電話報警，倒了杯水回到屠殺現場。可憐的詩人這時已被翻過來了，眼睛還張得大大的，瞪著傍晚明亮的藍天。那個拿著槍的園丁和那被打傷的兇手肩並肩坐在台階上抽菸。後者對我視若無睹，他如果不是疼痛得厲害，就是決定扮演另一個角色，把我視做昂哈瓦泰瑟拉廣場騎著石頭戰馬的石頭國王，不過那詩倒是安全了。

我把那杯水放在門廊台階旁邊的花盆附近。園丁拿起來喝，也分那凶手喝一點，然後就陪他去地下室的洗手間。不久，警察和救護車都來了，兇手說他叫傑克・葛雷，除了罪犯精神病院，沒有固定住所。（過來這裡，乖狗狗。）那間精神病院該是他的永久住所才對。警察認為他就是從那兒逃出來的神經病。

一個鎮定、果敢的警察跨過謝德的屍體，對那兇手說：「來吧，我們會幫你包紮頭部。」不妙，蘇敦醫生的女兒開車載喜碧回來了。

在那個慌忙、混亂的夜晚，我竟然有辦法脫身，把謝德的詩作從高家那四個小精靈的靴子底下抽出來，放進我那只嚴肅的黑色手提旅行箱，妥善保管。然而，一直到破曉，我才敢拿出來端詳。

大家都知道，我一直呆呆地相信，謝德是在寫一首有關冷珀國王的傳奇詩，因此或許可以理解我是多麼大失所望。我已經知道他不會只寫這個主題，當然還會加上他的人生經驗和各式各樣的美國風情，但我相信詩中應該有我為他描述的那些精采的事件、栩栩如生的人物，以及我那王國獨特的氛圍。我甚至提議了一個不錯的題目給他。在我心中，那本書應該叫做《孤王》㉕，而不是什麼莫名其妙的《幽冥的火》。我開始讀那首詩，愈讀愈快。一邊飛快地跨過詩行，一邊咆哮，像年輕繼承人讀了老騙子的遺

㉕孤王：Solus Rex，或稱王在死角，見譯注 69 ［15］。

囑那樣氣得怒髮衝冠。我那夕照中的城垛在哪裡？我那美麗的冷珀在哪裡？她的山脊呢？那些可愛的、像花一樣的男孩呢？彩繪玻璃的幻影呢？黑玫瑰聖騎士呢？那個絕妙的故事到底在那裡？詩裡怎麼都沒寫！我像一個催眠師以無比的耐心對他說，像情人一樣不斷慫恿他，然而我對他述說的一切，却付之闕如。啊，我如何表達這種痛苦！若這詩不是光輝燦爛的傳奇，是什麼？一個住在阿帕拉契亞的名人以新柏蒲的詩風寫的一首老式的自傳體敘事詩。當然，這詩寫得很美——謝德只會寫美的東西——却少了我那種魔幻的魅力。我本來認為這詩會洋溢著奇異的瘋狂，進而超越時代的限制。

我慢慢恢復平靜。再仔細讀一遍《幽冥的火》。我發現，我對這詩少一點期待，反而比較喜歡了。那是什麼？那隱隱約約從遙遠的地方傳來的樂聲是什麼？那些在天空殘留的色彩呢？這種片段信手拈來比比皆是，特別是——特別是那些寶貴的草稿版本，就像我心靈的回音和靈光，我的光榮激起的一圈又一圈的漣漪。現在，我對這詩興起新的憐愛。就像一個愛變心的小妞，被一個黑黑的大個兒擄走，那大個兒辣手摧花之後，把她放了。現在，她又回到學校大樓和公園，和馬夫一塊吹口哨，和馴服的海豹游泳。傷口還痛，應該是會痛的，但心裡却懷著一種奇特的感激之情，親吻溼潤的眼簾、輕輕撫摸遭到玷汙的皮肉。

我對這首詩的評注，現在就在諸位的手上，這些評注代表的正是那火的回音和小小的浪花，還有蒼白的磷光以及種種在潛意識裡從我這兒得到的東西。有些評注的語氣或許聽來有點刻薄，可是我已經努力忍著，告訴自己盡量不要吐苦水。在這最後一個注解當中，我無意抱怨那些職業新聞記者和謝德那些「朋友」在訃聞中胡亂編造謝德死亡的情景，說些有的沒的、粗俗、殘酷的廢話。其中，提到我的地方，無非是新聞界的麻木不仁混合惡毒的人噴出的毒液。我毫不懷疑，那票作賊心虛的傢伙必然極力否

認書裡頭的很多描述。謝德夫人會說她不記得她那「什麼都拿給她看」的丈夫曾給她看過一、兩段他另外寫出的詩。那三個躺在草皮上的學生也會完全失憶。圖書館服務台的那個女孩也不記得（有人命令她不得想起）在謀殺案發生那天，有人來打聽金波特博士的下落。我敢保證，艾默羅德先生也將暫時放下手中的乳房豐滿女學生肉體彈性研究，以亢奮的語氣否認那天傍晚他沒載過任何人到我的住處。換言之，每個人都無所不用其極地想要切斷我這個人與我友人命運的連繫。

不管如何，我還是稍稍報了一箭之仇：眾人的誤解反倒間接促成了我取得《幽冥的火》一書的出版權。我那好園丁熱心把他看到的一切講給每一個人聽的時候，顯然說錯了好幾個地方。錯得最離譜倒不是誇張我的「英雄行徑」，而是那個叫傑克・葛雷的人蓄意對著謝德開槍。謝德的遺孀一想到我「奮不顧身」，擋住殺手欲射殺的目標（那一幕我永遠也忘不了），就深深感動，撫摸我的手，哭著對我說：「在這世上，有些恩情是無法報答的。」到了「另一個世界」，背叛的人會有報應的。我把她的話當做耳邊風，下定決心不去反駁她的話，只是說：「親愛的喜碧，還是有一種方式可以報答啊。這要求來說，對你來說，可能不算什麼——喜碧，請允許我來編輯出版謝德的最後一首詩吧。」喜碧立刻表示同意，她又哭哭啼啼，又給我一陣擁抱。翌日，就在合約上簽了字。那合約是我請一個小律師十萬火急擬出來的。親愛的嫂子，不久你就會忘記這令人感恩又傷悲的一刻。我向你保證，我絲毫沒有要傷害你的意思，雖然有人陰謀詭計、惡毒中傷，也許謝德還是不會氣我寫出那些評注。

這些陰謀使我面對夢魘般的問題，也就是如何才能大家平靜地看清這個悲劇的真相，不要驚聲尖叫，也不要推擠我。在這個悲劇裡，我並不是「碰巧」目睹事情經過的證人，而是主角，那主要的被害人可能就是我。這一陣吵吵鬧鬧影響到我的新生活，

我不得不搬到這個簡陋的山中小屋。早先，在那凶手被羈押後不久，我還是設法跟身在監獄的他見上一、兩次面。那時，他已經比坐在我門廊台階的時候要清醒得多。他對我說了我想知道的一切。我讓他相信我會在審判時幫他說話，以此做為條件，要他承認他犯下的滔天大罪——以傑克‧葛雷的假名欺騙警方和國家，從精神病院脫逃，誤以為謝德是那個把他送進精神病院的人。幾天後，唉，沒想到審判受到阻撓。那傢伙從一個沒有人看管的垃圾桶拿出刮鬍刀片，往脖子一劃。他死了。他會尋死，與其說他的角色已經演完了，覺得再下去已經沒有什麼意義，不如說他嚥不下那口氣，無法忍受自己最後竟這麼搞砸了——要殺的人明明就在眼前，還是錯殺了人。換句話說，他生命的結束不是像齒輪發出輕輕的一聲劈啪就壞了一樣，而是在近似人類的絕望之中了結的。夠了！傑克‧葛雷退下。

每每回想起離開紐懷——我打算永遠離開這地方——前一個禮拜的事，我就不禁打哆嗦。那時，我分分秒秒都在擔心強盜會搶走我這貴重的寶貝。我大費周章地把手稿從我那黑色手提旅行箱拿出來，放在房東書房一個空鐵盒裡，幾個小時後，又從鐵盒把手稿拿出來，接下來的幾天，都把這些手稿放在身上，也就是把這九十二張卡片都藏在身上：二十張放在外套右口袋、二十張放在外套左口袋，且把四十張綁成一疊，塞在靠著右胸的暗袋，還有十二張是詩人另外寫出來的草稿版本，則藏在外套左邊暗袋。我這模樣，想必會讓一些讀者哈哈大笑。此時，我衷心感謝王室星宿的保佑，讓我自己學會女紅。我把那四個口袋都縫好了。於是我小心翼翼地在上當的敵人之間周旋，以詩做為鋼板，拿韻腳來當武器，另一個人寫的詩歌使我變得更為結實，卡片使我的身子挺直，我終於變得刀槍不入。

記得多年以前——究竟有多少年，我已經不去數了——那時我不過是個六歲的小人兒，卻飽受成人失眠的折磨，我的冷珀護

士於是跟我說：「*Minnamin, Gut mag alkan, Pern dirstan.*」

（小寶貝，上帝製造飢餓，魔鬼製造乾渴。）諸位，嗯，我想很多像我一樣走到最後這個境地的人，都跟我一樣又餓又渴。我最好在這裡打住。是啊，該打住了。我的評注和我自己即將漸漸消失。各位先生，我真的經歷不少折磨，比你們想像的要來得多。我向上帝禱告，願祂賜福給我那些可憐的同胞。我的事情做完了。我的詩人死了。

「可是，接下來你要做什麼呢？可憐的國王，可憐的金波特？」一個甜美、稚嫩的聲音問道。

我相信上帝會助我一臂之力，不會讓我變成這部小說中的另外兩個角色。我會好好活下去，或許會偽裝成其他的人，以其他的形式出現，不論如何，我會活下去的。我可能會出現在另一個校園，變成一個上了年紀、健康、快樂的俄國佬、異性戀者、流亡作家，一個沒有名氣、沒有未來，也沒有人想聽他說話的人，一個除了他的藝術一無所有的人。我也可能跟歐登通力合作，拍攝一部新的電影：《冷珀大逃亡》（有華麗的宮廷舞會啦、有宮殿廣場的爆炸場面啦）。說不定，我還會迎合劇評人膚淺的口味，編出一齣舞台劇或老式的通俗劇，主要角色有三：一個瘋子企圖殺害一個自以為是國王的人，另一個瘋子想像自己就是那個國王，還有一個大名鼎鼎的老詩人好死不死正好闖進火線，在兩個虛構事物的撞擊下一命嗚呼。噢，我還會做很多事呢。歷史允許的話，我將揚帆回到我那光復的王國，抽抽噎噎地迎向那灰色的海岸線和在雨中閃閃發光的屋簷。我也可能在瘋人院裡蜷曲著身子，哼哼卿卿。不管發生什麼事，不管場景如何安排，總有一個人悄悄地從某個地方出發了——出發了；遠方有一個人正在買票，就要坐上巴士、輪船或是飛機了。他登陸了，走向一百萬個攝影記者。不久，他就會來按我家門鈴——一個身材魁偉、長得更體面，也更有本事的葛雷德斯。

索引

各條目中的斜體數字指相關詩行或評注。G、K、S 代表這部作品中的三個主要人物：**葛雷德斯**（Gradus）、**金波特**（Kinbote）與**謝德**（Shade）。

A., Baron, Oswin Affenpin 甲男爵：奧思文・亞芬平，末代亞芬男爵，微不足道的叛徒，*286*。

Acht, Iris 愛蕊思・亞赫特：著名的女演員，卒於 1888 年，熱情如火且能夠呼風喚雨的女人，瑟格斯三世（Thurgus the Third，參照該條目）的愛妾，*130*。依照官方說法，她是自殺身亡的，但流言說她是被同行——一個來自哥特蘭島、生性嫉妒的小子——勒死在化妝室裡的。高斯蘭德還健在，現年九十，是影子派（Shadows，參照該條目）裡最老的一個，也是最無足輕重的人。

Alfin, King 艾菲王：1873-1918，綽號「糊塗王」，1900 年登基，K 的父親，仁慈、性情溫和但是心不在焉的國王，熱中於汽車、飛行器、汽艇，有一段時間對貝類研究也很有興趣，死於墜機事故，*71*。

Andronnikov and Niagarin 安卓尼科夫與聶嘉林：在王宮尋找寶藏的兩個蘇聯專家，*130*、*681*、*741*，參看皇冠（Crown Jewels）。

Arnor, Romulus 羅慕樂斯・亞諾：1914-1958，冷珀愛國詩人，擅長描寫冷珀城鎮，評注中曾援引他的詩，*80*；被極端黨人處決。

Aros 艾若斯：冷珀東部一個很美的城市；孔瑪爾公國首府；德高望重的費茲・布瑞威特（Ferz Bretwit，費茲意謂「棋后」）曾任本市市長；奧思文・布瑞威特（Oswin Bretwit，參看該條目）叔公的表兄弟 *149*、*286*。

B; Baron 乙男爵：此人硬把女兒嫁給甲男爵，且自以爲是布瑞威特家（Bretwit，參照該條目）的老友，*286*。

Bera 貝拉山脈：縱貫半島南北的山脈；有晶亮的山峰、神祕的隘口和如畫的斜坡，*149*。

Blawick, Blue Cove 布洛維克，藍灣：位於冷珀西海岸、怡人的濱海度假勝地，有賭場、高爾夫球場、海產和出租汽艇，*149*。

Blenda, Queen 布蘭達王后：1878-1936，國王的母后，自1918年執政，*71*。

Boscobel 包斯可貝爾：皇家避暑別墅的所在地，在冷珀西部，有很多松樹和沙丘。此地柔軟的洞穴，讓作者想起往日的魚水歡情；如今（1959年）這裡已成「天體營」——你愛叫別的也成，*140, 596*。

Botkin, V. 波特金：俄裔美國學者，*894*；king-bot，一種已經滅絕的蒼蠅的蛆，一度在長毛象身上寄生，據說這種蒼蠅很快就絕種了，*247*；專門做波特金靴（bottekin，一種華麗的靴子）的工匠，*71*；俄文中的「*bot*」是噗通聲，而「*boteliy*」是大肚腩之意；「*botkin*」或「*bodkin*」指丹麥匕首。

Bregberg 布瑞格柏格：參看貝拉山脈（Bera）。

Bretwit, Oswin 奧思文‧布瑞威特：1914-1959，愛國的冷珀外交官，*286*。參看奧德瓦拉（Odevalla）和艾若斯（Aros）。

Campbell, Walter 侃博：1890 年出生於格拉斯哥；1922-1931 擔任 K 的家庭教師；一個和藹可親的紳士，老成持重，見多識廣；神槍手，滑雪冠軍；現居伊朗；*130*。

Charles II, Charles Xavier Vseslav 查爾士二世，查爾士・札維爾・維瑟斯拉夫：冷珀末代國王，又有「愛戴之君」之稱，生於 1915 年，1936-1958 執政；他的紋章，*1*；他的學術研究和治國，*12*；擔心自己會像歷代冷珀國王一樣，遭到不測，*62*；他的支持者，*70*；雙親，*71*；臥室，*80*；逃離王宮，*130*；翻山越嶺，*149*；回憶和狄莎的婚約，*275*；路經巴黎的插曲，*285-286*；路經瑞士，*408*; 去狄莎別墅，*433-434*；回想亡命山林的夜晚，*597*、*662*；他的俄羅斯血統和王室珠寶（Crown Jewels，務必參看該條目）*681*；抵達美國，*691*；給狄莎的信遭竊，*741*；給狄莎的信札，*768*；眾人討論他的肖像，*894*；在圖書館現身，*949*；身份幾乎暴露 *991*；孤王，*1000*。參看金波特（Kinbote）的條目。

Conmal, Duke of Aros 孔瑪爾，艾若斯公爵：1855-1955，K 的舅父，布蘭達王后（參看該條目）同父異母的大哥；高貴的釋義者，*12*；他翻譯的《雅典的泰門》，*39-40，130*；生平與作品，*962*。

Crown Jewels 王室珠寶，*130*、*681*，參看藏匿之處（Hiding Place）。

Disa, Duchess of Payn 狄莎，佩恩女公爵：生於 1928 年，大佩恩和蒙納的女公爵；我這可愛、蒼白而憂鬱的皇后，常出現在我的夢中，她也常夢到我；她的剪貼簿和最喜愛的樹，*49*；1949 年

大婚，*80*；她那薄如蟬翼的信紙上有個浮水印我看不清楚；她的身影在我的夢中折磨我，*433-434*。

Embla 恩布拉角：在多霧的半島最淒涼的最北端、一個小小的、古老的城鎮。這裡有間木造教堂，教堂四周都是泥炭蘚的溼地沼澤，*149*，*433-434*。

Emblem 恩布倫灣：在冷珀文中這個地名是「茂盛」之意；位於冷珀西部最南端的美麗港灣，和緩的斜坡上長著繁茂的石南，這裡的岩石上有略帶藍色和黑色、奇異的條紋，*433-434*。

Falkberg 法爾克山：被染紅的圓錐山頂，*71*；白雪覆頂的山頭，*149*。

Flatman, Thomas 傅萊德曼：1637-1688，英國詩人、學者、微圖畫家，老騙子對此人一無所知，*894*。

Fleur 芙蕾：德・福萊爾女伯爵（Countess de Fyler），閑雅的女侍，*71*，*80*，*433-434*。

G：參見葛雷德斯（Gradus）。

Garh 格兒：一個農夫的女兒，*149, 433-434*。作者現在才猛然想起，一九三六年在特洛斯（Troth）北部鄉村的一個小巷看到的一個雙頰紅潤的「鵝」童就是她。

Glitterntin, Mt. 晶晶峰：貝拉山脈（Bera Range，參看該條目）中的一個壯麗的山峰；可惜，我或許永遠都沒有機會再攀登這座

山了，*149*。

Gordon 戈登：參看克魯姆霍茲（Krummholz）。

Gradus, Jakob 葛雷德斯：1915-1959，他的化名有傑克・狄葛雷
（Jack Degree）、德・葛雷（de Grey）、德阿加斯（d'Argus）、
葡萄小子（Vinogradus）、列寧葛雷德斯（Leningradus）等；做
過很多小生意的普通人，也是殺手，*12*，*17*；進行私刑，誤殺了
人，*80*；他漸漸逼近，與 S 的創作同步 *120-121*，*131-132*；
他歷經的滄桑，因拿到的牌而推派出來做殺手，*171*；刺客行程
第一段，從昂哈瓦（Onhava）到哥本哈根，*181*、*209*；到巴黎
和奧思文・布瑞威特（Oswin Bretwit）見面，*286*；到日內瓦，
在拉文德（Joe Lavender）位於萊克斯（Lex）附近的住處和小
戈登（Gordon）聊了幾句，*408*；從日內瓦打長途電話回總部，
469；他的名字出現在一段詩行的另一個版本；他在日內瓦的等
待，*596*；去尼斯，在那裡等待，*697*；在尼斯遇見伊茲烏姆魯
多夫，發現國王的地址，*741*；從巴黎去紐約，*873*；在紐約，
949；在紐約度過的早晨；去紐懷；去校園；前往達爾威奇路
（Dulwich Rd.），*949*；鑄成大錯，*1000*。

Griff 葛立夫：山上的一個老農夫、愛國的冷珀人，*149*。

Grindelwod 葛林德伍德：冷珀東部一個美麗的城鎮，*71*、*149*。

Hiding place 藏匿之處：參看 potaynik。

Hodinski 霍汀斯基：俄國探險家，卒於 1800 年，別名霍狄納，
681；1778-1800 年住在冷珀；一首著名的俄羅斯古代英雄史詩

就是他僞造的作品；**雅露嘉王后**（Queen Yaruga，參看該條目］，伊果二世的母后，**瑟格斯三世**〔Thurgus the Third，參看該條目〕的祖母）的情人。

Igor II 伊果二世：1800-1845 年執政，明智、仁慈的君王，**雅露嘉王后**（Queen Yaruga，參看該條目）之子，**瑟格斯三世**（Thurgus the Third，參看該條目）之父；宮中畫廊有一個隱密區域，只有國王本人才能進入，但好奇的青少年却很容易從王子寢宮潛入，這裡有伊果二世收藏的四百個以他寵愛的孌童爲模特兒的粉紅色大理石雕像，鑲嵌著玻璃眼珠，很多細節修飾得非常細膩，栩栩如生，却是下流的藝術，後來 K 把這些雕像送給亞洲的一個君王。

K：參看查爾士二世（Charles II）和金波特（Kinbote）。

Kalixhaven 卡里克斯哈文：冷珀西岸一個多彩多姿的海港，在**布洛維克灣**（Blawick，參看該條目）北方數哩，*171*；不少快樂的回憶。

Kinbote, Charles 金波特：博士；S 的密友、文學顧問、編輯和評注者；與 S 初次見面以及兩人的友誼，見序；他對阿帕拉契亞鳥類的興趣，*1*；好心提供自己的故事給 S 利用，做爲寫作題材，*12*；他的謙虛，*35*；他棲身的那個泰門式的洞穴沒有什麼藏書，*39-40*；他相信自己給了 S 創作的靈感，*42*；他在達爾威奇路上的房子以及 S 家的窗子，*47-48*；他反駁 H 教授的話，並做一番更正，*61*，*71*；他的焦慮和失眠，*63*；他爲 S 畫的王宮平面圖 *71*；他的幽默感，*79*，*91*；他相信「虹雲」（iridule）這個字詞是 S 首創，*109*；他的疲憊，*120-121*；他的運動，*130*；去

S 家的地下室，*143*；他相信讀者會欣賞這一則評注，*149*；回憶起童年和東方快車，*163*；請讀者翻看後面的一則評注，*168*；他給 G 無聲的警告，*171*；S 對他的文學評論等諷刺的話表示同意，*172*；他在別處狂歡作樂，回家後發現自己不在 S 壽宴的邀請之列，翌日施展詭計，*181*；聽說海柔捲入「靈異事件」，*230*；誰可憐？*231*；S 喋喋不休地講述自然史，他企圖打斷他的話，希望他透露寫作的進度，但沒有成功，*238*；回想起尼斯和曼通的碼頭，*240*；對待友人的妻子極其有禮，*247*；他對鱗翅目昆蟲的認識有限，他的性情正像黑色羽翼上有鮮豔條紋的凡妮莎蝴蝶，向來沉鬱，偶有興高采烈，*270*；他發現 S 夫人計劃以迅雷不及掩耳的方式和 S 去西當度假，他也決定去那裡，*287*；他對天鵝的看法，*319*；他與海柔的關係 *334，348*；他和 S 走到一個雜草叢生之地，那個弄鬼的穀倉當年就在此地，*347*；他反對 S 對當代名人那種輕佻的態度，*376*；對 H 教授的鄙視（此人不在索引之內），*377*；他的記憶已使用過度，*384*；與珍‧普羅沃斯特（Jane Provost）見面，仔細翻看在湖邊拍的那些有趣的快照，*385-386*；他對 403-474 行這部分詩行的批評，*403*；S 可能猜他的祕密，他把狄莎的事告訴 S 以及 S 的反應，*433-434*；與 S 以偏見爲題做一番辯論，*470*；　和自己討論自殺的問題，*493*；他很驚訝有一種憂鬱的樹法文名稱和冷珀的另一種樹相同，*501*；他對第三章詩中有些輕佻的段落不以爲然，*502* 之 *2*；他對罪惡和信仰的看法，*549*；他對編輯工作的堅持和所受的煎熬，*551*；他對某一個女學生的評論，與謝德夫婦同桌吃飯的次數與方式，*577*；發現相鄰的兩個字，前一個字最後一個音節和後一個字的最前面的一個音節，這兩個音節連成的名字令他喜出望外，*596*；他在西當的木屋以及那個小釣手——只穿一件牛仔褲，捲起一個褲管，上身赤裸，露出蜂蜜般的膚色，常吃牛軋糖和核果——不見那男孩的身影，不是學校開學了，就是氣候

變了，*609*；他出現在 H 家，*629*；厲聲批評從《暴風雨》（*The Tempest*）等作品撿選出一個片語來做文集或詩集的題目，如《幽冥的火》（*pale fire*）等，*671*；他的幽默感，*680*；他回想起剛到歐唐納莊園的情景，*691*；一個令他覺得妙趣橫生的雙關語，但懷疑說這話的人，*727-728*；得寸進尺，背叛高貴、天真的心靈，被他陷害還不夠，他還要說人家的壞話、開殘忍的玩笑，這種人實在讓人覺得不恥，*747-748*；由於心理障礙或對第二個 G 的恐懼，使他不能去六、七十哩外的一家像樣的圖書館去查證資料，*747-748*；他在一九五九年四月二日寫給一位女士的信函，這女士把信留在她在尼斯近郊的別墅裡，鎖在珠寶盒裡，那年夏天就去羅馬了，*768*；早上，在教堂禱告，傍晚和詩人去散步，詩人最後終於提到他寫的東西，*801*；評論一個詞彙衍生出來的語言學奇蹟，*803*；向旅館老闆借佛蘭克林・藍恩的書信集，*810*；他進入朋友的浴室，發現他坐在浴缸裡刮鬍子，*887*；和大夥兒在交誼廳聊天，有人提到他和國王長得很像；最後和 E 君（不在索引之列）決裂，*894*；C 教授（不在索引之列）寫的一本大學教科書裡頭的幾個段落讓他和 S 笑得前俯後仰，*929*；他精疲力竭的樣子，心情也不好；稍稍責罵 S，*937*；清晰地回想起在昂哈瓦大學教書的一個年輕講師，*957*；最後一次在詩人家的涼亭與他見面，*991*；回憶當初是怎麼發現那個有學問的園丁，*998*；沒能救 S 一命，但還是成功搶救了那份手稿，*1000*；他設法擺脫兩位「專家」的協助，出版詩稿，見序。

Kobaltana 寇巴爾塔納：曾經是熱門的山間度假勝地，附近有廢棄的軍營，如今寒冷、荒涼，交通不便，已無重要性可言，只有軍人家屬和森林城堡的主人還記得這個地方，此地未在文中出現。

Kronberg 科隆山：白雪覆頂、崎嶇的山峰，屬貝拉山脈（Bera Range），該地有一家舒適的旅館，*70*、*130*、*149*。

Krummholz, Gordon 戈登·克魯姆霍茲：生於 1944 年，音樂神童，有趣的寵兒，拉文德出名的妹妹艾爾薇娜·克魯姆霍茲之子，*408*。

Lane, Franklin Knight 佛蘭克林·藍恩：美國律師、政治人物，1864-1921，曾寫出一段絕妙的文字，*810*。

Lass 姑娘：參看 **Mass**。

Lavender, Joseph S.約瑟夫·拉文德：參看西薇亞·歐唐納（O'Donnell, Sylvia）。

Male 男性的：參看文字高爾夫（Word Golf）。

Mandevil, Baron Mirador 米拉多爾·曼德佛男爵：拉多米爾·曼德佛（**Radomir Mandevil，參見該條目**）的堂兄弟；喜歡做實驗、瘋子、叛徒，*171*。

Mandevil, Baron Radomir 拉多米爾·曼德佛男爵：生於 1925 年，時尚紳士；冷珀愛國志士；在 1936 年曾做 K 登基時的僮僕，*130*；1958 年喬裝，*149*。

Marcel 馬賽爾：普魯斯特巨著《追憶似水年華》裡那個愛挑剔、不討人喜歡、嬌生慣養的主角，*181*、*691*。

Marrowsky 莫洛斯基：十九世紀初的俄國外交家柯莫洛夫斯基伯爵（Count Komarovski），以口誤聞名，常把自己的名字說成莫洛斯基，「莫洛斯基」因而成為口誤的代稱。除了莫洛斯基，這位外交家還曾把自己的名字唸錯，變成馬卡洛夫斯基（Makarovski）、馬卡隆夫斯基（Macaronski）、史可莫洛夫斯基（Skomorovski）等。

Mass, Mars, Mare 參看 **Male**。

Multraberg 穆特拉山：見貝拉山脈（Bera）。

Niagarin and Andronnikov 安卓尼科夫與聶嘉林：仍在尋寶的兩位蘇聯「專家」，*130*，*681*，*741*；參看Crown Jewels。

Nitra and Indra 尼特拉與因陀羅：布洛維克灣（Blawick）外海兩個一模一樣的小島，*149*。

Nodo 諾斗：歐登（Odon）同父異母的兄弟，生於 1916 年，李奧波德‧歐唐納（Leopold O'Donnell）和冷珀一個扮演男孩的女演員所生；是老千，也是個卑鄙無恥的叛徒，*171*。

Odevalla 奧德瓦拉：冷珀東部、首都昂哈瓦北邊一個美麗的市鎮，奧思文‧布瑞威特（**Oswin Bretwit**，參看，再次參看）的叔公祖爾‧布瑞威特（Zule Bretwit，Zule 是西洋棋中的車」），這位令人敬重的長輩曾是這裡的市長，*149*，*285-286*。

Odon 歐登：唐納德‧歐唐納（Donald O'Donnell）的假名，生

於一九一五年，舉世聞名的演員、冷珀愛國志士；從那兒得知祕密通道，但必須趕赴劇院，*130*；從劇院開車載 K 到人魔山腳下，*149*；在海濱洞穴附近遇見 K，和他一起乘汽艇脫逃，出處同前；在巴黎執導，*171*；和拉文德在萊克斯，*408*；不該娶那個嘴唇肥厚、頭髮亂七八糟的電影女星，*691*；參看西薇亞‧歐唐納 (O'Donnell, Sylvia)。

O'Donnell, Sylvia 西薇亞‧歐唐納：娘家姓歐康納 (O'Connell)，不知生於 1895 年，還是 1895 年？**歐登 (Oden**，參看該條目) 的母親，經常旅行，結過多次婚，*149，691*；1915 年和學院院長李奧波德‧歐唐納 (Leopold O'Donnell) 結婚，生下歐登，離婚後和彼得‧古瑟夫 (Peter Gusev) 也就是第一代拉爾公爵結婚，這段婚姻在冷珀是一段佳話，然最後還是離異，1925 年與在霞慕尼遇見的一位東方王子結婚；後來又歷經好幾次相當風光的婚姻；在編纂索引之時，她正和**約瑟夫‧拉文德 (Joseph Lavender)** 的表兄弟萊諾‧拉文德 (Lionel Lavender) 辦離婚。

Oleg 歐雷格：拉爾公爵 (Duke of Rahl)，1916-1931；父親是古瑟夫上校、第一代拉爾公爵 (生於 1885 年，現在還很勇健)；K 最愛的玩伴，在一次滑雪意外中死亡，*130*。

Onhava 昂哈瓦：冷珀美麗的首都，*12，71，130，149，171，181，275，577，894，1000*。

Otar 歐塔爾：伯爵，異性戀的時尚人士，冷珀愛國志士，生於 1915 年，頭髮光了一塊，德福萊爾伯爵夫人 (Countess de Fyler) 那兩個皮膚白晰、荳蔻年華的女兒芙蕾 (Fleur) 和菲法達 (Fifalda，後來成了歐塔爾伯爵夫人) 都是他的情人；有趣的光影；

71。

Paberg 帕山：參看貝拉山脈（Bera Range）。

Payn, Dukes of 佩恩公爵家族：盾章，*270*；參看關於我的皇后狄莎（Disa）。

Poems, Shade's short 謝德的小詩：聖樹（The Sacred Tree），*49*；鞦韆（The Swing），*61*；山景（Mountain View），*92*；電的本質（The Nature of Electricity），*347*；有關四月細雨的一行詩，*470*；以白朗峰（Mont Blanc）爲題的詩中的一行，*782*；論藝術一詩的開頭四行，*957*。

Potaynik：參看 taynik 的條目。

Religion 宗教：與上帝接觸，*47-48*；教宗，*84*；心靈的自由，*101*；罪與信仰的問題，*549*；參看自殺（Suicide）。

Rippleson Caves 漣漪洞：布洛維克海灣的岩洞，以一個製造玻璃的著名工匠爲名，此人爲王宮做的彩繪玻璃呈現一圈圈波光粼粼的光影和圖案，正像藍綠色大海的漣漪，*130*，*149*。

Shade, Hazel 海柔·謝德：S 的女兒，1934-1957；值得尊敬的女子，寧可死得美麗，也不願活得醜陋；家裡有鬼，*230*；鬧鬼的穀倉，*347*。

Shade, John Francis 約翰·法蘭西斯·謝德：詩人、學者，1898-1959；創作長詩《幽冥的火》以及和 K 友誼，序；他的外貌、舉

好以壯觀的姿態抵達美國，*691*；K 在一封寫給狄莎的信中提到 S，*768*；K 最後一次跟 S 散步、聊天，得知 S 正費盡千辛萬苦在寫一個和「山」有關的主題之後，非常高興——其實，這是個不幸的誤會，*803*；和 K 玩文字高爾夫遊戲，*819*；K 準備去圖書館幫 S 查資料，*887-888*；S 為冷珀國王辯解，*894*；C 教授（研究精神醫學和文學的學者！）編寫的一本教科書讓他和 K 兩人笑得東倒西歪，*929*；開始用最後一疊卡片，*949*；他向 K 透露，他的作品已經大功告成，*991*；被一顆子彈誤擊而亡，*1000*。

Shade, Sybil 喜碧・謝德：S 之妻，在本書到處可見。

Shadows, the 影子派：一個弒君組織，這個組織派葛雷德斯（參看 Gradus 條目）去暗殺那位自我流放的國王；這組織頭目的姓名太可怕的，令人不敢說出來，就連一個學者為他那本毫不起眼的作品編索引，也不敢列出；那頭目的外公是個很有名的建築師傅，具有非凡的勇氣，曾經在一八八五年左右受雇於愛膨風的瑟格斯國王，為他居住的地方做修繕。不久，就在不明原因之下，和三個小學徒在皇家廚房被毒死了。直到今天，在冷珀荒野流傳的歌謠，還聽得到那三個學徒可愛的名字，即顏恩（Yan）、詠尼（Yonny）和安傑林（Angeling）。

Shalksbore 莎士包爾：哈爾法（Harfar）男爵，又名拜乳教教主，生於 1921 年，喜歡追求時髦的冷珀愛國志士，*433-434*。

Steinmann, Julius 朱利爾斯・史坦曼：生於 1928 年，曾拿下網球比賽冠軍，冷珀愛國志士，*171*。

Sudarg of Bokay 博凱的蘇達格：製作鏡子的天才工匠，在冷珀

山區博凱地區（Bokay）的保護神，*80*；壽命不詳。

Suicide 自殺：K 對自殺的看法，*493*。

Taynik 泰尼克：俄語，祕密地點，參見 Crown Jewels。

Thurgus the Third 瑟格斯三世：名號爲膨風王，K 的祖父，統治時間很長，無豐功偉業可言，1900 年壽終正寢，享年七十五歲。他喜歡頭戴鋪棉塑膠帽，身穿別著一枚勳章的英國名牌積家（Jaeger）夾克，在公園裡騎腳踏車。此君矮胖、秃頭，鼻子像顆腫脹的李子，威武的髯鬚倒豎著老式的熱情。一八八〇年代中期有一段時間，他每晚總身穿絲質綠色睡袍，高舉燭台，和他戴著睡帽的情婦愛蕊思・亞赫特（Iris Acht，參看該條目）在王宮和戲院中的祕密通道幽會。那條通道後來被他的孫子發現了，*130*。

Tintarron 藍玻璃：一種寶貴的深藍色玻璃，冷珀中古時期山區一個叫博凱（Bokay）的地方製造出來的，*149*；也請參看蘇達格（Sudarg）。

Translations, poetical 詩的翻譯：英詩譯成冷珀文，孔瑪爾譯的莎士比亞、彌爾頓、吉卜齡等，*962*；唐恩、馬爾佛的英詩譯成法文，*678*；歌德的《魔王》譯成英文，*662*；《雅典的泰門》從冷珀文譯本再還原爲英文，*39-40*；《古愛達經》（*Elder Edda*），*79*；冷珀詩人亞諾（Arnor）寫的〈夢幻女郎〉（miragarl），*80*。

Uran the Last 末代之君烏蘭：冷珀皇帝，一七九八年至一七九

九年在位，絕頂聰明，窮奢極侈又殘暴不仁。他那抽起來颼颼作響的鞭子使冷珀就像一個團團轉的七彩陀螺；一天晚上被她妹妹的親信幹掉了，*681*。

Vanessa 凡妮莎蝶：紅上將（sumpsimus），*270*；這蝶飛越瑞士丘陵一處低矮的石牆，*408*；科學書裡的插圖，*470*；有人用誇張滑稽的筆法畫出來的樣子，*949*；S生命接近終點時在夕陽下陪伴他的蝴蝶，*993-995*。

Variants 另一個版本的詩：幹偷盜的太陽和月陽，*39-40*；原始場景的設計，*57*；冷珀國王大逃亡（K提供的材料，共八行），*70*；《愛達經》（K提供，一行），*79*；月蛾的死蛹，*90-93*；被孩童發現的一條祕密通道（K提供的，共四行），*130*；可憐的史威夫特老頭，可憐的──（大概是指K），*231*；謝德，影子，*275*；齒鱗白蝶，*316*；我們的系主任，*376-377*；小女妖，*413*；出自柏蒲的一行詩（這行詩可能暗指K），*417*；塔納葛雷陶俑化成的塵埃（此等先知先覺，令人讚嘆），*596*；這個美洲，*609-614*；一行詩的頭兩個音步被改掉了，*629*；戲仿柏蒲的詩作，*895-899*；一個可悲的時代與社會小說，*922*。

Waxwings 連雀：一種鳥類，連雀屬（Bomhycilla），*1-4*，*131*，*1000*；謝德連雀（Bombycilla shadei），*71-72*；後來成為事實的有趣聯想。

Windows 窗戶：序，*42*，*62*，*181*。

Word golf 文字高爾夫：S特別喜歡玩這種文字遊戲，*819*；參看 **Lass**（姑娘）條目。

Taruga, Queen 雅露嘉王后：一七九九年至一八〇〇年在位，末代之君烏蘭（Uran，參見該條目）的妹妹；在傳統新年慶典和俄羅斯情人從冰上的一個洞跌下去，雙雙溺斃，*681*。

Teslove 耶斯洛：位於昂哈瓦北部一個美麗的城鎮（地區／教區），*149*，*275*。

Zembla 冷珀：一個遙遠的北國。

一場最漫長的棋局：

納博科夫《幽冥的火》譯後記　　　　廖月娟

　　《幽冥的火》是納博科夫十七本小說當中，結構最特殊、題材最複雜的，卻像晶體一樣對稱、完美。整個作品是由序言、一首長達 999 行的長詩、評注以及最後的索引所組成。這四個部分猶如四個元素交互作用，同時我們也看到現實與想像、意義與瘋狂、碎片與整體不斷撞擊，因而迸發出奇詭、瑰麗的文學火花。

　　納博科夫打從一開始，就下了一步險棋。序言第一句就把結尾說出來了：詩人謝德寫完《幽冥的火》那天，即一九五九年七月二十一日，就一命嗚呼了。詩人是怎麼死的？序言前面就留下一個線索：「就在七月二十一日夜裡，我聽到我這位可憐的朋友親口宣布這首詩的完成（見第 991 行評注）。」這時，我們有兩條閱讀路徑可以選擇：一是略過這個評注，繼續隨著金波特的序言前進，另一條則是翻到評注第 991 行的部分，先睹為快。一看評注，我們隨即發現他和詩人似乎有不尋常的關係：「七月二十一日那個致命的傍晚，天還很亮，我開著那部馬力強勁的車咻地從圖書館開回家，一到家我就去看看親愛的鄰居在做什麼……你大可這麼說，我就像一個瘦弱、憔悴的情人，趁心上人獨自在家，偷偷前去跟他幽會。」接下來，我們可以選擇重新回到序言，或是接下去看詩人謝德被槍殺身亡的場景。為什麼謝德會被槍殺？那殺手又是誰？我們發現其實殺手瞄準的是金波特。金波特又是誰？殺手為什麼要殺他？我們愈讀愈好奇，愈看愈驚奇，但也可能因為同時聆聽多個聲部、一時抓不到主旋律而迷惑。

　　金波特早已預知這點，因此在序言好心指點我們該怎麼讀：「此書評注雖然依照慣例，放在詩的後面，不過我建議讀者可以先看這一部分，再利用這些注解來研究前面的詩，一邊研究一邊

重讀，或許讀完全詩之後，可以再看一次，以掌握全貌。為了避免翻來翻去的麻煩，有一個聰明的辦法，也就是把每一頁都切割下來，把每一個評注和對應的詩行放在一起。更簡單的法子是乾脆買兩本，放在一張舒適的桌子上，兩本都攤開來，擺在一起，對照著看。」如果我們從金波特的評注下手，將會立即進入一個遙遠、迷濛而冰冷的國度——冷珀。一齣高潮迭起的宮闈劇隨即在我們眼前上演，有華麗的宮廷舞會、陰謀弒君、革命、逃亡、戲中戲等。金波特有意無意地透露自己就是冷珀的流亡之君——這是事實？還是他的幻想？他是真的國王？還是瘋子？另一方面，金波特也不時把我們拉回他所敘述的現今，回到如詩如畫、平靜的美國大學城，描述他所知道的詩人、和詩人的交往以及詩人創作《幽冥的火》一詩的過程。

這些情節錯綜複雜、虛實難辨，如果讀者只是被動地循著一條線走，沒多久就會發現自己身陷迷宮，不知何去何從。依照納博科夫的設計，你絕非是個被動的讀者，而是和他對奕的人。你必須主動參與，掌握線索，從自己的認知與推理去建構一個屬於你自己的閱讀世界。換言之，你已經被設計成小說的一部分，沒有你的參與，小說不但不完全，也失去了意義；沒有這樣積極的參與，這小說也讀不下去。納博科夫在自傳《說吧，記憶》裡就把作者與讀者的關係比喻成一個出棋題的人和一個解棋題的人。他一邊寫作，一邊佈置棋局，並假設與他對奕的人會怎麼走。他佈下了各種陷阱、圈套和難關來考驗讀者：「我記得我曾為了設計一個棋題苦思多月……好讓解題高手覺得過癮。如果是頭腦簡單的人來解，就不知道我是多麼用心良苦，只會最容易、最明顯的解法，不能體會那種甜蜜的折磨。」長詩與評注不斷地交互參照，兩者的分歧與虛實，引發我們種種思索與質疑，這就是讀這本小說最大的樂趣。你的每一個假設或推論都會影響到之後所有的解讀，有多少種假設就有多少種解讀的方式。

難怪瑪麗・麥卡錫（Mary McCarthy）把這部小說形容得極為有趣：「《幽冥的火》是個掀開盒蓋就會蹦出小丑的魔術盒、蛋形珠寶、一個上了發條的玩具、棋局、一部令人嘆為觀止的機器、給書評人的陷阱、貓抓老鼠的遊戲、一部互動小說。」小說家約翰・巴思（John Barth）更直截了當地說：「《幽冥的火》，這小說好玩極了。」小說機關重重，從金波特編的索引可見一斑。那冷珀國的王室珠寶究竟藏在哪裡，你得從金波特的索引下手：查「王室珠寶」條目，他要你參看另一個條目「藏匿之處」，你找到了「藏匿之處」，又告訴你在「potaynik（俄文，意為秘密藏所）」，好了，你找到「potaynik」，又要你去「taynik（俄文，秘密地點）」，最後又叫你回到「王室珠寶」的條目，等於是又回到原點。此外，全書引用莎士比亞之處，不知凡幾，金波特的索引卻遺漏莎士比亞，反倒列了一個罕為人知的英國詩人傅萊德曼。當然，這也是金波特故意的。

《幽冥的火》讓人不禁聯想到納博科夫翻譯的《奧涅金》：兩者結構雷同，同樣是由序言、詩、評注和索引組成，甚至各部分的篇幅比例相當。一九六七年，納博科夫接受《威斯康辛文學研究》（Wiscosin Studies）的專訪時答道，沒錯，他在創作金波特這個角色時，的確融入了自己的翻譯經驗。其實，《幽冥的火》不但是深刻的諷刺之作，也可視為巨大的「諧擬」（parody）。金波特天馬行空、處處流露主觀與偏見的評注是對學術界相當明顯的諷刺，舉凡拾人牙慧、穿鑿附會，尤其是熱中注解到走火入魔的地步。納博科夫在訪談錄《如是我見》（Strong Opinions）曾言：「諷刺是教訓，諧擬是遊戲。」《奧涅金》是納博科夫最重要的譯作，他曾在一九六六年預言：「世人將會永遠記得我的小說《羅莉塔》和我翻譯的《奧涅金》。」普希金的原詩雖然只有二百四十頁，卻花了他十年的心血，從一九四八到一九五八年，他從早上

九點到下午兩點，都在康乃爾大學和哈佛大學的圖書館，不斷查閱有關普希金的資料，他的認真不下於四〇年代在哈佛比較動物學博物館做蝴蝶研究。他對細節幾乎有著病態的執著，因此譯注《奧涅金》才會一發不可收拾，最後除了原詩譯文，還多了 110 頁的序、1087 頁的注解和 109 頁的索引，共分四巨冊。他曾說，早知道翻譯普希金會這麼費時，或許他就不會做了。然而，一旦動手譯了，他就變得無可自拔，愈想早早完成，就愈有更多的新發現，使他欲罷不能。這種發現的樂趣就是他創作《幽冥的火》的火種。他注解《奧涅金》是極其認真、嚴謹而客觀的，例如詩中有關女主角塔蒂安娜徹夜寫信那段，納博科夫在注解中不但描述普希金在草稿頁緣空白畫的人像素描，解釋俄文驚嘆語的難譯，說明書信在信封發明之前是如何封籤的，以及俄文中多個表示「小」的語助詞有何微妙差異，還有在一八二〇年俄國年輕女子晚上外出的裝束，還提到普希金在寫這一段的時候去過哪些地方等，考證之細令人嘆為觀止。在《幽冥的火》中，金波特的注解雖然也很注重細節，卻常常陷入歇斯底里、自言自語，甚至岔題。納博科夫注解普希金《奧涅金》像是苦行，反觀金波特注解謝德的《幽冥的火》卻有如狂歡。

《幽冥的火》也展現納博科夫做為一個小說家最狂野的企圖心，不但把所有的文體一網打盡，包括詩（長詩／短詩）、小說、評論／注解、戲劇（當中有幾段還是用劇本的形式寫成的）和索引，探討的主題更涵蓋人生、孤獨、性、死亡、愛情、友誼、權力、政治、語言、宗教、道德、罪惡、心理分析、文學評論、翻譯、學術研究、藝術創作等。這部小說就像是一個黑洞，深邃而偉大，把所有的文體和主題都吸了進去，成為二十世紀小說史上的一個奇觀。

無可諱言，譯書近二十年來，《幽冥的火》是最大的一個挑戰。

譯那 999 行英雄對偶體的長詩猶如攀登聖母峰，破解評注所有的奇僻字眼、典故、字謎、雙關語，甚至還有納博科夫自創的冷珀文，又像要跳過一個又一個火圈。記得二〇〇〇年，為了長詩中譯是否要押韻，我和第二任編輯尉遲秀討論了好幾個月，最後認為兼顧韻腳頗有下棋的樂趣，不一定會「以韻害義」。我們把每一個字搬來搬去，像在挪動棋子的位置，一方面尋找最好的韻腳，一方面注意詩句譯成中文之後，意象是否一樣清晰，意義是否依然完整，就這樣你來我往，逐字推敲，樂此不疲，甚至漸漸入迷。尉遲秀在我譯到第 115 行時去巴黎深造，和昆德拉做鄰居。這書譯譯停停，日前到了第四任編輯芸玫手上，這場歷時六、七年的棋局才宣告結束。感謝莊裕安先生適時在第 180 行出現，不時為這明明滅滅的火加點油、煽點風，且在最後關頭幫我找到參考論文，讓我苦思多年的「文字高爾夫」終於有了線索，知道如何推桿進洞。

LOCUS

LOCUS

LOCUS

LOCUS